D1494296

JOSÉ SARAMAGO

Ensayo sobre la ceguera

punto de lectura

Título: Ensayo sobre la ceguera
Título original: *Ensaio sobre a Cegueira*
© 1995, José Saramago
© De la traducción: Basilio Losada
© Santillana Ediciones Generales, S. L.
© De esta edición: mayo 2000, Suma deLetras, S. L.
Barquillo, 21. 28004 Madrid (España) www.puntodelectura.com

ISBN: 84-95501-07-4
Depósito legal: M-26.515-2003
Impreso en España – Printed in Spain

© Diseño de cubierta: Manuel Estrada
Diseño de colección: Ignacio Ballesteros

Impreso por Mateu Cromo, S. A.

Undécima edición: agosto 2002
Duodécima edición: octubre 2002
Decimotercera edición: diciembre 2002
Decimocuarta edición: junio 2003

JOSÉ SARAMAGO

Ensayo sobre la ceguera

A Pilar

A mi hija Violante

Se iluminó el disco amarillo. De los coches que se acercaban, dos aceleraron antes de que se encendiera la señal roja. En el indicador del paso de peatones apareció la silueta del hombre verde. La gente empezó a cruzar la calle pisando las franjas blancas pintadas en la capa negra del asfalto, nada hay que se parezca menos a la cebra, pero así llaman a este paso. Los conductores, impacientes, con el pie en el pedal del embrague, mantenían los coches en tensión, avanzando, retrocediendo, como caballos nerviosos que vieran la fusta alzada en el aire. Habían terminado ya de pasar los peatones, pero la luz verde que daba paso libre a los automóviles tardó aún unos segundos en alumbrarse. Hay quien sostiene que esta tardanza, aparentemente insignificante, multiplicada por los miles de semáforos existentes en la ciudad y por los cambios sucesivos de los tres colores de cada uno, es una de las causas de los atascos de circulación, o embotellamientos, si queremos utilizar la expresión común.

Al fin se encendió la señal verde y los coches arrancaron bruscamente, pero enseguida se advirtió que no todos habían arrancado. El primero de la fila de en medio está parado, tendrá un problema mecánico, se le habrá soltado el cable del acelerador, o se le agarrotó la palanca de la caja de velocidades, o una avería en el sistema hidráulico, un bloqueo de frenos, un fallo en el circuito eléctrico, a no ser que, simplemente, se haya quedado sin gasolina, no sería la primera vez que esto ocurre. El nuevo grupo de peatones que se está formando en las aceras ve al conductor inmovilizado braceando tras el parabrisas mientras los de los coches de atrás tocan frenéticos el claxon. Algunos conductores han saltado ya a la calzada, dispuestos a empujar al automóvil averiado hacia donde no moleste. Golpean impacientemente los cristales cerrados. El hombre que está dentro vuelve hacia ellos la cabeza, hacia un lado, hacia el otro, se ve que grita algo, por los movimientos de la boca se nota que repite una palabra, una no, dos, así es realmente, como sabremos cuando alguien, al fin, logre abrir una puerta, Estoy ciego.

Nadie lo diría. A primera vista, los ojos del hombre parecen sanos, el iris se presenta nítido, luminoso, la esclerótica blanca, compacta como porcelana. Los párpados muy abiertos, la piel de la cara crispada, las cejas, repentinamente revueltas, todo eso que cualquiera puede comprobar, son trastornos de la angustia. En un movimiento rápido, lo que estaba a la vista desapareció tras los puños cerrados del hombre, como si aún quisiera retener en el interior del cerebro la última imagen recogida, una luz roja, redonda, en un semáforo. Estoy ciego, estoy ciego, repetía con desesperación mientras le ayudaban a salir del coche, y las lágrimas, al brotar, tornaron más brillantes los ojos que él decía que estaban muertos. Eso se pasa, ya verá, eso se pasa enseguida, a veces son nervios, dijo una mujer. El semáforo había cambiado de color, algunos transeúntes curiosos se acercaban al grupo, y los conductores, allá atrás, que no sabían lo que estaba ocurriendo, protestaban contra lo que creían un accidente de tráfico vulgar, un faro roto, un guardabarros abollado, nada que justificara tanta confusión. Llamen a la policía, gritaban, saquen eso de ahí. El ciego imploraba, Por favor, que alguien me lleve a casa. La mujer que había hablado de nervios opinó que deberían llamar a una ambulancia, llevar a aquel pobre hombre al hospital, pero el ciego dijo que no, que no quería tanto, sólo quería que lo acompañaran hasta la puerta de la casa donde vivía, Está ahí al lado, me harían un gran favor, Y el coche, preguntó una voz. Otra voz respondió, La llave está ahí, en su sitio, podemos aparcarlo en la acera. No es necesario, intervino una tercera voz, yo conduciré el coche y llevo a este señor a su casa. Se oyeron murmullos de aprobación. El ciego notó que lo agarraban por el brazo, Venga, venga conmigo, decía la misma voz. Lo ayudaron a sentarse en el asiento de al lado del conductor, le abrocharon el cinturón de seguridad. No veo, no veo, murmuraba el hombre llorando, Dígame dónde vive, pidió el otro. Por las ventanillas del coche acechaban caras voraces, golosas de la novedad. El ciego alzó las manos ante los ojos, las movió, Nada, es como si estuviera en medio de una niebla espesa, es como si hubiera caído en un mar de leche, Pero la ceguera no es así, dijo el otro, la ceguera dicen que es negra, Pues yo lo veo todo blanco, A lo mejor tiene razón la mujer, será cosa de nervios, los nervios son el diablo, Yo sé muy bien lo que es esto, una desgracia, sí, una desgracia, Dígame dónde vive, por favor, al mismo tiempo se oyó que el motor se ponía en marcha. Balbuceando, como si la falta de visión hubiera debilitado su memoria, el ciego dio una dirección, luego dijo, No sé cómo voy a agradecérselo, y el otro respondió, Nada, hombre, no tiene importancia, hoy por ti, mañana por mí, nadie sabe lo que le espera, Tiene razón, quién me iba a decir a mí, cuando salí esta mañana de casa, que iba a ocurrirme una desgracia como ésta. Le sorprendió que continuaran parados, Por qué no avanzamos, preguntó, El semáforo está en rojo, respondió el otro, Ah, dijo el ciego, y empezó de nuevo a llorar. A partir de ahora no sabrá cuándo el semáforo se pone en rojo.

Tal como había dicho el ciego, su casa estaba cerca. Pero las aceras estaban todas ocupadas por coches aparcados, no encontraron sitio para estacionar el suyo, y se vieron obligados a buscar un espacio en una de las calles transversales. Allí, la acera era tan estrecha que la puerta del asiento del lado del conductor quedaba a poco más de un palmo de la pared, y el ciego, para no pasar por la angustia de arrastrarse de un asiento al otro, con la palanca del cambio de velocidades y el volante dificultando sus movimientos, tuvo que salir primero. Desamparado, en medio de la calle, sintiendo que se hundía el suelo bajo sus pies, intentó contener la aflicción que le agarrotaba la garganta. Agitaba las manos ante la cara, nervioso, como si estuviera nadando en aquello que había llamado un mar de leche, pero cuando se le abría la boca a punto de lanzar un grito de socorro, en el último momento la mano del otro le tocó suavemente el brazo, Tranquilícese, yo lo llevaré. Fueron andando muy despacio, el ciego, por miedo a caerse, arrastraba los pies, pero eso le hacía tropezar en las irregularidades del piso, Paciencia, que estamos llegando ya, murmuraba el otro, y, un poco más adelante, le preguntó, Hay alguien en su casa que pueda encargarse de usted, y el ciego respondió, No sé, mi mujer no habrá llegado aún del trabajo, es que yo hoy salí un poco antes, y ya ve, me pasa esto, Ya verá cómo no es nada, nunca he oído hablar de alguien que se hubiera quedado ciego así de repente, Yo, que me sentía tan satisfecho de no usar gafas, nunca las necesité, Pues ya ve. Habían llegado al portal, dos vecinas miraron curiosas la escena, ahí va el vecino, y lo llevan del brazo, pero a ninguna se le ocurrió preguntar, Se le ha metido algo en los ojos, no se les ocurrió y tampoco él podía responderles, Se me

13

ha metido por los ojos adentro un mar de leche. Ya en casa, el ciego dijo, Muchas gracias, perdone las molestias, ahora me puedo arreglar yo, Qué va, no, hombre, no, subiré con usted, no me quedaría tranquilo si lo dejo aquí. Entraron con dificultad en el estrecho ascensor, En qué piso vive, En el tercero, no puede usted imaginarse qué agradecido le estoy, Nada, hombre, nada, hoy por ti mañana por mí, Sí, tiene razón, mañana por ti. Se detuvo el ascensor y salieron al descansillo, Quiere que le ayude a abrir la puerta, Gracias, creo que podré hacerlo yo solo. Sacó del bolsillo unas llaves, las tanteó, una por una, pasando la mano por los dientes de sierra, dijo, Ésta debe de ser, y, palpando la cerradura con la punta de los dedos de la mano izquierda intentó abrir la puerta, No es ésta, Déjeme a mí, a ver, yo le ayudaré. A la tercera tentativa se abrió la puerta. Entonces el ciego preguntó hacia dentro, Estás ahí. Nadie respondió, y él, Es lo que dije, no ha venido aún. Con los brazos hacia delante, tanteando, pasó hacia el corredor, luego se volvió cautelosamente, orientando la cara en la dirección en que pensaba que estaría el otro, Cómo podré agradecérselo, dijo, Me he limitado a hacer lo que era mi deber, se justificó el buen samaritano, no tiene que agradecerme nada, y añadió, Quiere que le ayude a sentarse, que le haga compañía hasta que llegue su mujer. Tanto celo le pareció de repente sospechoso al ciego, evidentemente, no iba a meter en casa a un desconocido que, en definitiva, bien podría estar tramando en aquel mismo momento cómo iba a reducirlo, atarlo y amordazarlo, a él, un pobre ciego indefenso, para luego arramblar con todo lo que encontrara de valor. No es necesario, dijo, no se moleste, ya me las arreglaré, y mientras hablaba, iba cerrando la puerta lentamente, No es necesario, no es necesario.

Suspiró aliviado al oír el ruido del ascensor bajando. Con un gesto maquinal, sin recordar el estado en que se hallaba, abrió la mirilla de la puerta y observó hacia el exterior. Al otro lado era como si hubiera un muro blanco. Sentía el contacto del aro metálico en el arco superciliar, rozaba con las pestañas la minúscula lente, pero no podía ver nada, la blancura insondable lo cubría todo. Sabía que estaba en su casa, la reconocía por el olor, por la atmósfera, por el silencio, distinguía los muebles y los objetos sólo con tocarlos, les pasaba los dedos por encima, levemente, pero era como si todo estuviera diluyéndose en una especie de extraña dimensión, sin direcciones ni referencias, sin norte ni sur, sin bajo ni alto. Como probablemente ha hecho todo el mundo, había jugado en algunas ocasiones, en la adolescencia, al juego de Y si fuese ciego, y al cabo de cinco minutos con los ojos cerrados había llegado a la conclusión de que la ceguera, sin duda una terrible desgracia, podría ser relativamente soportable si la víctima conservara un recuerdo suficiente, no sólo de los colores, sino también de las formas y de los planos, de las superficies y de los contornos, suponiendo, claro está, que aquella ceguera no fuese de nacimiento. Había llegado incluso a pensar que la oscuridad en que los ciegos vivían no era, en definitiva, más que la simple ausencia de luz, que lo que llamamos ceguera es algo que se limita a cubrir la apariencia de los seres y de las cosas, dejándolos intactos tras un velo negro. Ahora, al contrario, se encontraba sumergido en una albura tan luminosa, tan total, que devoraba no sólo los colores, sino las propias cosas y los seres, haciéndolos así doblemente invisibles.

Al moverse en dirección a la sala de estar, y pese a la prudente lentitud con que avanzaba, deslizando la mano vacilante a lo largo de la pared, tiró al suelo un jarrón de flores con el que no contaba. Lo había olvidado, o quizá lo hubiera dejado allí la mujer cuando salió para el trabajo, con intención de colocarlo luego en el sitio adecuado. Se inclinó para evaluar la magnitud del desastre. El agua corría por el suelo encerado. Quiso recoger las flores, pero no pensó en los vidrios rotos, una lasca larga, finísima, se le clavó en un dedo, y él volvió a gemir de dolor, de abandono, como un chiquillo, ciego de blancura en medio de una casa que, al caer la tarde, empezaba a cubrirse de oscuridad. Sin dejar las flores, notando que por su mano corría la sangre, se inclinó para sacar el pañuelo del bolsillo y envolver el dedo como pudiese. Luego, palpando, tropezando, bordeando los muebles, pisando cautelosamente para no trastabillar con las alfombras, llegó hasta el sofá donde él y su mujer veían la televisión. Se sentó, dejó las flores en el regazo y, con mucho cuidado, desenrolló el pañuelo. La sangre, pegajosa al tacto, le inquietó, pensó que sería porque no podía verla, su sangre era ahora una viscosidad sin color, algo en cierto modo ajeno a él y que, pese a todo, le pertenecía, pero como una amenaza contra sí mismo. Despacio, palpando levemente con la mano buena, buscó la fina esquirla de vidrio, aguda como una minúscula espada, y, haciendo pinza con las uñas del pulgar y del índice, consiguió extraerla entera. Envolvió de nuevo el dedo herido en el pañuelo, lo apretó para restañar la sangre, y, rendido, agotado, se reclinó en el sofá. Un minuto después, por una de esas extrañas dimisiones del cuerpo, que escoge, para renunciar, ciertos momentos de angustia o de desesperación, cuando, si se gobernase exclusivamente por la lógica, todo él debería estar en vela y tenso, le entró una especie de sopor, más somnolencia que sueño auténtico, pero tan pesado como él. Inmediatamente soñó que estaba jugando al juego de Y si fuese ciego, soñaba que cerraba y abría los ojos muchas veces, y que, cada vez, como si estuviera regresando de un viaje, lo estaban esperando, firmes e inalteradas, todas las formas y los colores, el mundo tal como lo conocía. Por debajo de esta certidumbre tranquilizadora percibía, no obstante, la agitación sorda de una duda, tal vez se tratase de un sueño engañador, un sueño del que forzosamente despertaría más pronto o más tarde, sin saber, en aquel momento, qué realidad le estaría aguardando. Después, si tal palabra tiene algún sentido aplicada a una quiebra que sólo duró unos instantes, y ya en el estado de media vigilia que va preparando el despertar, pensó seriamente que no está bien mantenerse en una indecisión semejante, me despierto, no me despierto, me despierto, no me despierto, siempre llega un momento en que no hay más remedio que arriesgarse, Qué hago aquí, con estas flores sobre las piernas y los ojos cerrados, que parece que tengo miedo de abrirlos, Qué haces tú ahí, durmiendo, con esas flores sobre las piernas, le preguntaba la mujer.

No había esperado la respuesta. Ostentosamente empezó a recoger los restos del jarrón y a secar el suelo, mientras rezongaba algo, con una irritación que no intentaba siquiera disimular, Bien podrías haberlo hecho tú en vez de tumbarte a la bartola, como si la cosa no fuera contigo. Él no dijo nada, protegía los ojos tras los párpados apretados, súbitamente agitado por un pensamiento, Y si abro los ojos y veo, se preguntaba, dominado todo él por una ansiosa esperanza. La mujer se acercó, vio el pañuelo manchado de sangre, su irritación cedió en un instante, Pobre, qué te ha pasado, preguntaba compadecida mientras desataba el vendaje. Entonces él, con todas sus fuerzas, deseó ver a su mujer arrodillada a sus pies, allí, como sabía que estaba, y después, ya seguro de que no iba a verla, abrió los ojos, Vaya, has despertado al fin, dormilonazo, dijo ella sonriendo. Se hizo un silencio, y él dijo, Estoy ciego, no te veo. La mujer se enfadó, Déjate de bromas estúpidas, hay cosas con las que no se debe bromear, Ojalá fuese una broma, la verdad es que estoy realmente ciego, no veo nada, Por favor, no me asustes, mírame, estoy aquí, la luz está encendida, Sé que estás ahí, te oigo, te toco, supongo que has encendido la luz, pero estoy ciego. Ella rompió a llorar, se agarró a él, No es verdad, dime que no es verdad. Las flores se habían deslizado hasta el suelo, sobre el pañuelo manchado, la sangre volvía a gotear del dedo herido, y él, como si con otras palabras quisiera decir Del mal el menos, murmuró, Lo veo todo blanco, y luego sonrió tristemente. La mujer se sentó a su lado, lo abrazó mucho, lo besó con cuidado en la frente, en la cara, suavemente en los ojos, Verás, eso pasará, no estabas enfermo, nadie se queda ciego así, de un momento para otro, Tal vez, Cuéntame cómo ocurrió todo, qué sentiste, cuándo, dónde, no, aún no, espera, lo primero que hay que hacer es llamar al médico, a un oculista, conoces alguno, No, ni tú ni yo llevamos gafas, Y si te llevase al hospital, Para ojos que no ven, seguro que no hay servicios de urgencia, Tienes razón, lo mejor es que vayamos directamente a un médico, voy a buscar uno en el listín, uno que tenga consulta

19

por aquí. Se levantó, y preguntó aún, Notas alguna diferencia, Ninguna, dijo él, Atención, voy a apagar la luz, ya me dirás, ahora, Nada, Nada qué, Nada, sigo viendo todo igual, blanco todo, para mí es como si no existiera la noche.

Él oía a la mujer pasando rápidamente las hojas de la guía telefónica, sorbiéndose el llanto, suspirando, diciendo al fin, Ése nos irá bien, ojalá nos pueda atender. Marcó un número, preguntó si era el consultorio, si estaba el doctor, si podía hablar con él, No, no, el doctor no me conoce, es un caso muy urgente, sí, por favor, comprendo, entonces se lo diré a usted pero le ruego que avise inmediatamente al doctor, es que mi marido se ha quedado ciego, de repente, sí, sí, tal como se lo digo, de repente, no, no es enfermo del doctor, mi marido no lleva gafas, nunca las llevó, sí, tenía una vista excelente, como yo, yo también veo bien, ah, muchas gracias, esperaré, esperaré, sí, doctor, sí, de repente, dice que lo ve todo blanco, no sé cómo fue, ni tiempo he tenido de preguntárselo, acabo de llegar a casa y lo encuentro así, quiere que le pregunte, ah, cuánto se lo agradezco, doctor, vamos inmediatamente, inmediatamente. El ciego se levantó, Espera, dijo la mujer, déjame que te cure primero ese dedo, desapareció por un momento, volvió con un frasco de agua oxigenada, otro de mercurocromo, algodón y una caja de tiritas. Mientras le curaba el dedo, le preguntó, Dónde has dejado el coche, y, súbitamente, Pero tú así como estás no podías conducir, o ya estabas en casa cuando, No, fue en la calle, cuando estaba parado en un semáforo, alguien me hizo el favor de traerme, el coche se quedó ahí, en la calle de al lado, Bueno, entonces bajaremos, me esperas en la puerta y yo voy a buscarlo, dónde has dejado las llaves, No lo sé, él no me las devolvió, Él, quién, El hombre que me trajo a casa, fue un hombre, Las habrá dejado por ahí, voy a ver, No vale la pena que las busques, el hombre no entró, Pero las llaves han de estar en algún sitio, Seguro que se olvidó de dármelas, las metió en su bolsillo y se las llevó, Lo que faltaba, Coge las tuyas, luego veremos, Bien, vamos, dame la mano. El ciego dijo, Si voy a quedarme así para siempre, me mato, Por favor, no digas disparates, para desgracia basta ya con lo que nos ha ocurrido, Soy yo quien está ciego, no tú, tú no puedes saber lo que es esto, El médico te curará, ya verás, Ya veré.

Salieron. Abajo, en el portal, la mujer encendió la luz y le dijo al oído, Espérame aquí, si aparece algún vecino háblale con naturalidad, dile que me estás esperando, nadie que te vea pensará que estás ciego, no tenemos por qué andar contándoselo a la gente, Sí, pero no tardes. La mujer salió corriendo. Ningún vecino entró ni salió. Por experiencia, el ciego sabía que la escalera sólo estaría iluminada cuando se oyera el mecanismo del contador automático, por eso iba apretando el disparador cada vez que se hacía el silencio. Para él la luz, esta luz, se había convertido en ruido. No entendía por qué la mujer tardaba tanto, la calle estaba allí mismo, a unos ochenta, cien metros, Si nos retrasamos mucho va a marcharse el médico, pensó. No pudo evitar un gesto maquinal, levantar la muñeca izquierda y bajar los ojos para ver la hora. Apretó los labios como si lo traspasara un súbito dolor, y agradeció a la suerte que no hubiera aparecido en aquel momento un vecino, pues allí mismo, a la primera palabra que le dirigiese, se habría deshecho en lágrimas. Un coche se paró en la calle, Al fin, pensó, pero, de inmediato, le pareció raro el ruido del motor, Eso es diesel, es un taxi, dijo, y apretó una vez más el botón de la luz. La mujer acababa de entrar, nerviosa, Tu santo protector, esa alma de Dios, se ha llevado el coche, No puede ser, seguro que no miraste bien, Claro que miré bien, yo no estoy ciega, las últimas palabras le salieron sin querer, Me habías dicho que el coche estaba en la calle de al lado, corrigió, y no está, o quizá lo dejó en otra calle, No, no, fue en ésa, estoy seguro, Pues entonces, ha desaparecido, O sea que las llaves, Aprovechó tu desorientación, la aflicción en que estabas, y nos lo robó, Y yo que no lo dejé que entrara en casa, por miedo, si se hubiera quedado haciéndome compañía hasta que llegases tú, no nos habría robado el coche, Vamos, está esperando el taxi, te juro que daría un año de vida por ver ciego también a ese miserable, No grites tanto, Y que le robaran todo lo que tenga, A lo

22

mejor aparece, Seguro, mañana llama a la puerta y nos dice que fue una distracción, nos pedirá disculpas, y preguntará si te encuentras mejor.

Se quedaron en silencio hasta llegar al consultorio del médico. Ella intentaba apartar del pensamiento el robo del coche, apretaba cariñosamente las manos del marido entre las suyas, mientras él, con la cabeza baja para que el taxista no pudiera verle los ojos por el retrovisor, no dejaba de preguntarse cómo era posible que aquella desgracia le ocurriera precisamente a él, Por qué a mí. A los oídos le llegaba el rumor del tráfico, una u otra voz más alta cuando se detenía el taxi, también ocurre a veces, estamos dormidos, y los ruidos exteriores van traspasando el velo de la inconsciencia en que aún estamos envueltos, como en una sábana blanca. Como una sábana blanca. Movió la cabeza suspirando, la mujer le tocó levemente la cara, era como si le dijese, Tranquilo, estoy aquí, y él dejó que su cabeza cayera sobre el hombro de ella, no le importó lo que pudiera pensar el taxista, Si tú estuvieras como yo, no podrías conducir, dedujo infantilmente, y, sin reparar en lo absurdo del enunciado, se congratuló por haber sido capaz, en medio de su desesperación, de formular un razonamiento lógico. Al salir del taxi, discretamente ayudado por la mujer, parecía tranquilo, pero, a la entrada del consultorio, donde iba a conocer su suerte, le preguntó en un murmullo estremecido, Cómo estaré cuando salga de aquí, y movió la cabeza como quien ya nada espera.

La mujer explicó a la recepcionista que era la persona que había llamado hacía media hora por la ceguera del marido, y ella los hizo pasar a una salita donde esperaban otros enfermos. Estaban un viejo con una venda negra cubriéndole un ojo, un niño que parecía estrábico y que iba acompañado por una mujer que debía de ser la madre, una joven de gafas oscuras, otras dos personas sin particulares señales a la vista, pero ningún ciego, los ciegos no van al oftalmólogo. La mujer condujo al marido hasta una silla libre y, como no quedaba otro asiento, se quedó de pie a su lado, Vamos a tener que esperar, le murmuró al oído. Él se había dado cuenta ya, porque había oído hablar a los que aguardaban, ahora lo atormentaba una preocupación diferente, pensaba que cuanto más tardase el médico en examinarlo, más profunda se iría haciendo su ceguera, y por lo tanto incurable, sin remedio. Se removió en la silla, inquieto, iba a comunicar sus temores a la mujer, pero en aquel momento se abrió la puerta y la enfermera dijo, Pasen ustedes, por favor, y, dirigiéndose a los otros, Es orden del doctor, es un caso urgente. La madre del chico estrábico protestó, el derecho es el derecho, ellos estaban primero y llevaban más de una hora esperando. Los otros enfermos la apoyaron en voz baja, pero ninguno, ni ella misma, encontraron prudente seguir insistiendo en su reclamación, no fuera a enfadarse el médico y les hiciera pagar luego la impertinencia haciéndolos esperar aún más, que casos así se han visto. El viejo del ojo vendado fue magnánimo, Déjenlo, pobre hombre, que está bastante peor que cualquiera de nosotros. El ciego no lo oyó, estaban entrando ya en el despacho del médico, y la mujer decía, Gracias, doctor, es que mi marido, y se quedó cortada, en realidad no sabía lo que había ocurrido realmente, sabía sólo que su marido estaba ciego y que les habían robado el coche. El médico dijo, Siéntense, por favor, y él personalmente ayudó al enfermo a acomodarse, y luego, tocándole la mano, le habló directamente, A ver, cuénteme lo que le ha pasado. El ciego explicó que estaba en el coche, esperando que el semáforo se pusiera en verde, y que de pronto se había quedado sin ver, que había acudido gente a ayudarle, que una mujer mayor, por la voz debía de serlo, dijo que aquello podían ser nervios, y que después lo acompañó un hombre hasta casa, porque él solo no podía valerse, Lo veo todo blanco, doctor. No habló del robo del coche.

El médico le preguntó, Nunca le había ocurrido nada así, quiero decir, lo de ahora, o algo parecido, Nunca, doctor, ni siquiera llevo gafas, Y dice que fue de repente, Sí, doctor, Como una luz que se apaga, Más bien como una luz que se enciende, Había notado diferencias en la vista estos días pasados, No, doctor, Y hubo algún caso de ceguera en su familia, No, doctor, en los parientes que he conocido o de los que oí hablar, nadie, Sufre diabetes, No, doctor, Y sífilis, No, doctor, Hipertensión arterial o intracraneana, Intracraneana, no sé, de la otra sé que no, en la empresa nos hacen reconocimientos, Se dio algún golpe fuerte en la cabeza, hoy o ayer, No, doctor, Cuántos años tiene, Treinta y ocho, Bueno, vamos a ver esos ojos. El ciego los abrió mucho, como para facilitar el examen, pero el médico lo cogió por el brazo y lo colocó detrás de un aparato que alguien con imaginación tomaría por un nuevo modelo de confesionario en el que los ojos hubieran sustituido a las palabras, con el confesor mirando directamente el interior del alma del pecador. Apoye la barbilla aquí, recomendó, y mantenga los ojos bien abiertos, no se mueva. La mujer se acercó al marido, le puso la mano en el hombro, dijo, Verás cómo todo se arregla. El médico subió y bajó el sistema binocular de su lado, hizo girar tornillos de paso finísimo, y empezó el examen. No encontró nada en la córnea, nada en la esclerótica, nada en el iris, nada en la retina, nada en el cristalino, nada en el nervio óptico, nada en ninguna parte. Se apartó del aparato, se frotó los ojos, luego volvió a iniciar el examen desde el principio, sin hablar, y cuando terminó, de nuevo mostraba en su rostro una expresión perpleja, No le encuentro ninguna lesión, tiene los ojos perfectos. La mujer juntó las manos en un gesto de alegría, y exclamó, Ya te lo dije, ya te dije que todo se iba a resolver. Sin hacerle caso, el ciego preguntó, Puedo sacar la barbilla de aquí, doctor, Claro que sí, perdone, Si, como dice, mis ojos están perfectos, por qué estoy ciego, Por ahora no sé decírselo, vamos a tener que hacer exámenes más minuciosos, análisis, ecografía, encefalograma, Cree que esto tiene algo que ver con el cerebro, Es una posibilidad, pero no lo creo, Sin embargo, doctor, dice usted que en mis ojos no encuentra nada malo, Así es, no veo nada, No entiendo, Lo que quiero decir es que si usted está de hecho ciego, su ceguera, en este momento, resulta inexplicable, Duda acaso de que yo esté ciego, No, hombre, no, el problema es la rareza del caso, personalmente, en toda mi vida de médico, nunca vi un caso igual, y me atrevería incluso a decir que no se ha visto en toda la historia de la oftalmología, Y cree usted que tengo cura, En principio, dado que no encuentro lesión alguna ni malformaciones congénitas, mi respuesta tendría que ser afirmativa, Pero, por lo visto, no lo es, Sólo por prudencia, sólo porque no quiero darle esperanzas que podrían luego resultar carentes de fundamento, Comprendo, Es así, Y tengo que seguir algún tratamiento, tomar alguna medicina, Por ahora no voy a recetarle nada, sería recetar a ciegas, Ésa es una observación apropiada, observó el ciego. El médico hizo como si no hubiera oído, se apartó del taburete giratorio en el que se había sentado para efectuar la observación y, de pie, escribió en una hoja de receta los exámenes y análisis que consideraba necesarios. Le entregó el papel a la mujer, Aquí tiene, señora, vuelva con su marido cuando tengan los resultados, y si mientras tanto hay algún cambio, llámeme, La consulta, doctor, Páguenla a la salida, a la enfermera. Los acompañó hasta la puerta, musitó una frase dándoles confianza, algo como Vamos a ver, vamos a ver, es necesario no desesperar, y, cuando se encontró de nuevo solo, entró en el pequeño cuarto de baño anejo y se quedó mirándose al espejo durante un minuto largo, Qué será eso, murmuró. Luego volvió a la sala de consulta, llamó a la enfermera, Que entre el siguiente.

Aquella noche, el ciego soñó que estaba ciego.

Al ofrecerse para ayudar al ciego, el hombre que luego robó el coche no tenía, en aquel preciso momento, ninguna intención malévola, muy al contrario, lo que hizo no fue más que obedecer a aquellos sentimientos de generosidad y de altruismo que son, como todo el mundo sabe, dos de las mejores características del género humano, que pueden hallarse, incluso, en delincuentes más empedernidos que éste, un simple ladronzuelo de automóviles sin esperanza de ascenso en su carrera, explotado por los verdaderos amos del negocio, que son los que se aprovechan de las necesidades de quien es pobre. A fin de cuentas, no es tan grande la diferencia entre ayudar a un ciego para robarle luego y cuidar a un viejo caduco y baboso con el ojo puesto en la herencia. Sólo cuando estaba cerca de la casa del ciego se le ocurrió la idea con toda naturalidad, exactamente, podríamos decir, como si hubiera decidido comprar un billete de lotería por encontrarse al vendedor, no tuvo ningún presentimiento, compró el billete para ver qué pasaba, conforme de antemano con lo que la voluble fortuna le trajese, algo o nada, otros dirían que actuó según un reflejo condicionado de su personalidad. Los escépticos sobre la naturaleza humana, que son muchos y obstinados, vienen sosteniendo que, si bien es cierto que la ocasión no siempre hace al ladrón, también es cierto que ayuda mucho. En cuanto a nosotros, nos permitiremos pensar que si el ciego hubiera aceptado el segundo ofrecimiento del, en definitiva, falso samaritano, en aquel último instante en que la bondad podría haber prevalecido aún, nos referimos al ofrecimiento de quedarse haciéndole compañía hasta que llegase la mujer, quién sabe si el efecto de la responsabilidad moral resultante de la confianza así otorgada no habría inhibido la tentación delictiva y hubiera facilitado que aflorase lo que de luminoso y noble podrá siempre encontrarse hasta en las almas endurecidas por la maldad. Concluyendo de manera plebeya, como no se cansa de enseñarnos el proverbio antiguo, el ciego, creyendo que se santiguaba, se rompió la nariz.

La consciencia moral, a la que tantos insensatos han ofendido y de la que muchos más han renegado, es cosa que existe y existió siempre, no ha sido un invento de los filósofos del Cuaternario, cuando el alma apenas era un proyecto confuso. Con la marcha de los tiempos, más las actividades derivadas de la convivencia y los intercambios genéticos, acabamos metiendo la consciencia en el color de la sangre y en la sal de las lágrimas, y, como si tanto fuera aún poco, hicimos de los ojos una especie de espejos vueltos hacia dentro, con el resultado, muchas veces, de que acaban mostrando sin reserva lo que estábamos tratando de negar con la boca. A esto, que es general, se añade la circunstancia particular de que, en espíritus simples, el remordimiento causado por el mal cometido se confunde frecuentemente con miedos ancestrales de todo tipo, de lo que resulta que el castigo del prevaricador acaba siendo, sin palo ni piedra, dos veces el merecido. No será posible, pues, en este caso, deslindar qué parte de los miedos y qué parte de la consciencia abatida empezaron a conturbar al ladrón en cuanto puso el coche en marcha. Sin duda, no podría resultar tranquilizador ir sentado en el lugar de alguien que sostenía con las manos este mismo volante en el momento en que se quedó ciego, que miró a través de este parabrisas en el momento en que, de repente, sus ojos dejaron de ver, no es preciso estar dotado de mucha imaginación para que tales pensamientos despierten la inmunda y rastrera bestia del pavor, ahí está, alzando ya la cabeza. Pero era también el remordimiento, expresión agravada de una consciencia, como antes dijimos, o, si queremos describirlo en términos sugestivos, una consciencia con dientes para morder, quien ponía ante él la imagen desamparada del ciego cerrando la puerta, No es necesario, no es necesario, había dicho el pobre hombre, y desde aquel momento en adelante no podría dar un paso sin ayuda.

El ladrón redobló la atención sobre el tráfico para impedir que pensamientos tan atemorizadores ocuparan por entero su espíritu, sabía bien que no debía permitirse el menor error, la mínima distracción. La policía andaba por allí, bastaba que algún guardia lo mandara parar, A ver, la documentación del coche, el carné, y otra vez a la cárcel, la dureza de la vida. Ponía el mayor cuidado en obedecer los semáforos, nunca pasarse el rojo, respetar el amarillo, esperar con paciencia hasta que aparezca el verde. A cierta altura se dio cuenta de que estaba empezando a mirar las luces de forma obsesiva. Pasó entonces a regular la velocidad de manera que pudiera coger la onda verde, aunque a veces, para conseguirlo, tuviera que aumentar la velocidad, o, al contrario, reducirla hasta el punto de provocar la irritación de los conductores que venían detrás. Al fin, desorientado, tenso a más no poder, acabó por dirigir el coche hacia una calle transversal secundaria en la que no había semáforos, y lo estacionó casi sin mirar, que buen conductor sí era. Estaba al borde de un ataque de nervios, con estas palabras exactas lo pensó, A ver si ahora me da algo. Jadeaba dentro del coche. Bajó las ventanillas de los dos lados, pero el aire de fuera, aunque se movía, no refrescó la atmósfera interior. Qué hago, se preguntó. El barracón al que debería llevar el coche quedaba lejos, a las afueras de la ciudad, y con aquellos nervios no iba a llegar nunca, Me atrapa un guardia, o tengo un accidente, que todavía sería peor, murmuró. Pensó entonces que lo mejor sería salir un rato del coche, dar una vuelta, airear las ideas, A ver si me quito las telarañas de la cabeza, por el hecho de que el tipo aquel se quedara ciego no me va a pasar lo mismo a mí, esto no es una gripe que se pegue, doy una vuelta a la manzana y se me pasa. Salió, no valía la pena cerrar el coche, estaría de vuelta en un momento, y se alejó. Aún no había andado treinta pasos cuando se quedó ciego.

En el consultorio el último cliente atendido fue el viejo bondadoso, el que había dicho palabras tan llenas de piedad por aquel pobre hombre que se había quedado ciego de repente. Iba sólo para que le dieran la fecha de la operación de catarata en el único ojo que le quedaba, que la venda tapaba una ausencia y no tenía nada que ver con el caso de ahora. Son cosas que vienen con la edad, le había dicho el médico tiempo atrás, cuando la catarata esté madura la quitamos, luego no va a reconocer el mundo en que vivió, ya verá. Cuando salió el viejo de la venda negra, y la enfermera dijo que no había más pacientes en la sala de espera, el médico cogió la ficha del hombre que se había quedado ciego súbitamente, la leyó una, dos veces, pensó durante unos minutos, y luego fue al teléfono y llamó a un colega, con quien sostuvo la siguiente conversación, Oye, mira, he tenido hoy un caso extrañísimo, un hombre que perdió la vista de repente, el examen no ha mostrado nada, ninguna lesión perceptible, ni indicios de malformación de nacimiento, dice que lo ve todo blanco, con una especie de blancura lechosa, espesa, que se le agarra a los ojos, estoy intentando expresar del mejor modo posible la descripción que me hizo, sí, claro que es subjetivo, no, el hombre es joven, treinta y ocho años, tienes noticia de algún caso semejante, has leído, oíste hablar de algo así, ya lo pensaba yo, por ahora no le veo solución, para ganar tiempo le mandé que se hiciera unos análisis, sí, podemos verlo juntos uno de estos días, después de cenar voy a echar un vistazo a los libros, revisar bibliografía, a ver si se me ocurre algo, sí, ya sé, la agnosis, la ceguera psíquica, podría ser, pero se trataría entonces del primer caso de estas características, porque de lo que no hay duda es de que el hombre está ciego, la agnosis, lo sabemos, es la incapacidad de reconocer lo que se ve, también he pensado en eso, o en que se tratase de una amaurosis, pero recuerda lo que te he dicho, es una ceguera blanca, precisamente lo contrario de la amaurosis, que es tiniebla total, a no ser que exista una amaurosis blanca, una tiniebla blanca, por así decirlo, sí, ya sé, algo que no se ha visto nunca, de acuerdo, mañana le llamo, le digo que queremos examinarlo los dos. Terminada la conversación, el médico se recostó en el sillón, se quedó así unos minutos, luego se levantó, se quitó la bata con movimientos fatigados, lentos. Fue al baño para lavarse las manos, pero esta vez no le preguntó al espejo, metafísicamente, Qué será eso, había recuperado el espíritu científico, el hecho de que la

agnosis y la amaurosis se encontraran identifica-
das y definidas con precisión en los libros y en la
práctica no significaba que no surgieran variedades, mutaciones, si es adecuada la palabra, y ahora parecían haber llegado. Hay mil razones para
que el cerebro se cierre, sólo esto, y nada más,
como una visita tardía que encontrara clausura-
dos sus propios umbrales. El oftalmólogo tenía
gustos literarios y encontraba citas oportunas.

Por la noche, después de cenar, le dijo a la
mujer, Vino a la consulta un hombre con un caso extraño, podría tratarse de una variante de ceguera psíquica o de amaurosis, pero no consta
que tal cosa se haya comprobado alguna vez,
Qué enfermedades son ésas, lo de la amaurosis y
lo otro, preguntó la mujer. El médico dio unas
explicaciones accesibles a un entendimiento
normal y, satisfecha la curiosidad, fue al estante,
a buscar en los libros de la especialidad, unos antiguos, de los años de Facultad, otros más modernos, algunos de publicación reciente que aún
no había tenido tiempo de estudiar. Consultó
los índices metódicamente, leyó todo lo que encontraba allí sobre la agnosis y la amaurosis, con
la impresión incómoda de sentirse intruso en un
terreno que no era el suyo, el misterioso campo
de la neurocirugía, sobre el que sólo tenía escasas luces. Avanzada la noche, apartó los libros
que había estado consultando, se frotó los ojos
fatigados y se reclinó en el sillón. En aquel momento, la alternativa se le presentaba con toda

claridad. Si el caso era agnosis, el paciente estaría viendo ahora lo que siempre había visto, es decir, no habría sobrevenido disminución alguna de agudeza visual, simplemente ocurría que el cerebro se habría vuelto incapaz de reconocer una silla donde hubiera una silla, seguiría, pues, reaccionando correctamente a los estímulos luminosos a través del nervio óptico, pero, para decirlo en lenguaje común, al alcance de gente poco informada, habría perdido la capacidad de saber que sabía, y, más aún, de decirlo. En cuanto a la amaurosis, no cabía la menor duda. Para que lo fuese efectivamente, el paciente tendría que verlo todo negro, salvando, desde luego, el uso de tal verbo, ver, cuando de tinieblas absolutas se trata. El ciego había afirmado categóricamente que veía, salvado sea también el verbo, un color blanco uniforme, denso, como si, con los ojos abiertos, se encontrara sumergido en un mar lechoso. Una amaurosis blanca, aparte de ser etimológicamente una contradicción, sería también una imposibilidad neurológica, visto que el cerebro, que no podría entonces percibir las imágenes, las formas y los colores de la realidad, tampoco podría, por decirlo así, cubrir de blanco, de un blanco continuo, como pintura blanca sin tonalidades, los colores, las formas y las imágenes que la misma realidad presentase a una visión normal, por problemático que resulte hablar, con efectiva propiedad, de visión normal. Con la consciencia clarísima de encontrarse metido en un callejón aparentemente sin salida, el médico movió la cabeza desalentado y miró a su alrededor. Su mujer se había retirado ya, recordaba vagamente que se le había acercado un momento y que le había besado en el pelo, Me voy a acostar, debió de decir, la casa estaba ahora silenciosa, sobre la mesa se veían los libros dispersos, Qué será esto, pensó, y de pronto sintió miedo, como si también él fuera a quedarse ciego en el instante siguiente y lo supiera ya. Contuvo la respiración y esperó. No ocurrió nada. Ocurrió un momento después, cuando juntaba los libros para ordenarlos en la estantería. Primero se dio cuenta de que había dejado de verse las manos, después supo que estaba ciego.

El mal de la muchacha de las gafas oscuras no era grave, tenía sólo una conjuntivitis de lo más sencilla, que el remedio que le había recetado el médico iba a resolver en poco tiempo. Ya sabe, durante estos días sólo se tiene que quitar las gafas para dormir, le había dicho. La broma era antigua, seguro que había pasado de generación en generación de oftalmólogos, pero el efecto se repetía siempre, el médico sonreía al decirlo, sonreía el paciente al oírlo, y en este caso valía la pena, pues la muchacha tenía bonitos dientes, y sabía cómo mostrarlos. Por natural misantropía o por excesivas decepciones en la vida, cualquier escéptico común, conocedor de los pormenores de la vida de esta mujer, insinuaría que la belleza de la sonrisa no pasaba de ser artimaña del oficio, pero sería una afirmación malvada y gratuita, porque aquella sonrisa ya era así en los tiempos, no tan distantes, en los que aquella mujer era una chiquilla, palabra en desuso, cuando el futuro era una carta cerrada y aún estaba por nacer la curiosidad de abrirla. Simplificando, pues, se podría incluir a esta mujer en la categoría de las llamadas prostitutas, pero la complejidad del entramado de relaciones sociales, tanto diurnas como nocturnas, tanto verticales como horizontales, de la época aquí descrita, aconseja moderar cualquier tendencia a los juicios perentorios, definitivos, manía de la que, por exagerada suficiencia, nunca conseguiremos librarnos. Aunque sea evidente lo mucho que de nube hay en Juno, no es lícito obstinarse en confundir con una diosa griega lo que no pasa de ser una vulgar masa de gotas de agua flotando en la atmósfera. Sin duda, esta mujer va a la cama a cambio de dinero, lo que permitiría, probablemente, y sin más consideraciones, clasificarla como prostituta, pero, siendo cierto que sólo va cuando quiere y con quien ella quiere, no es desdeñable la probabilidad de que tal diferencia de derecho deba determinar cautelarmente su exclusión del gremio, entendido como un todo. Ella tiene, como la gente normal, una profesión, y, también, como la gente normal, aprovecha las horas que le quedan libres para dar algunas alegrías al cuerpo y suficientes satisfacciones a sus necesidades, tanto a las particulares como a las generales. Si no se pretende reducirla a una definición primaria, lo que en definitiva debería decirse de ella, en sentido lato, es que vive como le apetece y, además, saca de ello todo el placer que puede.

Se había hecho de noche cuando salió del consultorio. No se quitó las gafas, la iluminación de las calles le molestaba, especialmente la de los anuncios. Entró en una farmacia a comprar el colirio que el médico le había recetado, decidió no darse por aludida cuando el dependiente dijo que es injusto que ciertos ojos anden cubiertos por cristales oscuros, observación que, aparte de impertinente en sí misma, y además expresada por un mancebo de botica, imaginen, venía a contrariar su convicción de que las gafas oscuras le daban un aire embriagador y misterioso capaz de provocar el interés de los hombres que pasaban, y, eventualmente, corresponderles, de no darse hoy la circunstancia de que alguien la está esperando, una cita que promete mucho, tanto en lo referente a satisfacciones materiales como a satisfacciones de otro tipo. El hombre con quien iba a verse era un conocido, no le importó que ella le dijera que no podría quitarse las gafas oscuras, aunque el médico no le había dado aún orden al respecto, el caso es que al hombre hasta le hizo gracia, era una novedad. A la salida de la farmacia, la muchacha llamó un taxi, dio el nombre de un hotel. Recostada en el asiento, prelibaba ya, si se acepta el término, las distintas y múltiples sensaciones del goce sensual, desde el primer y sabio roce de labios, desde la primera caricia íntima, hasta las sucesivas explosiones de un orgasmo que la dejaría agotada y feliz, como si la estuvieran crucificando, dicho sea con perdón, en una girándula ofuscadora y vertiginosa. Tenemos, pues, razones para concluir que la chica de las gafas oscuras, si la pareja supo cumplir cabalmente, en tiempo y técnica, con su obligación, paga siempre por adelantado y el doble de lo que luego cobra. En medio de estos pensamientos, sin duda porque había pagado hacía un momento una consulta, se preguntó si no sería conveniente subir, a partir de hoy mismo, su tarifa, lo que, con risueño optimismo, solía llamar su justo nivel de compensación.

Mandó parar el taxi una manzana antes, se mezcló con la gente que iba en la misma dirección, como dejándose llevar por ella, anónima y sin ninguna culpa notoria. Entró en el hotel con aire natural, cruzó el vestíbulo hacia el bar. Llegaba con unos minutos de adelanto, y tendría que esperar, pues la hora de la cita había sido fijada con precisión. Pidió un refresco y lo tomó sosegadamente, sin posar los ojos en nadie, no quería que la confundieran con una vulgar cazadora de hombres. Un poco más tarde, como una turista que sube al cuarto a descansar después de haber pasado la tarde por los museos, se dirigió al ascensor. La virtud, habrá aún quien lo ignore, siempre encuentra escollos en el durísimo camino de la perfección, pero el pecado y el vicio se ven tan favorecidos por la fortuna que todo fue llegar y se abrieron ante ella las puertas del ascensor. Salieron dos huéspedes, un matrimonio de edad avanzada, ella entró y apretó el botón del tercero, trescientos doce era el número que la esperaba, es aquí, llamó discretamente a la puerta, diez minutos después estaba ya desnuda, a los quince gemía, a los dieciocho susurraba palabras de amor que ya no tenía necesidad de fingir, a los veinte empezaba a perder la cabeza, a los veintiuno sintió que su cuerpo se desquiciaba de placer, a los veintidós gritó, Ahora, ahora, y cuando recuperó la consciencia, dijo, agotada y feliz, Aún lo veo todo blanco.

Al ladrón del coche lo llevó un policía a casa. No podía el circunspecto y compasivo agente de la autoridad imaginar que llevaba a un empedernido delincuente cogido por el brazo, y no para impedir que se escapara, como habría ocurrido en otra ocasión, sino, simplemente, para que el pobre hombre no tropezara y se cayera. En compensación, nos es muy fácil imaginar el susto de la mujer del ladrón cuando, al abrir la puerta, se encontró ante ella con un policía de uniforme que traía sujeto, o así le pareció, a un decaído prisionero, a quien, a juzgar por la tristeza de la cara, debía de haberle ocurrido algo peor que la detención. Por un instante, pensó la mujer que habrían atrapado a su hombre en flagrante delito y que el policía estaba allí para registrar la casa, idea ésta, por otra parte, y por paradójico que parezca, bastante tranquilizadora, considerando que el marido sólo robaba coches, objetos que, por su tamaño, no se pueden ocultar bajo la cama. No duró mucho la duda, pues el policía dijo, Este señor está ciego, encárguese de él, y la mujer, que debería sentirse aliviada porque el agente venía al fin sólo de acompañante, percibió

43

la dimensión de la fatalidad que le entraba por la puerta cuando un marido deshecho en lágrimas cayó en sus brazos diciendo lo que ya sabemos.

La chica de las gafas oscuras también fue conducida a casa de sus padres por un policía, pero lo picante de las circunstancias en que la ceguera se manifestó, una mujer desnuda, gritando en un hotel, alborotando a los clientes, mientras el hombre que estaba con ella intentaba escabullirse embutiéndose trabajosamente los pantalones, moderaba, en cierto modo, el dramatismo obvio de la situación. La ciega, corrida de vergüenza, sentimiento en todo compatible, por mucho que rezonguen los prudentes fingidos y los falsos virtuosos, con los mercenarios ejercicios amatorios a que se dedicaba, tras los gritos lacerantes que dio al comprender que la pérdida de visión no era una nueva e imprevista consecuencia del placer, apenas se atrevía a llorar y lamentarse cuando, con malos modos, vestida a toda prisa, casi a empujones, la llevaron fuera del hotel. El policía, en tono que sería sarcástico si no fuera simplemente grosero, quiso saber, después de haberle preguntado dónde vivía, si tenía dinero para el taxi, En estos casos, el Estado no paga, advirtió, procedimiento al que, anotémoslo al margen, no se le puede negar cierta lógica, dado que esas personas pertenecen al número de las que no pagan impuestos sobre el rendimiento de sus inmorales réditos. Ella afirmó con la cabeza, pero, estando ciega como estaba, pensó que quizá el policía no había visto su gesto y murmuró, Sí, tengo, y para sí, añadió, Y ojalá no lo tuviera, palabras que nos parecerán fuera de lugar, pero que, si atendemos a las circunvoluciones del espíritu humano, donde no existen caminos cortos y rectos, acaban, esas palabras, por resultar absolutamente claras, lo que quiso decir es que había sido castigada por su mal comportamiento, por su inmoralidad, en una palabra. Le dijo a su madre que no iría a cenar, y ahora resulta que iba a llegar muy a tiempo, antes incluso que el padre.

Diferente fue lo que pasó con el oculista, no sólo porque estaba en casa cuando le atacó la ceguera, sino porque, siendo médico, no iba a entregarse sin más a la desesperación, como hacen aquellos que de su cuerpo sólo saben cuando les duele. Hasta en una situación como ésta, angustiado, teniendo por delante una noche de ansiedad, fue aún capaz de recordar lo que Homero escribió en La *Ilíada*, poema de la muerte y el sufrimiento sobre cualquier otro, Un médico, sólo por sí, vale por varios hombres, palabras que no vamos a entender como directamente cuantitativas sino cualitativamente, como comprobaremos enseguida. Tuvo el valor de acostarse sin despertar a la mujer, ni siquiera cuando ella, murmurando medio dormida, se movió en la cama para sentirlo más próximo. Horas y horas despierto, lo poco que consiguió dormir fue por puro agotamiento. Deseaba que no terminara la noche para no tener que anunciar, él, cuyo oficio era curar los males de los ojos ajenos, Estoy ciego, pero al mismo tiempo quería que llegase rápidamente la luz del día, con estas exactas palabras lo pensó, La luz del día, sabiendo que no iba a verla. Realmente, un oftalmólogo ciego no serviría para mucho, pero tenía que informar a las autoridades sanitarias, avisar de lo que podría estar convirtiéndose en una catástrofe nacional, nada más y nada menos que un tipo de ceguera desconocido hasta ahora, con todo el aspecto de ser muy contagioso y que, por lo visto, se manifestaba sin previa existencia de patologías anteriores de carácter inflamatorio, infeccioso o degenerativo, como pudo comprobar en el ciego que había ido a verle al consultorio, o como en su mismo caso se confirmaría, una miopía leve, un leve astigmatismo, todo tan ligero que de momento había decidido no usar lentes correctoras. Ojos que habían dejado de ver, ojos que estaban totalmente ciegos, pero que se encontraban en perfecto estado, sin la menor lesión, reciente o antigua, de origen o adquirida. Recordó el examen minucioso que había hecho al ciego, y cómo las diversas partes del ojo accesibles al oftalmoscopio se presentaban sanas, sin señal de alteraciones mórbidas, situación muy rara a los treinta y ocho años que el hombre había dicho tener, y hasta en gente de menos edad. Aquel hombre no debía de estar ciego, pensó, olvidando por unos instantes que también él lo estaba, hasta este punto puede llegar la abnegación, y esto no es cosa de ahora, recordemos lo que dijo Homero, aunque con palabras que parecen diferentes.

Cuando la mujer se levantó, se fingió dormido. Sintió el beso que ella le dio en la frente, muy suave, como si no quisiera despertarlo de lo que creía un sueño profundo, quizá había pensado, Pobrecillo, se acostó tarde, estudiando aquel extraordinario caso del infeliz hombre ciego. Solo, como si se fuera apoderando de él lentamente una nube espesa que le cargase sobre el pecho y le entrase por las narices cegándolo por dentro, el médico dejó brotar un gemido breve, permitió que dos lágrimas, Serán blancas, pensó, le inundaran los ojos y se derramaran por las mejillas, a un lado y a otro de la cara, ahora comprendía el miedo de sus pacientes cuando le decían, Doctor, me parece que estoy perdiendo la vista. Llegaban hasta el dormitorio los pequeños ruidos domésticos, no tardaría la mujer en acercarse a ver si seguía durmiendo, era ya casi la hora de salir para el hospital. Se levantó con cuidado, a tientas buscó y se puso el batín, entró en el cuarto de baño, orinó. Luego se volvió hacia donde sabía que estaba el espejo, esta vez no preguntó Qué será esto, no dijo Hay mil razones para que el cerebro humano se cierre, sólo extendió las manos hasta tocar el vidrio, sabía que su imagen estaba allí, mirándolo, la imagen lo veía a él, él no veía la imagen. Oyó que la mujer entraba en el cuarto, Ah, estás ya levantado, dijo, y él respondió, Sí. Luego la sintió a su lado, Buenos días, amor, se saludaban aún con palabras de cariño después de tantos años de casados, y entonces él dijo, como si los dos estuvieran representando un papel y ésta fuera la señal para que iniciara su frase, Creo que no van a ser muy buenos, tengo algo en la vista. Ella sólo prestó atención a la última parte de la frase, Déjame ver, pidió, le examinó los ojos con atención, No veo nada, la frase estaba evidentemente cambiada, no correspondía al papel de la mujer, era él quien tenía que pronunciarla, pero la dijo sencillamente, así, No veo, y añadió, Supongo que el enfermo de ayer me ha contagiado su mal.

Con el tiempo y la intimidad, las mujeres de los médicos acaban también por entender algo de medicina, y ésta, tan próxima en todo a su marido, había aprendido lo bastante para saber que la ceguera no se pega sólo porque un ciego mire a alguien que no lo es, la ceguera es una cuestión privada entre la persona y los ojos con que nació. En todo caso, un médico tiene la obligación de saber lo que dice, para eso ha ido a la Facultad, y si éste, aparte de haberse declarado ciego, admite la posibilidad de que le hayan contagiado, quién es la mujer para dudarlo, por mucho de médico que sea. Se comprende, pues, que la pobre señora, ante la evidencia indiscutible, acabara por reaccionar como cualquier esposa vulgar, dos conocemos ya, abrazándose al marido, ofreciendo las naturales muestras de dolor, Y ahora, qué vamos a hacer, preguntaba entre lágrimas, Tenemos que avisar a las autoridades sanitarias, al ministerio, es lo más urgente, si se trata realmente de una epidemia hay que tomar providencias, Pero una epidemia de ceguera es algo que nunca se ha visto, alegó la mujer queriendo agarrarse a esta última esperanza, Tampoco se ha visto nunca un ciego sin motivos aparentes para serlo, y en este momento hay, al menos, dos. Apenas había acabado de pronunciar la última palabra cuando se le transformó el rostro. Empujó a la mujer casi con violencia, él mismo retrocedió, Apártate, no te acerques a mí, puedo contagiarte, y luego, golpeándose la cabeza con los puños cerrados, Estúpido, estúpido, médico idiota, cómo no lo pensé, una noche entera juntos, tendría que haberme quedado en el despacho, con la puerta cerrada, e incluso así, Por favor, no hables de esa manera, lo que haya de ser, será, anda, ven, te voy a preparar el desayuno, Déjame, déjame, No te dejo, gritó la mujer, qué quieres hacer, andar por ahí dando tumbos, chocando contra los muebles, buscando a tientas el teléfono, sin ojos para encontrar en el listín los números que necesitas, mientras yo asisto tranquilamente al espectáculo, metida en una redoma de cristal a prueba de contaminación. Lo agarró del brazo con firmeza, y dijo, Vamos, amor.

Era aún temprano cuando el médico acabó de tomar, imaginemos con qué placer, su taza de café y la tostada que la mujer se empeñó en prepararle, demasiado temprano para encontrar en su sitio de trabajo a las personas a quienes debería informar. La lógica y la eficacia mandaban que su participación de lo que estaba ocurriendo se hiciera directamente, comunicándolo lo antes posible a un alto cargo responsable del ministerio de la Salud, pero no tardó en cambiar de idea cuando se dio cuenta de que presentarse sólo como un médico que tenía una información importante y urgente que comunicar no era suficiente para convencer al funcionario medio con quien, por fin, después de muchos ruegos, la telefonista condescendió a ponerlo en contacto. El hombre quiso saber de qué se trataba, antes de pasarlo a su superior inmediato, y estaba claro que cualquier médico con sentido de la responsabilidad no iba a ponerse a anunciar la aparición de una epidemia de ceguera al primer subalterno que se le pusiera delante, el pánico sería inmediato. Respondía desde el otro lado el funcionario, Me dice usted que es médico, si quiere que le diga que le creo, sí, le creo, pero yo tengo órdenes, o me dice de qué se trata, o cuelgo, Es un asunto confidencial, Los asuntos confidenciales no se tratan por teléfono, será mejor que venga aquí personalmente, No puedo salir de casa, Quiere decir que está enfermo, Sí, estoy enfermo, dijo el ciego tras una breve vacilación, En ese caso, lo que tiene que hacer es llamar al médico, a un médico auténtico, replicó el funcionario, y, muy satisfecho de su ingenio, colgó el teléfono.

El médico recibió aquella insolencia como una bofetada. Sólo pasados unos minutos tuvo serenidad suficiente para contar a la mujer la grosería con que le habían tratado. Después, como si acabase de descubrir algo que estuviera obligado a saber desde mucho tiempo antes, murmuró, triste, De esa masa estamos hechos, mitad indiferencia y mitad ruindad. Iba a preguntar, vacilante, Y ahora qué hago, cuando comprendió que había estado perdiendo el tiempo, que la única forma de hacer llegar la información a donde convenía, y por vía segura, sería hablar con el director de su propio servicio hospitalario, de médico a médico, sin burócratas por medio, y que él se encargase luego de poner en marcha el maldito engranaje oficial. La mujer marcó el número, lo sabía de memoria. El médico se identificó cuando se pusieron al teléfono, luego dijo rápidamente, Bien, gracias, sin duda la telefonista le había preguntado, Cómo está, doctor, es lo que decimos cuando no queremos mostrar nuestra debilidad, decimos, Bien, aunque nos estemos muriendo, a esto le llama el vulgo hacer de tripas corazón, fenómeno de conversión visceral que sólo en la especie humana ha sido observado. Cuando el director atendió el teléfono, Hola, qué hay, qué pasa, el médico le preguntó si estaba solo, si no había nadie cerca que pudiera oír, de la telefonista nada había que temer, tenía más cosas que hacer que escuchar conversaciones sobre oftalmopatías, a ella sólo le interesaba la ginecología. El relato del médico fue breve pero completo, sin rodeos, sin palabras de más, sin redundancias, y hecho con una sequedad clínica que, teniendo en cuenta la situación, incluso sorprendió al director, Pero realmente está usted ciego, preguntó, Totalmente ciego, En todo caso, podría tratarse de una coincidencia, podría no ser realmente, en su sentido exacto, un contagio, De acuerdo, el contagio no está demostrado, pero no se trata de que nos quedáramos ciegos él y yo, cada uno en su casa, sin habernos visto, el hombre llegó ciego a mi consulta y yo me quedé ciego pocas horas después, Cómo podríamos encontrar a ese hombre, Tengo su nombre y su dirección en el consultorio, Mandaré inmediatamente a alguien, Un médico, Sí, claro, un colega, No le parece que tendríamos que comunicar al ministerio lo que está pasando, Por ahora me parece prematuro, piense en la alarma pública que causaría una noticia así, por todos los diablos, la ceguera no se pega, Tampoco la muerte se pega, y todos nos morimos, Bien, quédese en casa mientras trato el caso, luego lo mandaré a buscar, quiero observarlo, Recuerde que estoy ciego por haber observado a un ciego, No hay seguridad de eso, Hay, al menos, una buena presunción de causa a efecto, Sin duda, no obstante, es aún demasiado pronto para sacar conclusiones, dos casos aislados no tienen significación estadística, Salvo si somos ya más de dos, Comprendo su estado de ánimo, pero tenemos que defendernos de pesimismos que podrían resultar infundados, Gracias, Volveremos a hablar, Hasta luego.

Media hora después, el médico, torpemente y con ayuda de la mujer, había acabado de afeitarse. Sonó el teléfono. Era otra vez el director del servicio oftalmológico, pero la voz, ahora, sonaba distinta, Tenemos aquí a un niño que también se ha quedado ciego de repente, lo ve todo blanco, la madre dice que estuvo ayer con él en su consultorio, Supongo que es un niño que sufre estrabismo divergente del ojo izquierdo, Sí, No hay duda, es él, Empiezo a estar preocupado, la situación es realmente seria, El ministerio, Sí, claro, voy a hablar inmediatamente con la dirección. Pasadas unas tres horas, cuando el médico y su mujer estaban comiendo en silencio, él tanteando con el tenedor las tajaditas de carne que ella le había cortado, volvió a sonar el teléfono. La mujer lo atendió, volvió inmediatamente, Tienes que ir tú, es del ministerio. Le ayudó a levantarse, lo condujo hasta el despacho y le dio el auricular. La conversación fue rápida. El ministerio quería saber la identidad de los pacientes que habían estado el día anterior en su consultorio, el médico respondió que en sus respectivas fichas clínicas figuraban todos los elementos de identificación, el nombre, la edad, el estado civil, la profesión, el domicilio, y terminó declarándose dispuesto a acompañar a la persona o personas que fuesen a recogerlos. Del otro lado, el tono fue cortante, No lo necesitamos. El teléfono cambió de mano, la voz que salió de él era diferente, Buenas tardes, habla el ministro, en nombre del Gobierno le agradezco su celo, estoy seguro de que gracias a la rapidez con que usted ha actuado vamos a poder circunscribir y controlar la situación, entretanto, haga el favor de permanecer en su casa. Las palabras finales fueron pronunciadas con expresión formalmente cortés, pero no dejaban la menor duda sobre el hecho de que eran una orden. El médico respondió, Sí, señor ministro, pero ya habían colgado.

Pocos minutos después, otra voz al teléfono. Era el director clínico del hospital, nervioso, hablando atropelladamente, Ahora mismo acabo de recibir información de la policía de que hay dos casos más de ceguera fulminante, Policías, No, un hombre y una mujer, a él lo encontraron en la calle, gritando que estaba ciego, y ella estaba en un hotel cuando perdió la vista, una historia de cama, según parece, Es necesario averiguar si se trata también de enfermos míos, sabe cómo se llaman, No me lo han dicho, Del ministerio han hablado ya conmigo, van a ir al consultorio a recoger las fichas, Qué situación, Dígamelo a mí. El médico colgó el teléfono, se llevó las manos a los ojos, allí las dejó como si quisiera defenderlos de males peores, al fin exclamó sordamente, Qué cansado estoy, Duerme un poco, te llevaré hasta la cama, dijo la mujer, No vale la pena, no podría dormir, además, todavía no se ha acabado el día, algo más va a ocurrir.

Eran casi las seis cuando sonó el teléfono por última vez. El médico estaba sentado al lado, levantó el auricular, Sí, soy yo, dijo, escuchó con atención lo que le estaban diciendo, y sólo hizo un leve movimiento de cabeza antes de colgar. Quién era, preguntó la mujer, Del ministerio, viene una ambulancia a buscarme dentro de media hora, Eso era lo que esperabas que ocurriera, Más o menos, sí, Adónde te llevan, No lo sé, supongo que a un hospital, Te voy a preparar la maleta, algo de ropa, No es un viaje, No sabemos qué es. Lo llevó con cuidado hasta el dormitorio, lo hizo sentarse en la cama, Quédate ahí tranquilo, yo me encargo de todo. La oyó moverse de un lado a otro, abrir y cerrar cajones, armarios, sacar ropa y luego ordenarla en la maleta colocada en el suelo, pero lo que él no pudo ver es que, aparte de su propia ropa, había metido unas cuantas faldas y blusas, ropa interior, un vestido, unos zapatos que sólo podían ser de mujer. Pensó vagamente que no iba a necesitar tantas cosas, pero se calló porque no era el momento de hablar de insignificancias. Se oyó el restallido de las cerraduras, luego la mujer dijo, Bueno, ya puede venir la ambulancia. Llevó la maleta al vestíbulo, la dejó junto a la puerta, rechazando la ayuda del marido, que decía, Déjame ayudarte, eso puedo hacerlo yo, no estoy tan inválido. Luego se sentaron en el sofá de la sala, esperando. Tenían las manos cogidas, y él dijo, No sé cuánto tiempo vamos a tener que estar separados, y ella respondió, No te preocupes.

Esperaron casi una hora. Cuando sonó el timbre de la puerta, ella se levantó y fue a abrir, pero en el descansillo no había nadie. Descolgó el interfono, Muy bien, ahora baja, respondió. Se volvió hacia el marido y le dijo, Que esperan ahí abajo, tienen orden expresa de no subir, Por lo visto en el ministerio están realmente asustados, Vamos. Tomaron el ascensor, ella ayudó al marido a bajar los últimos escalones, luego a entrar en la ambulancia, volvió al portal a buscar la maleta, la alzó ella sola y la empujó hacia dentro. Después subió a la ambulancia y se sentó al lado del marido. El conductor protestó desde el asiento delantero. Sólo puedo llevarlo a él, son las órdenes que tengo, tiene usted que salir. La mujer respondió con calma, Tiene que llevarme también a mí, acabo de quedarme ciega.

La ocurrencia había brotado de la cabeza del ministro mismo. Era, por cualquier lado que se la examinara, una idea feliz, incluso perfecta, tanto en lo referente a los aspectos meramente sanitarios del caso como a sus implicaciones sociales y a sus derivaciones políticas. Mientras no se aclarasen las causas, o, para emplear un lenguaje adecuado, la etiología del mal blanco, como gracias a la inspiración de un asesor imaginativo la malsonante palabra ceguera sería designada, mientras no se encontrara para aquel mal tratamiento y cura, y quizá una vacuna que previniera la aparición de casos futuros, todas las personas que se quedaran ciegas, y también quienes con ellas hubieran tenido contacto físico o proximidad directa, serían recogidas y aisladas, para evitar así ulteriores contagios que, de verificarse, se multiplicarían según lo que matemáticamente es costumbre denominar progresión geométrica. *Quod erat demonstrandum*, concluyó el ministro. En palabras al alcance de todo el mundo, se trataba de poner en cuarentena a todas aquellas personas, de acuerdo con la antigua práctica, heredada de los tiempos del cólera y de

la fiebre amarilla, cuando los barcos contaminados, o simplemente sospechosos de infección,
tenían que permanecer apartados cuarenta días,
Hasta ver. Estas mismas palabras, Hasta ver, in-
tencionales por su tono, pero sibilinas por faltarle otras, fueron pronunciadas por el ministro,
que más tarde precisó su pensamiento, Quería
decir que tanto pueden ser cuarenta días como
cuarenta semanas, o cuarenta meses, o cuarenta
años, lo que es preciso es que nadie salga de allí.
Ahora hay que decidir dónde los metemos, señor ministro, dijo el presidente de la Comisión
de Logística y Seguridad, nombrada al efecto
con toda prontitud, que debería encargarse del
transporte, aislamiento y auxilio a los pacientes,
De qué posibilidades inmediatas disponemos,
quiso saber el ministro, Tenemos un manicomio
vacío, en desuso, a la espera de destino, unas instalaciones militares que dejaron de ser utilizadas
como consecuencia de la reciente reestructura-
ción del ejército, una feria industrial en fase ade-
lantada de construcción, y hay también, y no
han conseguido explicarme por qué, un hipermercado en quiebra, Y, en su opinión, cuál serviría mejor a los fines que nos ocupan, El cuartel
es lo que ofrece mejores condiciones de seguridad, Naturalmente, Tiene, no obstante, un inconveniente, es demasiado grande, y la vigilancia de los internos sería difícil y costosa,
Entiendo, En cuanto al hipermercado, habría
que contar, probablemente, con impedimentos

jurídicos diversos, cuestiones legales a tener en cuenta, Y la feria, La feria, señor ministro, creo que sería mejor no pensar en ella, Por qué, No le gustaría al ministerio de Industria, se han invertido allí millones, Queda el manicomio, Sí, señor ministro, el manicomio, Pues el manicomio, Sin duda es el edificio más adecuado, porque, aparte de estar rodeado de una tapia en todo su perímetro, tiene la ventaja de que se compone de dos alas, una que destinaremos a los ciegos propiamente dichos, y otra para los contaminados, aparte de un cuerpo central que servirá, por así decir, de tierra de nadie, por donde los que se queden ciegos podrán pasar hasta juntarse a los que ya lo están. Veo un problema, Cuál, señor ministro, Nos veremos obligados a meter allí personal para orientar las transferencias, y no creo que haya voluntarios, No creo que sea necesario, señor ministro, A ver, explíquese, En caso de que uno de los contaminados se quede ciego, como es natural que ocurra antes o después, los que aún conservan la vista lo echarán de allí de inmediato, Es verdad, Del mismo modo que no permitirían la entrada de un ciego que quisiera cambiar de sitio, Bien pensado, Gracias, señor ministro, podemos pues poner en marcha el plan, Sí, tiene carta blanca.

La comisión actuó con rapidez y eficacia. Antes de que anocheciera ya habían sido recogidos todos los ciegos de que había noticia, y también cierto número de posibles contagiados, al menos aquellos a quienes fue posible identificar y localizar en una rápida operación de rastreo ejercida sobre todo en los medios familiares y profesionales de los afectados por la pérdida de visión. Los primeros en ser trasladados al manicomio desocupado fueron el médico y su mujer. Había soldados de vigilancia. Se abrió el portalón para que los ciegos pasaran, y luego fue cerrado de inmediato. Sirviendo de pasamanos, una gruesa cuerda iba del portón de entrada a la puerta principal del edificio. Sigan un poco hacia la derecha, ahí hay una cuerda, agárrenla y síganla siempre hacia delante, hacia delante, hasta los escalones, los escalones son seis, advirtió un sargento. Ya en el interior, la cuerda se bifurcaba, una hacia la izquierda, otra hacia la derecha, el sargento gritó, Atención, su lado es el derecho. Al tiempo que arrastraba la maleta, la mujer guiaba al marido hacia la sala más próxima a la entrada. Era amplia como una enfermería antigua, con dos filas de camas pintadas de un gris ceniciento, pero ya con la pintura descascarillada. Las mantas, las sábanas y las colchas eran del mismo color. La mujer llevó al marido al fondo de la sala, lo hizo sentarse en una de las camas, y le dijo, No salgas de aquí, voy a ver cómo es esto. Había más salas, corredores largos y estrechos, gabinetes que habrían servido como despachos de los médicos, letrinas empercudidas, una cocina que conservaba aún el hedor de mala comida, un enorme refectorio con mesas forradas de cinc, tres celdas acolchadas hasta la altura de dos metros y cubiertas de láminas de corcho a partir de ahí. Detrás del edificio había un cercado abandonado, un jardín con árboles descuidados, los troncos parecían desollados. Se encontraba basura por todas partes. La mujer del médico volvió hacia dentro. En un armario medio abierto encontró camisas de fuerza. Cuando llegó junto al marido le preguntó, A que no eres capaz de imaginar adónde nos han traído, No, iba a añadir, A un manicomio, pero él se adelantó, Tú no estás ciega, no puedo permitir que te quedes aquí, Sí, tienes razón, no estoy ciega, Voy a pedirles que te lleven a casa, les diré que los engañaste para quedarte conmigo, No vale la pena, desde donde están no te oyen, y, aunque te oyeran no te harían caso, Pero tú puedes ver, Por ahora, lo más probable es que me quede también ciega un día de éstos o dentro de un minuto, Vete, por favor, No insistas, además, estoy segura de que los soldados no me dejarían poner un pie fuera, No te puedo obligar, No, amor mío, no puedes, me quedo aquí para ayudarte y para ayudar a los que vengan, pero no les digas que yo veo, Qué otros, No creerás que vamos a ser los únicos, Esto es una locura, Debe serlo, estamos en un manicomio.

Los otros llegaron juntos. Los habían recogido en sus casas, uno tras otro, el del automóvil fue el primero, el ladrón que lo robó, la chica de las gafas oscuras, el niño estrábico, ése no, a ése lo fueron a buscar al hospital al que su madre lo había llevado. La madre no venía con él, no había tenido la astucia de la mujer del médico, decir que estaba ciega sin estarlo, es una mujer sencilla, incapaz de mentir, ni siquiera en su beneficio. Entraron en la sala tropezando, tanteando el aire, aquí no había cuerda que los guiase, tendrían que ir aprendiendo a costa de su dolor, el niño lloraba, llamaba a su madre, y era la chica de las gafas oscuras la que intentaba sosegarlo, Ya viene, ya viene, le decía, y como llevaba las gafas oscuras, tanto podía estar ciega como no, los otros movían los ojos a un lado y a otro y nada veían, mientras que ella, con aquellas gafas, sólo porque decía Ya viene, ya viene, era como si estuviera viendo entrar por la puerta a la madre desesperada. La mujer del médico acercó la boca al oído del marido y susurró, Han entrado cuatro, una mujer, dos hombres y un niño, Qué aspecto tienen los hombres, preguntó el médico en voz baja, ella los fue describiendo, y él, A ése no lo conozco, el otro, por lo que dices, tiene todo el aire de ser el ciego que fue a la consulta, El pequeño tiene estrabismo, y la mujer que lleva gafas de sol parece bonita, Estuvieron allí los dos. A causa del ruido que hacían buscando un sitio donde sentirse seguros, los ciegos no oyeron este intercambio de palabras, pensarían que no había allí otros como ellos, y no hacía tanto tiempo que habían perdido la vista como para que se les avivase el sentido del oído por encima de lo normal. Por fin, como si hubiesen llegado a la conclusión de que no valía la pena cambiar lo seguro por lo dudoso, se sentó cada uno en la cama con la que habían tropezado, los dos hombres estaban muy cerca, pero no lo sabían. La chica, en voz baja, continuaba consolando al niño, No llores, ya verás cómo tu madre no tarda. Se hizo luego un silencio, y entonces la mujer del médico dijo de modo que se oyera desde el fondo de la sala, donde estaba la puerta, Aquí estamos dos personas más, cuántos son ustedes. La voz inesperada sobresaltó a los recién llegados, pero los dos hombres continuaron callados, quien respondió fue la joven, Creo que somos cuatro, estamos este niño y yo, Quién más, por qué no hablan los otros, preguntó la mujer del médico, Estoy yo, murmuró, como si le costase pronunciar las palabras, una voz de hombre, Y yo, rezongó a su vez, contrariada, otra voz masculina. La mujer del médico dijo para sí, Se comportan como si temieran darse a conocer el uno al otro. Los veía crispados, tensos, el cuello en alto como si olfateasen algo, pero, curiosamente, las expresiones eran semejantes, una mezcla de amenaza y de miedo, pero el miedo de uno no era el mismo que el miedo del otro, como tampoco lo eran las amenazas. Qué habrá entre ellos, pensó.

En aquel mismo instante se oyó una voz fuerte y seca, de alguien, por el tono, habituado a dar órdenes. Venía de un altavoz colocado encima de la puerta por la que habían entrado, la palabra Atención fue pronunciada tres veces, luego empezó la voz, El Gobierno lamenta haberse visto obligado a ejercer enérgicamente lo que considera que es su deber y su derecho, proteger a la población por todos los medios de que dispone en esta crisis por la que estamos pasando, cuando parece comprobarse algo semejante a un brote epidémico de ceguera, provisionalmente llamado mal blanco, y desearía contar con el civismo y la colaboración de todos los ciudadanos para limitar la propagación del contagio, en el supuesto de que se trate de un contagio y no de una serie de coincidencias por ahora inexplicables. La decisión de reunir en un mismo lugar a los afectados por el mal, y en un lugar próximo, pero separado, a aquellos con los que mantuvieron algún tipo de contacto, no ha sido tomada sin ponderar seriamente las consecuencias. El Gobierno conoce plenamente sus responsabilidades, y espera que aquellos a quienes se dirige este mensaje asuman también, como ciudadanos conscientes que sin duda son, las responsabilidades que les corresponden, pensando que el aislamiento en que ahora se encuentran representará, por encima de cualquier otra consideración personal, un acto de solidaridad para con el resto de la comunidad nacional. Dicho esto, pedimos la atención de todos hacia las instrucciones siguientes, primero, las luces se mantendrán siempre encendidas y será inútil cualquier tentativa de manipular los interruptores, que por otra parte no funcionan, segundo, abandonar el edificio sin autorización supondrá la muerte inmediata de quien lo intente, tercero, en cada sala hay un teléfono que sólo podrá ser utilizado para solicitar del exterior la reposición de los productos de higiene y limpieza, cuarto, los internos lavarán manualmente sus ropas, quinto, se recomienda la elección de responsables de sala, se trata de una recomendación, no de una orden, los internos se organizarán como crean conveniente, a condición de que cumplan las reglas anteriores y las que seguidamente vamos a enunciar, sexto, tres veces al día se depositarán cajas con comida en la puerta de entrada, a la derecha y a la izquierda, destinadas, respectivamente, a los pacientes y a los posibles contagiados, séptimo, todos los restos deberán ser quemados, considerándose restos, a todo efecto, aparte de la comida sobrante, las cajas, los platos, los cubiertos, que están fabricados con material combustible, octavo, la quema deberá ser efectuada en los patios interiores del edificio o en el cercado, noveno, los internos son responsables de las consecuencias negativas de la quema, décimo, en caso de incendio, sea éste fortuito o intencionado, los bomberos no intervendrán, undécimo, tampoco deberán contar los internos con ningún tipo de intervención exterior, en el supuesto de que sufran cualquier otra dolencia, y tampoco en el caso de que haya entre ellos agresiones o desórdenes, duodécimo, en caso de muerte, cualquiera que sea la causa, los internos enterrarán sin formalidades el cadáver en el cercado, decimotercero, la comunicación entre el ala de los pacientes y el ala de los posibles contagiados se hará por el cuerpo central del edificio, el mismo por el que han entrado, decimocuarto, los contagiados que se queden ciegos se incorporarán inmediatamente al ala segunda, en la que están los invidentes, decimoquinto, esta comunicación será repetida todos los días, a esta misma hora, para conocimiento de los nuevos ingresados. El Gobierno y la Nación esperan que todos cumplan con su deber. Buenas noches.

En el silencio que siguió a estas palabras se oyó la voz del niño, Quiero ver a mi madre, pero las palabras fueron articuladas sin expresión, como un mecanismo repetidor automático que antes hubiera dejado en suspenso una frase, y ahora, fuera de tiempo, la soltase. El médico dijo, Las órdenes que acabamos de oír no dejan dudas, estamos aislados, más aislados de lo que probablemente jamás lo estuvo alguien anteriormente, y sin esperanza de poder salir de aquí hasta que se descubra un remedio contra la enfermedad, Conozco su voz, dijo la chica de las gafas oscuras, Soy médico, médico oftalmólogo, Es el médico a quien fui a ver ayer, es su voz, sí, Y usted, quién es, Tenía una conjuntivitis, supongo que la tengo aún, pero ahora, ciega ya, la cosa no debe de tener la menor importancia, Y ese niño que está con usted, No es mío, no tengo hijos, Ayer examiné a un niño con estrabismo, eras tú, preguntó el médico, Sí señor, la respuesta del niño salió con un tono de despecho, como si no le gustara que mencionasen su defecto físico, y tenía razón, que defectos tales, éstos y otros, sólo por el hecho de hablar de ellos pasan de males perceptibles a males evidentes, Hay alguien a quien no conozca, volvió a preguntar el médico, está aquí el hombre que fue ayer a mi consultorio acompañado por su esposa, el que se quedó ciego de repente cuando iba en su coche, Soy yo, respondió el primer ciego, Hay otra persona aún, que diga quién es, por favor, nos han obligado a vivir juntos no sabemos por cuánto tiempo, es indispensable que nos conozcamos unos a otros. El ladrón del coche murmuró entre dientes, Sí, sí, creyó que aquello era suficiente para confirmar su presencia, pero el oculista insistió, La voz suena como de alguien relativamente joven, usted no es el enfermo de avanzada edad, el que tenía catarata en un ojo, No, doctor, no lo soy, Y cómo se quedó ciego, Iba por la calle, Y qué más, Nada más, iba por la calle y me quedé ciego. El médico abría la boca para preguntar si su ceguera era también blanca, pero se calló, para qué, de qué servía, fuese cual fuese la respuesta, blanca o negra la ceguera, de allí no iban a salir. Tendió la mano vacilante hacia su mujer y encontró la mano de ella en el camino. La mujer le besó la cara, nadie más podía ver esta frente marchita, la boca apagada, los ojos muertos, como de cristal, atemorizadores, porque parecían ver y no veían, También me llegará el turno, pensó, cuándo, tal vez en este mismo instante, sin darme tiempo a acabar lo que estoy diciéndome, en cualquier momento, como ellos, o tal vez despierte ciega, me quedaré ciega al cerrar los ojos para dormir, y creeré que sólo me he quedado dormida.

Miró a los cuatro ciegos, estaban sentados en las camas, y a sus pies estaba el poco bagaje que habían podido llevarse, el niño con su mochila escolar, los otros con las maletas, pequeñas, como si fueran para un fin de semana. La chica de las gafas oscuras conversaba en voz baja con el niño, en la fila del otro lado, próximos los dos, sólo una cama vacía en medio, el primer ciego y el ladrón del coche se enfrentaban sin saberlo. El médico dijo, Hemos oído las órdenes, pase lo que pase sabemos una cosa, nadie va a venir a ayudarnos, por eso sería conveniente que nos empezásemos a organizar ya, porque no pasará mucho tiempo antes de que esta sala se llene de gente, ésta y las otras, Cómo sabe que hay otras salas, preguntó la muchacha, Anduvimos un poco por ahí antes de instalarnos en ésta, que era la que quedaba más cerca de la puerta de entrada, explicó la mujer del médico mientras apretaba el brazo del marido recomendándole prudencia. Dijo la muchacha, Lo mejor sería que usted, doctor, fuera el responsable, al fin y al cabo es médico, Y para qué sirve un médico sin ojos y sin medicinas,

Tiene la autoridad. La mujer del médico sonrió, Creo que tendrías que aceptar, si los demás están de acuerdo, claro, Yo no creo que sea una buena idea, Por qué, Por ahora sólo somos seis, pero mañana, seguro, seremos más, todos los días llegará gente, sería apostar por lo imposible figurarse que iban a estar dispuestos a aceptar una autoridad que no han elegido y que, además, nada les puede dar a cambio de su acatamiento, eso suponiendo que reconocieran una autoridad y una reglamentación, Entonces va a ser difícil vivir aquí, Tendremos mucha suerte si sólo es difícil. La chica de las gafas oscuras dijo, Mi intención era buena, pero, realmente, el doctor tiene razón, aquí cada uno va a tirar por su lado.

Fuera porque se sintió movido por estas palabras, o porque ya no pudo aguantar más la furia, uno de los hombres se puso en pie bruscamente, Este tipo es el que tiene la culpa de nuestra desgracia, si tuviera ojos acababa con él ahora mismo, vociferó apuntando hacia el lugar en que creía que estaba el otro. El desvío no era grande, pero lo dramático del gesto resultó cómico, porque el dedo acusador, tenso, indicaba hacia una mesita de noche. Calma, dijo el médico, en una epidemia no hay culpables, todos son víctimas, Si yo no hubiera sido la buena persona que fui, si no le hubiera ayudado a llegar a su casa, aún tendría mis benditos ojos, Quién es usted, preguntó el médico, pero el acusador no respondió, y ya parecía contrariado por haber hablado. Entonces se oyó la voz del otro, Me llevó a casa, es verdad, pero luego se aprovechó de mi estado para robarme el coche, No es verdad, yo no robé nada, Lo robó, sí señor, lo robó, Si alguien le birló el coche, no fui yo, y el pago que he recibido por mi buena acción es quedarme ciego, además, dónde están los testigos, a ver, los testigos, La discusión no resuelve nada, dijo la mujer del médico, el coche está ahí fuera y ustedes están aquí dentro, es mejor que hagan las paces, recuerden que vamos a tener que vivir aquí juntos, Sé muy bien quién no va a vivir con él, ustedes hagan lo que les dé la gana, pero yo me voy a otra sala, no me quedo aquí con un bribón como éste, capaz de robarle a un ciego, se queja de que por mi culpa se quedó ciego, pues eso demuestra que todavía hay justicia en el mundo. Cogió la maleta y, arrastrando los pies para no tropezar, tanteando con la mano libre, salió al pasillo que separaba las dos filas de camas, Dónde están las otras salas, preguntó, pero no llegó a oír la respuesta, si es que alguien se la dio, porque de repente le cayó encima una confusión de brazos y piernas, el ladrón del coche cumplía como podía su amenaza de desquite contra el causante de sus males. Uno abajo, otro encima, rodaron por aquel apretado espacio, mientras, de nuevo asustado, el niño estrábico volvía a llorar y a llamar a su madre. La mujer del médico tomó al marido por el brazo, sabía que sola no iba a poder acabar con la pelea, y lo llevó por el corredor hasta el lugar donde se debatían, jadeantes, los furiosos combatientes. Guió las manos del marido, ella personalmente se encargó del ciego que estaba más cerca, y así, con gran esfuerzo, consiguieron separarlos. Se están comportando ustedes estúpidamente, gritó el médico, si lo que quieren es convertir esto en un infierno, pueden seguir, van por buen camino, pero recuerden que estamos entregados a nosotros mismos, que no vamos a recibir ninguna ayuda de fuera, ya han oído lo que dijeron, Es que me robó el coche, se lamentó el primer ciego, más deteriorado que el otro, Y qué importa el coche ahora, dijo la mujer del médico, cuando se lo robaron tampoco podía servirse de él, Pero era mío, y este ladrón se lo llevó no sé adónde, Lo más probable, dijo el médico, es que su coche esté en el sitio donde este hombre se quedó ciego, Tiene usted razón, doctor, se nota que sabe, allí estará sin duda, dijo el ladrón. El primer ciego hizo un movimiento como para soltarse de las manos que lo sujetaban, pero sin forzar, como si hubiese comprendido que ni la indignación, por justificada que estuviese, iba a devolverle el coche, ni el coche iba a devolverle la vista. Pero el ladrón amenazó de nuevo, Si crees que no te va a ocurrir nada, te equivocas, sí, fui yo quien te robó el coche, pero tú me has robado a mí la vista de mis ojos, a ver quién de los dos es más ladrón, Acaben de una vez, protestó el médico, todos aquí estamos ciegos y no nos quejamos, ni acusamos a nadie, Mucho me importa a mí el mal de los otros, dijo el ladrón, desdeñoso, Si quiere irse a otra sala, dijo el médico al primer ciego, mi mujer podrá llevarlo, ella se orienta mejor que yo, He cambiado de idea, prefiero quedarme aquí. El ladrón se burló, El niño tiene miedo a estar allí solito, no se le vaya a aparecer un sacamantecas que yo sé, Basta, gritó el médico, impaciente, Mire, doctorcillo, rezongó el ladrón, aquí todos somos iguales, a mí no me da usted órdenes, No le estoy dando órdenes, sólo le digo que deje a ese hombre en paz, Sí, sí, pero cuidadito conmigo, que no se me hinchen las narices, que pronto se me acaba la paciencia, que, a bueno, no hay otro como yo, pero a las malas nadie me gana. Con gestos y movimientos agresivos, el ladrón buscó la cama donde había estado sentado, empujó la maleta debajo y dijo luego, Me voy a acostar, y por el tono fue como si dijese Vuélvanse, que me voy a desnudar. La chica de las gafas oscuras le dijo al niño estrábico, Tú también tienes que meterte en cama, ponte aquí, a este lado, y si de noche necesitas algo, me lo dices, Quiero hacer pipí, dijo el niño. Al oírlo, todos sintieron unas súbitas y urgentes ganas de orinar, pensaron, con éstas o con otras palabras, A ver cómo se resuelve eso ahora, el primer ciego palpó debajo de la cama, buscando un orinal, pero, al mismo tiempo deseando que no lo hubiera porque le daría vergüenza orinar en presencia de otras personas, que no podrían verlo, desde luego, pero el ruido

72

es indiscreto, indisimulable, los hombres, al menos, pueden usar un truco que no está al alcance de las mujeres, en eso tienen más suerte. El ladrón se había sentado en la cama, y decía ahora, Mierda, a ver dónde se mea en esta casa, Ojo con las palabras, que hay un niño, protestó la chica de las gafas oscuras, Sí, guapita, pues a ver si encuentras un sitio o verás cómo tu chiquillo se mea por las patas abajo. Dijo la mujer del médico, Tal vez pueda dar yo con los retretes, recuerdo haber notado por ahí un olor, Yo voy con usted, dijo la chica de las gafas oscuras cogiendo de la mano al niño, Mejor será que vayamos todos, observó el médico, así sabremos el camino, Te entiendo, amigo, esto lo pensó el ladrón del coche, pero no se atrevió a decirlo en voz alta, lo que tú no quieres es que tu mujercita tenga que llevarme a mear cuando me apetezca. El pensamiento, por el segundo sentido implícito, le provocó una pequeña erección que le sorprendió, como si el hecho de estar ciego debiera tener como consecuencia la pérdida o disminución del deseo sexual, Bien, pensó, no se ha perdido todo, entre muertos y heridos alguno escapará, y, desentendiéndose de la conversación, empezó a fantasear. No le dieron tiempo, el médico ya estaba diciendo, Formamos una fila, mi mujer va delante, cada uno pone la mano en el hombro del que va ante él, así no habrá peligro de que nos perdamos. El primer ciego dijo, Yo con ése no voy, se refería, obviamente, al ladrón.

Sea porque se buscaban, sea porque se evitaban, el hecho es que apenas se podían mover en el estrecho pasillo entre las camas, tanto más cuanto que la mujer del médico tenía que actuar también como si estuviese ciega. Al fin quedó la fila ordenada, detrás de la mujer del médico iba la chica de las gafas oscuras con el niño estrábico de la mano, después el ladrón en calzoncillos y camiseta, luego el médico, y, al fin, a salvo de agresiones por ahora, el primer ciego. Avanzaban muy lentamente, como si no se fiaran de quien los guiaba, con la mano libre iban tanteando el aire, buscando de paso un apoyo sólido, una pared, el marco de una puerta. Tras la chica de las gafas oscuras, el ladrón, estimulado por el perfume que de ella se desprendía y por el recuerdo de la reciente erección, decidió usar las manos con mayor provecho, una acariciándole la nuca por debajo del cabello, la otra, directa y sin ceremonias, palpándole los pechos. Ella se sacudió para escapar del desafuero, pero él la tenía bien agarrada. Entonces, la muchacha soltó una patada hacia atrás como una coz. El tacón del zapato, fino como un estilete, se clavó en el muslo desnudo del ladrón, que soltó un grito de sorpresa y de dolor. Qué pasa, preguntó la mujer del médico mirando hacia atrás, Fui yo, que tropecé, respondió la chica de las gafas oscuras, y parece que le he hecho daño al de atrás. La sangre aparecía ya entre los dedos del ladrón que, gimiendo y soltando maldiciones, intentaba percibir los efectos de la agresión, Estoy herido, esta idiota no ve dónde pone los pies, Y usted no ve dónde pone las manos, respondió secamente la chica. La mujer del médico comprendió lo que había pasado, primero sonrió, pero luego vio que la herida presentaba mal aspecto, la sangre corría por la pierna del desgraciado, y no tenían agua oxigenada, ni mercromina, ni vendas, ni gasas, ni desinfectante alguno, nada. El médico preguntó, Dónde está la herida, Aquí, Aquí, dónde, En la pierna, no lo ve, me clavó el tacón del zapato, Tropecé, no he tenido la culpa, repitió la muchacha, pero, inmediatamente, estalló, exasperada, Este cerdo, que estaba metiéndome mano, quién se cree él que soy. La mujer del médico intervino, Ahora lo que hay que hacer es lavar la herida, hacer la cura, Y dónde hay agua, preguntó el ladrón, En la cocina, en la cocina hay agua, pero no tenemos por qué ir todos, mi marido y yo llevaremos a este señor, y los otros se quedan aquí, no tardaremos, Quiero hacer pipí, dijo el chiquillo, Espera un poco, ya volvemos. La mujer del médico sabía que tenía que doblar una vez a la derecha, otra a la izquierda, y seguir luego por un corredor ancho que formaba un ángulo recto. La cocina estaba al fondo. Pasados unos minutos fingió que se había equivocado, se detuvo, volvió atrás, luego exclamó, Ah, ya recuerdo, y fueron directamente a la cocina, no podían perder más tiempo, la herida sangraba abundantemente. Al principio vino sucia el agua y hubo que esperar a que se aclarase. Estaba templada y turbia, como si llevara mucho tiempo estancada en la cañería, pero el herido la recibió con un suspiro de alivio. Realmente, la herida tenía mal aspecto. Y ahora, cómo le ponemos un vendaje, preguntó la mujer del médico. Debajo de una mesa había unos cuantos paños sucios que debían de haber servido para fregar, pero sería una imprudencia grave utilizarlos como vendajes, Aquí por lo visto no hay nada, dijo mientras fingía andar buscando, Pero no voy yo a quedarme así, doctor, que la sangre no para, por favor ayúdeme, y perdone si fui maleducado con usted, se lamentaba el ladrón, Estamos ayudándole, hacemos todo lo que podemos, dijo el médico, y luego, Quítese la camiseta, no hay más remedio. El herido protestó, dijo que le hacía falta, pero se la quitó al fin. Rápidamente, la mujer del médico hizo con ella un rollo, lo pasó por el muslo, apretó con fuerza y consiguió, con las puntas de los tirantes y el faldón, atar un nudo tosco. No eran movimientos que un ciego pudiera ejecutar fácilmente, pero ella no quiso perder más tiempo simulando, ya había perdido demasiado cuando fingía no dar con el camino de la cocina. Al ladrón le pareció notar allí algo anormal, el médico, lógicamente, aunque fuera un oftalmólogo, era quien debería haberle hecho la cura, pero el consuelo de verse tratado correctamente se sobrepuso a las dudas, en todo caso vagas, que durante un momento rozaron su consciencia. Cojeando él, volvieron hasta donde los otros estaban, y la mujer del médico vio inmediatamente que el niño estrábico no había podido aguantarse más y se había orinado en los pantalones. Ni el primer ciego, ni la muchacha de las gafas oscuras, se habían dado cuenta de lo sucedido. A los pies del niño se iba ampliando un charquito de orines, las perneras del pantalón goteaban aún. Pero, como si nada hubiera pasado, la mujer del médico dijo, Vamos, pues, en busca de esos retretes. Los ciegos movieron los brazos ante la cara, buscándose unos a otros, menos la chica de las gafas oscuras, que dijo inmediatamente que no quería ir delante del descarado que había intentado meterle mano, al fin se reconstruyó la fila, cambiando de lugar el ladrón y el primer ciego, con el médico colocado entre ellos. El ladrón cojeaba más, arrastraba la pierna. El torniquete le molestaba y la herida parecía latir con tanta fuerza que era como si el corazón se le hubiera cambiado de sitio y se encontrara ahora en el fondo del agujero. La chica de las gafas oscuras llevaba de nuevo al niño de la mano, pero él se apartaba todo lo que podía hacia un lado, con miedo a que alguien descubriera su incontinencia, como el médico, que observó, Aquí huele a orines, y la mujer creyó que debía confirmar la impresión, Sí, realmente, hay un olor, no podía decir que venía de las letrinas, porque aún estaban lejos, y, teniendo que comportarse como si fuese ciega, tampoco podía revelar que el olor venía de los pantalones empapados del chiquillo.

Cuando llegaron a los retretes, hombres y mujeres se mostraron de acuerdo que fuera el niño el primero en aliviarse, pero los hombres acabaron por entrar juntos, sin distinción de urgencias ni de edades, el mingitorio era colectivo, en un sitio como éste tenía que serlo, y los retretes también lo eran. Las mujeres se quedaron en la puerta, dicen que aguantan más, pero todo tiene sus límites, y, al cabo de un momento, la mujer del médico sugirió, Tal vez haya otros servicios, pero la chica de las gafas oscuras dijo, Por mí, puedo esperar, Yo también, dijo la otra, después se hizo un silencio, y luego empezaron a hablar de nuevo, Cómo se quedó ciega, Como los demás, de repente dejé de ver, Estaba en casa, No, Entonces fue cuando salió del consultorio de mi marido, Más o menos, Qué quiere decir más o menos, Que no fue inmediatamente después, Sintió dolor, Dolor, no, pero cuando abrí los ojos, estaba ciega, Yo no, No qué, No tenía los ojos cerrados, me quedé ciega en el momento en que mi marido subió a la ambulancia, Pues tuvo suerte, Quién, Su marido, así podrán estar juntos, En ese caso también yo tuve suerte, Claro, Y usted, está casada, No, no lo estoy, y a partir de ahora no creo que nadie quiera casarse, Pero esta ceguera es tan anormal, tan fuera de lo que la ciencia conoce, que no podrá durar siempre, Y si nos quedáramos así para toda la vida, Nosotros, Todos, Sería horrible, un mundo todo de ciegos, No quiero ni imaginarlo.

El niño estrábico fue el primero en salir del retrete, ni tenía por qué haber entrado. Traía los pantalones enrollados hasta media pierna y se había quitado los calcetines. Dijo, Ya estoy aquí, la mano de la chica de las gafas oscuras se movió inmediatamente en dirección a la voz, no acertó a la primera ni a la segunda, pero a la tercera encontró la mano vacilante del pequeño. Poco después apareció el médico, y luego el primer ciego, uno de ellos preguntó, Dónde están, la mujer del médico había cogido ya un brazo del marido, el otro brazo fue tocado y agarrado por la chica de las gafas oscuras. El primer ciego no tuvo durante unos segundos quien lo amparase, después, alguien le puso una mano en el hombro. Estamos todos, preguntó la mujer del médico, El de la pierna herida se ha quedado aliviando otra urgencia, respondió el marido. Entonces, la chica de las gafas oscuras dijo, Quizá haya otros retretes, empiezo a no aguantar más, perdonen, Vamos a ver si los hay, dijo la mujer del médico, y se alejaron con las manos cogidas. Pasados unos diez minutos, volvieron, habían encontrado un gabinete de consulta que tenía unos servicios anejos. El ladrón salía ya del retrete, se quejaba de frío y de dolores en la pierna. Rehicieron la fila por el mismo orden en que vinieron y, con menos trabajo que antes y ningún accidente, regresaron a la sala. Con habilidad, sin que se notara, la mujer del médico les ayudó a alcanzar la cama correspondiente, la misma en que estaban antes. Fuera de la sala, como si se tratara de algo obvio, recordó que la manera más fácil de que cada uno encuentre su sitio era contar las camas a partir de la entrada, Las nuestras son las últimas del lado derecho, la diecinueve y la veinte. El primero en avanzar por el pasillo fue el ladrón. Estaba casi desnudo, tenía temblores, quería aliviar la pierna dolorida, razones suficientes para que le dieran primacía. Fue yendo de cama en cama, palpando el suelo en busca de la maleta, y cuando la reconoció dijo en voz alta, Aquí está, y añadió, Catorce, De qué lado, preguntó la mujer del médico, El izquierdo, respondió, otra vez vagamente sorprendido, como si ella debiera saberlo sin tener que preguntar. Luego le tocó el turno al primer ciego. Sabía que su cama era la segunda a partir de la del ladrón, del mismo lado. Ya no tenía miedo de dormir cerca de él, estando como estaba con la pierna en tan mísero estado, a juzgar por los lamentos y los suspiros, apenas se podría mover. Cuando llegó, dijo, Dieciséis izquierdo, y se acostó vestido. Entonces, la chica de las gafas oscuras pidió en voz baja, Ayúdennos a quedarnos cerca de ustedes, enfrente, del otro lado, ahí estaremos bien. Avanzaron juntos los cuatro, y rápidamente se instalaron. Pasados unos minutos, el niño estrábico dijo, Tengo hambre, y la chica de las gafas oscuras murmuró, Mañana, mañana comemos, ahora duerme. Luego abrió el bolso y buscó el frasquito que había comprado en la farmacia. Se quitó las gafas, inclinó hacia atrás la cabeza y, con los ojos muy abiertos, guiando una mano con la otra, hizo gotear el colirio. No todas las gotas cayeron en los ojos, pero la conjuntivitis, así tan bien tratada, no tardará en curarse.

Tengo que abrir los ojos, pensó la mujer del médico. A través de los párpados cerrados, las distintas veces que se despertó durante la noche, había visto la claridad mortecina de las bombillas que apenas iluminaban la sala, pero ahora le parecía notar una diferencia, otra presencia luminosa, quizá el efecto de las primeras luces del alba, aunque bien podría ser ya el mar de leche anegándole los ojos. Se dijo a sí misma que contaría hasta diez y que luego abriría los párpados, dos veces lo dijo, dos veces contó y dos veces no los abrió. Oía la respiración profunda del marido en la cama de al lado, alguien roncaba, Cómo irá la pierna de ése, se preguntó, pero sabía que en este momento no se trataba de compasión verdadera, lo que quería era fingir otra preocupación, lo que quería era no tener que abrir los ojos. Se abrieron un instante después, simplemente, y no porque lo hubiera decidido. Por las ventanas, que empezaban a media altura de la pared y terminaban a un palmo del techo, entraba la luz turbia y azulada del amanecer. No estoy ciega, murmuró, y luego, alarmada, se incorporó en la cama, podía haberlo oído la chica de las gafas oscuras, que ocupaba la cama de enfrente. Estaba durmiendo. En la cama de al lado, la que estaba apoyada contra la pared, el niño dormía también, Hizo como yo, pensó la mujer del médico, le ha dejado el sitio más protegido, débiles murallas seríamos, sólo una piedra en medio del camino, sin otra esperanza que la de que en ella tropiece el enemigo, enemigo, qué enemigo, aquí no va a venir nadie a atacarnos, podríamos haber robado y asesinado ahí fuera y no vendrían a detenernos, nunca ese que robó el coche estuvo tan seguro de su libertad, tan lejos estamos del mundo que pronto empezaremos a no saber quiénes somos, ni siquiera se nos ha ocurrido preguntarnos nuestros nombres, y para qué, ningún perro reconoce a otro perro por el nombre que le pusieron, identifica por el olor y por él se da a identificar, nosotros aquí somos como otra raza de perros, nos conocemos por la manera de ladrar, por la manera de hablar, lo demás, rasgos de la cara, color de los ojos, de la piel, del pelo, no cuenta, es como si nada de eso existiera, yo veo, todavía veo, pero hasta cuándo. La luz varió un poco, no podía ser la noche volviendo para atrás, sería el cielo, que por cubrirse de nubes atrasaría la mañana. De la cama del ladrón llegó un gemido, Si se le ha infectado la herida, pensó la mujer del médico, no tenemos nada para curarla, ningún recurso, el menor accidente, en estas condiciones, puede convertirse en una tragedia, probablemente eso es lo que ellos están esperando, que acabemos aquí uno tras otro, muerto el perro, se acabó la rabia. La mujer del médico se levantó de la cama, se inclinó hacia el marido, iba a despertarlo, pero no tuvo valor para arrancarlo del sueño y saber que continuaba ciego. Descalza, paso a paso, fue hasta la cama del ladrón. Tenía los ojos abiertos, fijos. Cómo está, susurró la mujer del médico. El ladrón movió la cabeza en dirección a la voz y dijo, Mal, me duele mucho la pierna, ella iba a decirle, Déjeme ver, pero se calló a tiempo, qué imprudencia, fue él quien no se acordó que allí sólo había ciegos, actuó sin pensar, como habría hecho pocas horas antes, allá fuera, si un médico le dijera A ver cómo va eso, y levantó la manta. Hasta en aquella penumbra, quien pudiera servirse de los ojos, aunque fuese mínimamente, vería el jergón empapado en sangre, el agujero negro de la herida con los bordes hinchados. La atadura se había soltado. La mujer del médico bajó cuidadosamente la manta, luego, con un gesto leve y rápido, posó la mano en la frente del hombre. La piel, seca, estaba ardiendo. La luz varió otra vez, las nubes se alejaban. La mujer del médico volvió a su cama, pero no se acostó ya. Miraba al marido, que murmuraba en sueños, los bultos de los otros bajo las mantas grises, las paredes sucias, las camas vacías a la espera, y serenamente deseó estar ciega también, atravesar la piel visible de las cosas y pasar al lado de dentro de ellas, a su fulgurante e irremediable ceguera.

De pronto, procedente del exterior de la sala, probablemente del vestíbulo que separaba las dos alas frontales del edificio, se oyó un ruido de voces violentas, Fuera, fuera, salgan, Lárguense, Aquí no pueden quedarse, Tienen que cumplir las órdenes. Creció el tumulto, disminuyó luego, una puerta se cerró con estruendo, ahora sólo se oía algún sollozo, el rumor inconfundible de alguien que acababa de tropezar. En la sala estaban ya todos despiertos. Con la cabeza vuelta hacia el lado de la entrada, no necesitaban ver para saber que también eran ciegos los que iban a entrar. La mujer del médico se levantó, por su voluntad habría ido a ayudar a los recién llegados, les diría unas palabras de afecto, los guiaría hasta los camastros, les informaría, Mire, ésta es la siete del lado izquierdo, ésta es la cuatro del lado derecho, no se equivoque, sí, aquí estamos seis, llegamos ayer, fuimos los primeros, los nombres qué importan, uno creo que cometió un robo, otro fue el robado, hay una muchacha misteriosa de gafas oscuras que se pone colirio en los ojos para tratar una conjuntivitis, que cómo sé yo, que estoy ciega, que son oscuras las gafas, es que mi marido es oftalmólogo y ella fue a su consultorio, sí, también él está aquí, nos ha tocado a todos, ah, es verdad, y el niño estrábico. No se movió, sólo le dijo al marido, Llegan más. El médico saltó de la cama, la mujer le ayudó a ponerse los pantalones, no tenía importancia, nadie podía verlo, en aquel momento empezaron a entrar los ciegos, eran cinco, tres hombres y dos mujeres. El médico dijo, levantando la voz, Tengan calma, no se precipiten, aquí somos seis personas, cuántos son ustedes, hay sitio para todos. Ellos no sabían cuántos eran, cierto es que se habían tocado unos a otros, a veces tropezaron mientras eran empujados desde el ala izquierda hacia ésta, pero no sabían cuántos eran. Y no traían equipajes. Cuando, en la otra parte del edificio, despertaron ciegos, y comenzaron a lamentarse, los otros los echaron sin contemplaciones, sin darles siquiera tiempo para despedirse de algún pariente o amigo que con ellos estuviera. Dijo la mujer del médico, Lo mejor sería que se fueran numerando y diciendo cada uno quién es. Parados, los ciegos vacilaron, pero alguien tenía que empezar, dos hombres hablaron al mismo tiempo, siempre pasa igual, luego los dos se callaron, y fue un tercero quien comenzó, Uno, hizo una pausa, parecía que iba a dar su nombre, pero lo que dijo fue, Soy policía, y la mujer del médico pensó, No ha dicho cómo se llama, seguro que sabe que eso aquí no tiene importancia. Ya otro hombre se estaba presentando, Dos, y siguió el ejemplo del primero, Soy taxista. El tercer hombre dijo, Tres, soy dependiente de farmacia. Después, una mujer, Cuatro, soy camarera de hotel, y la última, Cinco, soy oficinista. Es mi mujer, mi mujer, gritó el primer ciego, dónde estás, dime dónde estás, Aquí, estoy aquí, decía ella llorando y avanzando trémula por el pasillo, con ojos desorbitados, las manos luchando contra el mar de leche que por ellos entraba. Más seguro, él avanzó hacia ella, Dónde estás, dónde estás, murmuraba ahora como si rezase. Las manos se encontraron, un instante después estaban abrazados, eran un cuerpo solo, los besos buscaban los besos, a veces se perdían en el aire porque no sabían dónde estaban los rostros, los ojos, la boca. La mujer del médico se agarró al marido, sollozando como si también ellos se hubieran encontrado, pero lo que decía era, Qué desgracia la nuestra, qué fatalidad. Entonces se oyó la voz del niño estrábico que preguntaba, Y mi madre. Sentada en la cama del pequeño, la chica de las gafas oscuras murmuró, Vendrá, no te preocupes, vendrá.

Aquí, la verdadera casa de cada uno es el sitio donde duerme, por eso no es extraño que el primer cuidado de los recién llegados fuese elegir cama, tal como habían hecho en la otra sala, cuando aún tenían ojos para ver. En el caso de la mujer del primer ciego no cabía duda, su lugar propio y natural estaba al lado del marido, en la cama diecisiete, dejando la dieciocho en medio, como un espacio vacío que la separa de la chica de las gafas oscuras. Tampoco sorprenderá que todos busquen estar juntos, lo más posible, hay por aquí muchas afinidades, unas que ya son conocidas, otras que se revelarán ahora mismo, por ejemplo, el dependiente de farmacia fue quien vendió el colirio a la chica de las gafas oscuras, el taxista fue quien llevó al primer ciego al médico, este que dijo ser policía fue quien encontró al ladrón ciego llorando como un niño perdido, y en cuanto a la camarera del hotel, fue ella la primera persona que entró en el cuarto cuando la chica de las gafas oscuras empezó a gritar. Sin embargo, lo cierto es que no todas estas afinidades resultarán explícitas y conocidas, sea por falta de ocasión, sea porque ni imaginaron que pudieran existir, sea por una simple cuestión de sensibilidad y tacto. La camarera del hotel ni sueña que está aquí la mujer a quien vio desnuda, del dependiente de farmacia se sabe que atendió a otros clientes que llevaban gafas oscuras puestas y compraron colirios, al policía nadie va a cometer la imprudencia de denunciarle la presencia del tipo que robó un automóvil, el taxista juraría que en los últimos días no llevó ningún ciego en el taxi. Naturalmente, el primer ciego ya le ha dicho a su mujer, en un susurro, que uno de los internados es el golfo que les robó el coche, Mira tú qué coincidencia, pero, como entretanto supo que el pobre diablo está herido en una pierna, tuvo la generosidad de añadir, Ya tiene castigo bastante. Y ella, por la inmensa tristeza de estar ciega y la inmensa alegría de haber recuperado al marido, la alegría y la tristeza pueden andar unidas, no son como el agua y el aceite, ni se acordó de que dos días antes dijo que daría un año de vida para que el golfo, palabra suya, se quedara ciego. Y si aún le turbaba el espíritu una última sombra de rencor, seguro que se disipó cuando oyó al herido gemir lastimosamente, Doctor, por favor, ayúdeme. Dejándose guiar por la mujer, el médico tanteaba delicadamente los bordes de la herida, era lo único que podía hacer, ni siquiera valía la pena lavarla, la infección lo mismo podría tener su origen en la profunda estocada de un tacón de zapato que había estado en contacto con el suelo en las calles y aquí dentro, como por agentes patógenos con gran probabilidad existentes en el agua fétida, medio muerta, salida de tuberías antiguas y en mal estado. La muchacha de las gafas oscuras, que se había levantado al oír el gemido, se fue acercando lentamente, contando las camas. Se inclinó hacia delante, y luego, extendió la mano, que rozó la cara de la mujer del médico, y después, alcanzando, sin saber cómo, la mano del herido, que quemaba, dijo pesarosa, Le pido perdón, fue mía toda la culpa, no tenía por qué hacer lo que hice, No se preocupe, dijo el hombre, son cosas que pasan en la vida, también yo hice algo que no debería haber hecho.

Casi cubriendo las últimas palabras, se oyó la voz áspera del altavoz, Atención, atención, se comunica que la comida ha sido depositada a la entrada, y también los productos de higiene y de limpieza, tienen que salir primero los ciegos a recogerlo, el ala de los posibles contaminados será informada en el momento oportuno, atención, atención, tienen la comida a la entrada, saldrán primero los ciegos. Confundido por la fiebre, el herido no entendió todas las palabras, creyó que les ordenaban salir, que había terminado la reclusión, e hizo un movimiento para levantarse, pero la mujer del médico lo retuvo, Adónde va, No ha oído lo que dicen, preguntó él, que salgan los ciegos, Sí, pero para recoger la comida. El herido soltó un Ah, desalentado, y sintió de nuevo que el dolor le revolvía las carnes. Dijo el médico, Quédense aquí, iré yo, Voy contigo, dijo la mujer. Cuando salían de la sala, uno de los que acababan de llegar del ala opuesta preguntó, Quién es ése, la respuesta vino del primer ciego, Es médico, un médico de los ojos, Ésta sí que es buena, de lo mejor que he oído en mi vida, dijo el taxista, nos ha tocado el único médico que no nos va a servir de nada, También nos ha tocado un taxista que no podrá llevarnos a ninguna parte, respondió sarcástica la chica de las gafas oscuras.

La caja con la comida estaba en el zaguán. El médico le pidió a su mujer, Guíame hasta la puerta de entrada, Para qué, Voy a decirles que tenemos un enfermo con una infección grave y que no tenemos medicinas, Recuerda el aviso, Sí, pero quizá ante un caso así, Lo dudo, También yo, pero nuestra obligación es intentarlo. En el zaguán, la luz del día aturdió a la mujer, y no porque fuese demasiado intensa, por el cielo pasaban nubes oscuras, quizá estuviera lloviendo, He perdido la costumbre de la claridad, en tan poco tiempo, pensó. En aquel mismo instante, un guardián les gritó desde el portón, Alto, atrás, tengo orden de disparar, y luego, en el mismo tono, apuntando el arma, Sargento, hay aquí unos tipos que quieren salir, No queremos salir, negó el médico, Pues les aconsejo que realmente no lo quieran, dijo el sargento mientras se acercaba, y, asomando tras las rejas del portón, preguntó, Qué pasa, Una persona se hirió en una pierna y presenta una infección, necesitamos inmediatamente antibióticos y otros medicamentos, Las órdenes que tengo son muy claras, salir, no sale nadie, entrar, sólo comida, Si la infección se agrava, que es lo más seguro, el caso puede rápidamente acabar de la peor manera posible, Eso no es cosa mía, Hable entonces con sus superiores, dígaselo, Mire, ciego, con quien voy a hablar es con usted, y le voy a decir una cosa, o vuelven usted y ésa ahora mismo ahí dentro, o les pego un tiro, Vamos, dijo la mujer, no hay nada que hacer, no tienen ellos la culpa, están llenos de miedo y obedecen órdenes, No quiero creer que esté ocurriendo esto, va contra toda regla de humanidad, Mejor es que lo creas, porque nunca te has encontrado ante una verdad tan evidente, Aún están ahí, gritó el sargento, voy a contar hasta tres, si a las tres no han desaparecido de mi vista pueden estar seguros de que no volverán a entrar, uuuno, dooos, trees, fue verlo y no verlo, y a los soldados, Ni aunque fuera un hermano mío, no dijo a quién se refería, si al hombre que había venido a pedir los medicamentos o al de la pierna infectada. Dentro, el herido quiso saber si iban a dejar pasar medicamentos, Cómo sabe que fui a pedir medicinas, le preguntó al médico, Pensando, usted es médico, Lo siento mucho, Eso quiere decir que los medicamentos no van a venir, Sí, Ah, bien.

Habían calculado justo la comida para cinco personas. Había botellas de leche y galletas, pero quien calculó las raciones se olvidó de los vasos, tampoco había platos, ni cubiertos, vendrían quizá con la comida del mediodía. La mujer del médico fue a dar de beber al herido, pero éste vomitó. El taxista dijo que no le gustaba la leche y quiso saber si había café. Algunos, tras haber comido, volvieron a acostarse, el primer ciego llevó a su mujer a conocer los sitios, fueron los únicos que salieron de la sala. El dependiente de farmacia pidió permiso para hablar con el señor doctor, le gustaría que el señor doctor le dijera si tenía una opinión formada sobre la enfermedad, No creo que, propiamente, se le pueda llamar enfermedad, comenzó precisando el médico, y luego, simplificando mucho, resumió lo que había investigado en los libros antes de quedarse ciego. Unas camas más allá, el taxista escuchaba atentamente, y, cuando el médico terminó su relato, dijo desde lejos, Apuesto que lo que ha ocurrido es que se han atascado los canales que van de los ojos a la sesera, Qué animal eres, dijo el dependiente de farmacia, Quién sabe, el médico sonrió sin querer, realmente, los ojos no son

93

más que unas lentes, como un objetivo, es el cerebro quien realmente ve, igual que en una película la imagen aparece, y si esos canales se han atascado, como dice aquí el señor, Eso es lo mismo que un carburador, si la gasolina no consigue llegar, el motor no trabaja y el coche no anda, Nada más sencillo, como ve, dijo el médico al dependiente de farmacia, Y cuánto tiempo cree usted, doctor, que vamos a seguir aquí, preguntó la camarera de hotel, Por lo menos mientras estemos sin ver, Y cuánto tiempo será eso, Francamente, no creo que lo sepa nadie, Y es algo pasajero o va a ser para siempre, Ojalá lo supiera yo. La camarera suspiró y, pasados unos momentos, dijo También me gustaría a mí saber qué fue de aquella chica, Qué chica, preguntó el dependiente de farmacia, La del hotel, qué impresión me hizo verla allí, en medio del cuarto, desnuda como vino al mundo, no llevaba más que unas gafas oscuras puestas, y venga a gritar que estaba ciega, lo más seguro es que fuera ella la que me pegó la ceguera a mí. La mujer del médico miró, vio a la chica quitarse las gafas oscuras lentamente, disimulando el movimiento, luego las metió debajo de la almohada mientras preguntaba al niño estrábico, Quieres otra galleta. Por primera vez desde que entraron allí, la mujer del médico se sintió como si estuviera detrás de un microscopio observando el comportamiento de unos seres que ni siquiera podían sospechar su presencia, y esto le pareció súbitamente indigno, obsceno, No tengo derecho a mirar si los otros no me pueden mirar a mí, pensó. Con mano trémula, la muchacha estaba poniéndose unas gotas de colirio. Así siempre podría decir que no eran lágrimas lo que brotaba de sus ojos.

Cuando, horas después, el altavoz anunció que se podía ir a recoger la comida del mediodía, el primer ciego y el taxista se presentaron voluntarios para una misión en la que los ojos no eran indispensables, bastaba el tacto. Las cajas estaban lejos de la puerta que unía el zaguán con el corredor, para encontrarlas tuvieron que caminar a gatas, barriendo el suelo ante ellos con un brazo extendido, mientras el otro hacía de tercera pata, y si no encontraron mayor dificultad en regresar a la sala fue porque la mujer del médico tuvo la idea, que justificó cuidadosamente aduciendo su propia experiencia, de rasgar en tiras una manta, haciendo con ellas una especie de cuerda, una de cuyas puntas estaría siempre sujeta al tirador de fuera de la puerta de la sala, mientras la otra sería atada cada vez al tobillo de quien tuviese que salir a buscar la comida. Fueron los dos hombres, vinieron los platos y los cubiertos, pero los alimentos continuaban siendo para cinco, lo más probable era que el sargento que mandaba el pelotón de guardia no supiera que había allí seis ciegos más, dado que desde fuera del portón, aun estando atento a lo que ocurriera del lado de dentro de la puerta principal, sólo por casualidad, en la sombra del zaguán, se vería pasar gente de una de las alas a la otra. El taxista se ofreció para reclamar la comida que faltaba, y fue solo, no quiso compañía, Que no somos cinco, somos once, gritó a los soldados, y el mismo sargento le respondió desde fuera, Tranquilos, que van a ser muchos más, y lo dijo con un tono que le debió parecer de mofa al taxista, si tenemos en cuenta lo que contó cuando volvió a la sala, Era como si me estuviera tomando el pelo. Repartieron la comida, cinco raciones divididas entre diez, porque el herido seguía sin querer comer, sólo pedía agua, que le mojasen la boca, por favor. Su piel quemaba. Como no podía soportar durante mucho tiempo el contacto y el peso de la manta sobre la herida, de vez en cuando descubría la pierna, pero el aire frío de la sala lo obligaba a cubrirse de nuevo inmediatamente y así horas y horas. Gemía a intervalos regulares, con una especie de arranque sofocado, como si el dolor, constante, firme, súbitamente se adensara antes de que pudiera agarrarlo y sostenerlo en los límites de lo soportable.

Mediada la tarde, entraron tres ciegos más, expulsados de la otra ala. Una de ellas era la empleada del consultorio, la mujer del médico la reconoció inmediatamente, y los otros, así lo había decidido el destino, eran el hombre que había estado con la chica de las gafas oscuras en el hotel y aquel policía grosero que la llevó a casa. Sólo tuvieron tiempo para llegar a las camas y sentarse en ellas, al azar, la empleada del consultorio lloraba desconsoladamente, los dos hombres permanecían callados como si no pudieran entender aún lo que les pasaba. De pronto, se oyó, llegada de la calle, una confusión de gritos, órdenes dadas a pleno pulmón, un vocerío inextricable. Los ciegos de la sala volvieron todos la cara para el lado de la puerta, esperando. No podían ver, pero sabían lo que iba a pasar en los minutos siguientes. La mujer del médico, sentada en la cama, al lado del marido, dijo en voz baja, Tenía que ocurrir, el infierno prometido va a empezar. Él le apretó la mano entre las suyas y murmuró, No te alejes, de ahora en adelante ya no podías hacer nada. Los gritos habían disminuido, ahora se oían ruidos confusos en el zaguán, eran los ciegos traídos en rebaño, que tropezaban unos con otros, se agolpaban en el vano de las puertas, unos pocos se habían desorientado y fueron a parar a otras salas, pero la mayoría, trastabillando, agarrados en racimos o separados uno a uno, agitando afligidos las manos como quien se está ahogando, entraron en la sala en torbellino, como si fueran empujados desde fuera por una máquina arrolladora. Cayeron unos cuantos, fueron pisoteados. Aprisionados en el estrecho pasillo, los ciegos, poco a poco, se fueron liberando por los espacios entre los camastros, y allí, como barco que en medio del temporal logra al fin entrar en puerto, tomaban posesión de su fondeadero personal, que era la cama, y protestaban diciendo que ya no cabía nadie más, que los de atrás buscasen otro sitio.

Desde el fondo, el médico gritó que había más salas, pero los pocos que se habían quedado sin cama tenían miedo de perderse en el laberinto que imaginaban, salas, corredores, puertas cerradas, escaleras que sólo en el último momento descubrirían. Al fin comprendieron que no podrían seguir allí y, buscando penosamente la puerta por donde habían entrado, se aventuraron en lo desconocido. Buscando un último y seguro refugio, los ciegos del segundo grupo, el de cinco, pudieron ocupar los camastros que, entre ellos y los del primer grupo, habían quedado vacíos. Sólo el herido quedó aislado, sin protección, en la cama catorce, lado izquierdo.

Un cuarto de hora después, salvo algunas lamentaciones, unas quejas, unos ruidos discretos de gente que ordena sus cosas, la calma, que no la tranquilidad, volvió a la sala. Todas las camas estaban ahora ocupadas. La tarde llegaba a su fin, las bombillas mortecinas parecían ganar fuerza. Entonces se oyó la voz seca del altavoz. Tal como había sido anunciado el primer día, repetían las instrucciones sobre el funcionamiento de las salas y las reglas que deberían obedecer los internos, El Gobierno lamenta haberse visto forzado a ejercer enérgicamente lo que considera su derecho y su deber, proteger por todos los medios a su alcance a la población en la crisis que estamos atravesando, etc., etc. Cuando calló la voz, se levantó un coro indignado de protestas, Estamos encerrados, Vamos a morir todos aquí, No hay derecho, Dónde están los médicos que nos habían prometido, esto era algo nuevo, las autoridades habían prometido médicos, asistencia, tal vez incluso la curación completa. El médico no dijo que si precisaban un médico allí estaba él. Nunca más lo diría. A un médico no le bastan las manos, un médico cura con medicinas, fármacos, compuestos químicos, drogas y combinaciones de esto y aquello, y aquí no hay rastro de nada de eso ni esperanza de conseguirlo. Ni siquiera tenía ojos para percibir la palidez de un rostro, para observar un rubor en la circulación periférica, cuántas veces, sin necesidad de más minuciosos exámenes, esas señales exteriores equivalían a la historia clínica completa, o la coloración de las mucosas y de los pigmentos, con altísima probabilidad de acierto, De ésta no escapas. Como los otros camastros próximos estaban todos ocupados, la mujer ya no podía irle contando lo que le pasaba, pero él percibía el ambiente cargado, tenso, rozando ya la aspereza de un conflicto, que se había intensificado desde la llegada de los últimos ciegos. Hasta la atmósfera de la sala parecía haberse vuelto más espesa, con hedores que flotaban, gruesos y lentos, con súbitas corrientes nauseabundas, Cómo será esto dentro de una semana, se preguntó, y le asustó imaginar que dentro de una semana aún estarían encerrados en este lugar, Suponiendo que no haya dificultades con el abastecimiento de comida, y seguro que las habrá, dudo que la gente de fuera sepa en cada momento cuántos vamos siendo aquí, la cuestión es cómo se van a resolver los problemas de higiene, no hablo ya de cómo nos lavaremos, ciegos recientes, de pocos días, y sin ayuda de nadie, y si las duchas funcionarán, y por cuánto tiempo, hablo de lo demás, de los demases todos, un simple atasco en los retretes, sólo uno, y esto se convertirá en una cloaca. Se frotó la cara con las manos, sintió la aspereza de la barba de tres días, Es mejor así, espero que no se les ocurra la idea de mandarnos hojas de afeitar y tijeras. En la maleta tenía todo lo que necesitaba para afeitarse, pero sabía que sería un error hacerlo, Y dónde, dónde, no aquí, en la sala, en medio de todos éstos, cierto es que ella podría afeitarme, pero los otros no tardarían en darse cuenta, y les sorprendería que alguien lo hiciera, y allá dentro, en las duchas, aquella confusión, Dios santo, qué falta nos hacen los ojos, ver, ver, aunque no fuese más que unas vagas sombras, estar delante de un espejo, mirar una mancha oscura difusa y poder decir, Ahí está mi cara, lo que tenga luz no me pertenece.

Las protestas fueron amortiguándose poco a poco, alguien llegado de la otra sala apareció preguntando si quedaba algo de comida, quien le respondió fue el taxista, Ni migajas, y el dependiente de farmacia, mostrando buena voluntad, dulcificó aquella negativa perentoria, Puede que luego llegue algo. No llegó. Se cerró la noche. De fuera, ni comida, ni palabras. Se oyeron gritos en la sala de al lado, luego se hizo el silencio, si alguien lloraba, lo hacía bajito, el llanto no atravesaba las paredes. La mujer del médico fue a ver cómo se encontraba el enfermo, Soy yo, le dijo, y levantó cuidadosamente la manta. La pierna tenía un aspecto terrorífico, hinchada toda por igual desde el muslo, y la herida, un círculo negro con franjas rojizas, sanguinolentas, se había ampliado muchísimo, como si la carne hubiera sufrido una erupción, y exhalaba un olor entre fétido y dulzón. Cómo se encuentra, preguntó la mujer del médico, Gracias por venir, Dígame cómo se encuentra, Mal, Le duele, Sí y no, Explíquese, Me duele, pero es como si la pierna no fuera mía, está como separada del cuerpo, no sé cómo explicarlo, es una impresión extraña, como si estuviera aquí tumbado viendo cómo la pierna me duele, Eso es la fiebre, Será, Haga ahora por dormir. La mujer del médico le posó la mano en la frente, luego iba a retirarse, pero no tuvo tiempo ni de dar las buenas noches, el enfermo la agarró por un brazo y la atrajo, obligándola a acercar la cara, Sé que usted ve, dijo con una voz muy baja. La mujer del médico se estremeció, y murmuró, Se equivoca, de dónde ha sacado eso, veo como cualquiera de los que están aquí, No quiera engañarme, señora, sé muy bien que ve, pero, descuide, no se lo voy a decir a nadie, Duerma, duerma, No tiene confianza en mí, La tengo, No se fía de la palabra de un ladrón, Le he dicho ya que tengo confianza, Entonces, por qué no me dice la verdad, Hablaremos mañana, ahora duerma, Bueno, mañana, si llego, No debemos pensar lo peor, Yo pienso, o la fiebre está pensando por mí. La mujer del médico volvió al lado de su marido y le susurró al oído, La herida tiene un aspecto horrible, será gangrena, En tan poco tiempo no me parece probable, Sea lo que sea, ese hombre está muy mal, Y nosotros aquí, dijo el médico con voz audible a propósito, no basta con que estemos ciegos, es como si nos hubieran atado de pies y manos. De la cama catorce, lado izquierdo, el enfermo respondió, A mí no me atará nadie, doctor.

Fueron pasando las horas, uno tras otro los ciegos entraron en el sueño. Algunos se habían cubierto la cabeza con la manta, como si deseasen que la oscuridad, una oscuridad auténtica, una negra oscuridad, apagara definitivamente los soles deslustrados en que sus ojos se habían convertido. Las tres bombillas colgadas del techo alto, fuera del alcance, derramaban sobre los camastros una luz sucia, amarillenta, que ni capaz era de producir sombras. Cuarenta personas dormían o intentaban desesperadamente dormir, algunas suspiraban y murmuraban en sueños, quizá vieran en el sueño aquello que soñaban, tal vez dijeran, Si esto es un sueño, no quiero despertar. Los relojes de todos ellos estaban parados, se olvidaron de darles cuerda o creyeron que no valía la pena, sólo el de la mujer del médico seguía funcionando. Pasaba ya de las tres de la madrugada. Adelante, muy lentamente, apoyándose en los codos, el ladrón de coches alzó el cuerpo. No notaba la pierna, sólo el dolor estaba allí, el resto había dejado de pertenecerle. Estaba rígida la articulación de la rodilla. Dejó caer el cuerpo hacia el lado de la pierna sana, que quedó colgando fuera de la cama, luego, con las manos juntas por debajo del muslo, intentó mover en el mismo sentido la pierna herida. Como una jauría de lobos que despertaran de súbito, los dolores corrieron en todas direcciones para seguir luego cercando el cráter soturno del que se alimentaban. Ayudándose con las manos, fue arrastrando lentamente el cuerpo por el jergón en dirección al pasillo. Cuando alcanzó el alzado de los pies de la cama, tuvo que descansar. Respiraba con dificultad, como si padeciera de asma, la cabeza oscilaba sobre los hombros y apenas podía sostenerse en ellos. Al cabo de unos minutos, la respiración se le reguló, y él empezó a levantarse lentamente, apoyado en la pierna buena. Sabía que la otra de nada iba a servirle, que tendría que arrastrarla tras de sí a donde quiera que fuese. Sintió un mareo, un temblor irreprimible le atravesó el cuerpo, el frío y la fiebre le hicieron castañetear los dientes. Amparándose en los hierros de las camas, pasando de una a otra, fue avanzando entre los dormidos, tiraba, como de un saco, de la pierna herida. Nadie lo vio, nadie le preguntó, Adónde va a estas horas, si alguien lo hubiera hecho, ya sabía qué responder, Voy a mear, diría, lo que no

quería era que la mujer del médico le pregunta-
ra, a ella no podría engañarla, tendría que decirle la idea que llevaba en la cabeza, No puedo
seguir pudriéndome aquí, sé que su marido hizo
lo que estaba a su alcance, pero cuando yo iba a
robar un coche no le pedía a otro que lo robase
por mí, ahora es lo mismo, soy yo quien tengo
que ir fuera, cuando me vean en este estado se
darán cuenta de que estoy muy mal, me meterán
en una ambulancia y me llevarán al hospital, seguro que hay hospitales sólo para ciegos, uno
más no les importará, me tratarán la pierna, me
curarán, oí decir que eso es lo que se hace con
los condenados a muerte, si tienen apendicitis,
los operan y sólo después los matan, para que
mueran sanos, aunque, por mí, si quieren pueden volver a traerme aquí, no me importa. Avanzó más, apretando los dientes para no gemir, pero no pudo reprimir un sollozo de agonía
cuando, llegado al extremo de la fila, perdió el
equilibrio. Se había equivocado en la cuenta de
las camas, esperaba que quedara una más y era
ya el vacío. Caído en el suelo, no se movió hasta
estar seguro de que nadie se había despertado
con el ruido del golpe. Luego descubrió que la
posición convenía perfectamente a un ciego, si
avanzaba a gatas podría encontrar con más facilidad el camino. Se fue arrastrando así hasta llegar al zaguán, allí se detuvo para pensar qué iba
a hacer, si sería mejor llamar desde la puerta, o
acercarse a la reja aprovechando la cuerda que

había servido de pasamanos. Sabía muy bien que si llamaba pidiendo ayuda lo mandarían que volviera inmediatamente para atrás, pero la alternativa de tener como único socorro, después de todo lo que, pese al apoyo sólido de las camas, había sufrido, una cuerda bamboleante, insegura, le hizo dudar. Pasados unos minutos, creyó encontrar la solución, Iré a gatas, pensó, me pongo debajo de la cuerda, de vez en cuando levanto la mano para ver si voy por el buen camino, esto es lo mismo que robar un coche, siempre encuentra uno la manera. De repente, sin que se apercibiera, su consciencia se despertó y le censuró ásperamente por haber sido capaz de robar el automóvil a un pobre ciego, Si estoy ahora en esta situación, argumentó, no es por haberle robado el coche, sino por haberle acompañado hasta su casa, ése fue mi inmenso error. No estaba la consciencia para debates casuísticos, sus razones eran simples y claras, Un ciego es sagrado, a un ciego no se le roba, Técnicamente hablando, no le robé, ni él llevaba el coche en el bolsillo ni yo le apunté con una pistola, se defendió el acusado, Déjate de sofismas, rezongó la consciencia, y sigue andando.

El aire frío de la madrugada le refrescó la cara. Qué bien se respira aquí fuera, pensó. Le pareció notar que la pierna le dolía mucho menos, pero eso no le sorprendió, ya antes, más de una vez, le había ocurrido lo mismo. Estaba en el rellano exterior, no tardaría en llegar a los escalones, Va a ser complicado, pensó, bajar con la cabeza delante. Levantó un brazo para asegurarse de que la cuerda estaba allí, y avanzó. Tal como había previsto, no era fácil pasar de un escalón al otro, sobre todo por la pierna, que no ayudaba, y la prueba la tuvo inmediatamente, cuando, en medio de la escalera, resbaló una de las manos en un escalón y el cuerpo cayó todo hacia un lado y fue arrastrado por el peso muerto de la maldita pierna. Los dolores volvieron instantáneamente, con las sierras, las brocas y los martillos, y ni él supo cómo consiguió no gritar. Durante largos minutos permaneció tendido de bruces, con la cara pegada al suelo. Un viento rápido, rastrero, lo hizo tiritar. No lleva sobre el cuerpo más que la camisa y los calzoncillos. La herida estaba, toda ella, en contacto con la tierra, y pensó, Puede infectarse, era un pensamiento estúpido, no recordó que la venía arrastrando así desde la sala, Bueno, es igual, ellos van a curarme antes de que se infecte, pensó luego, para tranquilizarse, y se puso de lado para mejor alcanzar la cuerda. No la encontró de inmediato. Había olvidado que estaba en posición perpendicular a ella cuando dio la vuelta y rodó por la escalera, pero el instinto le hizo permanecer donde estaba. Luego fue el raciocinio lo que le orientó para sentarse y moverse lentamente hasta tocar con los riñones el primer peldaño, y con un sentimiento exultante de victoria sintió la aspereza de la cuerda en la mano alzada.

Probablemente fue también ese sentimiento lo que le llevó a descubrir, seguidamente, la mejor manera de desplazarse sin que la herida rozase el suelo, ponerse de espaldas hacia donde estaba el portón y, usando los brazos como muletas, como hacían antes los que no tenían piernas, desplazar con pequeños movimientos el cuerpo sentado. Hacia atrás, sí, porque en este caso, como en otros, tirar de algo era más fácil que empujarlo. La pierna, así, no sufría tanto, aparte de que el suave declive del terreno, bajando hacia la salida, le ayudaba. En cuanto a la cuerda, no había peligro de perderla, que casi le tocaba la cabeza. Se preguntaba si aún le faltaría mucho para llegar al portón, no era lo mismo ir por su pie, y mejor aún con los dos, que avanzar a reculones, en desplazamientos de medio palmo o menos. Olvidando por un instante que estaba ciego, volvió la cabeza como para comprobar el espacio que le faltaba por recorrer y encontró delante la misma blancura sin fondo. Será de noche, será de día, se preguntó, bueno, si fuera de día me habrían visto ya, además, sólo hubo un desayuno, y fue hace muchas horas. Le asombraba el espíritu lógico que se iba descubriendo, la rapidez y el acierto de los razonamientos, se veía a sí mismo diferente, otro hombre, y si no fuera por la mala suerte de esta pierna, juraría que nunca en toda la vida se había encontrado tan bien. Sus espaldas golpearon con la parte inferior chapeada del portón. Había llegado. Metido en la garita para protegerse del frío, el soldado de guardia creyó oír un leve rumor que no había conseguido identificar, de todos modos no pensó que nadie pudiera acercarse desde dentro, habría sido el movimiento del ramaje de los árboles, las hojas que el viento hacía rozar contra la reja. Otro ruido le llegó repentinamente a los oídos, pero éste fue diferente, un golpe, un choque, para ser más preciso, que no podía ser obra del viento. Nervioso, el soldado salió de la garita empuñando el fusil automático y miró hacia el portón. No vio nada. Pero el ruido volvió a sonar, más fuerte, ahora como de uñas que rasparan una superficie rugosa. La chapa del portón, pensó. Dio un paso hacia la tienda de campaña donde dormía el sargento, pero lo contuvo el pensamiento de que si daba una falsa alarma le iban a echar una bronca, a los sargentos no les gusta que los despierten, ni cuando hay motivo suficiente. Volvió a mirar hacia el portón, y esperó, tenso. Muy lentamente, en el espacio entre dos hierros verticales, como un fantasma, empezó a aparecer una cara blanca. La cara de un ciego. El miedo le heló la sangre al soldado, y fue el miedo lo que le hizo apuntar su arma y disparar una ráfaga a quemarropa.

El estruendo seco de las detonaciones hizo surgir de dentro de las tiendas, inmediatamente, medio vestidos aún, a los soldados que componían el pelotón encargado de la guardia del manicomio y de los que dentro de él estaban. El sar-

gento ya estaba al mando de sus hombres, Qué
coño pasa, Un ciego, un ciego, balbuceó el soldado, Dónde, Allí, e indicó el portón con el cañón
del arma, No veo nada, Estaba allí, lo vi. Los soldados habían acabado de equiparse y esperaban
alineados, fusil en mano. Encended el proyector,
ordenó el sargento. Uno de los soldados subió a
la plataforma del vehículo. Segundos después, el
foco deslumbrante iluminó el portón enrejado y
la fachada del edificio. No hay nadie, animal, dijo
el sargento, y se disponía a soltar unas cuantas
amenidades militares del mismo estilo cuando
vio que por debajo del portón se extendía, bajo la
violenta luz del foco, un charco negro. Le diste
de lleno, amigo, dijo. Después, recordando las
órdenes rigurosas que había recibido, gritó,
Atrás, eso se pega. Los soldados retrocedieron,
medrosos, pero continuaron mirando el charco
que lentamente asomaba por entre las junturas
de las piedras de la acera. Crees que el tipo ese
está muerto, preguntó el sargento, Tiene que
estarlo, le solté una ráfaga de lleno en la cara,
respondió el soldado, contento ahora con su obvia demostración de puntería. En ese momento,
otro soldado gritó nervioso, Sargento, sargento,
mire ahí. En el rellano exterior de la escalera se
veían unos cuantos ciegos, más de diez. Quietos,
no avancen, gritó el sargento, un paso más y los
achicharro a todos. En las ventanas de las casas
de enfrente, algunas personas, arrancadas del
sueño por los disparos, miraban asustadas a tra-

vés de los cristales. Entonces, el sargento gritó, Que vengan cuatro a recoger el cuerpo. Como no podían ver ni contar, fueron seis los ciegos que se movieron, He dicho cuatro, gritó el sargento histéricamente. Los ciegos se tocaron, volvieron a tocarse, dos se quedaron atrás. Los otros empezaron a andar a lo largo de la cuerda.

Vamos a ver si hay por aquí una pala o un azadón, algo, cualquier cosa que sirva para cavar, dijo el médico. Llevaron con gran esfuerzo el cadáver al cercado interior, lo dejaron en el suelo, entre la basura y las hojas caídas de los árboles. Ahora, había que enterrarlo. Sólo la mujer del médico conocía el estado en que se encontraba el muerto, la cara y el cráneo destrozados por la descarga, tres orificios de bala en el cuello y en la parte del esternón. También sabía que en todo el edificio no encontrarían nada con lo que se pudiera abrir una sepultura. Después de recorrer el espacio que les había sido destinado, no halló más que una vara de hierro, Ayudará, pero no será suficiente. Había visto, detrás de las ventanas cerradas del corredor que continuaba a lo largo del ala reservada a los posibles contagiados, más bajas de este lado de la cerca, rostros atemorizados de gente esperando su hora, el momento inevitable en que tendrían que decirles a los otros, Me he quedado ciego, o cuando, si hubieran intentado ocultar lo sucedido, se denunciasen con un gesto equivocado, con un movimiento de cabeza en busca de una sombra, un tropezón injustificado en quien tiene ojos. Todo esto lo sabía también el médico, la frase que había dicho formaba parte de la comedia pactada entre los dos, a partir de ahora ya podría decir la mujer, Y si pidiésemos a los soldados que nos traigan una pala, Buena idea, vamos a probar, y todos se mostraron de acuerdo, que sí, que era una buena idea, sólo la chica de las gafas oscuras se quedó en silencio, sin decir nada sobre la pala o el azadón, su manera de hablar eran, por ahora, lágrimas y lamentos, Tuve yo la culpa, lloraba, y era verdad, no se podía negar, pero también es cierto, si eso le sirve de consuelo, que si antes de cada acción pudiésemos prever todas sus consecuencias, nos pusiésemos a pensar en ellas seriamente, primero en las consecuencias inmediatas, después, las probables, más tarde las posibles, luego las imaginables, no llegaríamos siquiera a movernos de donde el primer pensamiento nos hubiera hecho detenernos. Los buenos y los malos resultados de nuestros dichos y obras se van distribuyendo, se supone que de forma bastante equilibrada y uniforme, por todos los días del futuro, incluyendo aquellos, infinitos, en los que ya no estaremos aquí para poder comprobarlo, para congratularnos o para pedir perdón, hay quien dice que eso es la inmortalidad de la que tanto se habla, Lo será, pero este hombre está muerto y hay que enterrarlo. Fueron, pues, el médico y su mujer a parlamentar, la chica de las gafas oscuras, inconsolable, dijo que iba con ellos. Por remordimientos de consciencia. Apenas estuvieron a la vista, en la entrada de la puerta, un soldado les gritó, Alto, y como si temiera que la intimidación verbal, aunque enérgica, no fuera suficiente, disparó al aire. Asustados, retrocedieron buscando protección en las sombras del zaguán, tras las gruesas maderas de la puerta abierta. Luego, avanzó sola la mujer del médico, desde donde estaba podía ver los movimientos del soldado y resguardarse a tiempo si fuese necesario, No tenemos con qué enterrar al muerto, dijo, necesitamos una pala. En el portón, pero del lado opuesto a aquel donde había caído el ciego, apareció otro militar. Sargento era, pero no el de antes, Qué quieren, gritó, Necesitamos una pala o un azadón, No tenemos, venga, fuera, lárguense, Tenemos que enterrar el cuerpo, Pues no lo entierren, déjenlo pudrirse ahí, Si lo dejamos, contaminará la atmósfera, Pues que la contamine, y que os aproveche, La atmósfera no se está quieta, tanto está aquí como va para donde estáis. La pertinencia de la argumentación obligó a reflexionar al militar. Había venido a sustituir al otro sargento, que se quedó ciego y lo trasladaron al lugar donde estaban siendo concentrados los enfermos pertenecientes al Ejército de Tierra, ni que decir tiene que la Marina y la Aviación disponían cada una de sus propias instalaciones, pero éstas de menor tamaño e importancia por ser más reducidos sus efectivos.

Tiene razón la mujer, reconsideró el sargento, en un caso como éste no hay duda de que todas las precauciones son pocas. Como prevención, dos soldados, con máscaras antigás, habían lanzado ya sobre la sangre dos botellas de amoníaco, cuyos últimos vapores aún hacían lagrimear al personal e irritaban las mucosas de la garganta y de la nariz. Al fin, el sargento dijo, Voy a ver si se puede arreglar, Y la comida, la mujer del médico aprovechó la ocasión para recordarlo, La comida, aún no ha llegado, Somos más de cincuenta sólo en nuestra ala, tenemos hambre, lo que nos traen no es suficiente, Eso de la comida no es cosa del Ejército, Pero alguien tendrá que remediar la situación, el Gobierno se comprometió a alimentarnos, Se acabó, vuelvan dentro, no quiero ver a nadie en la puerta, El azadón, gritó aún la mujer del médico, pero el sargento se había retirado ya. Iba mediada la mañana cuando se oyó el altavoz de la sala, Atención, atención, los internos se alegraron creyendo que era el anuncio de la comida, pero no, se trataba de la pala, Que venga alguien a recoger el azadón, pero nada de grupos. Por la posición y por la distancia en que se encontraba, más cerca del portón que de la escalera, debieron tirarla desde fuera, No tengo que olvidar que estoy ciega, pensó la mujer del médico, Dónde está, preguntó, Baja la escalera, ya te iré guiando, respondió el sargento, muy bien, sigue ahora andando en esa misma dirección, así, así, alto ahora, vuélvete un poco hacia la derecha, no, a la izquierda, menos, menos, ahora adelante, si no te desvías te darás de narices con ella, caliente, que te quemas, mierda, ya te dije que no te desviases, frío, frío, vas calentándote otra vez, caliente, cada vez más caliente, ya está, da ahora media vuelta y vuelvo a guiarte, no quiero que te quedes ahí como una burra en la noria, dando vueltas, y acabes junto al portón, No te preocupes, pensó ella, iré desde aquí a la puerta en línea recta, a fin de cuentas, es igual, aunque sospechase que no soy ciega, a mí qué me importa, no va a venir a buscarme. Se echó el azadón al hombro, como un viñador que va al trabajo, y se dirigió a la puerta sin desviarse un paso, Mi sargento, ve eso, exclamó uno de los soldados, para mí que ésa tiene ojos, Los ciegos aprenden muy rápido a orientarse, explicó, convencido, el sargento.

Fue trabajoso abrir la tumba. La tierra estaba dura, apretada, había raíces a un palmo del suelo. Cavaron el taxista, los dos policías y el primer ciego. Ante la muerte, lo que se espera de la naturaleza es que los rencores pierdan su fuerza y su veneno, cierto es que se dice que odio viejo no cansa, y de eso no faltan pruebas en la literatura y en la vida, pero esto, la verdad, no era realmente odio, y de viejo no tenía nada, pues qué vale el robo del coche al lado del muerto que lo había robado, y menos en el mísero estado en que se encuentra, que no son precisos ojos para saber que esta cara no tiene nariz ni boca. Sólo pudieron cavar tres palmos. Si el muerto fuera gordo, le habría quedado asomando la barriga, pero el ladrón era flaco, un auténtico palo de escoba, y más aún después del ayuno de tres días, cabrían en aquella tumba dos como él. No hubo oraciones. Podríamos ponerle una cruz, recordó la chica de las gafas oscuras, los remordimientos hablaron por ella, pero nadie tenía noticia de lo que el difunto pensaba en vida de tales historias de Dios y de la religión, lo mejor era callar, si es que otro procedimiento tiene justificación ante la muerte, además, téngase en consideración que hacer una cruz es algo mucho menos fácil de lo que parece, por no hablar del tiempo que iba a sostenerse, con todos estos ciegos que no ven dónde ponen los pies. Volvieron a la sala. En los sitios más frecuentados, salvo en el campo abierto, como el cercado, ya no se pierden aquellos ciegos, que con un brazo tendido hacia delante y unos dedos moviéndose como antenas de insectos se llega a todas partes, incluso es probable que los ciegos más dotados no tarden en desarrollar eso que llamamos visión frontal. La mujer del médico, por ejemplo, es asombroso cómo consigue moverse y orientarse por ese procedimiento entre aquel rompecabezas de salas, desvanes y corredores, cómo sabe doblar una esquina en el punto exacto, cómo se detiene ante una puerta y abre sin vacilar, cómo no tiene que ir contando las camas hasta llegar a la suya. Está sentada ahora en la cama del marido, habla con él, muy bajito, como de costumbre, se ve que es gente de educación, y tienen siempre algo que decirse el uno al otro, no son como el otro matrimonio, el primer ciego y su mujer, después de aquellas conmovedoras efusiones del reencuentro casi no han conversado, y es que, en ellos, probablemente, ha podido más la tristeza de ahora que el amor de antes, con el tiempo se acostumbrarán. Quien no se cansa de repetir que tiene hambre es el niño estrábico, pese a que la chica de las gafas oscuras se quita prácticamente la comida de la boca para dársela a él. Hace muchas horas que el mozalbete no pregunta por su madre, pero seguro que volverá a echarla de menos después de haber comido, cuando el cuerpo se encuentre liberado de servidumbres brutales y egoístas que resultan de la simple, pero imperiosa, necesidad de mantenerse. Sería por causa de lo ocurrido de madrugada, o por motivos ajenos a nuestra voluntad, la verdad es que no habían llegado las cajas con el desayuno. Ahora se aproxima la hora de comer, es ya la una en el reloj que la mujer del médico acaba de consultar a hurtadillas, no es, pues, extraño que la impaciencia de los jugos gástricos haya empujado a unos cuantos ciegos, tanto de ésta como de la otra sala, a esperar en el zaguán la llegada de la comida, y esto por dos excelentes razones, la pública, de unos, porque así se ganaría tiempo, y la reservada, de otros, porque sabido es que quien llega primero, mejor se sirve. En total, no serán menos de diez los ciegos atentos al ruido que hará el portón enrejado al ser abierto, a los pasos de los soldados que han de traer las benditas cajas. A su vez, temerosos de una súbita ceguera que pudiese resultar de la proximidad inmediata de los ciegos que esperaban en el zaguán, los contaminados del ala izquierda no se atreven a salir, pero algunos de ellos atisban por la rendija de la puerta, ansiosos de que les llegue su turno. Fue pasando el tiempo. Cansados de esperar algunos ciegos se han sentado en el suelo, más tarde dos o tres regresaron a las salas. Fue poco después cuando se oyó el rechinar inconfundible del portón. Excitados, los ciegos, atropellándose, empezaron a moverse hacia donde, por los ruidos de fuera, calculaban que estaba la puerta, pero, de súbito, presos de una vaga inquietud que no tendrían tiempo de definir y explicar, se detuvieron y luego confusamente retrocedieron, justo cuando empezaron a oír con nitidez los pasos de los soldados que traían la comida y de la escolta armada que los acompañaba.

Aún bajo la impresión causada por el trágico suceso de la noche, los soldados que llevaban las cajas habían acordado que no las dejarían junto a las puertas que daban a las alas, como más o menos hacían antes, sino que las dejarían en el zaguán, Que esa gente se las arregle como pueda, dijeron. La ofuscación producida por la intensa luz del exterior y la transición brusca a la penumbra del zaguán les impidió, en el primer momen-

to, ver al grupo de ciegos. Los vieron luego, inmediatamente. Soltando gritos de terror, tiraron
las cajas al suelo y salieron como locos por la
puerta afuera. Los dos soldados de escolta, que
esperaban en el descansillo, reaccionaron ejem-
plarmente ante el peligro. Dominando, sólo Dios
sabe cómo, el miedo legítimo que sentían, avanzaron hasta el umbral de la puerta y vaciaron sus
cargadores. Empezaron los ciegos a caer unos sobre otros, y al caer seguían recibiendo en el cuerpo balas que ya eran un puro despilfarro de munición, fue todo tan increíblemente lento, un
cuerpo, otro cuerpo, que parecía que nunca acabarían de caer, como se ve a veces en las películas
y en la televisión. Si los soldados tuvieran que dar
cuenta del uso de las balas que disparan, éstos podrían jurar sobre la bandera que actuaron en legí-
tima defensa, y por añadidura en defensa también
de sus compañeros desarmados que iban en misión humanitaria y de repente se vieron amenaza-
dos por un grupo de ciegos numéricamente superior. Retrocedieron corriendo desatinadamente
hacia el portón, cubiertos por los fusiles que los
otros soldados del piquete, trémulos, apuntaban
entre la reja, como si los ciegos que quedaban vivos estuvieran a punto de hacer una salida venga-
dora. Lívido, uno de los que habían disparado decía, Yo no vuelvo ahí dentro ni aunque me maten,
y, realmente, no volvió. Bruscamente, aquel mismo día, caída ya la tarde, a la hora de arriar bandera, pasó a ser un ciego más entre los ciegos, y de

algo le valió ser de la tropa, porque si no habría tenido que quedarse allí, haciendo compañía a los ciegos paisanos, colegas de aquellos a los que había acribillado, y Dios sabe cómo lo recibirían. El sargento dijo, Mejor sería dejarlos morir de hambre, muerto el perro se acabó la rabia. Como sabemos, no falta por ahí quien haya dicho y pensado esto muchas veces, afortunadamente un resto precioso de sentido humanitario le hizo decir a éste, A partir de hoy dejamos las cajas a medio camino, que vengan ellos a buscarlas, estaremos atentos y, al menor movimiento sospechoso, fuego con ellos. Se dirigió al puesto de mando, tomó el micrófono y, juntando las palabras lo mejor que pudo, recurriendo al recuerdo de otras semejantes oídas en ocasiones más o menos parecidas, dijo, El Ejército lamenta vivamente haberse visto obligado a reprimir por las armas un movimiento sedicioso responsable de una situación de riesgo inminente, cuya culpa directa o indirecta en modo alguno puede hacerse recaer sobre las fuerzas armadas, se advierte en consecuencia que a partir de hoy los internos recogerán la comida fuera del edificio, quedan advertidos que sufrirán las consecuencias de cualquier tentativa de alteración del orden, como ha acontecido ahora y como aconteció la pasada noche. Hizo una pausa, sin saber muy bien cómo tenía que terminar, había olvidado las palabras adecuadas, que las había, sin duda, y no hizo más que repetir, No hemos tenido la culpa, no hemos tenido la culpa.

Dentro del edificio, el estruendo de los disparos, con resonancia ensordecedora en el espacio limitado del zaguán, había causado pavor. En los primeros momentos se creyó que los soldados iban a irrumpir en las salas barriendo a balazos todo lo que encontraran en su camino, que el Gobierno había cambiado de idea, optando por la liquidación física en masa, hubo quien se metió debajo de la cama, algunos, de puro miedo, no se movieron, pensando que era mejor no hacerlo, para poca salud más vale ninguna, si hay que acabar, que sea rápido. Los primeros en reaccionar fueron los contagiados. Al oír los disparos, huyeron pero, luego, el silencio los alentó a volver, y se acercaron de nuevo a la puerta que daba acceso al zaguán. Vieron los cuerpos amontonados, la sangre sinuosa arrastrándose lentamente por las losas como si estuviese viva, y las cajas de la comida. El hambre los empujó hacia fuera, allí estaba el ansiado alimento, verdad es que iba destinado a los ciegos, que luego traerían el que les correspondía a ellos, de acuerdo con el reglamento, pero a la mierda el reglamento, nadie nos ve, y vela que va delante alumbra por dos, ya lo dijeron los antiguos de todo tiempo y lugar, y los antiguos no eran lerdos. No obstante, el hambre sólo tuvo fuerza suficiente para hacerles avanzar tres pasos, la razón se interpuso y les advirtió que el peligro acecha a los imprudentes, en aquellos cuerpos sin vida, sobre todo en la sangre, quién podría saber qué vapores, qué

121

emanaciones, qué venenosos miasmas estarían desprendiéndose ya de la carne destrozada de los ciegos. Están muertos, no pueden hacernos nada, dijo alguien, la intención era tranquilizarse a sí mismo y a los otros, pero fue peor el remedio, era verdad que los ciegos estaban muertos, que no podían moverse, fijaos, ni se mueven ni respiran, pero quién nos dice que esta ceguera blanca no será precisamente un mal del espíritu, y si lo es, partamos de esta hipótesis, los espíritus de aquellos ciegos nunca habrían estado tan sueltos como ahora, fuera de los cuerpos, y por tanto libres de hacer lo que quieran, sobre todo el mal, que, como es de conocimiento general, siempre ha sido lo más fácil de hacer. Pero las cajas de comida, allí expuestas, atraían irresistiblemente sus ojos, son de este calibre las razones del estómago que no atienden a nada, aunque sea para su bien. De una de las cajas se derramaba un líquido blanco que se iba acercando lentamente al charco de sangre, tiene todos los visos de ser leche, es un color que no engaña. Más valerosos, o más fatalistas, que no siempre es fácil la distinción, dos de los contagiados avanzaron, y estaban ya casi tocando con sus manos golosas la primera caja cuando en el vano de la puerta que daba al ala de los ciegos aparecieron unas cuantas personas. Puede tanto la imaginación, y en circunstancias mórbidas como ésta parece que lo puede todo, que, para aquellos dos que habían ido de avanzada, fue como si los muertos, de repente, se hubieran levantado del suelo, tan ciegos como antes, ahora, pero mucho más dañinos, porque sin duda estaría incitándoles el espíritu de venganza. Retrocedieron prudentemente en silencio hasta la entrada de su sección, podía ser que los ciegos comenzasen a ocuparse de los muertos, que eso era lo que mandaban la caridad y el respeto, o, si no, que dejaran allí, por no haberla visto, alguna de las cajas, por pequeña que fuese, que realmente los contagiados no eran muchos, quizá la mejor solución fuese ésta, pedirles, Por favor, tengan compasión, dejen al menos una cajita para nosotros, puede que no traigan más comida hoy, después de lo que ha sucedido. Los ciegos se movían como ciegos que eran, a tientas, tropezando, arrastrando los pies, no obstante, como si estuviesen organizados, supieron distribuir las tareas eficazmente, algunos de ellos, resbalando en la sangre pegajosa y en la leche, empezaron de inmediato a retirar y transportar los cadáveres hacia el cercado, otros se ocuparon de las cajas, una a una, las ocho que habían sido arrojadas al suelo por los soldados. Entre los ciegos se encontraba una mujer que daba la impresión de estar al mismo tiempo en todas partes, ayudando a cargar, haciendo como si guiara a los hombres, cosa evidentemente imposible para una ciega, y, fuese por casualidad o a propósito, más de una vez volvió la cara hacia el ala de los contagiados, como si los pudiera ver o notase su presencia. En poco tiempo el zaguán quedó vacío, sin más señal que la mancha grande de sangre, y otra pequeña rozándola, blanca, de la leche derramada, aparte de esto, sólo las huellas cruzadas de los pies, pisadas rojas o simplemente húmedas. Los contagiados cerraron resignadamente la puerta y fueron en busca de las migajas, era tanto el desaliento que uno de ellos llegó a decir, y esto muestra bien lo desesperados que estaban, Si vamos a quedarnos ciegos, si es ése nuestro destino, mejor sería irnos ya a la otra parte, al menos tendríamos qué comer, Es posible que los soldados traigan todavía lo nuestro, dijo alguien, Ha hecho usted el servicio militar, preguntó otro, No, Ya me lo parecía.

Teniendo en cuenta que los muertos pertenecían a una y otra sala, se reunieron los ocupantes de la primera y de la segunda con la finalidad de decidir si comían primero y enterraban a los cadáveres después, o lo contrario. Nadie parecía tener interés en saber quiénes eran los muertos. Cinco de ellos se tuvieron en la sala segunda, no se sabe si ya se conocían de antes o, en caso de que no, si tuvieron tiempo y disposición para presentarse unos a otros e intercambiar quejas y desahogos. La mujer del médico no recordaba haberlos visto cuando llegaron. A los otros cuatro, sí, a ésos los conocía, habían dormido con ella, por así decir, bajo el mismo techo, aunque de uno no supiera más que eso, y cómo podría saberlo, un hombre que se respeta no va a ponerse a hablar de asuntos íntimos a la primera persona que aparezca, decir que había estado en el cuarto de un hotel haciendo el amor con una chica de gafas oscuras, la cual, a su vez, si es de ésta de quien se trata, ni se le pasa por la cabeza que estuvo y está tan cerca de quien la hizo ver todo blanco. Los otros muertos eran el taxista y los dos policías, tres hombres robustos, capaces de cuidar de sí mismos, y cuyas profesiones consistían, aunque en distinto modo, de cuidar de los otros, y ahí están, segados cruelmente en la fuerza de la vida, esperando que les den destino. Van a tener que esperar a que estos que quedan acaben de comer, no por causa del acostumbrado egoísmo de los vivos, sino porque alguien recordó sensatamente que enterrar nueve cuerpos en aquel suelo duro y con un solo azadón era trabajo que duraría al menos hasta la hora de la cena. Y como no sería admisible que los voluntarios dotados de buenos sentimientos estuvieran trabajando mientras los otros se llenaban la barriga, se decidió dejar a los muertos para después. La comida venía en raciones individuales y era, en consecuencia, fácil de distribuir, toma tú, toma tú, hasta que se acababa. Pero la ansiedad de unos cuantos ciegos, menos sensatos, vino a complicar lo que en circunstancias normales habría sido cómodo, aunque un maduro y sereno juicio nos aconseje admitir que los excesos que se dieron tuvieron cierta razón de ser, bastará recordar, por ejemplo, que al principio no se podía saber si la comida iba a llegar para todos. Verdad es que cualquiera comprenderá que no es fácil contar ciegos ni repartir raciones sin ojos que los puedan ver, a ellos y a ellas. Añádase que algunos ocupantes de la segunda sala, con una falta de honradez más que censurable, quisieron convencer a los otros de que su número era mayor del que realmente era. Menos mal que para eso estaba allí, como siempre, la mujer del médico. Algunas palabras dichas a tiempo valen más que un discurso que agravaría la difícil situación. Malintencionados y rastreros fueron también aquellos que no sólo intentaron, sino que consiguieron, recibir comida dos veces. La mujer del médico se dio cuenta del acto censurable, pero creyó prudente no denunciar el abuso. No quería ni pensar en las consecuencias que resultarían de la revelación de que no estaba ciega. Lo mínimo que le podría ocurrir sería verse convertida en sierva de todos, y lo máximo, tal vez, sería convertirse en esclava de algunos. La idea, de la que se había hablado al principio, de nombrar un responsable de sala, podría ayudar a resolver esos aprietos y otros por desgracia aún peores, a condición, sin embargo, de que la autoridad de ese responsable, ciertamente frágil, ciertamente precaria, ciertamente puesta en causa en cada momento, fuera claramente ejercida en bien de todos y como tal reconocida por la mayoría. Si no lo conseguimos, pensó, acabaremos por matarnos aquí unos a otros. Se prometió a sí misma hablar de estos delicados asuntos con el marido, y continuó repartiendo las raciones.

Unos por indolencia, otros por tener el estómago delicado, a nadie le apeteció ejercer el oficio de enterrador después de comer. Cuando el médico, que por su profesión se consideraba más obligado que los otros, dijo de mala gana, Bueno, vamos a enterrar a éstos, no se presentó ni un solo voluntario. Tendidos en las camas, los ciegos sólo querían que les dejasen hacer tranquilamente la breve digestión, algunos se quedaron dormidos inmediatamente, cosa que no era de extrañar, después de los sustos y sobresaltos por los que habían pasado, y el cuerpo, pese a estar tan parcamente alimentado, se abandonaba al relajamiento de la química digestiva. Más tarde, cerca ya del crepúsculo, cuando las lámparas mortecinas parecieron ganar alguna fuerza por la progresiva disminución de la luz natural, mostrando así también lo débiles que eran y lo poco que servían, el médico, acompañado de su mujer, convenció a dos hombres de su sala para que los acompañaran al cercado, aunque sólo fuera, dijo, para hacer balance del trabajo que debería ser hecho y para separar los cuerpos ya rígidos, una vez decidido que cada sala enterraría a los suyos. La ventaja de que gozaban estos ciegos era la de algo que podría llamarse ilusión de la luz. Realmente, igual les daba que fuera de día o de noche, crepúsculo matutino o vespertino, silente madrugada o rumorosa hora meridiana, los ciegos siempre estaban rodeados de una blancura resplandeciente, como el sol dentro de la niebla.

Para éstos, la ceguera no era vivir banalmente rodeado de tinieblas, sino en el interior de una gloria luminosa. Cuando el médico cometió el desliz de decir que iban a separar los cuerpos, el primer ciego, que era uno de los que concordaran ayudarle, quiso que le explicase cómo iban a reconocerlos, pregunta lógica la del ciego, que desconcertó al doctor. Esta vez la mujer pensó que no tenía que acudir en su auxilio, porque se denunciaría si lo hiciese. El médico salió airosamente de la dificultad, por el método radical del paso adelante, es decir, reconociendo el error, Uno, dijo en el tono de quien se ríe de sí mismo, se acostumbra tanto a tener ojos que cree que los puede utilizar incluso cuando no le sirven para nada, de hecho sólo sabemos que hay aquí cuatro de los nuestros, el taxista, los dos policías y otro que estaba también con nosotros, la solución es, por tanto, coger al azar cuatro de estos cuerpos, enterrarlos como se debe, y así cumplimos con nuestra obligación. El primer ciego se mostró de acuerdo, su compañero también, y de nuevo, relevándose, empezaron a cavar las tumbas. No sabrían estos auxiliares, como ciegos que eran, que los cadáveres enterrados, sin excepción, habían sido precisamente aquellos de los que hablaron, y no será preciso decir cómo trabajó aquí lo que parece el azar, la mano del médico, guiada por la mano de la mujer, tocaba una pierna o un brazo, y decía, Éste. Cuando ya estaban enterrados dos cuerpos, aparecieron al fin, procedentes de la sala, tres hombres dispuestos a ayudar, es probable que no se ofrecieran si alguien les hubiera dicho que ya era noche cerrada. Psicológicamente, incluso estando ciego un hombre, hay que reconocer que existe una gran diferencia entre cavar sepulturas a la luz del día y después de la caída del sol. En el momento en que entraban en la sala, sudados, sucios de tierra, llevando aún en las narices el primer hedor dulzón de la corrupción, repetía el altavoz las instrucciones consabidas. No hubo ninguna referencia a lo que había pasado, no se habló de tiros ni de muertos a quemarropa. Avisos como aquel de Abandonar el edificio sin previa autorización significará la muerte inmediata, o Los internos enterrarán sin formalidades el cadáver en el cercado, cobraban ahora, gracias a la dura experiencia de la vida, maestra suprema en todas las disciplinas, pleno sentido, mientras aquel otro que prometía cajas de comida tres veces al día resultaba grotesco sarcasmo o ironía aún más difícil de soportar. Cuando la voz calló, el médico, solo, porque empezaba a conocer los rincones de la casa, fue hasta la puerta de la otra sala para informar, Los nuestros están enterrados ya, Si enterraron a unos, también podían haber enterrado a los otros, respondió desde dentro una voz de hombre, Lo acordado fue que cada sala enterraría a sus muertos, nosotros contamos cuatro y los enterramos, Está bien, mañana enterraremos a los de aquí, dijo otra voz masculina, y luego, cambiando de tono, preguntó, No ha llegado más comida, No, respondió el médico, Pero el altavoz dijo que llegaría comida tres veces al día, Dudo que cumplan la promesa, Entonces habrá que racionar los alimentos que vayan llegando, dijo una voz de mujer, Parece una buena idea, si quieren, hablamos mañana, De acuerdo, dijo la mujer. Ya se retiraba el médico cuando oyó la voz del hombre que había hablado primero, A ver quién manda aquí, y se paró aguardando a que alguien respondiera, lo hizo la misma voz femenina, Si no nos organizamos en serio, van a mandar aquí el hambre y el miedo, como si no fuera vergüenza bastante que no haya ido nadie con ellos a enterrar a los muertos, Y por qué no los entierras tú, ya que eres tan lista y hablas tan bien, Sola no puedo, pero estoy dispuesta a ayudar, Mejor no discutir, intervino la segunda voz de hombre, mañana por la mañana trataremos de eso. El médico suspiró, la convivencia iba a ser difícil. Se dirigía ya a la sala cuando sintió una fuerte urgencia de evacuar. Desde el sitio donde se encontraba no tenía seguridad de dar con las letrinas, pero decidió aventurarse. Esperaba que alguien se hubiera acordado de llevar el papel higiénico que trajeron con las cajas de comida. Se equivocó dos veces de camino, angustiado porque apretaba la necesidad cada vez más, y ya estaba en las últimas, cuando, por fin, pudo bajarse los pantalones y ponerse en cuclillas sobre el agujero. Le asfixiaba el hedor. Tenía la impresión de haber pisado una pasta blanda, los excrementos de alguien que no acertó con el agujero o que había decidido aliviarse sin más. Intentó imaginar cómo sería el lugar donde se encontraba, para él era todo blanco, luminoso, resplandeciente, lo eran las paredes y el suelo que no podía ver y, absurdamente, concluyó que la luz y la blancura, allí, olían mal. Nos volveremos locos de horror, pensó. Luego quiso limpiarse, pero no había papel. Palpó la pared detrás de él, donde podrían estar los soportes de los rollos o los clavos en los que, a falta de algo mejor, habrían sujetado algunos papeles cualquiera. Nada. Se sintió desgraciado, desgraciado a más no poder, allí, con las piernas arqueadas, amparando los pantalones que rozaban el suelo repugnante, ciego, ciego, ciego, y, sin poder dominarse, empezó a llorar en silencio. Tanteando, dio algunos pasos hasta que resbaló y se golpeó contra la pared de enfrente. Extendió un brazo, extendió el otro, al fin dio con una puerta. Oyó los pasos arrastrados de alguien que debía de andar también buscando los retretes y tropezaba, Dónde estará esa mierda, murmuraba con voz neutra, como si, en el fondo, nada le importase saberlo. Pasó a dos palmos del médico sin apercibirse de su presencia, pero no tenía importancia, la situación no llegó a resultar indecente, podría serlo, realmente, un hombre con aquella pinta, descompuesto, pero, en el último instante, movido por un desconcertante sentimiento de pudor, el médico se había subido los pantalones. Luego, cuando pensó que no había nadie, volvió a bajárselos, demasiado tarde, estaba sucio, sucio como no recordaba haberlo estado nunca en su vida. Hay muchas maneras de convertirse en un animal, pensó, y ésta es sólo la primera. Pero no se podía quejar mucho, aún tenía alguien a quien no le importaba limpiarlo.

Tumbados en los camastros, los ciegos esperaban que el sueño se compadeciera de su tristeza. Discretamente, como si hubiera peligro de que los otros pudieran ver el mísero espectáculo, la mujer del médico ayudó al marido a asearse lo mejor posible. Había ahora un silencio dolorido, de hospital, cuando los enfermos duermen, y sufren durmiendo. Sentada, lúcida, la mujer del médico miraba las camas, los bultos sombríos, la palidez fija de un rostro, un brazo que se movía en sueños. Se preguntaba si alguna vez se quedaría ciega como ellos, qué razones inexplicables la habrían preservado hasta ahora. Con un gesto fatigado se llevó las manos a la cara para apartar el pelo, y pensó, Vamos todos a oler mal. En aquel momento, empezaron a oírse unos suspiros, unos gemidos, unos jadeos, primero sofocados, murmullos que parecían palabras, que debían de serlo, pero cuyo significado se perdía en un crescendo que las iba convirtiendo en sonido ronco, en grito y, al fin, en estertor. Alguien protestó desde el fondo de la sala, Puercos, son como cerdos. No eran puercos, sólo un hombre ciego y una mujer ciega que probablemente nunca sabrían uno del otro más que esto.

Un estómago que trabaja en falso amanece pronto. Algunos de los ciegos abrieron los ojos cuando la mañana aún venía lejos, y no fue por culpa del hambre sino porque el reloj biológico, o como se llame eso, estaba desajustándose, supusieron que era ya día claro, y pensaron, Me he quedado dormido, y pronto comprendieron que no, allí estaba el roncar de los compañeros que no daba lugar a equívocos. Dicen los libros, y mucho más la experiencia vivida, que quien madruga por gusto o quien por necesidad tuvo que madrugar, tolera mal que otros, en su presencia, sigan durmiendo a pierna suelta, y con razón doblada en este caso del que hablamos, porque hay una gran diferencia entre un ciego que esté durmiendo y un ciego a quien de nada le ha servido el haber abierto los ojos. Estas observaciones de tipo psicológico que, por su finura, aparentemente poco tienen que ver con las dimensiones extraordinarias del cataclismo que el relato se viene esforzando en describir, sirven sólo para explicar la razón de que estuvieran despiertos tan temprano los ciegos todos, a algunos, como se dijo al principio, los agitó desde dentro el estómago, pero a otros los arrancó del sueño la impaciencia nerviosa de los madrugadores, que no se cuidaron de hacer más ruido que el inevitable y tolerable en ayuntamientos de cuartel y sala hospitalaria. Aquí no hay sólo gente discreta y bieneducada, algunos son unos zotes de poca crianza, que se alivian matinalmente con gargajos y ventosidades sin pensar en quien al lado está, verdad es que durante el día obran de la misma conformidad, por eso la atmósfera va tornándose cada vez más pesada, y no hay nada que hacer contra esto, que la única abertura es la puerta, a las ventanas no se puede llegar de altas que están.

Acostada al lado del marido, lo más juntos que podían estar, dada la estrechez del camastro, pero también por gusto, cuánto les había costado, en medio de la noche, guardar el decoro, no hacer como aquellos a quienes alguien había llamado cerdos, la mujer del médico miró el reloj. Marcaba las dos y veintitrés minutos. Afirmó mejor la vista, vio que la aguja de los segundos no se movía. Se había olvidado de dar cuerda al maldito reloj, o maldita ella, maldita yo, que ni siquiera ese deber tan sencillo había sabido cumplir después de apenas tres días de aislamiento. Sin poder dominarse, rompió en un llanto convulsivo, como si le acabara de ocurrir la peor de las desgracias. Pensó el médico que su mujer se había quedado ciega, que llegara lo que tanto temía, desatinado estuvo a punto de preguntarle, Te has quedado ya ciega, pero en el último instante le oyó un murmullo, No es eso, no es eso, y después, en un lento susurro, casi inaudible, tapadas las cabezas de ambos con la manta, Tonta de mí, no le di cuerda al reloj, y continuó llorando, inconsolable. Desde su cama, al otro lado del pasillo, la chica de las gafas oscuras se levantó y, guiada por los sollozos, se acercó con los brazos extendidos, Está angustiada, necesita algo, iba preguntando a medida que avanzaba, y tocó con las dos manos los cuerpos acostados. Mandaba la discreción que inmediatamente las retirase, y sin duda el cerebro le dio esa orden, pero las manos no obedecieron, sólo hicieron más sutil el contacto, nada más que un leve roce de la epidermis en la manta grosera y tibia. Necesita algo, volvió a preguntar, y, ahora sí, las manos se retiraron, se levantaron, se perdieron en la blancura estéril, en el desamparo. Sollozando aún, la mujer del médico saltó de la cama, se abrazó a la muchacha, No es nada, fue un momento de aflicción, Si usted, que es tan fuerte, se desanima, entonces es que de verdad no tenemos salvación, se lamentó la chica. Más tranquila, la mujer del médico pensaba, mirándola de frente, Ya casi no tiene rastros de conjuntivitis, qué pena que no se lo pueda decir, con lo contenta que se pondría. Probablemente sí, se pondría contenta, aunque tal contento fuese absurdo, no tanto por estar ciega sino porque también toda la gente allí lo estaba, de qué sirve tener los ojos límpidos y bellos como son éstos, si no hay nadie que los vea. La mujer del médico dijo,

Todos tenemos nuestros momentos de flaqueza, menos mal que todavía somos capaces de llorar, el llanto muchas veces es una salvación, hay ocasiones en que moriríamos si no llorásemos, No tenemos salvación, repitió la chica de las gafas oscuras, Quién sabe, esta ceguera no es como las otras, tal como vino puede desaparecer, Sería ya tarde para los que han muerto, Todos tenemos que morir, Pero no tendríamos que ser muertos, y yo he matado a una persona, No se acuse, fueron las circunstancias, aquí todos somos culpables e inocentes, peor, mucho peor fue lo que hicieron los soldados que nos vigilan, y hasta ésos podrán alegar la mayor de todas las disculpas, el miedo, Qué más daba que el pobre hombre me tocase, ahora él estaría vivo y yo no tendría en el cuerpo ni más ni menos que lo que tengo, No piense más en eso, descanse, intente dormir. La acompañó hasta la cama, Acuéstese, Es usted muy buena, dijo la muchacha, y luego, bajando la voz, No sé qué hacer, me va a venir la regla y no tengo compresas, Tranquila, tengo yo. Las manos de la chica de las gafas oscuras buscaron dónde asistirse, pero fue la mujer del médico quien, suavemente las cogió entre las suyas, Descanse, descanse. La muchacha cerró los ojos, se quedó así un minuto, se habría quedado dormida de no ser por el barullo que en aquel momento se armó, alguien había ido al retrete y, al volver, encontró su cama ocupada, no había sido por mala intención, el otro se había levantado para el mismo fin, se cruzaron los dos en el camino, está claro que a ninguno de los dos se le ocurrió decir, Ojo, no se equivoque de cama cuando vuelva. De pie, la mujer del médico miraba a los dos ciegos que discutían, notó que no hacían gestos, que casi no movían el cuerpo, muy rápido han aprendido que sólo la voz y el oído tienen ahora alguna utilidad, cierto es que no les faltaban brazos, que podían pegarse, luchar, llegar a las manos, como suele decirse, pero un cambio de cama no era para tanto, que todos los errores de la vida fuesen como éste, bastaba con que se pusieran de acuerdo, La dos es la mía, la suya es la tres, que quede claro, Si no fuéramos ciegos, no habría ocurrido esto, Tiene razón, lo malo es que somos ciegos. La mujer del médico le dijo al marido, El mundo está todo aquí dentro.

No todo. La comida, por ejemplo, estaba fuera, y tardaba. De una sala y de la otra, varios hombres se habían ido acercando al zaguán, aguardando que dieran la orden por el altavoz. Pateaban el suelo, nerviosos, impacientes. Sabían que iban a tener que salir al recinto exterior para recoger las cajas que los soldados, cumpliendo lo prometido, dejarían en el espacio entre el portón y la escalera, y temían que aquello fuera una añagaza, una trampa, Quién nos dice que no empiezan a disparar contra nosotros, Visto lo que ya hicieron, muy capaces son, No podemos fiarnos, Yo no voy allá fuera, Ni yo, Alguien tendrá que ir, si queremos comer, Puede que morir de un tiro sea mejor que ir muriendo de hambre poco a po-

co, Yo iré, Y yo también, No es preciso que vayamos todos, A los soldados puede que no les guste
ver tanta gente, O se asusten, pensando que queremos huir, puede que por eso mataran al de la
pierna, Hay que decidirse, Toda prudencia es
poca, acordaos de lo que pasó ayer, nueve muertos, nada menos, Los soldados nos tienen miedo,
Y yo les tengo miedo a ellos, Me gustaría saber si
ellos también se quedan ciegos, Ellos, quiénes,
Los soldados, Yo creo que ellos deberían ser los
primeros. Todos se mostraron de acuerdo, sin
preguntarse por qué, faltó alguien que diera la razón fundamental, Porque así no podrían disparar.
El tiempo iba pasando, y el altavoz seguía callado, Habéis enterrado ya a los vuestros, preguntó
por decir algo uno de la primera sala, Todavía no,
Pues van a empezar a oler mal, van a apestarlo todo, Pues que infecten y apesten, porque lo que es
yo, no pienso coger una pala mientras no haya
comido, que, como dice el refrán, primero es comer y luego lavar los platos, La costumbre no es
ésa, tu dicho se equivoca, es después de los entie-
rros cuando se come y se bebe, Pues conmigo es
al revés. Pasados unos minutos, dijo uno de estos
ciegos, Estoy pensando una cosa, Qué, No sé
cómo vamos a repartir la comida, Como se hizo
antes, sabemos cuántos somos, se cuentan las raciones, cada uno recibe su parte, es la manera
más justa y más sencilla, No ha dado resultado,
hubo quien se quedó con la barriga vacía, Y también hubo quien comió el doble, Es que di-

vidimos mal, Si no hay respeto y disciplina siempre repartiremos mal, Si tuviésemos a alguien que al menos viera un poco, Pues se quedaría él con la mayor parte, Ya decía el otro que en el país de los ciegos el tuerto es rey, Déjate de refranes, aquí ni los tuertos se salvarían, Yo creo que lo mejor será repartir la comida por salas, a partes iguales, y luego que cada cual se las arregle con lo que haya recibido, Quién ha dicho eso, Yo, Yo, quién, Yo, De qué sala eres, De la segunda, Claro, ya lo sabía, como ahí sois menos, salíais ganando, comeríais más que nosotros, que tenemos la sala abarrotada, Yo lo he dicho porque así es más fácil, El otro también decía que quien parte y reparte y no se queda con la mejor parte, o es loco, o en el repartir no tiene arte, Mierda, a ver si acabas ya con lo que dice el otro, que me ponen nervioso los refranes, Lo que tendríamos que hacer es llevar toda la comida al refectorio, cada sala elegir tres para el reparto, con seis personas contando no habrá peligro de trampas y triquiñuelas, Y cómo vamos a saber que es verdad cuando digan que somos tantos en la sala, Estamos tratando con gente honrada, Y eso, también lo dijo el otro, No, eso lo digo yo, Mira, amigo, lo que somos aquí de verdad es gente con hambre.

Como si durante todo este tiempo hubiera estado esperando la consigna, el ábrete sésamo, se oyó por fin el altavoz, Atención, atención, los internos tienen autorización para venir a recoger la comida, pero cuidado, si alguien se aproxima demasiado a la reja del portón, recibirá un primer aviso verbal, en caso de no volver inmediatamente atrás, el segundo aviso será una bala. Los ciegos avanzaron con lentitud, algunos, más confiados, directamente hacia donde creían que estaría la puerta, los otros, menos seguros de sus incipientes capacidades de orientación, preferían ir deslizándose a lo largo de la pared, así no habría error posible, cuando llegasen a la esquina sólo tenían que seguir la pared en ángulo recto, allí estaría la puerta. Imperativo, impaciente, el altavoz repitió la llamada. El cambio de tono, notorio incluso para quien no tuviera motivos de desconfianza, asustó a los ciegos. Uno de ellos declaró, Yo no salgo de aquí, lo que quieren es reunirnos fuera para matarnos a todos, Yo tampoco salgo, dijo otro, Ni yo, reforzó un tercero. Estaban parados, irresolutos, algunos querían salir, pero el miedo iba apoderándose de todos. Se oyó la voz de nuevo, Si pasan tres minutos sin que aparezca nadie para llevarse las cajas de comida, las retiramos. La amenaza no venció al temor, sólo lo empujó hacia las últimas cavernas de la mente, como un animal perseguido que queda a la espera de una ocasión para atacar. Recelosos, intentando cada uno ocultarse detrás de otro, fueron saliendo los ciegos hacia el rellano de la escalera. No podían ver que las cajas no se encontraban junto al pasamanos, que era donde esperaban encontrarlas, no podían saber que los soldados, temiendo el contagio, se habían negado incluso a aproximarse a la cuerda de la que se habían servido todos los ciegos internados. Las cajas de comida habían sido apiladas, más o menos, en el sitio donde la mujer del ciego recogió el azadón. Avancen, avancen, ordenó el sargento. De modo confuso, los ciegos intentaban ponerse en fila para avanzar ordenadamente, pero el sargento les gritó, Las cajas no están ahí, dejen la cuerda, déjenla, desplácense hacia la derecha, la vuestra, la vuestra, idiotas, no hay que tener ojos para saber de qué lado está la mano derecha. La advertencia fue hecha a tiempo, algunos ciegos de espíritu riguroso habían entendido la orden al pie de la letra, si era la derecha, tenía que ser, lógicamente, la derecha de quien hablaba, por eso intentaban pasar por debajo de la cuerda para ir en busca de las cajas sabe Dios dónde. En circunstancias diferentes, lo grotesco del espectáculo hubiera hecho reír a carcajadas al más grave de los observadores, era de partirse de risa, unos cuantos ciegos avanzando a gatas, de narices casi contra el suelo, como gorrinos, un brazo adelantado tentando el aire, mientras otros, tal vez con miedo a que el espacio blanco, fuera de la protección del techo, los engullera, se mantenían desesperadamente aferrados a la cuerda y aguzaban el oído, esperando la primera exclamación que señalaría el hallazgo de las cajas. Los soldados sentían ganas de apuntar las armas y descargarlas deliberadamente, fríamente, en aquellos imbéciles que se movían ante sus ojos como cangrejos cojos, agitando las pinzas torpes en busca de la pata que les faltaba. Sabían lo que había dicho en el cuartel aquella misma mañana el comandante del regimiento, que el problema de los ciegos sólo podría resolverse a través de la liquidación física de todos ellos, los habidos y los por haber, sin contemplaciones falsamente humanitarias, palabras suyas, del mismo modo que se corta un miembro gangrenado para salvar la vida del cuerpo, la rabia de un perro muerto, decía ilustrativamente, está curada por naturaleza. A algunos soldados, menos sensibles a la belleza del lenguaje figurado, les costó entender que la rabia de un perro tuviese algo que ver con los ciegos, pero la palabra de un comandante, del jefe de un regimiento, vale lo que pesa, digámoslo hablando también en sentido figurado, nadie llega tan alto en la vida militar sin tener razón en todo cuanto piensa, dice y hace. Al fin, un ciego había tropezado con las cajas y gritaba, abrazado a ellas, Están aquí, están aquí, si este hombre recupera la vista algún día, seguro que no anuncia con mayor alegría la buena nueva. En pocos segundos se atropellaban los ciegos entre sí y con las cajas, brazos y piernas en confusión, tirando cada uno para su lado, disputándose la primacía, ésta me la llevo yo, quien se la lleva soy yo. Los que se quedaron junto a la cuerda estaban nerviosos, ahora era otro su miedo, el quedar, por castigo a su pereza o cobardía, excluidos del reparto de alimentos, Ah, vosotros, no quisisteis andar por el suelo, con el culo al aire, expuestos a un tiro, pues ahora no coméis, recuerden lo que decía el otro, quien no se arriesga no pasa la mar. Empujado por este pensamiento decisivo, uno de ellos dejó la cuerda y fue, brazos al aire, en dirección al tumulto, A mí no me van a dejar fuera, pero las voces se callaron de repente, quedaron sólo unos ruidos arrastrados, unas interjecciones sofocadas, una masa dispersa y confusa de sonidos que llegaban de todos los lados y de ninguno. Se detuvo, indeciso, quiso regresar a la seguridad de la cuerda, pero le falló el sentido de la orientación, no hay estrellas en su cielo blanco, ahora lo que se oía era la voz del sargento dando instrucciones a los de las cajas para que volvieran a la escalera, pero lo que él decía sólo tenía sentido para ellos, el llegar a donde se quiere depende de donde se esté. Ya no había ciegos agarrados a la cuerda, a ellos les bastaba desandar el camino, esperaban ahora en el descansillo la llegada de los otros. El ciego despistado no se atrevía a moverse de donde estaba. Angustiado, soltó un grito, Ayudadme, por favor, no sabía que los soldados lo tenían en la mira de sus fusiles, esperando que pisase la línea invisible por la que se pasaba de la vida a la muerte. Es que te vas a quedar ahí, cegato de mierda, preguntó el sargento, pero en su voz había cierto nerviosismo, la verdad es que no compartía la opinión de su comandante, Quién me dice que mañana no me toca a mí, que a los soldados, ya se sabe, se les da una orden y matan, se les da otra y mueren, No disparen hasta que yo lo ordene, gritó el sargento. Estas palabras hicieron comprender al ciego el peligro en que estaba. Se puso de rodillas, imploró, Por favor, ayúdenme, díganme por dónde tengo que ir, Ven hacia aquí, cieguecito, anda, ven hacia aquí, dijo la voz de un soldado en tono almibarado, falsamente amistoso, el ciego se levantó, dio tres pasos, pero se detuvo de nuevo, el tiempo del verbo le pareció sospechoso, ven no es ve, ven quiere decir que hacia aquí, por aquí mismo, en esta dirección llegarás al lugar desde el que te llaman, al encuentro de la bala que sustituirá en ti una ceguera por otra. Fue una iniciativa, por así decir, de un soldado malvado, y el sargento la cortó inmediatamente con dos gritos sucesivos, Alto, Media vuelta, seguidos de una severa llamada al orden al desobediente, por lo visto pertenece a aquella especie de personas a quienes no se les puede poner un arma en las manos. Animados por la benevolente intervención del sargento, los ciegos que habían alcanzado ya el rellano de la escalera armaron una algazara tremenda que sirvió de polo magnético al desorientado invidente. Seguro ya de sí, avanzó en línea recta. Seguid, seguid, decía mientras los ciegos aplaudían como si estuvieran asistiendo a un largo, vibrante y esforzado *sprint*. Fue recibido con abrazos, el caso no era para menos, en las adversidades, tanto las probadas como las previsibles, se conocen los amigos.

No duró mucho la confraternización. Aprovechándose del alborozo, algunos colegas se habían escabullido con unas cuantas cajas, las que consiguieron transportar, manera evidentemente desleal de prevenir hipotéticas injusticias en el reparto. Los de buena fe, que siempre los hay por más que se diga lo contrario, protestaron, indignados, que así no se podía vivir, Si no podemos confiar unos en otros, adónde vamos a parar, preguntaban unos, retóricamente, aunque llenos de razón, Lo que están pidiendo esos cabrones es una buena soba, amenazaban otros, no era verdad que la hubieran pedido, pero todos entendieron lo que aquel hablar quería decir, expresión, ésta, algo mejorada de un barbarismo que sólo espera ser perdonado por el hecho de venir tan a propósito. Ya a cubierto en el zaguán, los ciegos se pusieron de acuerdo en que la manera más práctica de resolver la primera parte de la delicada situación era dividir en partes iguales para cada sala las cajas que quedaban, por suerte en número par, y organizar una comisión, también paritaria, de investigación, con vista a recuperar las cajas perdidas, mejor dicho, robadas. Tardaron algún tiempo, como de costumbre, en debatir el antes y el después, es decir, si debían comer primero e investigar después, o al contrario, habiendo prevalecido la opinión de que lo más conveniente, habida cuenta las muchas horas que llevaban ya de ayuno forzado, era empezar por confortar el estómago, y proceder después a las averiguaciones, Y no os olvidéis de enterrar a los vuestros, dijo uno de la primera sala, Todavía no les hemos matado y quieres ya que los enterremos, respondió un gracioso de la segunda, jugando jovialmente con las palabras. Se echaron todos a reír. Sin embargo, no tardaron en saber que los bribones no se encontraban en las salas. A la puerta de una y otra había habido siempre ciegos esperando que llegara la comida, y éstos fueron los que contaron que oyeron pasar por los corredores gente que parecía llevar mucha prisa, pero en las salas no había entrado nadie, y mucho menos con cajas de comida, eso podían jurarlo. Alguien recordó que la manera más segura de identificar a los golfantes sería que fueran todos a ocupar sus respectivas camas, y, obviamente, las que quedaran vacías delatarían a los ladrones, por tanto, lo que procedía era esperar que volvieran, de allá donde se hubieran escondido, relamiéndose de gusto, y echárseles encima para que aprendiesen a respetar el sagrado principio de la propiedad colectiva. Actuar de conformidad con la sugerencia, por otra parte oportuna y muy asentada en justicia, tenía sin embargo el grave inconveniente de posponer, hasta sabe Dios cuándo, el deseado y a estas horas ya frío desayuno, Comamos primero, dijo uno de los ciegos, y la mayoría creyó que sí, que lo mejor era que comiesen primero. Por desgracia, sólo lo poco que había quedado tras el robo infame. En ese momento, en un lugar oculto de la vetusta y arruinada construcción, estarían los rateros llenándose la barriga con raciones dobles y triples de un rancho que, inesperadamente, aparecía mejorado, compuesto de café con leche, realmente frío, galletas y pan con margarina, mientras la gente honrada no tenía más remedio que darse por satisfecha con dos o tres veces menos, y no de todo. Se oyó allá fuera, lo oyeron algunos de la primera sala, mientras trincaban melancólicamente el agua-y-sal, el altavoz llamando a los contagiados para que fuesen a recoger su parte de comida. Uno de los ciegos, sin duda influido por la atmósfera malsana dejada por el delito cometido, tuvo una inspiración, Si los esperamos en el zaguán, seguro que se llevan un susto morrocotudo con sólo vernos, y tal vez dejen caer entonces una o dos cajas, pero el médico dijo que eso no le parecía bien, que sería una injusticia castigar a quien no tiene culpa. Cuando acabaron todos de comer, la mujer del médico y la chica de las gafas oscuras llevaron al jardín las cajas de cartón, los envases vacíos de leche y de café, los vasos de papel, en fin, todo lo que no se podía comer, Tenemos que quemar la basura, dijo luego la mujer del médico, a ver si se van de aquí esas nubes de moscas.

Sentados en las camas, cada uno en la suya, los ciegos se pusieron a la espera de que volvieran al redil las ovejas descarriadas, Cabrones es lo que son, comentó una voz fuerte, sin pensar que respondía a la pastoril reminiscencia de quien no tiene culpa de no saber decir las cosas de otra manera. Pero los maleantes no aparecieron, sin duda desconfiaban, seguro que había entre ellos uno tan astuto como el de aquí, el que tuvo la idea de la soba. Iban pasando los minutos, algunos ciegos se tumbaron, varios se habían quedado dormidos ya. Que esto, señores, es comer y dormir. Bien vistas las cosas no se está mal del todo. Mientras no falte la comida, que sin ella no se puede vivir, es como estar en un hotel. Al contrario, qué calvario sería estar ciego allá fuera, en la ciudad, sí, qué calvario. Andar dando tumbos por las calles, huyendo todos de él, la familia aterrorizada, con miedo de acercársele, amor de madre, amor de hijo, historias, quizá me hicieran lo mismo que aquí, me encerraban en un cuarto y me ponían el plato a la puerta, como mucho favor. Pensando fríamente en la situación, sin prejuicios ni resentimientos que siempre oscurecen el raciocinio, es preciso reconocer que las autoridades tuvieron vista cuando decidieron juntar ciegos con ciegos, cada oveja con su pareja, que es buena regla de vecindad, como leprosos, no hay duda, aquel médico allá al fondo tiene razón cuando dice que tenemos que organizarnos, la cuestión, realmente, es la organización, primero la comida, después la organización, ambas son indispensables en la vida, elegir unas cuantas personas disciplinadas y disciplinadoras para dirigir esto, establecer reglas consensuadas de convivencia, cosas simples, barrer, ordenar y lavar, de eso no podemos quejarnos, que hasta jabón nos mandaron, y detergentes, tener la cama hecha, lo fundamental es que no nos perdamos el respeto a nosotros mismos, evitar conflictos con los militares que cumplen con su deber vigilándonos, para muertos ya tenemos bastantes, preguntar quién conoce aquí buenas historias para contarlas al caer la tarde, historias, fábulas, chistes, es igual, lo que sea, imagínese la suerte que sería que alguien se supiera la Biblia de memoria, repetiríamos todo, desde la creación del mundo, lo importante es que nos oigamos unos a otros, qué pena que no haya una radio, la música fue siempre una gran distracción, y oiríamos las noticias, por ejemplo, si encontraban remedio para nuestra enfermedad, la alegría que iba a haber aquí.

Ocurrió entonces lo que tenía que ocurrir. Se oyeron tiros en la calle. Vienen a matarnos, gritó alguien, Calma, dijo el médico, seamos lógicos, si quisieran matarnos vendrían aquí dentro a disparar, no dispararían fuera. Tenía razón el médico, fue el sargento quien dio orden de disparar al aire, no es que un soldado se hubiera quedado ciego de repente cuando estaba con el dedo en el gatillo, se comprende que no hubiera otra manera de encuadrar y mantener en orden a los ciegos que salían de los autobuses a empujones, el ministerio de Sanidad había avisado ya al del Ejército, vamos a enviar unos autobuses de ciegos, Cuántos ciegos en total, Unos doscientos, Y dónde vamos a meter a toda esa gente, las salas destinadas a los ciegos son las tres del ala derecha, y según la información que tenemos sólo caben ciento veinte, y ya hay sesenta o setenta, menos una docena que tuvimos que matar, La cosa tiene remedio, que se ocupen todas las salas, Si lo hacemos, los contagiados estarán en contacto directo con los ciegos, Lo más probable es que tarde o temprano se queden ciegos también ésos, además, tal como está la cosa, supongo que contagiados ya estamos todos, seguro que no queda nadie que no haya estado a la vista de un ciego, Si un ciego no ve, pregunto yo, cómo puede transmitir el mal por la vista, Mi general, ésa debe de ser la enfermedad más lógica del mundo, el ojo que está ciego transmite la ceguera al ojo que ve, así de simple. Hay aquí un coronel que cree que la solución más sencilla sería ir matando a los ciegos a medida que fueran quedándose sin vista, Muertos en vez de ciegos, el cuadro no iba a cambiar mucho, Estar ciego no es estar muerto, Sí, pero estar muerto sí es estar ciego, Bueno, el caso es que vais a mandarnos unos doscientos, Sí, Y qué hacemos con los conductores de los autobuses, Los metéis también ahí. Aquel mismo día, al caer la tarde, el ministerio del Ejército llamó de nuevo al ministerio de Sanidad, Les voy a dar una noticia, aquel coronel de quien les hablaba hace un rato, se ha quedado ciego, A ver qué piensa ahora de aquella idea suya, Ya lo ha pensado, acaba de pegarse un tiro en la cabeza, Coherente actitud, sí señor, El ejército está siempre dispuesto a dar ejemplo.

Se abrió el portón de par en par. Llevado por sus hábitos cuarteleros, el sargento mandó formar en columnas de a cinco, pero los ciegos no conseguían atinar con la cuenta, unas veces eran de más, otras de menos, acabaron amontonándose todos a la entrada, como civiles que eran, sin ningún orden, ni se acordaron siquiera de poner delante a las mujeres y a los niños, como en los otros naufragios. Hay que decir, antes de que se nos olvide, que no todos los disparos habían sido hechos al aire, uno de los conductores de los autobuses se negó a ir con los ciegos, protestó, dijo que veía perfectamente, el resultado, tres segundos después, vino a darle la razón al ministerio de Sanidad cuando afirmaba que estar muerto es estar ciego. El sargento dio las órdenes ya conocidas, Sigan adelante, en línea recta, hay una escalera con seis peldaños, seis, cuando las alcancen, suban lentamente, si alguien tropieza, no quiero ni pensar lo que ocurrirá, la única recomendación que se echó en falta fue la de seguir la cuerda, pero se comprende, si la usasen no acabarían nunca de entrar, Atención, recomendaba el sargento, ya tranquilo porque estaban todos del otro lado del portón, hay tres salas a la derecha y tres a la izquierda, cada sala tiene cuarenta camas, que no se separen las familias, procuren no atropellarse, cuéntense a la entrada, pidan a los que están allí que les ayuden, ya verán cómo todo va bien, acomódense tranquilos, tranquilos, luego les daremos la comida.

No estaría bien imaginar que estos ciegos, en tal cantidad, van allí como borregos al matadero, balando como de costumbre, un poco apretados, es cierto, pero ésa fue siempre su manera de vivir, pelo con pelo, aliento con aliento, hedor con hedor. Aquí van unos que lloran, otros que gritan de miedo o de rabia, otros que blasfeman, alguien ha soltado una amenaza inútil y terrible, Como os agarre un día, se supone que se dirige a los soldados, os arranco los ojos. Inevitablemente, los primeros en llegar a la escalera tuvieron que pararse, había que tantear con el pie la altura y la profundidad del peldaño, la presión de los que venían detrás hizo caer a dos o tres de los de delante, afortunadamente no pasó de ahí, sólo unas piernas desolladas, el consejo del sargento valía como una bendición. Una parte entró en el zaguán, pero doscientas personas no se acomodan con facilidad, para colmo ciegas y sin guía, añadiéndose a esta circunstancia, ya de por sí penosa, el hecho de encontrarnos en un edificio antiguo, de distribución poco funcional, no basta que diga un sargento que apenas sabe de su oficio, Hay tres salas a cada lado, hay que ver el interior, aquí dentro, unos vanos de puertas tan estrechos que más parecen cuellos de botella, unos corredores tan locos como los que ocuparon antes el edificio, empiezan no se sabe por qué, acaban no se sabe dónde, y nunca llega a saberse lo que quieren. Por instinto, la vanguardia de los ciegos se había dividido en dos columnas, desplazándose a lo largo de las paredes, de un lado y del otro, en busca de una puerta por donde entrar, método seguro, sin duda, en el supuesto de que no haya muebles cruzados en el camino. Tarde o temprano, con paciencia y habilidad, los nuevos huéspedes acabarán por acomodarse, pero no antes de que se decida la batalla que acaba de trabarse entre las primeras líneas de la columna de la izquierda y los contaminados que de ese lado viven. Era de esperar. Lo que estaba decidido, y había incluso un reglamento redactado por el ministerio de Sanidad, era que ese lado quedaba reservado para los contaminados, y si verdad era que podía preverse, con altísimo grado de probabilidad, que todos ellos acabarían por quedarse ciegos, verdad era también, obedeciendo a la pura lógica, que mientras no lo estuvieran no se podía jurar que efectivamente estaban destinados a la ceguera. Está uno tranquilamente sentado en su casa, confiando en que, pese a los ejemplos contrarios, al menos en su caso acabe todo resolviéndose bien, y de repente ve que avanza en su dirección un bando ululante de aquellos a quienes más teme. En el primer momento, los contaminados pensaron que se trataba de un grupo de iguales a ellos, sólo que más numeroso, pero poco duró el engaño, aquella gente estaba ciega, Aquí no podéis entrar, esta parte es nuestra, sólo nuestra, no es para ciegos, a vosotros os toca al otro lado, gritaron los que estaban de guardia en la puerta. Algunos ciegos intentaron dar media vuelta para buscar la otra entrada, tanto les daba izquierda como derecha, pero la masa de los que seguían fluyendo desde el exterior los empujaba inexorablemente. Los contagiados defendían la puerta a puñetazos y puntapiés, los ciegos respondían como podían, no veían a los adversarios pero sabían de dónde les venían los golpes. En el zaguán no cabían doscientas personas, ni mucho menos, por eso quedó muy pronto atascada la puerta que daba al cercado, pese a ser bastante ancha. Era como si la obstruyera un tapón, ni para atrás ni para delante, los que estaban dentro, comprimidos, ahogándose, intentaban protegerse con los codos, dando puntapiés contra los vecinos que los empujaban, se oían gritos, niños ciegos que lloraban, mujeres ciegas que se desmayaban, mientras los muchos que no habían conseguido entrar empujaban cada vez más, atemorizados por los gritos de los soldados, que no entendían por qué aquellos idiotas estaban todavía allí. Un momento terrible fue cuando se produjo un reflujo violento de gente que forcejeaba por librarse de la confusión, del inminente peligro de morir aplastados, pongámonos en el lugar de los soldados, de repente ven salir reculando a muchos de los que habían entrado, pensaron lo peor, que los ciegos iban a volver, recordemos los casos precedentes, podría haber ocurrido una carnicería. Felizmente, el sargento estuvo una vez más a la altura de la crisis, disparó él mismo un tiro al aire, de pistola, sólo para llamar la atención, y gritó por el altavoz, Calma, retrocedan un poco los que están en la escalera, calma, no empujen, ayúdense unos a otros. Era pedir demasiado, dentro continuaba la lucha, pero el zaguán, poco a poco, fue quedando despejado gracias a un desplazamiento más numeroso de ciegos hacia la puerta del ala derecha, allí eran recibidos por ciegos a quienes no les importaba encaminarlos hacia la tercera sala, libre hasta ahora, y hacia las camas que en la segunda aún estaban desocupadas. Por un momento pareció que la batalla iba a resolverse a favor de los contagiados, no tanto por ser ellos los más fuertes y los que más vista tenían, sino porque los ciegos, dándose cuenta de que la entrada del otro lado estaba expedita, rompieron el contacto, como diría el sargento en sus lecciones cuarteleras de estrategia y de táctica elemental. No obstante, poco duró la alegría de los defensores. De la puerta del ala derecha empezaron a llegar voces anunciando que ya no quedaba sitio, que todas las salas estaban llenas, hubo incluso ciegos que fueron empujados de nuevo hacia el zaguán, exactamente en el momento en que, deshecho el tapón humano que hasta entonces atrancaba la entrada principal, los ciegos que todavía estaban fuera, que eran muchos, empezaban a avanzar acogiéndose al techo bajo el cual, a salvo de las amenazas de los soldados, irían a vivir. El resultado de estos dos desplazamientos, prácticamente simultáneos, fue que se trabó de nuevo la pelea a la entrada del ala izquierda, otra vez golpes, de nuevo gritos, y, como si esto fuese poco, unos cuantos ciegos despistados, que habían encontrado y forzado la puerta del zaguán que daba acceso directo al cercado interior, empezaron a gritar que allí había muertos. Imagínese el pavor. Retrocedieron éstos como pudieron, Ahí hay muertos, hay muertos, repetían, como si los llamados a morir de inmediato fuesen ellos, en un segundo el zaguán volvió a ser un remolino furioso como en los peores momentos, después la masa humana se fue desviando en un impulso súbito y desesperado hacia el ala izquierda, llevándose todo por delante, rota ya la línea de defensa de los contagiados, muchos que ya habían dejado de serlo, otros que, corriendo como locos, intentaban escapar de la negra fatalidad. Corrían en vano. Uno tras otro se fueron todos quedando ciegos, con los ojos de repente ahogados en la hedionda marea blanca que inundaba los corredores, las salas, el espacio entero. Fuera, en el zaguán, en el cercado, se arrastraban los ciegos desamparados, doloridos por los golpes unos, pisoteados otros, eran sobre todo los ancianos, las mujeres y los niños de siempre, seres en general aún o ya con pocas defensas, milagro que no resultaran de este trance muchos más muertos por enterrar. En el suelo, dispersos, aparte de algunos zapatos que habían perdido el pie, había bolsos, maletas, cestos, la última riqueza de cada uno, ahora para siempre perdida, quien venga a la rebusca dirá que lo que se lleva es suyo.

Un viejo con una venda negra en un ojo vino del cercado. O es que ha perdido también su equipaje, o no lo trajo. Fue el primero en tropezar con los muertos, pero no gritó. Se quedó con ellos, junto a ellos, aguardando que volvieran la paz y el silencio. Durante una hora esperó. Ahora anda en busca de abrigo. Despacio, con los brazos extendidos, busca el camino. Encontró la puerta de la primera sala del ala derecha, oyó voces que venían de dentro, entonces preguntó, Hay aquí una cama para mí.

La llegada de tantos ciegos pareció traer al menos una ventaja. Pensándolo bien, dos, siendo la primera de orden por así decir psicológico, ya que es muy diferente estar esperando, en cada momento, que se nos presenten nuevos inquilinos, a ver que el edificio se encuentra lleno, y que a partir de ahora será posible establecer y mantener con los vecinos relaciones permanentes, duraderas, no perturbadas, como sucedía hasta ahora, por sucesivas interrupciones e interposiciones de recién llegados que nos obligaban a reconstituir continuamente los canales de comunicación. La segunda ventaja, ésta de orden práctico, directa y sustancial, fue que las autoridades de fuera, civiles y militares, comprendieran que una cosa era proporcionar alimentos para dos o tres docenas de personas, más o menos tolerantes, más o menos predispuestas, por su pequeño número, a resignarse ante ocasionales fallos o retrasos en la distribución de la comida, y otra cosa era ahora la repentina y compleja responsabilidad de sustentar a doscientos cuarenta seres humanos de todos los talantes, procedencias y maneras de ser en cuestión de humor y temperamento. Doscientos cuarenta, repárese, es una manera de decir, porque son al menos veinte los que no han encontrado camastro y duermen en el suelo. En todo caso, hay que reconocer que no es lo mismo que tengan que comer treinta personas de lo que sería apenas suficiente para diez, que distribuir para doscientos sesenta el alimento destinado a doscientos cuarenta. La diferencia casi no se nota. Pudo ser la asunción consciente de esta acrecentada responsabilidad, y quizá, posibilidad ésta digna de ser tenida en cuenta, el temor de que se desencadenasen nuevos tumultos, lo que determinó la mudanza de procedimiento de las autoridades, en el sentido de hacer llegar la comida a tiempo y a las horas y en las cantidades convenientes. Evidentemente, tras la pugna, a todo título lastimosa, a que acabamos de asistir, no podría ser fácil, ni exenta de conflictos localizados, la acomodación de tantos ciegos, baste recordar a los infelices contagiados que antes veían y ahora no ven, los matrimonios divididos y los hijos perdidos, los lamentos de los pisoteados y atropellados, algunos dos o tres veces, los que andan en busca de sus queridos bienes y no los encuentran, sería preciso que uno fuera completamente insensible para olvidar, así como así, la aflicción de estas pobres gentes. Ahora, lo que no se puede negar es que el anuncio de la llegada del almuerzo fue, para todos, un bálsamo reconfortante. Y si es innegable que la recogida de tan grandes cantidades de comida y su distribución entre tantas bocas, debido a la falta de una organización adecuada y de una autoridad capaz de imponer la necesaria disciplina, dio origen a nuevas faltas de entendimiento, tenemos que reconocer que ha cambiado mucho el ambiente, y para mejor, cuando en todo el antiguo manicomio no se oyó más que el ruido de doscientas sesenta bocas masticando. Quién limpiará todo esto es cuestión por ahora sin respuesta, sólo al caer la tarde el altavoz volverá a recitar las reglas de buena conducta que deberán ser observadas para bien general, y entonces se verá qué grado de acatamiento van a merecer por parte de los recién llegados. Ya no es poco que los ocupantes de la sala segunda del ala derecha hayan decidido al fin enterrar a sus muertos, al menos de este hedor quedamos libres, que al olor de los vivos, aunque fétido, será más fácil que nos acostumbremos.

En cuanto a la primera sala, tal vez por ser la más antigua y llevar por tanto más tiempo en proceso de adaptación al estado de ceguera, un cuarto de hora después de que sus ocupantes acabaran de comer, no se veía en el suelo un papel sucio, un plato olvidado, un recipiente goteando. Todo había sido recogido, las cosas menores metidas dentro de las mayores, las más sucias dentro de las menos sucias, como determinaría una reglamentación de higiene racionalizada, tan atenta a la mayor eficacia posible en la recogida de los restos y detritus como a la economía del esfuerzo necesario para realizar este trabajo.

La mentalidad que forzosamente habrá de determinar comportamientos sociales de este tipo, ni se improvisa, ni nace por generación espontánea. En el caso en examen parece haber tenido una influencia decisiva la acción pedagógica de la ciega del fondo de la sala, la que está casada con el oculista, que dijo hasta la saciedad, Si no somos capaces de vivir enteramente como personas, hagamos lo posible para no vivir enteramente como animales, y tantas veces lo repitió, que el resto de la sala acabó por convertir en máxima, en sentencia, en doctrina, en regla de vida, aquellas palabras, en el fondo simples y elementales. Probablemente, tal estado de espíritu, propicio al entendimiento de las necesidades y de las circunstancias, fue lo que contribuyó, aunque de forma colateral, a la benévola acogida que acabó encontrando el viejo de la venda negra cuando asomó por la puerta y preguntó, Hay aquí una cama para mí. Por una afortunada casualidad, obviamente prometedora de consecuencias para el futuro, había una cama, la única, Dios sabe por qué razones sobrevivió, por así decir, a la invasión, en aquella cama había sufrido el ladrón de automóviles indecibles dolores, tal vez por eso haya quedado en ella un aura de padecimiento que hizo alejarse a la gente. Son disposiciones del destino, misterios de los arcanos, y esta casualidad no ha sido la primera, lejos de eso, basta reparar que a esta sala llegaron todos los pacientes de la vista que se encontraban en el consultorio cuando apareció el primer ciego, entonces todavía se pensaba que la cosa no iba a más. Bajito, como de costumbre, para no descubrir el secreto de su presencia, la mujer del médico susurró al oído del marido, Quizá haya sido también enfermo tuyo, es un hombre ya de edad, calvo, de pelo blanco, y lleva una venda negra en uno de los ojos, recuerdo que me hablaste de él, En qué ojo, En el izquierdo, Tiene que ser él. El médico avanzó por el corredor y dijo, levantando un poco la voz, Me gustaría poder tocar a la persona que acaba de unirse a nosotros, le ruego que venga andando en esta dirección, yo iré a su encuentro. Coincidieron en medio del camino, los dedos con los dedos, como dos hormigas que se reconocieran por el manejo de las antenas, no será así en este caso, el médico pidió permiso, tanteó con las manos la cara del viejo, encontró rápidamente la venda, No hay duda, era el último que nos faltaba aquí. El paciente de la venda negra, exclamó, Qué quiere decir, quién es usted, preguntó el viejo, Soy, era su oftalmólogo, se acuerda, estuvimos hablando de la fecha de su operación de cataratas, Y cómo me ha reconocido, Sobre todo por la voz, la voz es la vista de quien no ve, Sí, la voz, también yo reconozco la suya, quién nos lo iba a decir, doctor, ahora ya no necesito que me opere, Si hay remedio para esto, los dos lo necesitamos, Recuerdo que usted, doctor, me dijo que después de operado no iba a

163

reconocer el mundo en que vivimos, ahora sabemos cuánta razón tenía, Cuándo se quedó ciego, Ayer por la noche, Y lo han traído ya, Hay tanto miedo ahí fuera que pronto van a matar a las personas cuando descubran que se han quedado ciegas, Aquí ya liquidaron a diez, dijo una voz de hombre, Los encontré, dijo el viejo de la venda negra simplemente, Eran de otra sala, a los nuestros los enterramos inmediatamente, añadió la misma voz como si acabase un informe. La chica de las gafas oscuras se había ido acercando, Se acuerda de mí, llevaba puestas unas gafas oscuras, Me acuerdo muy bien, a pesar de la catarata recuerdo que era muy bonita, la chica sonrió, Gracias, dijo, y volvió a su sitio. Desde allí añadió, También está aquí el niño, Quiero ver a mi madre, dijo el pequeño con voz como cansada por un llanto remoto e inútil. Y yo soy el primero que se quedó ciego, dijo el primer ciego, estoy aquí con mi mujer, Y yo soy la empleada del consultorio, dijo la empleada del consultorio. La mujer del médico dijo, Sólo quedo yo por presentarme, y dijo quién era. Entonces el viejo, como para agradecer la acogida, anunció, Tengo una radio, Una radio, exclamó la chica de las gafas oscuras dando palmadas, música, qué bien, Sí, pero es una radio pequeña, de pilas, y las pilas no duran siempre, recordó el viejo, No me diga que nos vamos a quedar aquí para siempre, se lamentó el primer ciego, Para siempre, no, para siempre es siempre demasiado

164

tiempo, Podremos oír las noticias, observó el médico, Y algo de música, insistió la chica de las gafas oscuras, No nos gusta a todos la misma música, pero todos sin duda estamos interesados en saber cómo andan las cosas por ahí fuera, lo mejor es ahorrar las pilas, Eso creo yo también, dijo el viejo de la venda negra. Sacó el aparatito del bolsillo exterior de la chaqueta y lo encendió. Empezó a buscar emisoras, pero su mano, poco segura aún, perdía fácilmente el ajuste de la onda, al principio no se oyeron más que ruidos intermitentes, fragmentos de música y de palabras, al fin la mano cobró firmeza, la música se hizo reconocible, Déjela sólo un momentito, pidió la chica de las gafas oscuras, las palabras ganaron claridad, No son noticias, dijo la mujer del médico, y luego, como si fuera una idea que se le ocurriese de repente, Qué hora será, preguntó, aunque nadie podía responderle. La aguja de sintonización seguía extrayendo ruidos de la cajita, luego se quedó parada, era una canción, una canción sin importancia, pero los ciegos se fueron acercando lentamente, no se empujaban, se detenían cuando notaban una presencia ante ellos, y allí se quedaban, oyendo, con los ojos muy abiertos en dirección a la voz que cantaba, algunos lloraban, como probablemente sólo los ciegos pueden llorar, las lágrimas fluían naturalmente, como de una fuente. La canción se acabó, el locutor dijo, Atención, al oír la tercera señal, serán las cuatro, Una de las ciegas preguntó, riendo, De la tarde o de la mañana, y fue como si le doliese la risa. Disimuladamente, la mujer del médico puso el reloj en hora y le dio cuerda, eran las cuatro de la tarde, aunque, realmente, a un reloj le es igual, va de la una a las doce, lo demás son ideas de los humanos. Qué ruido es ése, preguntó la chica de las gafas oscuras, parecía, Fui yo, oí que en la radio decían que eran las cuatro y le di cuerda a mi reloj, son esos movimientos automáticos que hacemos tantas veces, se adelantó la mujer del médico. Luego pensó que no había valido la pena arriesgarse así, le hubiera bastado mirar la muñeca de los ciegos recién llegados, alguno tendría un reloj en hora. Lo tenía hasta el mismo viejo de la venda negra, como comprobó en aquel momento, y con la hora exacta. Entonces el médico pidió, Díganos cómo andan las cosas por ahí fuera. El viejo de la venda dijo, Sí, pero lo mejor es que me siente, que no me tengo en pie. Esta vez, tres o cuatro en cada cama, de compañía, los ciegos se fueron acomodando lo mejor que pudieron, se hizo el silencio, y, entonces, el viejo de la venda negra contó lo que sabía, lo que había visto con sus propios ojos cuando los tenía, lo que había oído en los pocos días transcurridos entre el inicio de la epidemia y su propia ceguera.

En las primeras veinticuatro horas, dijo, si era verdadera la noticia que circuló, hubo cientos de casos, todos iguales, todos sobrevinieron del mismo modo, instantáneamente, con una ausencia desconcertante de lesiones, sólo esa blancura resplandeciente en el campo visual, sin dolor antes y sin dolor después. Al segundo día se dijo que había cierta disminución en el número de casos, se pasó de los centenares a las decenas, y eso llevó al Gobierno a anunciar que, de acuerdo con las perspectivas más razonables, la situación pronto estaría bajo control. A partir de este momento, salvo algunos comentarios sueltos que no se pueden evitar, el relato del viejo de la venda negra no será seguido al pie de la letra, siendo sustituido por una reorganización del discurso oral, orientada en el sentido de valorizar la información mediante el uso de un vocabulario correcto y adecuado. Esta alteración, no prevista antes, está motivada por la expresión bajo control, nada vernácula, empleada por el narrador, que poco a poco lo va descalificando como relator complementario, importante sin duda, pues sin él no tendríamos manera de saber lo que ha pasado en el mundo exterior, como relator complementario, decíamos, de estos extraordinarios acontecimientos, cuando se sabe que la descripción de cualquier hecho gana con el rigor y la propiedad de los términos usados. Volviendo al asunto, el Gobierno excluyó la hipótesis inicial de que el país se encontrase bajo la acción de una epidemia sin precedentes conocidos, provocada por un agente mórbido aún no identificado, de efecto instantáneo, con ausencia total de señales previas de incubación o de latencia. Se trataría, pues, de acuerdo con la nueva opinión científica y la consecuente y actualizada interpretación administrativa, de una casual y desafortunada concomitancia temporal de circunstancias, de momento tampoco averiguadas, y en cuya exaltación patogénica ya era posible, acentuaba el comunicado del Gobierno, a partir de los datos disponibles, que indican la proximidad de una clara curva descendente, observar indicios tendenciales de agotamiento. Un comentarista de la televisión tuvo el acierto de dar con la metáfora justa cuando comparó la epidemia, o lo que fuese, con una flecha lanzada hacia arriba, y que, tras alcanzar el punto más alto en su ascenso, se detiene un momento, como suspendida en el aire, y empieza luego a describir la obligada curva de caída, que, si Dios quiere, y con esta invocación regresaba el comentarista a la trivialidad de las expresiones humanas y a la epidemia propiamente dicha, la gravedad tratará de acelerar hasta que desaparezca la terrible pesadilla que nos atormenta, media docena de palabras éstas que se repetían constantemente en los distintos medios de comunicación, que acababan siempre por formular el piadoso voto de que los infelices ciegos recuperen en breve la visión perdida, prometiéndoles, entretanto, la solidaridad de todo el cuerpo social organizado, tanto el oficial como el privado. En un pasado remoto, razones y metáforas semejantes eran traducidas por el impertérrito optimismo de la gente común en dicterios como éste, No hay bien que siempre dure, ni mal que no se ature, o, en versión literaria, Del mismo modo que no hay bien que dure siempre, tampoco hay mal que siempre dure, máximas supremas de quien tuvo tiempo para aprender con los golpes de la vida y de la fortuna, y que, trasladadas a tierra de ciegos, deberían leerse como sigue, Ayer veíamos, hoy no vemos, mañana veremos, con una ligera entonación interrogativa en el tercio final de la frase, como si la prudencia, en el último instante, hubiera decidido, por si acaso, añadir la reticencia de una duda a la esperanzadora conclusión.

Desgraciadamente, pronto se demostró la inanidad de tales votos, las expectativas del Gobierno y las previsiones de la comunidad científica se las llevó el agua. La ceguera iba extendiéndose, no como una marea repentina que lo inundara todo y todo lo arrastrara, sino como una infiltración insidiosa de mil y un bulliciosos arroyuelos que, tras empapar lentamente la tierra, súbitamente la anegan por completo. Ante la alarma social, a punto de desencadenarse, las autoridades convocaron a toda prisa reuniones médicas, sobre todo de oftalmólogos y neurólogos. Visto el tiempo que se tardaría en organizarlo, no se llegó a convocar el congreso que algunos preconizaban, pero, en compensación, no faltaron coloquios, seminarios, mesas redondas, abiertas unas al público, otras a puerta cerrada. El efecto conjugado de la patente inutilidad de los debates y los casos de algunas cegueras repentinas, sobrevenidas en medio de las sesiones, con el orador gritando, Estoy ciego, estoy ciego, llevaron a los periódicos, la radio y la televisión a dejar de ocuparse casi por completo de tales iniciativas, exceptuando el discreto y a todas luces loable comportamiento de ciertos medios de comunicación social que, viviendo a costa de sensacionalismos de todo tipo, de las gracias y desgracias ajenas, no estaban dispuestos a perder ninguna ocasión que se presentara de relatar en directo, con el dramatismo que la situación justificaba, la ceguera súbita, por ejemplo, de un catedrático de oftalmología.

La prueba del progresivo deterioro del estado de espíritu general la dio el propio Gobierno, alterando dos veces, en media docena de días, su estrategia. Primero creyó que sería posible circunscribir aquel extraño mal confinando los afectados en unos cuantos espacios discriminatorios, como el manicomio en que nos encontramos. Luego, el crecimiento inexorable de los casos de ceguera llevó a algunos miembros influyentes del Gobierno, temerosos de que la iniciativa oficial no cubriera las necesidades, de lo que se derivarían graves costes políticos, a defender la idea de que debería ser cosa de las familias el guardar a sus ciegos en casa, sin dejarlos ir a la calle, a fin de no complicar el ya difícil tráfico, ni ofender la sensibilidad de las personas que aún veían con los ojos que tenían y que, indiferentes a las opiniones más o menos tranquilizadoras, creían que el mal blanco se contagiaba por contacto visual, como el mal de ojo. En efecto, no era legítimo esperar una reacción distinta de alguien que, abismado en sus pensamientos, tristes, neutros, o alegres, si aún hay de éstos, veía cómo se transformaba la expresión de una persona que caminaba en su dirección, cómo se dibujaban en su rostro las señales todas del terror absoluto, y luego el grito inevitable, Estoy ciego, estoy ciego. No había nervios que resistieran. Lo peor es que las familias, sobre todo las menos numerosas, se convirtieron rápidamente en familias completas de ciegos, sin nadie que los pudiera guiar, guardar, proteger de ellos a la comunidad de vecinos con buena vista, y estaba claro que no podían esos ciegos, por mucho padre, madre e hijo que fuesen, cuidarse entre sí, o les ocurriría lo mismo que a los ciegos de la pintura, juntos caminando, juntos cayendo y juntos muriendo.

Ante esta situación, no tuvo el Gobierno más remedio que dar marcha atrás aceleradamente, ampliando los criterios que había establecido sobre lugares y espacios requisables, de lo que resultó la ocupación inmediata e improvisada de fábricas abandonadas, templos sin culto, pabellones deportivos y almacenes vacíos. Hacía ya dos días que se hablaba de montar campamentos de tiendas de campaña, añadió el viejo de la venda negra. Al principio, muy al principio, algunas organizaciones caritativas ofrecieron voluntarios para cuidar a los ciegos, hacer las camas, limpiar los retretes, lavarles la ropa, prepararles la comida, cuidados mínimos sin los que la vida resulta pronto insoportable hasta para los que ven. Los pobres voluntarios se quedaban ciegos de inmediato, pero al menos quedaba para la historia la belleza de su gesto. Vino alguno de ellos a este manicomio, preguntó ahora el viejo de la venda negra, No, respondió la mujer del médico, no ha venido ninguno, Quizá haya sido sólo un rumor, Y la ciudad, y los transeúntes, preguntó el primer ciego, acordándose de su coche y del taxista que lo había llevado al consultorio y que luego había ayudado él a enterrar, Los transportes son un caos, respondió el viejo de la venda negra, y explicó pormenores, sucesos e incidentes. Cuando por primera vez se quedó ciego un conductor de autobús, en marcha y en plena vía pública, la gente, pese a los muertos y heridos causados por el accidente, no le prestó gran atención, por la misma razón, es decir, por la fuerza de la costumbre, que llevó al jefe de relaciones públicas de la empresa a declarar, sin más, que el accidente había sido ocasionado por un fallo humano, sin duda lamentable, pero, pensándolo bien, tan imprevisible como habría sido un infarto mortal en persona que nunca había sufrido del corazón. Nuestros empleados, explicó el jefe, y lo mismo la mecánica y los sistemas eléctricos de nuestros vehículos, son sometidos periódicamente a revisiones extremadamente rigurosas, como lo confirma, en directa y clara relación de causa a efecto, el bajísimo porcentaje de accidentes, en cómputo general, en que se han visto envueltos hasta hoy los vehículos de nuestra compañía. La profusa explicación salió en los periódicos, pero la gente tenía más en que pensar que preocuparse por un simple accidente de autobús, que a fin de cuentas no habría sido peor si se le partieran los frenos. Sin embargo ésa fue, dos días después, la auténtica causa de otro accidente, pero, así es el mundo, tiene la verdad muchas veces que disfrazarse de mentira para alcanzar sus fines, y el rumor que corrió fue que se había quedado ciego el conductor. No hubo manera de convencer al público de lo que efectivamente había acontecido, y el resultado no tardó en verse, de un momento a otro la gente dejó de utilizar los autobuses, decían que preferían quedarse ciegos antes que morir porque se hubiera quedado ciego otro. Un tercer accidente, acto seguido y por el mismo motivo, que implicaba a un autobús que no llevaba pasajeros, alentó comentarios como éste, muestra de la sabiduría popular, Mira si yo fuera dentro. No podían imaginar los que así hablaban cuánta razón tenían. Por la ceguera simultánea de los dos pilotos, no tardó un avión comercial en estrellarse e incendiarse al tomar tierra, muriendo todos los pasajeros y tripulantes, pese a que, en este caso, se encontraban en perfecto estado tanto la mecánica como la electrónica, según revelaría el examen de la caja negra, única superviviente. Una tragedia de estas dimensiones no era lo mismo que un vulgar accidente de autobús, la consecuencia fue que perdieron las últimas ilusiones quienes aún las tenían, en adelante ya no se oirá ruido alguno de motor, ninguna rueda, pequeña o grande, rápida o lenta, volverá a ponerse en movimiento. Los que antes solían quejarse de las crecientes dificultades del tráfico, peatones que a primera vista parecían ir sin rumbo cierto porque los coches, parados o andando, constantemente les cortaban el camino, conductores que, tras haber dado mil y tres vueltas hasta conseguir descubrir un lugar donde al fin aparcar el automóvil, se convertían en peatones y protestaban por las mismas razones que éstos después de haber andado reclamando por las suyas, todos ellos deberían estar ahora satisfechos, salvo por la circunstancia manifiesta de que no habiendo ya quien se atreva a conducir un vehículo, aunque sea para ir de aquí a la esquina, los coches, los camiones, las motos y hasta las bicicletas, tan discretas, aparecen caóticamente estacionados por toda la ciudad, abandonados en cualquier sitio donde el miedo haya sido más fuerte que el sentido de propiedad, como evidenciaba grotescamente aquella grúa con un automóvil medio levantado, suspendido del eje delantero, probablemente el primero en quedarse ciego había sido el conductor de la grúa. Mala para todos, la situación, para los ciegos, era catastrófica, dado que, según la expresión corriente, no podían ver dónde ponían los pies. Daba lástima verlos tropezar con los coches abandonados, uno tras otro, desollándose las pantorrillas, algunos caían y lloraban, Hay alguien ahí que me ayude a levantarme, pero los había también, brutos por la desesperación o por naturaleza propia, que blasfemaban y rechazaban la mano benemérita que acudía en su ayuda, Deje, deje, que también va a llegarle su vez, entonces el compasivo se asustaba y se iba, huía perdiéndose en el espesor de la niebla blanca, súbitamente consciente del riesgo en que su bondad le había hecho incurrir, quién sabe si para ir a perder la vista unos pasos más allá.

Así están las cosas en el mundo de fuera, acabó el viejo de la venda negra, y no lo sé todo, sólo hablo de lo que pude ver con mis propios ojos, aquí se interrumpió, hizo una pausa y corrigió inmediatamente, Con mis ojos, no, porque sólo tenía uno, ahora ni ése, es decir, sigo teniendo uno pero no me sirve, Nunca le pregunté por qué no llevaba un ojo de cristal en vez del parche, Y para qué lo quería yo, a ver, dígame, dijo el viejo de la venda negra, Se suele hacer, por estética, además, es mucho más higiénico, se lo quita uno, lo lava, se lo pone, como las dentaduras, Sí señor, dígame entonces qué pasaría hoy si todos los que están ahora ciegos hubiesen perdido, digo perdido materialmente, los dos ojos, de qué les serviría ahora andar con dos ojos de cristal, Realmente, no serviría de nada, Si acabamos todos ciegos, como parece que va a ocurrir, para qué queremos la estética, y en cuanto a la higiene, dígame, doctor, qué higiene hay aquí, Probablemente, sólo en un mundo de ciegos serán las cosas lo que realmente son, dijo el médico, Y las personas, preguntó la chica de las gafas oscuras, Las personas también, nadie estará allí para verlas, Se me ocurre una idea, dijo el viejo de la venda negra, vamos a jugar para matar el tiempo, Cómo se puede jugar sin ver lo que se juega, preguntó la mujer del primer ciego, No va a ser exactamente un juego, se trata de que cada uno de nosotros diga exactamente lo que estaba viendo en el momento en que se quedó ciego, Puede ser poco conveniente, recordó alguien, Quien no quiera entrar en el juego, no entra, lo que no vale es inventar, Dé un ejemplo, dijo el médico, Se lo doy, sí señor, dijo el viejo de la venda negra, me quedé ciego cuando estaba mirando mi ojo ciego, Qué quiere decir, Muy sencillo, sentí como si el interior de la órbita vacía se estuviera inflamando, me quité el parche para comprobarlo, y en ese momento me quedé ciego, Parece una parábola, dijo una voz desconocida, el ojo que se niega a reconocer su propia ausencia, Yo, dijo el médico, había estado consultando en casa unos libros de oftalmología, precisamente a causa de lo que está ocurriendo, lo último que vi fueron mis manos sobre el libro, Mi última imagen fue diferente, dijo la mujer del médico, el interior de una ambulancia cuando estaba ayudando a mi marido a entrar, Mi caso, ya se lo conté al doctor, dijo el primer ciego, me había parado en un semáforo, la luz estaba en rojo, había gente atravesando la calle de un lado a otro, fue entonces cuando perdí la vista, después, aquel al que mataron el otro día me llevó a casa, la cara ya no se la vi, claro, En cuanto a mí, dijo la mujer del primer ciego, la última cosa que recuerdo haber visto fue mi pañuelo, estaba en casa llorando, me llevé el pañuelo a los ojos, y en aquel mismo instante me quedé ciega, Yo, dijo la empleada del consultorio, acababa de entrar en el ascensor, tendí la mano para apretar el botón y de repente me quedé sin ver nada, imagine mi aflicción, allí encerrada, sola, no sabía si tenía que subir o bajar, no encontraba el botón que abría la puerta, Mi caso, dijo el dependiente de farmacia, fue más sencillo, oí decir que había gente que se estaba quedando ciega, entonces pensé cómo sería si yo también perdiera la vista, cerré los ojos para probarlo y, cuando los abrí, ya estaba ciego, Parece otra parábola, habló la voz desconocida, si quieres ser ciego, lo serás. Se quedaron callados. Los otros ciegos habían vuelto a sus camas, lo que no era pequeño trabajo, porque si bien es verdad que sabían los números que les correspondían, sólo empezando a contar por uno de los extremos, de uno para arriba o de veinte para abajo, podían tener la seguridad de llegar a donde querían. Cuando se apagó el murmullo de la numeración, monótono como una letanía, la chica de las gafas oscuras contó lo que le había sucedido, Estaba en el cuarto de un hotel, tenía un hombre sobre mí, en este punto se calló, sintió vergüenza de decir lo que estaba haciendo, que lo había visto todo blanco, pero el viejo de la venda negra preguntó, Y lo viste todo blanco, Sí, respondió ella, Quizá tu ceguera no sea como la nuestra, dijo el viejo de la venda negra. Sólo faltaba la camarera de hotel, Estaba haciendo una cama, alguien se había quedado ciego allí, levanté y extendí la sábana blanca ante mí, la ajusté por los lados metiendo las puntas como se debe, y cuando con las dos manos estaba alisando la sábana, lentamente, era la de abajo, entonces dejé de ver, me acuerdo de cómo estaba alisando la sábana, lentamente, era la de abajo, terminó como si aquello tuviera una importancia especial. Han contado todos su última historia del tiempo en que veían, preguntó el viejo de la venda negra, Yo contaré la mía, dijo la voz desconocida, si no hay nadie más, Si hubiera hablará luego, a ver, empiece, Lo último que vi fue un cuadro, Un cuadro, repitió el viejo de la venda negra, y dónde estaba, Había ido al museo, era un trigal con cuervos y cipreses y un sol que parecía hecho con retazos de otros soles, Eso tiene todo el aire de ser un holandés, Creo que sí, pero había también un perro hundiéndose, estaba ya medio enterrado, el pobre, Ése sólo puede ser de un español, antes de él nadie pintó así un perro, y después de él nadie se atrevió, Probablemente, y había un carro cargado de heno, tirado por caballos, atravesando un río, Tenía una casa a la izquierda, Sí, Entonces es de un inglés, Podría ser, pero no lo creo, porque había también allí una mujer con un niño en el regazo, Mujeres con niños en el regazo es lo más visto en pintura, Realmente, ya me había dado cuenta, Lo que yo no entiendo es cómo pueden encontrarse en un solo cuadro pinturas tan diferentes y de tan diferentes pintores, Y había unos hombres comiendo, Han sido tantos los almuerzos, las meriendas y las cenas en la historia del arte, que por sólo esa indicación no me es posible saber quién comía, Los hombres eran trece, Ah, entonces es fácil, siga, También había una mujer desnuda, de cabellos rubios, dentro de una concha que flotaba en el mar, y muchas flores a su alrededor, Italiano, claro, Y una batalla, Estamos como en el caso de las comidas y de las madres con niños en el regazo, eso no es suficiente para saber quién lo pintó, Muertos y heridos, Es natural, tarde o temprano todos los niños mueren y los soldados también, Y un caballo espantado, Con los ojos como saliéndosele de las órbitas, Tal cual, Los caballos son así, y qué otros cuadros más había en ese cuadro suyo, No llegué a saberlo, me quedé ciego precisamente cuando estaba mirando el caballo. El miedo ciega, dijo la chica de las gafas oscuras, Son palabras ciertas, ya éramos ciegos en el momento en que perdimos la vista, el miedo nos cegó, el miedo nos mantendrá ciegos,

Quién es el que está hablando, preguntó el médico, Un ciego, respondió la voz, sólo un ciego, eso es lo que hay aquí. Entonces preguntó el ciego de la venda negra, Cuántos ciegos serán precisos para hacer una ceguera. Nadie le supo responder. La chica de las gafas oscuras le pidió que pusiera la radio, tal vez dieran noticias. Las dieron más tarde, mientras tanto estuvieron oyendo un poco de música. En cierta altura, aparecieron a la puerta de la sala unos cuantos ciegos, uno de ellos dijo, Qué pena no haber traído la guitarra. Las noticias no fueron alentadoras, corría el rumor de que se iba a formar de inmediato un gobierno de unidad y salvación nacional.

Cuando, al principio, los ciegos de aquí se contaban aún con los dedos, cuando bastaba cambiar dos o tres palabras para que los desconocidos se convirtieran en compañeros de infortunio, y con tres o cuatro más se perdonaban mutuamente todas las faltas, algunas de ellas graves, y si el perdón no podía ser completo, era cuestión de paciencia, de esperar unos días, bien se vio cuántas ridículas pesadumbres tuvieron que sufrir los infelices cada vez que el cuerpo les exigió cualquiera de aquellos alivios urgentes que solemos llamar satisfacción de necesidades. Con todo, y aun sabiendo que son rarísimas las educaciones perfectas y que incluso los recatos más discretos tienen sus puntos débiles, hay que reconocer que los primeros ciegos traídos a esta cuarentena fueron capaces, con mayor o menor consciencia, de llevar con dignidad la cruz de la naturaleza eminentemente escatológica del ser humano. Pero ahora, ocupados como están todos los camastros, doscientos cuarenta, sin contar los ciegos que duermen en el suelo, ninguna imaginación, por fértil y creadora que sea en comparaciones, imágenes y metáforas, podría describir con propiedad el tendal de porquería que por aquí hay. No es sólo el estado a que rápidamente llegaron las letrinas, antros fétidos, como deberán ser, en el infierno, los desagües de las almas condenadas, sino también la falta de respeto de unos o la súbita urgencia de otros que, en poquísimo tiempo, convirtieron los corredores y otros lugares de paso en retretes que empezaron siendo de ocasión y acabaron siendo de costumbre. Los despreocupados o los urgidos pensaban, No tiene importancia, nadie me ve, y no iban más allá. Cuando fue imposible, en cualquier sentido, llegar a las letrinas, los ciegos empezaron a utilizar el cercado como aliviadero de todos sus desahogos y descomposiciones corporales. Los que eran delicados por naturaleza o por educación, se pasaban el día encogidos, aguantando como podían hasta la noche, pues se suponía que sería por la noche cuando en las salas habría más gente durmiendo, y entonces iban allá, agarrándose la barriga o apretando las piernas, en busca de tres palmos de suelo limpio, si los había en el inmenso tapiz de excrementos mil veces pisados, y, además, con el peligro de perderse en el espacio infinito del cercado donde no había más señal orientadora que los escasos árboles, cuyos troncos habían sobrevivido a la manía exploratoria de los antiguos locos, y también las pequeñas lomas, casi rasadas ya, que malcubrían a los muertos. Una vez al día, siempre al caer la tarde, como un despertador regulado para la misma hora, el altavoz repetía las conocidas instrucciones y prohibiciones, insistía en las ventajas del uso regular de los productos de limpieza, recordaba que había un teléfono en cada sala para reclamar el suministro necesario cuando faltase, pero lo que allí realmente se necesitaba era un chorro poderoso de manguera que se llevase por delante toda la mierda, y luego una brigada de fontaneros que reparasen las cisternas, las pusieran en funcionamiento, y después agua, agua en cantidad, para llevar a los sumideros lo que al desagüe debía ir, después, por favor, ojos, unos simples ojos, una mano capaz de conducir y guiar, una voz que me diga, Por aquí. Estos ciegos, si no les ayudamos, no tardarán en convertirse en animales, peor aún, en animales ciegos. No lo dijo la voz desconocida, aquella que habló de los cuadros y de las imágenes del mundo, lo está diciendo, con otras palabras, muy entrada ya la noche, la mujer del médico, acostada al lado de su marido, cubiertas las cabezas con la misma manta, Hay que poner remedio a este horror, no aguanto más, no puedo seguir fingiendo que no veo, Piensa en las consecuencias, lo más seguro es que intenten hacer de ti una esclava, tendrás que atenderlos a todos, cuidar de todo, te exigirán que los alimentes, que los laves, que los acuestes y los levantes, que los lleves de aquí para allá, que les suenes y les seques sus lágrimas, te llamarán cuando estés durmiendo, te insultarán si tardas en acudir, Y tú, cómo quieres que siga mirando estas miserias, te-

nerlas permanentemente ante los ojos y no mover un dedo para ayudar, Ya es mucho lo que haces, Qué hago yo, si mi mayor preocupación es
evitar que alguien se dé cuenta de que veo, Algunos llegarán a odiarte por ver, no creas que la ceguera nos ha hecho mejores, Tampoco nos ha
hecho peores, Vamos camino de serlo, mira lo
que pasa cuando llega el momento de distribuir
la comida, Precisamente, una persona que viera
podría encargarse de repartir los alimentos entre
todos los que están aquí, hacerlo con equidad,
con criterio, dejaría de haber protestas, acabarían
esas disputas que me enloquecen, no sabes lo que
es ver a dos ciegos pegándose, Siempre ha habido
peleas, luchar fue siempre, más o menos, una forma de ceguera, Esto es diferente, Haz lo que te
parezca, pero no olvides lo que somos aquí, ciegos, simplemente ciegos, ciegos sin retórica ni
conmiseraciones, el mundo caritativo y pintores-
co de los cieguitos se ha acabado, ahora es el reino duro, cruel e implacable de los ciegos, Si pu-
dieras ver tú lo que yo estoy obligada a ver,
querrías ser ciego, Lo creo, pero no es preciso,
ciego ya estoy, Perdona, querido, si supieses, Lo
sé, lo sé, pasé mi vida mirando al interior de los
ojos de la gente, es el único lugar del cuerpo donde tal vez exista un alma, y si se perdieron, Mañana voy a decirles que veo, Ojalá no tengas que
arrepentirte, Mañana les diré, hizo una pausa y
añadió, A no ser que al fin también yo haya entrado en ese mundo.

No fue esta vez. Cuando despertó a la mañana siguiente, muy temprano, como solía, sus ojos veían tan claramente como antes. Los ciegos de la sala dormían aún. Pensó en cómo decirles que veía, si convocarlos a todos y anunciarles la novedad, quizá fuese preferible hacerlo de una manera discreta, sin alardes, contarles, por ejemplo, como sin darle importancia, Ya ven, quién había de pensar que iba yo a conservar la vista en medio de tantos que no la tienen, o quizá fuera más conveniente declarar que había estado realmente ciega y que de repente había recuperado la visión, sería hasta una manera de darles algo de esperanza, Si ella ha vuelto a ver, se dirían unos a otros, tal vez también nosotros, pero igualmente podría suceder que le respondieran, Si es así, váyase, en tal caso, objetaría que no podía irse de allí sin su marido, y como el ejército no dejaba salir a ningún ciego de la cuarentena, no tendrían más remedio que consentir que se quedase. Algunos ciegos se revolvían en los camastros, aliviaban los gases como todas las mañanas, pero la atmósfera no se tornó por eso más nauseabunda, seguro que había alcanzado ya el nivel de saturación. No era sólo el olor fétido que llegaba de las letrinas en vaharadas, en exhalaciones que daban ganas de vomitar, era también el hedor acumulado de doscientas cincuenta personas, cuyos cuerpos, macerados en su propio sudor, no podían ni sabrían lavarse, que vestían ropas cada día más inmundas, que dormían en camas donde no era raro que hubiera deyecciones. De qué servían el jabón, las lejías, los detergentes por ahí olvidados, si las duchas, muchas de ellas, estaban atascadas o rotas las cañerías, si los desagües devolvían el agua sucia, que salía de los cuartos de baño impregnando la madera del piso de los corredores, infiltrándose por las juntas de las tablas. En qué locura me voy a meter, dudó entonces la mujer del médico, aunque no exigiesen que los sirviera, cosa que podría suceder, yo misma no aguantaría sin ponerme a lavar, a limpiar, cuánto tiempo me durarían las fuerzas, ése no es trabajo para una persona sola. Su valor, que antes le había parecido tan firme, comenzaba a desmoronarse, a romperse en mil pedazos ante la realidad abyecta que invadía sus narices y ofendía sus ojos, ahora que se presentaba el momento de pasar de las palabras a los actos. Soy cobarde, murmuró exasperada, para eso más me valdría estar ciega, no andaría con veleidades de misionera. Se habían levantado tres ciegos, uno era el dependiente de farmacia, iban a tomar posiciones en el zaguán para recoger la parte de comida que correspondía a la primera sala. Faltando los ojos, no se podía decir que el reparto se hiciera a ojo, paquete más, paquete menos, al contrario, daba pena ver cómo se equivocaban al contar y volvían al principio, alguno, más desconfiado, quería saber exactamente lo que se llevaban los otros, siempre terminaban discutiendo, algún empujón, un sopapo a ciegas, como tenía que ser. En la sala ya todos estaban despiertos, dispuestos para recibir su parte, con la experiencia habían establecido un sistema bastante cómodo de hacer la distribución, empezaban por llevar toda la comida hasta el fondo de la sala, donde estaban los camastros del médico y de su mujer, y los de la chica de las gafas oscuras y el chiquillo que llamaba a su madre, y allí la iban a buscar, dos de cada vez, empezando por las camas más próximas a la entrada, uno derecha e izquierda, dos derecha e izquierda, y así sucesivamente, sin enfados ni atropellos, se tardaba más, es cierto, pero la tranquilidad compensaba la espera. Los primeros, es decir aquellos que tenían la comida al alcance de la mano, eran los últimos en servirse, excepto el niño estrábico, claro está, que siempre acababa de comer antes de que la chica de las gafas oscuras recibiese su parte, de lo que resultaba que una porción que debía ser de ella acababa invariablemente en el estómago del pequeño. Los ciegos estaban todos con la cabeza vuelta hacia el lado de la puerta, esperando oír los pasos de los compañeros, el rumor inseguro, inconfundible, de quien lleva una carga, pero el sonido que se oyó no fue ése, más bien parecía como si vinieran a la carrera, si tal proeza es posible tratándose de gente que no puede ver dónde pone los pies. Y, con todo, nadie podría decir otra cosa cuando ellos aparecieron jadeantes en la puerta. Qué habrá pasado para que hayan venido así, corriendo, y estén los tres intentando entrar al mismo tiempo para dar la inesperada noticia, No nos han dejado traer la comida, dijo uno, y los otros repitieron, No nos han dejado, Quién, los soldados, preguntó una voz cualquiera, No, los ciegos, Qué ciegos, aquí todos somos ciegos, No sabemos quiénes eran, dijo el dependiente de farmacia, pero creo que deben ser de aquellos que vinieron juntos, los últimos que llegaron, Y cómo es eso, por qué no os dejaron traer la comida, preguntó el médico, hasta ahora no ha habido ningún problema, Ellos dicen que eso se ha acabado, que a partir de hoy, quien quiera comer, tendrá que pagar. De todos los lugares de la sala saltaron las protestas, No puede ser, Quitarnos la comida, Cuadrilla de ladrones, Una vergüenza, ciegos contra ciegos, nunca pensé que viviría para ver una cosa así, Vamos a quejarnos al sargento. Alguno, más decidido, propuso que se juntaran todos para ir a reclamar lo que era suyo, No será fácil, fue la opinión del dependiente de farmacia, son muchos, me quedé con la impresión de que era un grupo grande, y lo peor es que están armados, Armados, cómo, Palos al menos tienen, todavía me duele este brazo del estacazo que me pegaron, dijo uno, Vamos a tratar de resolver todo esto por las buenas, dijo el médico, voy con vosotros a hablar con esa gente, aquí debe de haber un malentendido, Bien, doctor, lo acompaño, pero, por los modos que tienen, dudo mucho que consigamos convencerlos, dijo el dependiente de farmacia, De cualquier manera, tenemos que ir, la cosa no puede quedarse así, Yo voy contigo, dijo la mujer del médico. Salió de la sala el pequeño grupo, menos el que se quejaba del brazo, ése creía que había cumplido ya con su obligación, y se quedó contando a los otros la arriesgada aventura, la comida allí, a dos pasos, y una muralla de cuerpos defendiéndola, Con palos, insistía.

Avanzando juntos, como una piña, emprendieron el camino entre los ciegos de las otras salas. Cuando llegaron al zaguán, la mujer del médico comprendió que no iba a ser posible ningún acuerdo diplomático, y que, probablemente, no lo sería nunca. En medio del zaguán, cubriendo las cajas de comida, un círculo de ciegos armados de palos y hierros arrancados de las camas, apuntando hacia delante como bayonetas o lanzas, hacía frente a la desesperación de los ciegos que los rodeaban y que, con torpes intentonas, procuraban entrar en la línea defensiva, algunos, con la esperanza de encontrar una abertura, un postigo mal cerrado, aguantaban los golpes en los brazos extendidos, otros se arrastraban a gatas hasta tropezar con las piernas de los adversarios, que los recibían a palos y puntapiés. Golpe ciego, se suele decir. No faltaban en el cuadro las protestas indignadas, los gritos furiosos, Exigimos nuestra comida, Reclamamos el derecho al pan, Bribones, Golfos, Esto es un robo, sinvergüenzas, Parece imposible, hubo incluso un ingenuo o distraído que dijo, Llamad a la policía, tal vez allí los hubiera, policías, la ceguera, ya se sabe, no mira oficios y menesteres, pero un policía ciego no es lo mismo que un ciego policía, y en cuanto a los dos que conocíamos, ésos están muertos y, con mucho trabajo, enterrados. Impelida por la esperanza absurda de que una autoridad viniera a restaurar en el manicomio la paz perdida, a fortalecer la justicia, a devolver la tranquilidad, una ciega se acercó como pudo a la puerta principal y gritó a los aires, Ayúdennos, que éstos nos quieren robar la comida. Los soldados hicieron oídos sordos, las órdenes que el sargento recibiera del capitán que había pasado en visita de inspección eran perentorias, clarísimas, Si se matan entre ellos, mejor, quedarán menos. La ciega se desgañitaba como las locas de antes, casi loca ella también, pero de puro desconsuelo. Al fin, dándose cuenta de la inutilidad de sus llamadas, se calló, sollozando se volvió para dentro y, sin darse cuenta de por dónde iba, recibió en su cabeza desprotegida un estacazo que la derribó. La mujer del médico quiso correr a levantarla, pero la confusión era tal que no pudo dar ni dos pasos. Los ciegos que habían venido a reclamar la comida empezaban a retroceder a la desbandada, perdida toda orientación tropezaban unos con otros, caían, se levantaban, volvían a caer, algunos ni lo intentaban, se dejaban estar, postrados en el suelo, agotados, míseros, retorciéndose de dolor con la cara contra las losetas. Entonces, la mujer del médico, aterrorizada, vio cómo uno de los ciegos cuadrilleros sacaba del bolsillo una pistola y la alzaba bruscamente en el aire. El disparo hizo soltarse del techo una gran placa de estuco que cayó sobre las desprevenidas cabezas, aumentando el pánico. El ciego gritó, Quietos todos ahí, y callados, si alguien se atreve a levantar la voz, tiraré al cuerpo, no al aire, caiga quien caiga, luego no os quejéis. Los ciegos ni se movieron. El de la pistola continuó, Lo dicho, y no hay vuelta atrás, a partir de hoy seremos nosotros quienes nos encarguemos de la comida, están avisados todos, y que no se le ocurra a nadie salir a buscarla, vamos a poner guardias en esta entrada, y quien se acerque las va a pagar, de aquí en adelante, la comida se vende, y quien quiera comer tendrá que aflojar los cuartos, Y cómo vamos a pagar, preguntó la mujer del médico, He dicho que todos callados, ni una palabra, gritó el de la pistola moviendo el arma ante él, Alguien tendrá que hablar, necesitamos saber cómo actuamos, dónde encontraremos la comida, si vamos todos juntos o uno a uno, Ésta se las da de lista, comentó uno del grupo, si le pegas un tiro será una boca menos, Si la viera ya tenía una bala en la barriga. Luego, dirigiéndose a todos, Volved inmediatamente a las salas, ja, ja, cuando hayamos llevado la comida para dentro ya diremos lo que tienen que hacer, Y el pago, volvió a preguntar la mujer del médico, cuánto nos va a costar un café con leche y una galleta, La tía se la está jugando, dijo la misma voz, Déjamela a mí, dijo el otro, y cambiando de tono, Cada sala nombrará dos res-

ponsables que se encargarán de recoger todo lo
que haya de valor, todo, de cualquier tipo, dinero,
joyas, anillos, pulseras, pendientes, relojes, todo lo
que tengan, y luego lo llevan a la tercera sala del
lado izquierdo, que es donde estamos, y si quieren
un consejo de amigo, que no se les pase por la cabeza engañarnos, sabemos que algunos van a esconder parte de lo que tengan de valor, pero les
advierto que ésa será una idea pésima, si lo que nos
entregáis no nos parece suficiente, simplemente
no coméis, tendréis que entreteneros masticando
los billetes y los brillantes. Un ciego de la segunda
sala, lado derecho, preguntó, Y cómo hacemos,
entregamos todo de una vez o vamos pagando
conforme vayamos comiendo, Por lo visto no me
he explicado bien, dijo el de la pistola riéndose,
primero pagáis, después comeréis, y, en cuanto a
lo de pagar según vayáis comiendo, eso exigiría
una contabilidad muy complicada, lo mejor es que
lo llevéis todo de una vez, y ya veremos qué cantidad de comida merecéis, estáis avisados, que no se
os ocurra esconder nada, porque a quien lo haga le
va a costar muy caro, y para que veáis que actuamos legalmente, os advierto que después de
que entreguéis lo que tengáis, haremos una inspección, y ay de vosotros si encontramos algo,
aunque sólo sea una moneda, y ahora, fuera de
aquí todos, rápido. Alzó el brazo y disparó de nuevo, Cayó un pedazo más de yeso. Y tú, dijo el de la
pistola, no olvidaré tu voz, Ni yo tu cara, respondió la mujer del médico.

Nadie pareció reparar en lo absurdo de que una ciega diga que no va a olvidar una cara que no ha visto. Los ciegos retrocedieron a toda prisa, en busca de las puertas, poco después estaban los de la primera sala informando de la situación a los compañeros, Por lo que hemos oído, no creo que podamos, de momento, hacer otra cosa que obedecer, dijo el médico, deben de ser muchos, y lo peor es que tienen armas, También nosotros podríamos hacernos con algunas, dijo el dependiente de farmacia, Sí, unas ramas arrancadas de los árboles, si es que quedan ramas a la altura del brazo, unos hierros de las camas, que apenas tendríamos fuerzas para manejar, mientras que ellos disponen, al menos, de una pistola, Yo no doy nada de lo mío a esos hijos de puta ciega, dijo alguien, Ni yo, añadió otro, O damos todos, o nadie, dijo el médico, No tenemos otra alternativa, dijo la mujer, además, la regla, aquí dentro, tendrá que ser la misma que nos han impuesto fuera, quien no quiera pagar, que no pague, está en su derecho, pero entonces no comerá, lo que no puede ser es que alguien esté alimentándose a costa de los otros, Daremos todos y lo daremos todo, dijo el médico, Y quien no tenga nada que dar, preguntó el dependiente de farmacia, Ése sí, comerá de lo que los otros le den, es justamente lo que alguien dijo, de cada uno según sus posibilidades, a cada uno según sus necesidades. Se hizo una pausa, y el viejo de la venda negra preguntó, A quiénes designamos como responsables, Yo elijo al doctor, dijo la chica de las gafas oscuras. No fue necesario proceder a la votación, toda la sala estaba de acuerdo. Tendremos que ser dos, recordó el médico, se presenta alguien, preguntó, Yo, si no se presenta nadie más, dijo el primer ciego, Muy bien, comencemos a dar las cosas, necesitamos un saco, una bolsa, una maleta pequeña, cualquier cosa sirve, Yo puedo dar esto, dijo la mujer del médico, y empezó a vaciar un bolso donde había guardado algunos productos de belleza y otras menudencias, cuando no podía ni imaginar en qué condiciones iba a vivir. Entre los frascos, las cajas y los tubos venidos del otro mundo, había unas tijeras grandes de punta fina. No recordaba haberlas metido allí, pero allí estaban. La mujer del médico levantó la cabeza. Los ciegos estaban esperando, el marido había ido hasta la cama del primer ciego y hablaba con él, la chica de las gafas oscuras le decía al niño estrábico que no tardaría en llegar la comida, en el suelo, detrás de la mesita de noche, como si la chica de las gafas oscuras hubiera querido, con pueril e inútil pudor, ocultarlo de la vista de quienes no veían, estaba una compresa higiénica manchada de sangre. La mujer del médico miraba las tijeras, intentaba pensar por qué las estaba mirando así, así cómo, así, pero no encontraba ninguna razón, realmente, no podría hallarse razón alguna en unas simples tijeras grandes, colocadas en sus manos abiertas, con sus dos hojas niqueladas y las puntas agudas y brillantes. Ya lo tienes, preguntaba desde lejos el marido, Ya lo tengo, respondió y tendió el brazo que sostenía el bolso vacío mientras el otro brazo escondía las tijeras en la espalda, Qué pasa, preguntó el médico, Nada, respondió la mujer, como podría haber respondido, Nada que tú puedas ver, debe de haberle extrañado algo en mi voz, fue sólo eso, nada más. Junto con el primer ciego, el médico se acercó a ese lado, cogió el bolso con sus manos vacilantes y dijo, Vayan preparando lo que tengan, empezamos la recogida. La mujer se quitó el reloj, hizo lo mismo con el del marido, echó al bolso los pendientes, un anillo pequeño con rubíes, la cadenilla de oro que llevaba al cuello, la alianza, la del marido, no les costó trabajo sacarlas, Tenemos los dedos más delgados, pensó, fue echándolo todo dentro de la bolsa, el dinero que habían traído de casa, unos cuantos billetes de diferente valor, unas monedas, Está todo, dijo, Estás segura, preguntó el médico, busca bien, De valor, era todo lo que teníamos. La chica de las gafas oscuras había reunido ya sus bienes, no eran muy diferentes, sólo había unas pulseras de más, y, de menos, una alianza. La mujer del médico esperó a que el marido y el primer ciego le dieran las espaldas, y a que la chica de las gafas oscuras se volviera hacia el niño estrábico, Soy como si fuera tu madre, pago por ti y por mí, y luego retrocedió hacia la pared del fondo. Allí, como a lo largo de las otras paredes, había unos grandes clavos que utilizarían a los locos para colgar en ellos sabe Dios qué tesoros y manías. Eligió el más alto al que podía llegar y colgó de él las tijeras. Después se sentó en la cama. Lentamente, el marido y el primer ciego caminaban hacia la puerta, recogiendo, de un lado y de otro, lo que cada uno tenía para entregar, algunos protestaban diciendo que aquello era una vergüenza, que les estaban robando, y era la pura verdad, otros se deshacían de sus posesiones con una especie de indiferencia, como si pensasen que, bien vistas las cosas, no hay en el mundo nada que, en sentido absoluto, nos pertenezca, verdad ésta no menos transparente. Cuando llegaron a la puerta de la sala, terminada la colecta, el médico preguntó, Lo han entregado todo, unas cuantas voces resignadas respondieron que sí, hubo quien se quedó callado, a su tiempo sabremos si fue por no mentir. La mujer del médico alzó los ojos hacia donde estaban las tijeras. Le sorprendió verlas tan altas, colgadas por uno de los aros o argollas, como si no hubiera sido ella misma quien las puso allí, después, para sí, pensó que fue una excelente idea traerlas, ahora ya podría arreglarle la barba al marido, dejarlo más presentable, porque, ya se sabe, en las condiciones en que vivimos, es imposible que un hombre pueda afeitarse normalmente. Cuando miró otra vez hacia la puerta, los dos hombres habían desaparecido en la penumbra del corredor, camino de la tercera sala, lado izquierdo, donde tendrían que pagar la comida. La de hoy, la de mañana también, tal vez la de toda la semana, Y después, la pregunta no tenía respuesta, todo lo que teníamos va ahí.

Contra lo que era habitual, los corredores estaban vacíos, en general no era así, cuando se salía de las salas no se hacía otra cosa que tropezar, resbalar y caer, los agredidos echaban pestes, soltaban groseros tacos, los agresores respondían en el mismo tono, pero nadie le daba importancia, uno tiene que desahogarse de alguna manera, mayormente si está ciego. Ante ellos se oía un ruido de pasos y de voces, serían los emisarios de otra sala que iban a la misma obligación. Qué situación la nuestra, doctor, dijo el primer ciego, no bastaba con estar como estamos y vamos a caer en manos de unos ciegos ladrones, hasta parece mi sino, primero el del coche, ahora estos que nos roban la comida, y además a punta de pistola, La diferencia es ésa, el arma, Pero no siempre van a tener balas, no duran eternamente, Nada dura siempre, aunque, en este caso, tal vez sea deseable que sí, Por qué, Si se les acaban las balas será porque las han disparado, y ya tenemos muertos de sobra, Estamos en una situación insostenible, Es insostenible desde que entramos, y a pesar de todo vamos aguantando, Es usted optimista, doctor, No es que sea optimista, es que no puedo imaginar nada peor de lo que estamos viviendo, Pues yo empiezo a pensar que no hay límites para lo malo, para el mal, Quizá tenga razón, dijo el médico, y luego, como si estuviera hablando consigo mismo, Algo tiene que ocurrir aquí, conclusión ésta que supone cierta contradicción, o hay al fin algo peor que esto, o de ahora en adelante todo va a mejorar, aunque por la muestra no lo parezca. Dado el camino recorrido, las esquinas que doblaron, se estaban acercando a la tercera sala. Ni el médico ni el primer ciego habían venido nunca aquí, pero la construcción de las dos alas, lógicamente, obedecía a una estructura simétrica, y quien conociese bien la parte derecha fácilmente podría orientarse en el lado izquierdo, y viceversa, bastaba virar a la izquierda en un lado cuando en el otro se habría girado a la derecha. Oyeron voces, debían de ser los que llegaron antes que ellos, Tendremos que esperar, dijo el médico en voz baja, Por qué, Los de dentro querrán saber exactamente qué es lo que éstos traen, para ellos es igual, como ya han comido no tienen prisa, No debe de faltar mucho para la hora de la comida. Aunque pudieran ver, de nada les serviría, no tienen ya relojes. Un cuarto de hora después, minuto más, minuto menos, acabó el trueque. Los dos hombres pasaron por delante del médico y del primer ciego, por lo que decían llevaban la comida, Cuidado, no la dejes caer, exclamó uno, y el otro murmuraba, Lo que no sé es si llegará para todos, Pues nos apretamos el cinturón. Deslizando la mano por la pared, con el primer ciego tras él, el médico avanzó hasta que sus dedos tocaron las tablas lisas de la puerta, Somos de la sala primera lado derecho. Avanzó un paso, pero su pierna chocó con un obstáculo, se dio cuenta de que era una cama atravesada, puesta allí como si fuera el mostrador de una tienda, Están organizados, pensó, esto no ha nacido improvisadamente. Oyó voces, pasos, Cuántos serán, la mujer le había hablado de unos diez, pero posiblemente serían muchos más, sin duda no estaban todos en el zaguán cuando se apropiaron de la comida. El de la pistola era el jefe, era su voz grosera y áspera la que decía, Vamos a ver las riquezas que nos trae la primera sala lado derecho, y luego, en tono más bajo, hablando con alguien que debía de estar muy cerca, Toma nota. El médico quedó perplejo, qué significa este Toma nota, sin duda hay alguien que puede escribir, por lo tanto hay alguien que no está ciego, ya son dos casos, Tenemos que andar con cuidado, pensó, mañana este individuo puede estar a nuestro lado sin que nos demos cuenta, el pensamiento del médico poco difería de lo que el primer ciego estaba pensando, Con la pistola y un espía, estamos listos, no levantaremos cabeza en nuestra vida. El ciego de dentro, capitán de los ladrones, había abierto ya la bolsa y, con manos hábiles, iba sacando, palpando e identificando los objetos, el dinero, sin duda distinguía por el tacto lo que era oro y lo que no lo era, y también por el tacto el valor de los billetes y de las monedas, es fácil cuando se tiene experiencia. Sólo pasados unos minutos el oído distraído del médico empezó a notar un ruido inconfundible, sin duda allí al lado alguien estaba escribiendo en alfabeto braille, también llamado anagliptografía, se oía el sonido al mismo tiempo sordo y nítido del puntero perforando el papel grueso y batiendo contra la plancha metálica del tablero inferior. Había, pues, un ciego normal entre los ciegos delincuentes, un ciego como todos aquellos a los que antes se daba el nombre de ciegos, evidentemente había sido atrapado en la red con los demás, pero no era el momento de hacer averiguaciones, Oiga, es usted de los ciegos modernos o de los antiguos, a ver, explíquenos su manera de no ver. Qué suerte han tenido éstos, aparte de tocarles un escribano, también podrán aprovecharlo como guía, un ciego entrenado es otra cosa, vale su peso en oro. Continuaba el inventario, de tiempo en tiempo el de la pistola pedía la opinión del contable, Qué crees que es esto, y el otro interrumpía el registro para dar un parecer, decía, Baratija, y en este caso el de la pistola comentaba, Muchas como ésta y no coméis, Es bueno, y entonces el comentario era, No hay como tratar con gente honrada. Al fin colocaron tres cajas encima de la cama, Os lleváis esto, dijo el de la pistola. El médico las contó, No son suficientes, dijo, recibíamos cuatro cuando la comida era sólo para nosotros, en el mismo instante notó la frialdad del cañón de la pistola en la garganta, para estar ciego no había sido mala puntería, Cada vez que reclames te quitaremos una caja, ahora largo de aquí, te llevas ésas, y da gracias a Dios por poder comer todavía. El médico murmuró, Está bien, recogió dos cajas, el primer ciego cargó con la otra, y, más lentos ahora porque llevaban peso, rehicieron el camino que los llevaría a la sala. Cuando llegaron al zaguán, donde parecía que no había nadie, el médico dijo, No volveré a tener una oportunidad así, Qué quiere decir, preguntó el primer ciego, Me puso la pistola en el cuello, podría habérsela quitado de las manos, Sería arriesgado, No tanto como parece, yo sabía dónde estaba la pistola y él no sabía dónde estaban mis manos, Aun así, Estoy seguro, en aquel momento él era el más ciego de los dos, fue una pena que no se me ocurriera, o quizá lo pensé y no tuve valor, Y luego, preguntó el primer ciego, Y luego, qué, Vamos a suponer que realmente conseguía quitarle el arma, estoy seguro de que no iba a ser capaz de usarla, Si tuviera la certeza de que se resolvía la situación, sí, Pero no está seguro, No, realmente no lo estoy, Entonces es mejor que las armas estén del lado de ellos, al menos mientras no las usen contra nosotros, Amenazar con un arma es ya atacar, Si le hubiese quitado la pistola, comenzaría la verdadera guerra, y lo más probable es que ni siquiera hubiésemos salido de allí, Tiene razón, dijo el médico, olvidaré todo esto, Lo que sí tiene que recordar es lo que me dijo antes, Qué le dije, Que algo va a ocurrir, Ocurrió ya, y no aproveché la ocasión, Otra cosa será, y no ésta.

Cuando entraron en la sala y tuvieron que presentar lo poco que llevaban para poner en la mesa, hubo quien creyó que la culpa era de ellos, por no haber reclamado y exigido más, para eso habían sido nombrados representantes del colectivo. Entonces, el médico explicó lo que había pasado, habló del ciego escribiente, de los modos insolentes del ciego de la pistola, de la pistola también. Los descontentos bajaron el tono, acabaron por concordar, sí señor, la defensa de los intereses de la sala está en buenas manos. Distribuyeron al fin la comida, hubo quien recordó a los impacientes que poco es más que nada, aparte de eso, por la hora que debía de ser, estaría a punto de llegar la comida del mediodía, Lo malo es si nos ocurre lo que al caballo del cuento, que murió cuando ya estaba acostumbrado al ayuno, dijo alguien. Los otros sonrieron pálidamente, y otro añadió, No sería mala idea, si es que el caballo, cuando muere, no sabe que va a morir.

El viejo del ojo vendado había entendido que su radio portátil, tanto por la fragilidad de su estructura como por la información conocida sobre su tiempo de vida útil, quedaba excluida de la lista de valores a entregar como pago de la comida, considerando que el funcionamiento del aparato dependía, en primer lugar, de tener o no tener pilas dentro, y, en segundo lugar, del tiempo que durasen. Por el sonido catarroso de la voz que aún salía de la cajita, era evidente que no debía esperarse mucho de ella. Decidió, pues, el viejo de la venda negra no repetir las audiciones públicas, pensando también que podían aparecer por allí los ciegos de la tercera sala, lado izquierdo y tener una opinión diferente, no por el valor material del aparato, prácticamente nulo a corto plazo, como quedó demostrado, sino por su valor de uso imediato, que ése es sin duda altísimo, sin hablar ya de la plausible posibilidad de que haya pilas donde, al menos, hay una pistola. Anunció el viejo de la venda negra que oiría las noticias oculto bajo la manta, con la cabeza tapada, y que si hubiera alguna novedad interesante, avisaría de inmediato. La chica de las gafas oscuras le pidió que la dejase oír de vez en cuando un poquito de música, Sólo para no perder el recuerdo, justificó, pero el viejo fue inflexible, argumentando que lo importante era saber lo que estaba pasando fuera, que quien quisiera música la oyera dentro de su propia cabeza, que para algo bueno nos ha de servir la memoria. Tenía razón el viejo de la venda negra, la música de la radio rasguñaba como sólo es capaz de herir un mal recuerdo, y por eso la mantenía en el mínimo volumen sonoro que le era posible, mientras llegaban las noticias. Entonces avivaba un poco el sonido y apuraba el oído para no perder una sílaba. Luego, con palabras suyas, resumía la información y la transmitía a los vecinos más próximos. Así, de cama en cama, iban las noticias circulando por la sala, desfiguradas cada vez que pasaban de un receptor al receptor siguiente, disminuida o agravada la importancia de las informaciones, conforme al grado personal de optimismo o pesimismo propio de cada emisor. Hasta que llegó el momento en que las palabras se callaron y el viejo de la venda negra se encontró sin nada que decir. Y no fue porque la radio se hubiera averiado o se agotaran las pilas, la experiencia de la vida y de las vidas cabalmente demuestra que al tiempo no hay quien lo gobierne, parecía que este aparatito iba a durar poco, y alguien tuvo que callarse antes que él. A lo largo de todo el primer día vivido bajo la garra de los ciegos malvados, el viejo de la venda negra había estado oyendo las noticias y pasándoselas a los otros, rebatiendo por su cuenta la obvia falsedad de los optimistas vaticinios oficiales, y ahora, avanzada la noche, con la cabeza al fin fuera de la manta, aplicaba el oído a la ronquera en que la débil alimentación eléctrica de la radio convertía la voz del locutor, cuando, de súbito, lo oyó gritar, Estoy ciego, después el ruido de algo que chocaba violentamente contra el micrófono, una secuencia precipitada de rumores confusos, exclamaciones, y, de repente, el silencio. Se había callado la única emisora de radio que se podía captar desde allí dentro. Durante mucho tiempo se mantuvo el viejo de la venda negra con la oreja pegada a la caja ahora inerte, como si esperara el regreso de la voz y el resto de las noticias. Sin embargo, adivinaba, sabía, que la voz no regresaría. El mal blanco no cegó sólo al locutor. Como un reguero de pólvora, había alcanzado, rápida y sucesivamente, a todos cuantos en la emisora se encontraban. Entonces, el viejo de la venda negra dejó caer el aparato al suelo. Los ciegos malvados, si viniesen a la rebatiña, buscando joyas escondidas, encontrarían confirmada la razón, si en tal cosa habían pensado, de por qué no habían incluido las radios portátiles en la lista de objetos de valor. El viejo de la venda negra se cubrió la cabeza con la manta, para poder llorar a gusto.

Poco a poco, bajo la luz amarillenta y sucia de las débiles bombillas, la sala fue hundiéndose en un profundo sueño, reconfortados los cuerpos por las tres refecciones del día, como raramente antes ocurriera. Si siguen así las cosas, acabaremos, una vez más, por llegar a la conclusión de que hasta en los peores males es posible hallar una ración suficiente de bien para que podamos soportar esos males con paciencia, lo que, trasladado a la presente situación, significa que, contrariamente a las primeras e inquietantes previsiones, la concentración de los alimentos en una sola entidad robadora y distribuidora tenía, al fin, sus aspectos positivos, por mucho que se quejaran algunos idealistas que hubieran preferido continuar luchando por la vida con sus propios medios, aunque por esa obstinación tuvieran que pasar algún hambre. Descuidados del día de mañana, olvidando que quien paga por adelantado siempre acaba mal servido, la mayoría de los ciegos, en todas las salas, dormían a pierna suelta. Otros, cansados de buscar sin resultado una salida honrosa a los vejámenes sufridos, fueron también quedándose dormidos, soñando con días mejores que los presentes, más libres si no más hartos. Sólo en la primera sala del lado derecho la mujer del médico estaba en vela. Tumbada en la cama, pensaba en lo que le había contado el marido cuando creyó que entre los ciegos ladrones había uno que veía, alguien que podrían utilizar como espía. Era curioso que no hubieran vuelto a hablar del asunto, como si al médico, lo que hace el hábito, no se le hubiese ocurrido que su propia mujer seguía viendo. Lo pensó ella, pero se calló, no quiso pronunciar palabras obvias, Eso que, irremediablemente, no podrá hacer él, lo podría hacer yo, Qué, preguntaría el médico, fingiendo no entender. Ahora, con los ojos clavados en las tijeras colgadas de la pared, la mujer del médico se preguntaba a sí misma, De qué me sirve ver. Le servía para saber del horror más de lo que hubiera podido imaginar alguna vez, le servía para desear estar ciega, nada más que para eso. Con un movimiento cauteloso se sentó en la cama. Ante ella estaban durmiendo la chica de las gafas oscuras y el niño estrábico. Se dio cuenta de que las dos camas estaban muy próximas, la chica había empujado la suya, sin duda para estar más cerca del pequeño si él necesitaba consuelo, o que le secaran las lágrimas por la falta de una madre perdida. Cómo no se me ocurrió, pensó, podía haber unido ya nuestras camas, dormiríamos juntos, sin estar con la constante preocupación de que él pueda caerse de la cama. Miró al marido, que dormía pesadamente en un sueño de puro agotamiento. No llegó a decirle que había traído las tijeras, que un día de éstos le arreglaría la barba, es trabajo que hasta un ciego puede hacer, siempre que no acerque demasiado las láminas a la piel. Se dio a sí misma una buena justificación para no hablarle de la tijera, Después vendrían todos los hombres, no haría otra cosa que cortar barbas. Rodó el cuerpo hacia fuera, asentó los pies en el suelo, buscó los zapatos. Cuando iba a calzárselos, se detuvo, los miró fijamente, después movió la cabeza y, sin ruido, los dejó en el suelo. Pasó al corredor entre las camas y fue andando lentamente en dirección a la puerta de la sala. Los pies descalzos sentían la inmundicia pegajosa del suelo, pero ella sabía que fuera, en los pasillos, sería mucho peor. Iba mirando a un lado y a otro, por si encontraba algún ciego despierto, aunque hubiera alguno vigilando, o toda la sala, no tenía importancia, con tal de que no hiciese ruido, y por más que lo hiciese, sabemos a cuánto obligan las necesidades del cuerpo, que no escogen horas, en fin, lo que no quería es que el marido se despertara y notase la ausencia a tiempo aún de preguntarle, Adónde vas, que es, probablemente, la pregunta que más hacen los hombres a sus mujeres, la otra es Dónde has estado. Una de las ciegas estaba sentada en la cama, con la espalda apoyada en la cabecera, la mirada vacía clavada en la pared de enfrente, sin conseguir alcanzarla. La mujer del médico se detuvo un momento como si dudara tocar aquel hilo invisible que flotaba en el aire, como si un simple contacto pudiera destruirlo irremediablemente. La ciega alzó el brazo, debía de haber percibido una leve vibración en la atmósfera, después lo dejó caer, desinteresada, le bastaba con no poder dormir por culpa de los ronquidos del vecino. La mujer del médico continuó andando, cada vez más deprisa a medida que se aproximaba a la puerta. Antes de seguir en dirección al zaguán, miró a lo largo del corredor que llevaba a las otras salas de este lado, más adelante estaban las letrinas, y al fin la cocina y el refectorio. Había ciegos tumbados junto a las paredes, eran de aquellos que a la llegada no fueron capaces de conquistar una cama, o porque en el asalto se quedaron atrás, o porque les faltaron fuerzas para disputarla y vencer en la lucha. A diez metros, un ciego estaba tumbado encima de una ciega, él aprisionado entre las piernas de ella, lo hacían lo más discretamente que podían, eran de los discretos en público, pero no se necesitaba tener el oído muy apurado para saber en qué se ocupaban, mucho menos cuando uno y otro no pudieron reprimir los jadeos y los gemidos, alguna palabra inarticulada, que son señales de que todo aquello estaba a punto de acabar. La mujer del médico se quedó parada mirándolos, no por envidia, que tenía a su marido y la satisfacción que él le daba, sino por causa de una impresión de otra naturaleza, para la que no encontraba nombre, podría ser un sentimiento de simpatía, como si estuviera pensando en decirles, No se preocupen, sigan, también sé yo lo que es eso, podría ser un sentimiento de compasión, Aunque ese instante de goce supremo pudiera duraros la vida entera, nunca los dos que sois podréis llegar a ser uno solo. El ciego y la ciega descansaban ahora, separados ya, uno al lado del otro, pero seguían cogidos de la mano. Eran jóvenes, tal vez novios, fueron al cine y allí se quedaron ciegos, o un azar milagroso los juntó aquí, y, siendo así, cómo se reconocieron, vaya por Dios, por las voces, hombre, por las voces, que no es sólo la voz de la sangre la que no necesita ojos, el amor, que dicen que es ciego, tiene también su palabra que decir. Lo más probable, con todo, es que los hubieran atrapado al mismo tiempo en una redada de ciegos, en ese caso, las manos enlazadas no son de ahora, están así desde el principio.

La mujer del médico suspiró, se llevó las manos a los ojos, necesitó hacerlo porque estaba viendo mal, pero no se asustó, sabía que sólo eran lágrimas. Después continuó su camino. Una vez en el zaguán, se acercó a la puerta que daba a la cerca exterior. Miró hacia fuera. Tras el portón había una luz, y sobre ella la silueta negra de un soldado. Del otro lado de la calle las casas estaban todas a oscuras. Salió al rellano. No había peligro. Aunque el soldado viera su silueta, sólo dispararía si ella, tras bajar la escalera, se aproximara, después de una advertencia, a aquella otra línea invisible que era para él la frontera de su seguridad. Habituada ya a los ruidos continuos de la sala, a la mujer del médico le sorprendió aquel silencio, un silencio que parecía estar ocupando el espacio de una ausencia, como si la humanidad, toda ella, hubiera desaparecido, dejando sólo una luz encendida y un soldado guardándola, a ella y a un resto de hombres y de mujeres que no la podían ver. Se sentó en el suelo con la espalda apoyada en el marco de la puerta, en la misma posición en que había visto a la ciega de la sala, y mirando hacia el frente, como ella. Estaba fría la noche, el viento soplaba a lo largo de la fachada del edificio, parecía imposible que aún hubiera viento en el mundo, que fuese negra la noche, no lo decía por ella, pensaba en los ciegos para quienes el día duraba siempre. En la luz apareció otra silueta, debía de ser el relevo de la guardia, Sin novedad, estaría diciendo el soldado que irá a la tienda, a dormir el resto de la noche, no imaginaban ellos lo que estaba pasando detrás de aquella puerta, probablemente no les había llegado el ruido de los disparos, una pistola común no hace un gran estruendo. Unas tijeras aún menos, pensó la mujer del médico. No se preguntó inútilmente de dónde le vino tal pensamiento, sólo se sorprendió de la lentitud de su llegada, cómo la primera palabra había tardado tanto en aparecer, el vagar de las siguientes, y cómo después encontró que el pensamiento ya estaba allí, donde quiera que fuese, y sólo le faltaban las palabras, como un cuerpo que buscase, en la cama, la concavidad que había sido preparada para él por la simple idea de acostarse. El soldado se acercó al portón, pese a estar a contraluz se nota que mira hacia este lado, debe de haber reparado en aquel bulto inmóvil, pero no hay luz bastante para distinguir que es una mujer sentada en el suelo, con los brazos agarrando las piernas y el mentón apoyado en las rodillas, entonces el soldado apunta el foco de una linterna hacia este lado, no hay duda, es una mujer que se está levantando ahora con un movimiento tan lento como antes había sido el pensamiento, pero esto no puede saberlo el soldado, lo que él sabe es que tiene miedo de aquella figura que parece no acabar nunca de levantarse, se pregunta si debe dar la alarma, inmediatamente decide que no, es sólo una mujer, y está lejos, en todo caso, y por si las moscas, apunta preventivamente el arma, pero para hacerlo tuvo que dejar la linterna, en ese momento el foco luminoso le dio de lleno en los ojos, como una quemadura instantánea le quedó en la retina una sensación de deslumbramiento. Cuando se restableció la visión, la mujer había desaparecido, ahora este centinela no podrá decir a quien venga a relevarle, Sin novedad.

La mujer del médico está ya en el lado izquierdo, en el corredor que la llevará a la tercera sala. También aquí hay ciegos durmiendo en el suelo, más que en el ala derecha. Camina sin hacer ruido, despacio, siente que el suelo viscoso se le pega a los pies. Mira para dentro de las dos primeras salas, y ve lo que esperaba ver, los bultos tumbados bajo las mantas, un ciego que tampoco consigue dormir y lo dice con voz desesperada, oye los ronquidos entrecortados de casi todos. En cuanto al olor que esta humanidad desprende, no le extraña, no hay otro en todo el edificio, es también el olor de su propio cuerpo, de las ropas que viste. Al doblar la esquina para ir hacia el corredor que da acceso a la tercera sala, se detuvo. Hay un hombre en la puerta, otro centinela. Tiene un garrote en la mano, hace con él movimientos lentos, a un lado y a otro, como para interceptar el paso de alguien que pretenda aproximarse. Aquí no hay ciegos durmiendo en el suelo, el corredor está libre. El ciego de la puerta sigue con su vaivén uniforme, parece que no se cansa, pero no es así, pasados unos minutos cambia el garrote de mano y vuelve a empezar. La mujer del médico avanzó pegándose a la pared del otro lado, con cuidado de no rozarla. El arco que el garrote describe no llega siquiera a la mitad del ancho corredor, dan ganas de decir que este centinela hace la guardia con el arma descargada. La mujer del médico está ahora exactamente ante el ciego, puede ver la sala tras él. Las camas no están todas ocupadas, Cuántos serán, pensó. Avanzó un poco más, casi hasta el límite del alcance del garrote, y allí se detuvo, el ciego volvió la cabeza hacia el lado donde ella estaba, como si hubiera percibido algo anormal, un suspiro, un estremecimiento en el aire. Era un hombre alto, de manos grandes. Primero estiró hacia delante el brazo que sostenía el garrote, barrió con gestos rápidos el vacío ante él, dio luego un paso breve, durante un segundo la mujer del médico temió que estuviera viéndola, que no hiciese otra cosa que buscar el lugar más favorable para atacarla. Esos ojos no están ciegos, pensó alarmada. Sí, claro que estaban ciegos, tan ciegos como los de todos los que viven bajo estos techos, entre

213

estas paredes, todos, todos, excepto ella. En voz baja, casi un susurro, el hombre preguntó, Quién está ahí, no gritó como los centinelas de verdad, Quién vive, la respuesta sería Gente de paz, y él diría Pase de largo, no fue así como ocurrieron las cosas, sólo movió la cabeza como si se respondiera a sí mismo, Qué locura, aquí no puede haber nadie, a estas horas está todo el mundo durmiendo. Palpando con la mano libre, retrocedió y, tranquilizado por sus propias palabras, dejó caer los brazos. Tenía sueño, llevaba mucho tiempo esperando al compañero que viniese a relevarlo, pero para eso era preciso que el otro, a la voz interior del deber, se despertase por sí mismo, que allí no había despertadores ni manera alguna de usarlos. Cautelosamente, la mujer del médico se acercó a la otra jamba y miró hacia dentro. La sala no estaba llena. Hizo un recuento rápido, le pareció que debían de ser unos diecinueve o veinte. En el fondo vio unas cuantas cajas de comida apiladas, otras estaban encima de las camas desocupadas, Era de esperar, no dan toda la comida que reciben, pensó. El ciego pareció otra vez inquieto, pero no hizo ningún movimiento para investigar. Pasaban los minutos. Se oyó una tos fuerte, de fumador, llegada de dentro. El ciego volvió la cabeza ansioso, al fin podría irse a dormir. Ninguno de los que estaban acostados se levantó. Entonces, el ciego, lentamente, como si tuviera miedo de que lo sorprendiesen en delito de flagrante abandono de puesto o infracción de las reglas por las que los centinelas están obligados a regirse, se sentó en el borde de la cama que tapaba la entrada. Cabeceó aún unos momentos, pero luego se dejó ir en el río del sueño, lo más seguro es que al hundirse en él pensara, No tiene importancia, nadie me ve. La mujer del médico volvió a contar a los que dormían dentro, Con éste son veinte, al menos se llevaba de allí una información segura, no había sido inútil la excursión nocturna, Pero habrá sido sólo para esto por lo que he venido, se preguntó a sí misma, y no quiso darse respuesta. El ciego dormía apoyando la cabeza en el marco de la puerta, el garrote había resbalado sin ruido hasta el suelo, allí estaba un ciego desarmado y sin columnas para derribar. Deliberadamente, la mujer del médico quiso pensar que este hombre era un ladrón de comida, que robaba lo que a los otros pertenecía en justicia, que la hurtaba de la boca de los niños, pero aun pensándolo no llegó a sentir desprecio, ni siquiera una leve irritación, sólo una extraña piedad ante el cuerpo caído, con la cabeza inclinada hacia atrás, el cuello recorrido por venas gruesas. Por primera vez desde que salió de la sala se estremeció, parecía que las losas del suelo le estaban helando los pies, como si se los quemaran, Ojalá no sea fiebre, pensó. No lo sería, sería sólo una fatiga infinita, unas ganas locas de envolverse a sí misma, los ojos, ah, sobre todo los ojos, vueltos hacia dentro, más, más, más, hasta poder alcanzar y observar el interior de su propio cerebro, allí donde la diferencia entre el ver y el no ver es invisible a simple vista. Lentamente, aún más lentamente, arrastrando el cuerpo, volvió hacia atrás, hacia el lugar al que pertenecía, pasó al lado de ciegos que parecían sonámbulos, sonámbula también para ellos, ni siquiera tenía que fingir que estaba ciega. Los ciegos enamorados ya no tenían las manos enlazadas, dormían tumbados de lado, encogidos para conservar el calor, ella en la concha formada por el cuerpo de él, al fin, mirando mejor, sí, se habían dado las manos, el brazo de él por encima del cuerpo de ella, los dedos entrelazados. Dentro, en la sala, la ciega que no conseguía dormir continuaba sentada en la cama, esperando que la fatiga del cuerpo fuese tanta que acabase por rendir la resistencia obstinada de la mente. Todos los otros parecían dormir, algunos con la cabeza tapada, como si buscaran una oscuridad imposible. Sobre la mesita de noche de la chica de las gafas oscuras se veía el frasquito de colirio. Los ojos ya estaban curados, pero ella no lo sabía.

Si el ciego encargado de escriturar las ganancias ilícitas de la sala de los malvados hubiese decidido, por efecto de una iluminación esclarecedora de su dudoso espíritu, pasarse a este lado con sus tableros de escribir, su papel grueso y su punzón, sin duda andaría ahora ocupado en redactar la instructiva y lamentable crónica de la magra pitanza y de los muchos sufrimientos de estos nuevos y expoliados compañeros. Empezaría por decir que en el lugar de donde había venido, no sólo los usurpadores expulsaron de la sala a los ciegos honrados, para quedar dueños y señores de todo el espacio, sino que, encima, prohibieron a los ocupantes de las otras dos salas del ala izquierda el acceso y uso de sus respectivas instalaciones sanitarias, como son llamadas. Comentaría que el resultado inmediato de la infame prepotencia había sido el que toda aquella afligida gente acudiera a las letrinas de este lado, con consecuencias fáciles de imaginar por quien no haya olvidado el estado en que todo esto se encontraba antes. Haría constar que no se puede andar por el cercado interior sin tropezar con ciegos aliviando sus urgencias y retorciéndose con la angustia de diarreas que habían prometido mucho y al fin se resolvían en nada, y, siendo un espíritu observador, no dejaría de registrar la patente contradicción entre lo poco que se ingería y lo mucho que se evacuaba, quedando así demostrado que la célebre relación de causa y efecto, tantas veces citada, no es siempre de fiar, al menos desde un punto de vista cuantitativo. También diría que, mientras a estas horas la sala de los malvados deberá estar abarrotada de cajas de comida, aquí los desgraciados no tardarán en verse obligados a recoger las migajas del suelo inmundo.

No se olvidaría el ciego escribano de condenar, en su doble cualidad de parte en el proceso y de cronista de él, el procedimiento criminal de los ciegos opresores, que prefieren dejar que se pudra la comida antes de darla a quienes de ella tan precisados están, pues si es cierto que algunos de aquellos alimentos pueden durar unas semanas sin perder su virtud, otros, en particular los que vienen cocinados, si no son consumidos de inmediato, acaban en poco tiempo ácidos y cubiertos de moho, impresentables, pues, para seres humanos, si es que todavía éstos lo son. Cambiando de asunto, pero no de tema, escribiría el cronista, con gran pena en su corazón, que las enfermedades de aquí no son sólo del tracto digestivo, sea por carencia de ingestión suficiente, sea por mórbida descomposición de lo ingerido, que para este lugar no han venido sólo personas saludables, aunque ciegas, incluso algunas de éstas, que parecían traer salud para dar y vender, están ahora, como las otras, sin poderse levantar de sus pobres camastros, derrumbadas por unas gripes fortísimas que entraron no se sabe cómo. Y no se encuentra en ninguna parte de las cinco salas una aspirina que pueda bajar esta fiebre y aliviar este dolor de cabeza, que en poco tiempo se acabó lo que había, rebuscando hasta en el forro de los bolsos de las señoras. Renunciaría el cronista, por circunspección, a hacer un relato discriminativo de otros males que están afligiendo a muchas de las casi trescientas personas puestas en tan inhumana cuarentena, pero no podría dejar de mencionar, al menos, dos casos de cáncer bastante avanzados, que no quisieron las autoridades tener contemplaciones humanitarias a la hora de cazar a los ciegos y traerlos aquí, dijeron incluso que la ley cuando nace es igual para todos, y que la democracia es incompatible con tratos de favor. Médicos, entre tanta gente, así lo quiso la mala suerte, hay sólo uno, y para colmo oculista, el que menos falta nos hace. Llegado a este punto, el ciego cronista, cansado de describir tanta miseria y tanto dolor, dejaría caer sobre la mesa el punzón metálico, buscaría con mano trémula el mendrugo de pan duro que había dejado a un lado mientras cumplía con sus obligaciones de escribano, pero no lo encontraría, porque otro ciego, de tanto le puede valer el olfato para esta necesidad, se lo había robado. Entonces, renegando de su gesto fraternal, del abnegado impulso que lo había traído a este lado, decidió el ciego cronista que lo mejor, si aún estaba a tiempo, era volver a la tercera sala lado izquierdo, donde al menos, por mucho que se le revuelva el espíritu de santa indignación ante la injusticia de aquellos malvados, no pasará hambre.

De esto realmente se trata. Cada vez que los encargados de ir a buscar comida vuelven a las salas con lo poco que les fue entregado, estallan, furiosas, las protestas. Hay siempre alguien que propone una acción colectiva organizada, una masiva manifestación, presentando como argumento en su apoyo la tantas veces comprobada fuerza expansiva del número, sublimada en la afirmación dialéctica de que las voluntades, en general apenas adicionables unas a otras, también son muy capaces, en ciertas circunstancias, de multiplicarse entre sí hasta el infinito. No obstante, los ánimos se calmaban pronto, bastaba con que alguien, más prudente, con la simple y objetiva intención de ponderar las ventajas y los riesgos de la acción propuesta, recordase a los entusiastas los efectos mortales que suelen tener las pistolas, Quienes vayan delante saben lo que les espera, decían, en cuanto a los de atrás, lo mejor es no imaginar qué sucederá en el caso bastante probable de que nos asustemos al primer disparo, seremos más los que moriremos aplastados que a tiros. Como solución intermedia, se decidió en una de las salas, y de esa decisión pasaron noticia a las otras, que mandarían a buscar la comida, no a los ya escarmentados emisarios de costumbre, sino a un grupo nutrido de ellos, manera de decir ésta obviamente impropia, unas diez o doce personas, que tratarían de expresar, coralmente, el descontento de todos. Pidieron voluntarios, pero, tal vez por efecto de las conocidas advertencias de los cautelosos, en ninguna sala fueron tantos los que se presentaron para la misión. Gracias a Dios, esta evidente muestra de flaqueza moral dejó de tener cualquier importancia, e incluso de ser motivo de vergüenza, cuando, dando la razón a la voz de la prudencia, se tuvo conocimiento del resultado de la expedición organizada por la sala autora de la idea. Los ocho valerosos que se presentaron fueron inmediatamente corridos a garrotazos, y si bien es verdad que sólo fue disparada una bala, no es menos cierto que ésta no llevaba la puntería tan alta como las primeras, la prueba está en que los reclamantes juraron después haberla oído silbar cerquísima de sus cabezas. Si hubo aquí intención asesina, tal vez lo vengamos a saber después, concédase por ahora al tirador el beneficio de la duda, es decir, que aquel disparo no pasó de ser un aviso, aunque más en serio, o que el jefe de los malvados se equivocó acerca de la altura de los manifestantes, por imaginarlos más bajos, o quizá, suposición inquietante, el equívoco fue imaginarlos más altos de lo que realmente eran, caso en el que la intención de matar tendría que ser inevitablemente considerada. Dejando ahora de lado estas menudas cuestiones, y atendiendo a los intereses generales, que son los que cuentan, se celebró como una auténtica providencia, aunque haya sido sólo casualidad, que los reclamantes se hubieran anunciado como delegados de la sala número tal. Así sólo ella tuvo que ayunar por castigo durante tres días, y con mucha suerte, que podían haberles privado de víveres para siempre, como es justo que ocurra con quien osa morder la mano que le da de comer. No tuvieron, pues, más remedio los de la sala insurrecta, durante esos tres días, que andar de puerta en puerta implorando la limosna de un mendrugo por las almas del purgatorio, y si es posible, adornado con algún condumio, no murieron de hambre, es verdad, pero tuvieron que oír lo que no quisieron, Con ideas de ésas bien pueden cambiar de oficio, Si hubiéramos hecho caso de lo que decíais, en qué situación estaríamos ahora, pero lo peor fue cuando les dijeron, Tened paciencia, tened paciencia, no hay palabras más duras de oír, mejor los insultos. Y cuando los tres días de castigo acabaron y parecía que iba a nacer un día nuevo, se vio que el castigo de la infeliz sala donde se albergaban los cuarenta ciegos insurrectos no había acabado, pues, la comida, que hasta entonces apenas llegaba para veinte, pasó a ser tan poca que ni diez conseguían calmar el hambre. Se puede uno imaginar la revuelta, la indignación, y también, duela a quien duela, que hechos son hechos, el miedo de las salas restantes, que se veían asaltadas por los necesitados, divididas, ellas, entre el deber clásico de humana solidaridad y la observancia del viejo y no menos clásico precepto de que la caridad bien entendida empieza por uno mismo.

Estaban así las cosas cuando llegó orden de los malvados para que les fuese entregado más dinero y objetos valiosos, dado que, decían, la comida proporcionada rebasaba con mucho el valor del pago inicial, que, aseguraban, habían calculado con generosidad. Respondieron desconsoladas las salas que no, que no quedaba en sus bolsillos ni un céntimo, que todos sus bienes fueron puntualmente entregados, y que, argumento éste en verdad vergonzoso, no sería del todo ecuánime cualquier decisión que deliberadamente dejase de lado las diferencias de valor entre las distintas contribuciones, es decir, con palabras sencillas y de fácil entendimiento, no estaba bien que pagaran justos por pecadores, y por tanto, no se debían cortar los alimentos a quienes, probablemente, tendrían todavía un saldo a su favor. Ninguna de las salas, evidentemente, conocía el valor de lo entregado por las restantes, pero cada una imaginaba razones para continuar comiendo cuando a las demás se les hubiese acabado el crédito. Felizmente los conflictos latentes murieron al nacer, porque los malvados fueron terminantes, la orden tenía que ser cumplida por todos, si había diferencias en la valuación de lo recaudado, pertenecían al secreto registro del ciego contable. En las salas, la discusión fue encendida, áspera, algunas veces llegó a la violencia. Sospechaban algunos que otros, egoístas y malintencionados, ocultaron parte de sus valores en el momento de la recogida, y que estuvieron, en consecuencia, comiendo a costa de quienes honestamente se habían despojado de todo en beneficio de la comunidad. Alegaban otros, recuperando para uso personal lo que hasta entonces era argumentación colectiva, que lo que entregaron daría para continuar comiendo durante muchos días, en vez de tener que estar allí sustentando parásitos. La amenaza que los ciegos malvados hicieron al principio, de venir a pasar revista a las salas y castigar a los infractores, acabó siendo ejecutada dentro de cada una, ciegos buenos contra ciegos malos, malvados también. No se encontraron riquezas estupendas, pero fueron descubiertos aún unos cuantos relojes y anillos, más de hombre que de mujer. En cuanto a los castigos de la justicia interna, no pasaron de unos tortazos al azar, unos débiles puñetazos mal dirigidos, lo que más se oyó fueron insultos, alguna frase perteneciente a una antigua retórica acusatoria, por ejemplo, Serías capaz de robar a tu propia madre, imagínense, como si una ignominia así, y otras de mayor consideración, para ser cometidas, tuvieran que esperar al día en que toda la gente se quedara ciega y, por haber perdido la luz de los ojos, perder también el faro del respeto. Los ciegos malvados recibieron el pago con amenazas de duras represalias, que por suerte luego no cumplieron, se pensó que por olvido, cuando lo cierto es que andaban ya con otra idea en la cabeza, como no tardará en saberse. Si hubiesen ejecutado sus amenazas, nuevas injusticias vendrían a agravar la situación, acaso con consecuencias dramáticas inmediatas, porque dos salas, para ocultar el delito de retención de que eran culpables, se presentaron en nombre de otras, cargando a las salas inocentes con culpas que no eran suyas, pues alguna era tan honesta que lo había entregado todo el primer día. Felizmente, para no tener tanto trabajo, el ciego contable había resuelto escriturar aparte, en una sola hoja de papel las distintas nuevas contribuciones, y eso los salvó a todos, tanto inocentes como culpables, porque sin duda la irregularidad fiscal le habría saltado a los ojos si la hubiera llevado a las respectivas cuentas.

Pasada una semana, los ciegos malvados mandaron aviso de que querían mujeres. Así, simplemente, Tráigannos mujeres. Esta inesperada, aunque no del todo insólita, exigencia, causó la indignación que es fácil imaginar, los aturdidos emisarios que vinieron con la orden volvieron de inmediato para informar que las salas, las tres de la derecha y las dos de la izquierda, sin exceptuar siquiera a los ciegos y ciegas que dormían en el suelo, habían decidido, por unanimidad, no acatar la degradante imposición, objetando que no podía rebajarse hasta ese punto la dignidad humana, en ese caso femenina, y que si en la tercera sala lado izquierdo no había mujeres, la responsabilidad, si la había, no les podía ser atribuida. La respuesta fue corta y seca, Si no nos traen mujeres, no comen. Humillados, los emisarios regresaron a las salas con la orden, O van allá, o no nos dan de comer. Las mujeres solas, las que no tenían pareja o no la tenían fija, protestaron inmediatamente, no estaban dispuestas a pagar la comida de los hombres de las otras con lo que tenían entre las piernas, una de ellas tuvo incluso el atrevimiento de decir, olvidando el respeto que a su sexo debía, Yo soy muy señora de ir allí, pero, en todo caso, será en beneficio propio, y si me apetece me quedo a vivir con ellos, así tengo cama y mesa asegurada. Con estas inequívocas palabras lo dijo, pero no pasó a los actos subsecuentes, porque pensó a tiempo lo que sería aguantar sola el furor erótico de veinte machos desbocados que, por la urgencia, parecían estar ciegos de celo. No obstante, esta declaración, así, livianamente proferida en la segunda sala lado derecho, no cayó en saco roto, uno de los emisarios, con especial sentido de la oportunidad, propuso de inmediato que se presentasen voluntarias para el servicio, teniendo en cuenta que lo que se hace por propia voluntad cuesta en general menos que lo que se hace por obligación. Sólo cierta cautela, una úl-

226

tima prudencia, le impidió coronar su llamada con el conocido proverbio, Sarna con gusto no pica. Incluso así, las protestas estallaron apenas acabó de hablar, saltaron las furias de todos los lados, sin dolor ni piedad los hombres fueron moralmente arrasados, les llamaron chulos, proxenetas, alcahuetes, vampiros, explotadores, según la cultura, el medio social y el estilo personal de las justamente indignadas mujeres. Algunas de ellas se declararon arrepentidas por haber cedido, por pura generosidad y compasión, a las solicitaciones sexuales de sus compañeros de infortunio, que tan mal se lo agradecían ahora, queriendo empujarlas a la peor de las suertes. Los hombres intentaron justificarse, que no era eso, que no dramatizasen, qué diablo, que hablando se entiende la gente, fue sólo porque la costumbre manda pedir voluntarios en las situaciones difíciles y peligrosas, como ésta sin duda lo es, Estamos todos en peligro de morir de hambre, vosotras y nosotros. Se calmaron algunas mujeres, así llamadas a razón, pero otra, súbitamente inspirada, lanzó una nueva tea a la hoguera preguntando, irónicamente, Y qué haríais vosotros si ésos en vez de pedir mujeres, hubiesen pedido hombres, qué haríais, a ver, decidlo para que lo oigamos. Las mujeres estaban exultantes, A ver, qué haríais, gritaban a coro, entusiasmadas por tener a los hombres acorralados contra la pared, cogidos en su propia trampa lógica, de la que no podrían escapar, ahora querían ver hasta dónde llegaba la tan pregonada coherencia masculina, Aquí no hay maricas, se atrevió a protestar un hombre, Ni putas, replicó la mujer que había hecho la pregunta provocadora, y aunque las haya, puede que no estén dispuestas a serlo para vosotros. Incomodados, los hombres se encogieron, conscientes de que sólo habría una respuesta capaz de dar satisfacción a las vengativas hembras, Si ellos pidieran hombres, iríamos, pero ninguno tuvo el valor suficiente para pronunciar estas palabras desinhibidas, y tan perturbados quedaron que ni tuvieron en cuenta que no habría gran peligro en pronunciarlas, dado que aquellos hijos de puta no querían desahogarse con hombres, sino con mujeres.

Ahora bien, lo que ningún hombre pensó, parece que lo pensaron las mujeres, no tenía otra explicación el silencio que poco a poco se fue apoderando de la sala donde se produjeron estas confrontaciones, como si hubiesen comprendido que, para ellas, la victoria en la pelea verbal no se distinguía de la derrota que inevitablemente vendría después. Es posible que en las salas restantes no hubiera sido diferente el debate, sabido es que las razones humanas se repiten mucho, y las sinrazones también. Aquí, quien dio la sentencia final fue una mujer de unos cincuenta años que tenía consigo a su anciana madre y ningún otro modo de darle de comer, Pues yo voy, dijo, y no sabía que estas palabras eran el eco de las que en la primera sala del lado derecho pronunció la mujer del médico, Yo voy, en esta sala son pocas las mujeres, tal vez por eso las protestas no fueron tan numerosas ni tan vehementes, estaba la chica de las gafas oscuras, estaba la mujer del primer ciego, estaba la empleada del consultorio, estaba la camarera del hotel, estaba una que no se sabía quién era, estaba la que no podía dormir, pero ésta era tan desgraciada, tan desgraciada, que lo mejor sería dejarla en paz, de la solidaridad entre las mujeres no tenían por qué beneficiarse sólo los hombres. El primer ciego comenzó por decir que su mujer no se sometería a la vergüenza de entregar su cuerpo a unos desconocidos, diéranle a cambio lo que le dieran, que ni ella querría ni él lo permitiría, que la dignidad no tiene precio, que una persona empieza por ceder en las pequeñas cosas y acaba por perder todo el sentido de la vida. El médico le preguntó qué sentido de la vida veía él en la situación en que todos se encontraban, hambrientos, cubiertos de porquería hasta las orejas, devorados por los piojos, comidos por las chinches, picados por las pulgas, Tampoco quisiera yo que mi mujer fuese, pero ese querer mío no sirve de nada, dijo que está dispuesta a ir, fue ésa su decisión, sé que mi orgullo de hombre, esto que llamamos orgullo de hombre, si es que después de tanta humillación aún conservamos algo que merezca tal nombre, sé que va a sufrir, ya está sufriendo, no lo puedo evitar, pero es probablemente el único recurso si queremos sobrevivir, Cada uno actúa de acuerdo con la moral que tiene, yo pienso así, y no tengo intención de cambiar de ideas, replicó agresivo el primer ciego. Entonces, la chica de las gafas oscuras dijo, Los otros no saben cuántas mujeres hay aquí, puede quedarse usted con la suya para su uso exclusivo que nosotros los alimentaremos, a usted y a ella, pero me gustaría saber cómo va a sentirse de dignidad después, cómo le va a saber el pan que le traigamos, La cuestión no es ésa, empezó el primer ciego a responder, la cuestión es, pero se quedó con la frase en el aire, en realidad no sabía cuál era la cuestión, lo que él había dicho antes no pasaba de unas cuantas opiniones sueltas, sólo opiniones, pertenecientes a otro mundo, no a éste, lo que él tendría que hacer, eso sí, era alzar las manos al cielo y agradecer la suerte de que las vergüenzas se queden en casa, por así decirlo, en vez de soportar el vejamen de saberse sostenido por las mujeres de los otros. Por la mujer del médico, para ser preciso y exacto, porque las restantes, exceptuando a la chica de las gafas oscuras, soltera y libre, de cuya vida disipada ya tenemos información más que suficiente, si tenían maridos no estaban allí. El silencio que siguió a la frase interrumpida parecía esperar que alguien aclarase definitivamente la situación, por eso no tardó mucho en hablar quien tenía que hacerlo, la mujer del primer ciego, que dijo sin que le temblase la voz, Soy como las otras, y lo que ellas hagan, lo haré yo, Sólo harás lo que yo diga, interrumpió el marido, Déjate de ejercer tu autoridad, que aquí no te sirve de nada, estás tan ciego como yo, Eso es una indecencia, En tu mano está no ser indecente, a partir de ahora no comas, ésta fue la cruel respuesta, inesperada en persona que hasta ese momento se había mostrado dócil y respetuosa con su marido. Se oyó una brusca carcajada, era la camarera de hotel, Vaya si comerá, pobrecillo, qué va a hacer si no, de repente la risa se convirtió en llanto, las palabras cambiaron, Qué vamos a hacer, dijo, era casi una pregunta, una pregunta apenas resignada para la que no existía respuesta, como un desalentado movimiento de cabeza, tanto así que la empleada del consultorio la repitió, Qué vamos a hacer. La mujer del médico alzó los ojos hacia las tijeras colgadas de la pared, por la expresión de ellos se diría que estaban haciéndole la misma pregunta, a no ser que buscasen una respuesta a la pregunta que las tijeras devolvían, Qué quieres hacer conmigo.

No obstante, cada cosa llegará a su propio tiempo, no por mucho madrugar se muere más temprano. Los ciegos de la sala tercera lado izquierdo son gente organizada, y han decidido que empezarán por lo que tienen más cerca, por las mujeres de las salas de su ala. La aplicación del método rotativo, palabra más que justa, presenta todas las ventajas y ningún inconveniente, en primer lugar porque permitirá saber, en cualquier momento, lo hecho y lo por hacer, es como mirar un reloj y decir del día que pasa, He vivido desde aquí hasta aquí, me falta tanto o tan poco, en segundo lugar porque, cuando la rotación de las salas esté terminada, el regreso al principio traerá una indiscutible brisa de novedad, sobre todo para los de memoria sensorial más corta. Descansen pues las mujeres de las salas del ala derecha, con el mal de mis vecinas yo puedo, palabras que ninguna pronunció pero que todas pensaron, en verdad aún está por nacer el primer ser humano desprovisto de esa segunda piel a la que llamamos egoísmo, mucho más dura que la otra, que por nada sangra. Hay que decir todavía que estas mujeres descansan doblemente, así son los misterios del alma humana, pues la amenaza, de todos modos próxima, de la humillación a que van a ser sometidas, despertó y exacerbó, dentro de cada sala, apetitos sensuales que la convivencia había debilitado, era como si los hombres estuviesen poniendo en las mujeres desesperadamente su marca antes de que se las llevasen, era como si las mujeres quisieran llenar la memoria de sensaciones experimentadas voluntariamente para defenderse mejor de la agresión de aquellas que, pudiendo ser, rechazarían. Es inevitable preguntar, tomando como ejemplo la primera sala del lado derecho, cómo se resolvió la cuestión de la diferencia de cantidades de hombres y mujeres, descontando incluso a los incapaces del sexo masculino, que los hay, como debe de ser el caso del viejo de la venda negra en el ojo y de otros, desconocidos, viejos o jóvenes, que por esto o por lo de más allá no dijeron ni hicieron nada que interesara al relato. Se ha dicho que son siete las mujeres que hay en esta sala, incluyendo la ciega de los insomnios y aquella que nadie sabe quién es, y que las parejas normalmente constituidas sólo son dos, lo que da una desequilibrada cantidad de hombres, el niño estrábico aún no cuenta. Acaso haya en otras salas más mujeres que hombres, pero una regla no escrita, que el uso hizo nacer y convirtió luego en ley, manda que todas las cuestiones se resuelvan dentro de las salas en que se hayan suscitado, a ejemplo de lo que enseñaban los antiguos, cuya sabiduría nunca nos cansaremos de loar, Fui a casa de la vecina, me avergoncé, volví a la mía, me remedié. Darán, pues, las mujeres de la primera sala lado derecho remedio a las necesidades de los hombres que viven bajo su mismo techo, con excepción de la mujer del médico, a la que, Dios sabe por qué, nadie se atrevió a solicitar, con palabras o con la mano tendida. Ya la mujer del primer ciego, después del paso al frente que había sido la abrupta respuesta al marido, hizo, aunque discretamente, igual que las otras, como ella misma había advertido. Hay, sin embargo, resistencias contra las cuales no pueden ni razón ni sentimiento, como el caso de la chica de las gafas oscuras, a quien el dependiente de farmacia, por más que multiplicó los argumentos, por más que se deshizo en súplicas, no consiguió rendir, pagando así la falta de respeto que cometió al prin-

233

cipio. Esta misma chica, entienda a las mujeres quien pueda, que es la más bonita de todas las que aquí se encuentran, la de mejor cuerpo, la más atractiva, la que todos desearon cuando corrió la voz de lo que valía, fue al fin, una de estas noches, a meterse por su propia voluntad en la cama del viejo de la venda negra, que la recibió como a lluvia de abril, y cumplió lo mejor que pudo, bastante bien para su edad, quedando así demostrado, una vez más, que las apariencias engañan, y que no es por el aspecto de la cara ni por la presteza del cuerpo por lo que se conoce la fuerza del corazón. Toda la sala comprendió que había sido pura caridad lo que llevó a la chica de las gafas oscuras a ofrecerse al viejo de la venda negra, pero hubo hombres, de los sensibles y soñadores, que, habiendo gozado de ella, se pusieron a devanear, a pensar que no había mejor premio en este mundo que encontrarse un hombre tendido en su cama, solo, imaginando imposibles, y descubrir que una mujer acaba de levantar los cobertores muy despacio y bajo ellos se insinúa, rozando lentamente el cuerpo a lo largo del cuerpo, hasta quedarse quieta al fin, en silencio, a la espera de que el ardor de las sangres apacigüe el súbito temblor de la piel sobresaltada. Y todo esto por nada, sólo porque ella lo quiso. Son fortunas que no andan por ahí al desbarato, a veces es preciso ser viejo y llevar una venda negra tapando una órbita definitivamente ciega. O quizá, ciertas cosas es mejor dejarlas sin explicación, decir simplemente lo que ocurrió, no interrogar lo íntimo de las personas, como aquella vez que la mujer del médico salió de la cama para ir a tapar al niño estrábico, que se había destapado. No se acostó inmediatamente. Apoyada en la pared del fondo, en el espacio estrecho entre las dos filas de camastros, miraba desesperada la puerta del otro extremo, aquella por la que había entrado un día que ya parecía distante y que no llevaba ahora a parte alguna. Así estaba cuando vio al marido levantarse, con los ojos fijos, como un sonámbulo, dirigiéndose a la cama de la chica de las gafas oscuras. No hizo un gesto para detenerlo. De pie, sin moverse, vio cómo él levantaba la manta y se acostaba después junto a ella, cómo la chica despertó y lo recibió sin protestas, cómo las dos bocas se buscaron y se encontraron, y después lo que tenía que pasar pasó, el placer de uno, el placer del otro, el placer de ambos, los murmullos sofocados, ella dijo, Doctor, y esta palabra podía haber sido ridícula y no lo fue, él dijo, Perdón, no sé qué me ha pasado, realmente teníamos razón, cómo podríamos nosotros, que apenas vemos, saber lo que ni él sabe. Acostados en el catre estrecho, no podían imaginar que estaban siendo observados, el médico seguro que sí, súbitamente inquieto, estaría durmiendo la mujer, se preguntó, andará por los corredores como todas las noches, hizo un movimiento para volver a su cama, pero una voz dijo, No te levantes, y una mano se posó en su pecho con la levedad de un pájaro, iba él a hablar, quizá a repetir que no sabía lo que le había ocurrido, pero la voz dijo, Lo comprenderé mejor si no dices nada. La chica de las gafas oscuras empezó a llorar, Qué desgraciados somos, murmuraba, y después, También yo quise, también quise, el doctor no tiene la culpa, Calla, dijo suavemente la mujer del médico, callémonos todos, hay ocasiones en las que de nada sirven las palabras, ojalá pudiera llorar yo también, decirlo todo con lágrimas, no tener que hablar para ser entendida. Se sentó al borde de la cama, tendió el brazo por encima de los dos cuerpos, como para ceñirlos en el mismo abrazo, e, inclinándose hacia la chica de las gafas oscuras murmuró muy bajo a su oído, Yo veo. La chica se quedó inmóvil, serena, sólo perpleja porque no sentía ninguna sorpresa, era como si lo supiese desde el primer día y no hubiera querido decirlo en voz alta por ser un secreto que no le pertenecía. Volvió la cabeza un poco y susurró a su vez al oído de la mujer del médico, Lo sabía, no sé si estoy segura de que lo sabía, pero lo sabía, Es un secreto, no puedes decir nada a nadie, No se preocupe, no lo haré, Tengo confianza en ti, Puede tenerla, preferiría morir a engañarla, Debes tratarme de tú, Eso no, no puedo. Murmuraban al oído, ahora una, ahora la otra, tocando con los labios el cabello, el lóbulo de la oreja, era un diálogo insignificante, era un diálogo profundo, si pueden darse juntos estos contrarios, una pequeña charla cómplice que parecía no conocer el hombre acostado entre las dos, pero que lo envolvía en una lógica fuera del mundo de las ideas y de las realidades comunes. Luego, la mujer del médico le dijo al marido, Puedes quedarte aquí un poco más si quieres, No, voy a nuestra cama, Entonces te ayudo. Se levantó para dejarle libres los movimientos, contempló por un instante las dos cabezas ciegas, posadas lado a lado en la almohada sucia, las caras sucias también, el pelo enmarañado de los dos, sólo los ojos resplandecían inútilmente. Él se levantó con lentitud, buscando apoyo, luego se quedó parado al lado de la cama, indeciso, como si de pronto hubiese perdido la noción del lugar donde se hallaba, entonces ella, como siempre hiciera, lo cogió de un brazo, pero ahora el gesto tenía un sentido nuevo, nunca él había necesitado tanto que lo guiasen como en este momento, pero no podría saber hasta qué punto, sólo las dos mujeres lo supieron realmente cuando la mujer del médico tocó con la otra mano el rostro de la chica y ella se la tomó para llevársela a los labios. Le pareció al médico que oía llorar, un sonido casi inaudible, como sólo puede ser el de unas lágrimas que se van deslizando lentamente hasta las comisuras de la boca y ahí desaparecen para reanudar el ciclo eterno de los inexplicables dolores y alegrías humanas. La chica de las gafas oscuras iba a quedarse sola, ella era quien debía ser consolada, por eso la mano de la mujer del médico tardó tanto en desprenderse.

Al día siguiente, a la hora de la cena, si unos míseros mendrugos de pan duro y carne podre merecen tal nombre, aparecieron en la puerta de la sala tres ciegos del otro lado, Cuántas mujeres hay aquí, preguntó uno, Seis, respondió la mujer del médico con la buena intención de dejar fuera a la ciega de los insomnios, pero ella enmendó con voz apagada, Somos siete. Los ciegos se echaron a reír, Bueno, bueno, entonces vais a tener que trabajar mucho esta noche, y el otro sugirió, Quizá sería mejor ir a buscar refuerzos a la sala siguiente, No vale la pena, dijo el tercer ciego, que sabía aritmética, prácticamente tocan a tres hombres por cada mujer, ya verás cómo ellas aguantan. Se rieron otra vez, y el que había preguntado cuántas mujeres había, dio la orden, Venga, vamos, eso si queréis comer mañana y dar de mamar a vuestros hombres. Decían estas palabras en todas las salas, pero continuaban divirtiéndose tanto con la gracia como el día que la inventaron. Se retorcían de risa, pateaban, batían en el suelo con los garrotes, uno de ellos avisó súbitamente, Eh, si alguna está con sangre, no la queremos, será para la próxima, Ninguna está con sangre, dijo serenamente la mujer del médico, Entonces, preparaos, y no tardéis, que estamos esperando. Se volvieron y desaparecieron en el pasillo. La sala quedó en silencio, un minuto después dijo la mujer del primer ciego, No puedo seguir comiendo, casi no era nada lo que tenía en la mano y no conseguía comer, Ni yo, dijo la ciega de los insomnios, Ni yo, dijo aquella que no sabían quién era, Yo ya he acabado, dijo la camarera de hotel, Yo también, dijo la empleada del consultorio, Yo vomitaré en la cara del primero que se acerque a mí, dijo la chica de las gafas oscuras. Estaban todas levantadas, trémulas y firmes. Entonces, la mujer del médico dijo, Yo voy delante. El primer ciego se tapó la cabeza con la manta, como si eso le sirviese de algo, ciego ya estaba, el médico atrajo hacia él a su mujer y, sin hablar, le dio un rápido beso en la frente, qué más podía hacer él, a los otros hombres tanto les daba, no tenían ni derechos ni obligaciones de marido sobre ninguna de las mujeres que salían, por eso nadie podrá decirles, Cuerno consentidor es dos veces cuerno. La chica de las gafas oscuras se colocó detrás de la mujer del médico, luego, sucesivamente, la camarera de hotel, la empleada del consultorio, la mujer del primer ciego, aquella de quien nada se sabe, y, al fin, la ciega de los insomnios, una fila grotesca de mujeres malolientes, con las ropas inmundas y andrajosas, parece imposible que la fuerza animal del sexo sea tan poderosa, hasta el punto de cegar el olfato, que es el más delicado de los sentidos, siendo así que hay teólogos que dicen, aunque no con estas exactas palabras, que la mayor dificultad para poder vivir razonablemente en el infierno es el hedor que allí hay. Lentamente, guiadas por la mujer del médico, cada una con la mano en el hombro de la siguiente, las mujeres empezaron a caminar. Iban todas descalzas porque no querían perder los zapatos en medio de las aflicciones y angustias por las que tendrían que pasar. Cuando llegaron al zaguán de entrada, la mujer del médico se encaminó hacia la puerta, querría saber si aún había mundo. Al sentir el frescor del aire, la camarera de hotel recordó asustada, No podemos salir, los soldados están ahí fuera, y la ciega de los insomnios dijo, Más valdría, al menos en un minuto estaríamos muertas, Nosotras, preguntó la empleada del consultorio, No, todas, todas las que estamos aquí, al menos tendríamos la mejor de las razones para estar ciegas. Nunca había pronunciado tantas palabras seguidas desde que la trajeron. La mujer del médico dijo, Vamos, sólo quien tenga que morir morirá, la muerte escoge sin avisar. Pasaron la puerta que daba acceso al ala izquierda, se metieron por los amplios corredores, las mujeres de las dos primeras salas podrían, si quisieran, decirles lo que les esperaba, pero estaban encogidas en sus camas, como bestias apaleadas, los hombres no se atrevían a tocarlas, ni siquiera intentaban acercarse a ellas porque empezaban a chillar.

En el último corredor, allá al fondo, la mujer del médico vio a un ciego que estaba de centinela, como de costumbre. Debía de haber oído los pasos arrastrados, dio el aviso, Ahí vienen, ahí vienen. De dentro salieron gritos, relinchos, carcajadas. Cuatro ciegos apartaron rápidamente la cama que servía de barrera a la entrada. Rápido, chicas, adentro, que estamos todos aquí como caballos, vais a hartaros, decía uno. Los ciegos las rodearon, intentaban palparlas, pero retrocedieron luego, tropezando, cuando el jefe, el que tenía la pistola, gritó, El primero que elige soy yo, ya lo sabéis. Los ojos de aquellos hombres buscaban golosamente las mujeres, algunos tendían las manos ávidas, si fugazmente tocaban a una, sabían al fin para dónde mirar. En medio del pasillo central de la sala, entre las camas, las mujeres eran como soldados formados esperando que les pasen revista. El jefe de los ciegos, pistola en mano, se acercó, tan ágil y despierto como si con los ojos que tenía pudiera ver. Puso la mano libre en la ciega de los insomnios, que era la primera, la palpó por delante y por detrás, las nalgas, los pechos, la entrepierna. La ciega comenzó a gritar y él la empujó, No vales nada, puta. Pasó a la siguiente, que era aquella que no se sabe quién es, palpaba ahora con las dos manos, se había metido la pistola en el bolsillo del pantalón, No está nada mal ésta, no, y fue luego a la mujer del primer ciego, luego a la empleada del consultorio, luego a la camarera de hotel, exclamó, muchachos, están realmente buenas. Los ciegos relincharon, patalearon, Venga, vamos, que se hace tarde, gritó alguno, Calma, dijo el de la pistola, dejadme ver primero cómo son las otras. Palpó a la chica de las gafas oscuras y soltó un silbido, Olé, nos tocó el gordo, ganado como éste no había aparecido nunca por aquí. Excitado, mientras continuaba palpando a la chica, pasó a la mujer del médico y silbó otra vez, Ésta es de las maduras, pero está también para comérsela. Atrajo hacia sí a las dos mujeres, casi se babeaba cuando dijo, Me quedo con éstas, cuando las despache os las paso. Las arrastró hasta el fondo de la sala, donde se amontonaban las cajas de comida, los paquetes, las latas, una despensa que podría abastecer a un regimiento. Las mujeres, todas ellas, estaban gritando, se oían golpes, bofetadas, órdenes, A callar, a callar, so putas, todas son iguales, siempre tienen que gritar, Dale con fuerza, verás cómo se calla, Ya veréis cuando me toque a mí, ya veréis cómo piden más, Date prisa, no aguanto un minuto. La ciega de los insomnios aullaba de desesperación bajo un ciego gordo, las otras cuatro estaban rodeadas de hombres con los pantalones bajados que se empujaban unos a otros como hienas en torno de la carroña. La mujer del médico se encontraba junto al catre a donde había sido llevada, estaba de pie, con las manos convulsas aferradas a los hierros de la cama, vio cómo el ciego de la pistola rasgó la falda de la chica de las gafas oscuras, cómo se bajó los pantalones y, guiándose con los dedos, apuntó al sexo de la chica, cómo empujó y forzó, oyó los ronquidos, las obscenidades. La chica de las gafas oscuras no decía nada, sólo abrió la boca para vomitar, con la cabeza de lado, los ojos vueltos hacia la otra mujer, él ni se enteró de lo que ocurría, el olor del vómito sólo se nota cuando el aire y lo demás no huelen a lo mismo, al fin el hombre se agitó, dio dos o tres sacudidas violentas como si clavase tres estoques, gruñó como un cerdo atragantado, había acabado. La chica de las gafas oscuras lloraba en silencio. El ciego de la pistola retiró el sexo goteante aún y dijo con voz que vacilaba, mientras tendía el brazo hacia la mujer del médico, No tengas celos, ahora voy por ti, y luego, subiendo el tono, Eh, podéis venir a por ésta, pero a ver si la tratáis con cariño, que aún la puedo necesitar. Media docena de ciegos avanzaron en tropel por el pasillo central, pusieron sus manos sobre la chica de las gafas oscuras, se la llevaron casi a rastras, Primero yo, primero yo, decían todos. El ciego de la pistola se había sentado en la cama, el sexo flácido estaba posado en el borde del colchón, los pantalones enrollados sobre los pies. Arrodíllate aquí, entre mis piernas, dijo. La mujer del médico se arrodilló. Chupa, dijo él. No, dijo ella, O chupas o te muelo a palos y te vas sin comida, dijo él, No tienes miedo de que te la arranque de un mordisco, preguntó ella, Puedes intentarlo, tengo las manos en tu cuello, te estrangulaba antes de que me hicieras sangre, respondió él. Luego dijo, Reconozco tu voz, Y yo tu cara, Eres ciega, no me puedes ver, No, no te puedo ver, Entonces, por qué dices que reconoces mi cara, Porque esa voz sólo puede tener esa cara, Chupa y déjate de charla fina, No, O chu-

243

pas, o tu sala no verá nunca más una migaja de pan, vas y les dices que si no comen es porque te negaste a chuparme, y luego vuelves para contarme qué ha pasado. La mujer del médico se inclinó hacia delante, con las puntas de dos dedos de la mano derecha cogió y alzó el sexo pegajoso del hombre, la mano izquierda se apoyó en el suelo, tocó los pantalones, tanteó, sintió la dureza metálica y fría de la pistola, Puedo matarlo, pensó. No podía. Con los pantalones así como estaban, enrollados sobre los pies, era imposible llegar al bolsillo donde se encontraba el arma. No lo puedo matar ahora, pensó. Avanzó la cabeza, abrió la boca, la cerró, cerró los ojos para no ver, empezó a chupar.

Amanecía cuando los ciegos malvados dejaron ir a las mujeres. La ciega de los insomnios tuvo que ser llevada en brazos por sus compañeras, que apenas podían, ellas mismas, arrastrarse. Durante horas habían pasado de hombre en hombre, de humillación en humillación, de ofensa en ofensa, todo lo que es posible hacerle a una mujer dejándola con vida. Ya sabéis, el pago es en especies, decidles a los hombrecitos que vengan por la sopa boba, las escarneció aún más al despedirlas el ciego de la pistola. Y añadió chocarrero, Hasta la vista, chicas, e iros preparando para la próxima sesión. Los otros ciegos repitieron más o menos a coro, Hasta la vista, algunos dijeron chicas, otros dijeron putas, pero se les notaba la fatiga en la escasa convicción de las voces. Sordas, ciegas, calladas, a tumbos, sólo con la voluntad suficiente para no dejar la mano de la que llevaban delante, la mano, no el hombro como cuando vinieron, ninguna podría responder si le preguntasen, Por qué vais con las manos cogidas, ocurrió así, hay gestos para los que no se puede encontrar una explicación fácil, a veces ni la difícil se encuentra. Cuando atravesaron el zaguán, la mujer del médico miró hacia fuera, allí estaban los soldados, había también un camión que estaría distribuyendo la comida por las cuarentenas. En aquel preciso instante la ciega de los insomnios cayó, literalmente, como si le hubiesen segado las piernas de un tajo, también el corazón se le fue abajo, ni acabó la sístole que había iniciado, al fin sabemos por qué esta ciega no conseguía dormir, ahora dormirá, no la despertemos. Está muerta, dijo la mujer del médico, y su voz no tenía ninguna expresión, si era posible que una voz así, tan muerta como la palabra que había dicho, saliera de una boca viva. Levantó en brazos el cuerpo repentinamente descoyuntado, las piernas ensangrentadas, el vientre torturado, los pobres senos descubiertos, marcados con furia, una mordedura en el hombro, Éste es el retrato de mi cuerpo, pensó, el retrato del cuerpo de cuantas aquí vamos, entre estos insultos y nuestros dolores no hay más que una diferencia, nosotras, por ahora, todavía estamos vivas. Adónde la llevamos, preguntó la chica de las gafas oscuras, De momento a la sala, más tarde la enterraremos, dijo la mujer del médico.

Los hombres esperaban en la puerta, sólo faltaba el primer ciego, que se había vuelto a cubrir la cabeza con la manta al notar que venían las mujeres, y el niño estrábico, que estaba durmiendo. Sin vacilar, sin necesidad de contar las camas, la mujer del médico acostó a la ciega de los insomnios en el camastro que le había pertenecido. No le importó la posible extrañeza de los otros, al fin toda la gente sabía que ella era la ciega que mejor conocía los rincones de la casa. Está muerta, repitió. Cómo fue, preguntó el médico, pero la mujer no respondió, la pregunta de él podía ser lo que parecía significar, Cómo murió, pero también podría ser, Qué os han hecho, ni para una ni para otra habría respuesta, murió, simplemente, no importa de qué, preguntar de qué ha muerto alguien es estúpido, con el tiempo se olvida la causa, sólo la palabra queda, Murió, y nosotras ya no somos las mismas mujeres que de aquí salimos, las palabras que ellas dirían ya no las podemos decir nosotras, y en cuanto a las otras, lo innominable existe, y ése es su nombre, nada más. Podéis ir a buscar la comida, dijo la mujer del médico. El azar, el hado, la suerte, el destino o como se llame exactamente lo que tantos nombres tiene, están hechos de pura ironía, no se puede entender de otro modo que fueran precisamente los maridos de estas dos mujeres los elegidos para representar a la sala y recoger los alimentos cuando nadie imaginaba que el precio acabaría siendo el que habían pagado. Podrían haber sido otros hombres, solteros, libres, sin un honor conyugal que defender, pero tuvieron que ser éstos, seguro que ahora no van a querer pasar la vergüenza de tender la mano de la limosna a los salvajes y a los malvados que violaron a sus mujeres. Lo dijo el primer ciego con todas las letras de una firme decisión, Que vaya quien quiera, yo no voy, Yo iré, dijo el médico, Yo voy con usted, dijo el viejo de la venda negra, No va a ser mucha la comida, pero pesará, Para transportar el pan que como aún me quedan fuerzas, Lo que más pesa es siempre el pan de los otros, No tengo derecho a quejarme, el peso de la parte de los otros es el que pagará mi alimento. Imaginemos, no el diálogo, que ése queda dicho, sino a los hombres que lo sostuvieron, están uno frente al otro como si se pudieran ver, que en este caso no es imposible, basta con que la memoria de cada uno haga brotar de la deslumbrante blancura del mundo, la boca que está articulando las palabras, y después, como una lenta irradiación a partir de ese centro, el resto de las caras irá apareciendo también, una de hombre viejo, otro no tanto, no se diga que es ciego quien así es capaz de ver. Cuando se alejaban para cobrar el salario de la vergüenza, y como el primer ciego protestaba, la mujer del médico dijo a las otras mujeres, Quedaos aquí, vuelvo en seguida. Sabía lo que quería, no sabía si lo iba a encontrar. Quería un cubo o algo que sirviera como tal, quería llenarlo de agua, aunque fétida, aunque podrida, quería lavar a la ciega de los insomnios, limpiarle la sangre propia y la mocada ajena, entregarla purificada a la tierra, si algún sentido tiene aún hablar de purezas de cuerpo en este manicomio en el que vivimos, que las del alma, ya se sabe, no hay quien pueda alcanzarlas.

En las amplias mesas del refectorio había ciegos tumbados, De un grifo mal cerrado salía un hilillo de agua. La mujer del médico miró a su alrededor en busca de un cubo, un recipiente, pero no vio nada que pudiera servirle. A uno de los ciegos le extrañó aquella presencia, preguntó, Quién anda ahí. Ella no respondió, sabía que no iba a ser bien recibida, nadie le iba a decir, Quieres agua, pues llévatela, y si es para lavar a una muerta, toda la que necesites. En el suelo, desperdigadas, había bolsas de plástico de las de la comida, grandes algunas. Supuso que estarían rotas, luego pensó que usando dos o tres, metidas unas en otras, sería poca el agua que se perdiera. Actuó rápidamente, los ciegos bajaban ya de las mesas y preguntaban, Quién está ahí, más alarmados cuando oyeron el ruido del agua que corría, avanzaron en aquella dirección, la mujer del médico empujó una mesa para que no pudieran acercarse, volvió después a la bolsa, el agua fluía lentamente, desesperada forzó la manilla y entonces, como si la hubieran liberado de una prisión, el agua salió con fuerza y la salpicó de pies a cabeza. Los ciegos se asustaron y retrocedieron, pensaron que se había reventado una cañería, y más razón tuvieron para pensarlo cuando el agua les mojó los pies, no podían saber que fue derramada por el extraño que había entrado, porque la mujer comprendiera que no podría con tanto peso. Retorció y anudó la boca de la bolsa, se la echó a cuestas, y, como pudo, salió corriendo de allí.

Cuando el médico y el viejo de la venda negra entraron en la sala con la comida, no vieron, no podían ver, a siete mujeres desnudas, la ciega de los insomnios tendida en la cama, limpia como en su vida lo había estado, mientras otra mujer lavaba, una tras otra, a sus compañeras, y después a sí misma.

Al cuarto día, los malvados volvieron a aparecer. Venían a exigir el tributo de las mujeres de la segunda sala, pero se detuvieron un momento en la puerta de la primera para preguntar si estas mujeres estaban ya restablecidas de los asaltos eróticos de la otra noche, Una buena noche, sí señor, exclamó uno, relamiéndose, y el otro confirmó, Estas siete valían por catorce, claro que una no era gran cosa, pero en aquel follón ni se notaba, tienen suerte éstos, si son lo bastante hombres para ellas, Mejor que no lo sean, así llegan con más ganas. Desde el fondo de la sala, la mujer del médico dijo, Ya no somos siete, Ha escapado alguna, preguntó riéndose uno de los del grupo, No ha escapado, ha muerto, Diablo, entonces vais a tener que trabajar más la próxima vez, No se ha perdido mucho, no era gran cosa, dijo la mujer del médico. Desconcertados, los mensajeros no acertaron a responder, les parecía indecente lo que acababan de oír, alguno incluso llegó a pensar que al fin y al cabo las mujeres son todas unas cabras, qué falta de respeto, hablar de una tía en esos términos, sólo porque no tenía las tetas en su sitio y era escurrida de nalgas. La mujer del médico los miraba, parados en la entrada de la sala, indecisos, moviéndose como muñecos mecánicos. Los reconocía, había sido violada por los tres. Al fin, uno de ellos golpeó con el palo en el suelo, Venga, vámonos, dijo. Los golpes y las advertencias, Fuera, apartaos, fuera, somos nosotros, fueron alejándose a lo largo del corredor, luego hubo un silencio, después, rumores confusos, las mujeres de la sala segunda estaban recibiendo la orden de presentarse acabada la cena. Sonaron de nuevo los golpes de los garrotes en el suelo, Fuera, fuera, apartaos, los bultos de los tres ciegos pasaron el umbral de la puerta, desaparecieron.

La mujer del médico, que antes había estado contándole una historia al niño estrábico, levantó el brazo, y, sin ruido, cogió las tijeras del clavo. Le dijo al niño, Luego te cuento lo que falta. Nadie de la sala le preguntó por qué había hablado de la ciega de los insomnios con aquel desdén. Pasado algún tiempo, se descalzó y le dijo al marido, No tardo, vuelvo en seguida. Se encaminó hacia la puerta, allí se detuvo y esperó. Diez minutos después aparecieron en el corredor las mujeres de la segunda sala. Eran quince. Algunas iban llorando. No venían en fila, sino en grupos, unidos unos a otros por tiras de paño, por el aspecto parecían desgarradas de una manta. Cuando acabaron de pasar, la mujer del médico las siguió. Ninguna de ellas se dio cuenta de que llevaban compañía. Sabían lo que les esperaba, la noticia de las humillaciones no era secreto para nadie, ni había en estos vejámenes nada nuevo, seguro que el mundo comenzó así. Lo que las aterrorizaba no era tanto la violación como la orgía, la desvergüenza, la previsión de una noche terrible, quince mujeres despatarradas por las camas y el suelo, los hombres yendo de una a otra, jadeando como puercos, Lo peor será si siento placer, pensaba una de las mujeres. Cuando entraron en el corredor que llevaba a la sala de destino, el ciego de guardia dio la voz de alerta, Ya las oigo, ahí vienen. La cama que servía de cancela fue apartada rápidamente, las mujeres entraron una a una. Vaya, son muchas, exclamó el ciego de la contabilidad, e iba numerándolas con entusiasmo, Once, doce, trece, catorce, quince, son quince. Se lanzó sobre la última, metiéndole las manos voraces por debajo de la falda, Ésta es mía, está buenísima, decía. Habían dejado de pasar revista, de hacer la evaluación previa de las dotes físicas de las mujeres. Realmente, si estaban todas condenadas a pasar por lo mismo, no valía la pena gastar el tiempo enfriando la concupiscencia con selecciones de alturas y medidas de pecho y caderas. Las iban llevando a las camas, las desnudaban a tirones, en seguida se oyeron los llantos acostumbrados, las súplicas, las voces implorantes, pero las respuestas, cuando las había, no variaban, Si quieres comer, tienes que abrir las piernas. Y las abrían, a algunas les ordenaban que usasen la boca, como aquella que estaba en cuclillas entre las rodillas del jefe de los malvados, ésa no decía nada. La mujer del médico entró en la sala, se deslizó lentamente entre las camas, no era necesaria tanta prudencia, nadie la oiría aunque viniera con zuecos, y si, en medio del barullo, algún ciego la toca y se da cuenta de que se trata de una mujer, lo peor que le puede ocurrir es que tenga que unirse a las otras, en una situación como ésta no es fácil notar la diferencia entre quince y dieciséis.

La cama del jefe de los malvados seguía en el fondo de la sala, donde se amontonaban las cajas de comida. Los camastros cercanos habían sido retirados, al hombre le gustaba revolcarse a sus anchas, sin tener que tropezar con los vecinos. Iba a ser fácil matarlo. Mientras avanzaba por el pasillo central, la mujer del médico observaba los movimientos de aquél a quien no tardaría en matar, cómo el placer le hacía inclinar la cabeza hacia atrás, era como si le ofreciera el cuello. Despacio, la mujer del médico se aproximó, dio la vuelta a la cama y se colocó detrás de él. La ciega continuaba su trabajo. La mano levantó lentamente las tijeras, las hojas un poco separadas para penetrar como dos puñales. En aquel momento, el último, el ciego pareció notar una presencia inesperada, pero el orgasmo lo alejaba del mundo de las sensaciones comunes, lo privaba de reflejos, No llegarás a gozar, pensó la mujer del médico, y bajó violentamente el brazo. Las tijeras se enterraron con toda la fuerza en la garganta del ciego, girando sobre sí mismas lucharon contra los cartílagos y los tejidos membranosos, luego, furiosamente, siguieron penetrando hasta ser detenidas por las vértebras cervicales. El grito apenas se oyó, podía ser el ronquido animal de quien está a punto de eyacular, como a otros les estaba ocurriendo, y tal vez lo fuese, porque, al tiempo que un chorro de sangre le daba de lleno en la cara, la ciega recibía en la boca la descarga convulsiva del semen. Fue el grito de la mujer lo que alarmó a los ciegos, de gritos tenían experiencia sobrada, pero éste no era como los otros. La ciega gritaba, sin entender lo que estaba ocurriendo, pero gritaba de dónde viene esta sangre, probablemente, sin saber cómo, había hecho lo que por un momento pensó, arrancarle el pene a dentelladas. Los ciegos dejaron a las mujeres, avanzaban a tientas, Qué pasa, por qué gritas de ese modo, preguntaban, pero ahora la ciega tenía una mano sobre la boca, alguien le decía al oído, Cállate, y luego notó que la empujaban suavemente hacia atrás, No digas nada, era una voz de mujer y esto la tranquilizó, si tanto se puede decir en semejante situación. El ciego contable venía delante, fue el primero en tocar el cuerpo que había caído atravesado en la cama, en recorrerlo con las manos. Está muerto, dijo al cabo de un momento. La cabeza colgaba hacia el otro lado del camastro, y la sangre seguía fluyendo a borbotones, Lo han matado, dijo. Los ciegos parecían aturdidos, no podían creer lo que

oían, Que lo han matado, cómo, quién ha sido,
Le han hecho una herida enorme en la garganta,
habrá sido la puta de mierda que estaba con él,
tenemos que atraparla. Se movieron otra vez los
ciegos, más despacio ahora, como si tuvieran
miedo de ir al encuentro del arma que había matado a su jefe. No podían ver que el ciego de la
contabilidad metía precipitadamente las manos
en los bolsillos del muerto, encontraba la pistola
y una bolsita de plástico con media docena de
cartuchos. La atención de todos se vio distraí-
da súbitamente por el alarido de las mujeres, ya
puestas en pie, presas del pánico, queriendo salir
de allí, pero algunas habían perdido la noción de
dónde estaba la puerta de la sala, fueron en dirección equivocada y tropezaron con los ciegos, éstos creyeron que los atacaban, entonces la confusión de cuerpos alcanzó el delirio. Quieta, al
fondo, la mujer del médico esperaba la ocasión
para escapar. Mantenía a la ciega firmemente
agarrada, con la otra mano empuñaba las tijeras,
dispuesta a apuñalar al primer hombre que se
acercara. De momento, aquel espacio libre la fa-
vorecía pero sabía que no podía estar mucho
tiempo allí. Algunas mujeres consiguieron dar
con la puerta, otras luchaban por liberarse de las
manos que las sujetaban, alguna intentaba es-
trangular al enemigo y añadir un muerto a otro
muerto. El ciego contable gritó a los suyos con
autoridad, Calma, calma, vamos a resolver esto, y
con intención de hacer la orden más acuciante,

disparó un tiro al aire. El resultado fue precisamente el contrario. Sorprendidos al ver que la pistola ya estaba en otras manos y que, en consecuencia, iban a tener un nuevo jefe, los ciegos dejaron de luchar con las ciegas, desistieron de su intento de dominarlas, uno de ellos había incluso desistido de todo porque acaba de ser estrangulado. Fue entonces cuando la mujer del médico decidió avanzar. Dando golpes a diestro y siniestro, se fue abriendo camino. Ahora eran los ciegos quienes gritaban, se atropellaban, pasaban unos sobre otros, quien tuviera ojos para ver, comprobaría que, comparada con ésta, la primera confusión era sólo un juego. La mujer del médico no quería matar, sólo quería salir, y lo más rápido posible, sobre todo, no dejar detrás ninguna ciega. Probablemente ése no va a sobrevivir, pensó cuando clavó las tijeras en un pecho. Se oyó otro tiro, Vamos, vamos, decía la mujer del médico empujando ante ella a las ciegas que encontraba en su camino. Las ayudaba a levantarse, y repetía, Rápido, rápido, y ahora era el ciego contable el que gritaba desde el fondo, Agarrarlas, no las dejéis marchar, pero era demasiado tarde, ya estaban todas en el corredor, avanzando a tumbos, medio desnudas, sosteniendo los trapos como podían. Parada en la entrada de la sala, la mujer del médico gritó con furia, Recordad lo que dije el otro día, que no me iba a olvidar de su cara, y en adelante, pensad en lo que os digo, tampoco olvidaré las vuestras, Me las pagarás, amenazó el ciego contable, tú y tus amigas, y todos los cabrones de hombres que ahí tenéis, No sabes quién soy ni de dónde he venido, Eres de la primera sala del otro lado, dijo uno de los que habían ido a llamar a las mujeres, y el ciego de las cuentas añadió, La voz no engaña, basta que pronuncies una palabra junto a mí y estarás muerta, El otro también dijo eso, y ahí lo tienes, Pero yo no soy un ciego como ellos, como vosotros, cuando os quedasteis ciegos yo ya identificaba a todo el mundo, De mi ceguera tú no sabes nada, Tú no eres ciega, a mí no me engañas, Quizá sea la más ciega de todos, maté y volveré a matar si es necesario, Antes te morirás de hambre, ahora se os ha acabado la comida, aunque vengáis aquí todas a ofrecer en bandeja los tres agujeros con que habéis nacido, Por cada día que estemos sin comer por vuestra culpa, morirá uno de vosotros, bastará con que ponga un pie fuera de esta puerta, No lo conseguirás, Lo conseguiremos, sí, a partir de ahora seremos nosotros quienes recojamos la comida, vosotros comeréis de lo que tenéis aquí, Hijaputa, Las hijas de puta no son hombres ni son mujeres, son hijas de puta, y ya sabes lo que valen las hijas de puta. Furioso, el ciego contable disparó un tiro hacia la puerta. La bala pasó entre las cabezas de los ciegos sin alcanzar a nadie hasta clavarse en la pared del corredor. No me has dado, dijo la mujer del médico, y ten cuidado, se te acabarán las municiones, hay otros ahí que también quieren ser jefes.

Se alejó, dio unos cuantos pasos todavía firmes, luego avanzó a lo largo de la pared del corredor, casi desmayándose, en un momento las rodillas se le doblaron, y cayó redonda. Los ojos se le nublaron, Voy a quedarme ciega, pensó, pero luego comprendió que no sería esta vez, eran sólo lágrimas lo que cubría su vista, lágrimas como jamás las había llorado en su vida, He matado, dijo en voz baja, quise matar y maté. Volvió la cabeza hacia la puerta de la sala, si vinieran los ciegos ahora, no sería capaz de defenderse. El corredor estaba desierto. Las mujeres habían desaparecido, los ciegos, asustados por los disparos y mucho más por los cadáveres de los suyos, no se atrevían a salir. Poco a poco le fueron regresando las fuerzas. Las lágrimas seguían fluyendo, pero lentas, serenas, como ante lo irremediable. Se levantó trabajosamente. Tenía sangre en las manos y en la ropa, y súbitamente el cuerpo agotado le dijo que estaba vieja, Vieja y asesina, pensó, pero sabía que si fuese necesario volvería a matar, Y cuándo es necesario matar, se preguntó a sí misma mientras se dirigía hacia el zaguán, y a sí misma se respondió, Cuando está muerto lo que aún está vivo. Movió la cabeza y pensó, Qué quiere decir esto, palabras, palabras, nada más. Seguía sola. Se acercó a la puerta que daba al exterior. Entre las rejas del portón distinguió con dificultad la silueta del centinela, Aún hay gente fuera, gente que ve. Un rumor de pasos detrás de ella le hizo estremecerse, Son ellos, pensó, y se volvió rápidamente con las tijeras dispuestas. Era el marido. Las mujeres de la sala segunda llegaron gritando por el camino lo que ocurriera en el otro lado, que una mujer había matado a puñaladas al jefe de los malvados, que hubo tiros, el médico no preguntó quién era la mujer, sólo podía ser la suya, le dijo al niño estrábico que después le contaría el resto de la historia, y ahora, cómo estaría, probablemente muerta también, Estoy aquí, dijo ella, y fue hacia él, lo abrazó sin reparar en que lo manchaba de sangre, o reparando, sí, era igual, hasta hoy lo habían compartido todo, Qué ha pasado, preguntó el médico, dicen que han matado a un hombre, Sí, lo he matado yo, Por qué, Alguien tenía que hacerlo, y no había nadie más, Y ahora, Ahora estamos libres, ellos saben lo que les espera si quieren servirse de nosotras otra vez, Va a haber lucha, guerra, Los ciegos están siempre en guerra, siempre lo han estado, Volverás a matar, Sí, si es preciso, de esa ceguera ya nunca me libraré, Y la comida, Vendremos nosotros a buscarla, dudo que ellos se atrevan a venir hasta aquí, por lo menos durante unos días tendrán miedo de que les pase lo mismo, que unas tijeras les atraviesen la garganta, No supimos resistir como deberíamos cuando vinieron con las primeras exigencias, Pues no, tuvimos miedo, y el miedo no siempre es buen consejero, y ahora vámonos, será conveniente, para mayor seguridad, que atravesemos camas en la puerta de la sala, camas sobre camas, como ellos hacen, y si alguno de nosotros tiene que dormir en el suelo, paciencia, antes eso que morir de hambre.

En los días siguientes se preguntaron si no sería eso lo que les iba a ocurrir. Al principio, no les extrañó, fallos en la distribución de la comida los había habido desde el principio, estaban acostumbrados, los ciegos malvados tenían razón cuando decían que los soldados a veces se atrasaban, pero esta razón la pervertían luego cuando, en tono jocoso, afirmaban que por eso no habían tenido más remedio que imponer un racionamiento, son las penosas obligaciones de quien gobierna. Al tercer día, cuando ya no era posible encontrar en las salas un mendrugo, una migaja, la mujer del médico, con algunos compañeros, salió a la cerca y preguntó, Eh, qué retraso es éste, qué pasa con la comida, llevamos ya dos días sin comer. El sargento, otro, no el de antes, se acercó a la reja asegurando que la culpa no era del Ejército, que ellos no quitaban el pan de la boca a nadie, que nunca el honor militar permitiría eso, si no había comida es porque no había comida, Y no deis un paso, porque el primero que lo haga ya sabe lo que le espera, que las órdenes no han cambiado. Así intimidados, volvieron para dentro hablando unos con otros, Y ahora qué hacemos, si no nos traen de comer, Puede que llegue mañana, O pasado mañana, O cuando ya no nos podamos mover, Tendríamos que salir, No llegaríamos ni a la puerta, Si tuviésemos vista, Si tuviésemos vista no nos habrían metido en este infierno, Cómo irá todo por ahí fuera, Tal vez a esos tipos no les importe darnos comida, si se la pedimos, en cualquier caso, si falta comida para nosotros, también les faltará a ellos, Por eso van a darnos lo que tienen, Y antes de que se les acabe habremos muerto de hambre, Qué podemos hacer. Estaban sentados en el suelo, bajo la luz amarillenta de la única bombilla del zaguán, más o menos en círculo, el médico y la mujer del médico, el viejo de la venda negra, entre otros hombres y mujeres, dos o tres de cada sala, tanto del ala izquierda como del ala derecha, y entonces, siendo este mundo de los ciegos lo que es, ocurrió lo que siempre ocurre, uno de los hombres dijo, Lo que yo sé es que no estaríamos como estamos si no hubieran matado al jefe, qué importa que fueran las mujeres dos veces al mes a dar lo que la naturaleza ha dado para darse, preguntó. Hubo a quien le hizo gracia la reminiscencia, hubo quien disimuló la risa, a alguna voz de protesta no la dejó hablar el estómago, y el mismo hombre insistió, Me gustaría saber quién fue el de la hazaña, Las mujeres que estaban allí juraron que no había sido ninguna de ellas, Lo que tendríamos que hacer es tomarnos la justicia por la mano y hacérselo pagar, Eso a condición de que supiéramos quién fue, Les decíamos, aquí está el que buscáis, ahora dadnos la comida, Para eso hay que saber quién fue. La mujer del médico bajó la cabeza, pensó, Tienen razón, si alguien muere de hambre, la culpa será mía, pero, después, dando voz a la cólera que sentía crecer dentro de sí, contradiciendo esta aceptación de responsabilidad, Pero que sean éstos los primeros en morir para que mi culpa pague su culpa. Luego pensó, levantando los ojos, Si ahora les dijese que fui yo quien lo mató, me entregarían, sabiendo que me entregaban a una muerte cierta. Fuese por efecto del hambre, o porque el pensamiento súbitamente la sedujo como un abismo, una especie de aturdimiento se apoderó de su cabeza, el cuerpo se le movió hacia delante, se abrió su boca para hablar, pero en ese momento alguien la agarró por el brazo, era el viejo de la venda negra, que dijo, Mataría con mis manos a quien le denunciase, Por qué, preguntaron los del corro, Porque si todavía tiene algún significado la vergüenza, en este infierno al que nos arrojaron y que nosotros convertimos en infierno del infierno, es gracias a esa persona, que tuvo el valor de ir a matar a la hiena en el cubil de la hiena, Sí, claro, pero no será la vergüenza quien nos llene el plato, Quien quiera que seas, tienes razón, siempre hubo quien se llenó la barriga con la falta de vergüenza, pero nosotros, que nada tenemos ya, a no ser esta última y no merecida dignidad, seamos capaces, al menos, de luchar por los derechos que son nuestros, Qué quieres decir con eso, Que habiendo empezado por mandar allí a las mujeres, y comido a costa de ellas como chulos de barrio, ahora hay que mandar a los hombres, si es que aún los hay aquí, Explícate, pero primero dinos de dónde eres, De la primera sala del lado derecho, Habla, Es muy sencillo, vamos a buscar la comida con nuestras propias manos, Tienen armas, Que se sepa, sólo una pistola, y no les van a durar siempre las balas, Con las que tienen morirán algunos de los nuestros, Otros han muerto ya por menos, No estoy dispuesto a perder la vida para que los demás sigan aquí, llenando la barriga, Supongo que también estarás dispuesto a no comer si alguien pierde la vida para que tú comas, preguntó sarcástico el viejo de la venda negra, y el otro no respondió.

A la entrada de la puerta que daba a las salas del ala derecha apareció una mujer que había estado oyendo escondida, era la que recibió en la cara el chorro de sangre, aquella en cuya boca eyaculó el muerto, aquella a cuyo oído dijo la mujer del médico, Cállate, y ahora esta mujer está pensando, Desde aquí donde estoy, sentada en medio de éstos, no te puedo decir cállate, no me denuncies, pero sin duda reconoces mi voz, es imposible que la hayas olvidado, mi mano estuvo sobre tu boca, tu cuerpo contra mi cuerpo, y yo te dije cállate, ahora ha llegado el momento de saber realmente a quién salvé, de saber quién eres, por eso voy a hablar, por eso voy a decir en voz alta y clara, para que puedas acusarme si es ése tu destino y mi destino, ya lo digo, No irán sólo los hombres, irán también las mujeres, volveremos al lugar donde nos humillaron para que nada quede de la humillación, para que podamos liberarnos de la misma manera que escupimos lo que dejaron en nuestra boca. Lo dijo y se quedó esperando, hasta que la mujer habló, A donde tú vayas, iré yo, fue esto lo que dijo. El viejo de la venda negra sonrió, parecía una sonrisa feliz. Y tal vez lo fuese, no es ésta la ocasión para preguntárselo, mejor es fijarse en la expresión de extrañeza de los otros ciegos, como si algo hubiera pasado por encima de sus cabezas, un pájaro, una nube, una primera y tímida luz. El médico cogió la mano de la mujer, luego preguntó, Hay todavía alguien empeñado en descubrir quién mató a aquél, o estamos de acuerdo en que la mano que degolló a ese hombre era la mano de todos nosotros, más exactamente, la mano de cada uno de nosotros. Nadie respondió. La mujer del médico dijo, Démosles un plazo, esperemos hasta mañana, si los soldados no traen comida, entonces avanzamos. Se levantaron, se dividieron, unos para el lado derecho, otros para el lado izquierdo, imprudentemente no pensaron que podía haber estado escuchando algún ciego de la sala de los malvados, por fortuna el diablo no siempre está detrás de la puerta, este proverbio viene muy a cuento ahora. Fuera de tiempo habló el altavoz, últimamente unos días hablaba y otros no, pero siempre a la misma hora, como había prometido, seguro que había en el transmisor un sistema de relojería que en el momento preciso hacía entrar en movimiento la cinta grabada, la razón por la que falló algunas veces no la conoceremos, son cosas del mundo exterior, en todo caso bastante serias, porque el resultado fue un lío de calendario, la llamada cuenta de los días, que algunos ciegos, maníacos por naturaleza, o amantes del orden, que es una forma moderada de manía, intentaban llevar escrupulosamente haciendo nudos en un cordel, aquellos que no se fiaban de su memoria, como quien va escribiendo un diario. Ahora sonaba fuera de tiempo, debía de haberse averiado el mecanismo, un eje torcido, una soldadura suelta, ojalá la grabación no vuelva una y otra vez al principio, infinitamente, era lo que nos faltaba, además de ciegos, locos. Por los corredores, por las salas, como en un último e inútil aviso, resonaba la voz autoritaria, El Gobierno lamenta haberse visto obligado a ejercer enérgicamente lo que considera que es su deber y su derecho, proteger a la población por todos los medios de que dispone en esta crisis por la que estamos pasando, cuando parece comprobarse algo semejante a un brote epidémico de ceguera, provisionalmente llamado mal blanco, y desearía contar con el civismo y la colaboración de todos los ciudadanos para limitar la propagación del contagio, en el supuesto de que se trate de un contagio y no de una serie de coincidencias por ahora inexplicables. La decisión de reunir en un mismo lugar a los afectados por el mal, y en un lugar próximo, pero separado, a aquellos con los que mantuvieron algún tipo de contacto, no ha sido tomada sin ponderar seriamente las consecuencias. El Gobierno conoce plenamente sus responsabilidades, y espera que aquellos a quienes se dirige este mensaje asuman también, como ciudadanos conscientes que sin duda son, las responsabilidades que les corresponden, pensando que el aislamiento en que ahora se encuentran representará, por encima de cualquier otra consideración personal, un acto de solidaridad para con el resto de la comunidad nacional. Dicho esto, pedimos la atención de todos hacia las instrucciones siguientes, primero, las luces se mantendrán siempre encendidas y será inútil cualquier tentativa de manipular los interruptores, que por otra parte no funcionan, segundo, abandonar el edificio sin autorización supondrá la muerte inmediata de quien lo intente, tercero, en cada sala hay un teléfono que sólo podrá ser utilizado para solicitar del exterior la reposición de los productos de higiene y limpieza, cuarto, los internos lavarán manualmente sus ropas, quinto, se recomienda la elección de responsables de sala, se trata de una recomendación, no de una orden, los internos se organizarán como crean conveniente, a condición de que cumplan las reglas anteriores y las que seguidamente vamos a anunciar, sexto, tres veces al día se depositarán cajas con comida en la puerta de entrada, a la derecha y a la izquierda, destinadas, respectivamente, a los pacientes y a los posibles contagiados, séptimo, todos los restos deberán ser quemados, considerándose restos, a todo efecto, aparte de la comida sobrante, las cajas, los platos, los cubiertos, que están fabricados con material combustible, octavo, la quema deberá ser efectuada en los patios interiores del edificio o en el cercado, noveno, los internos son responsables de las consecuencias negativas de la quema, décimo, en caso de incendio, sea éste fortuito o intencionado, los bomberos no intervendrán, undécimo, tampoco deberán contar los internos con ningún tipo de intervención exterior en el supuesto de que sufran cualquier otra dolencia, y tampoco en el caso de que haya entre ellos agresiones o desórdenes, duodécimo, en caso de muerte, cualquiera que sea la causa, los internos enterrarán sin formalidades el cadáver en el cercado, decimotercero, la comunicación entre el ala de los pacientes y el ala de los posibles contagiados se hará por el cuerpo central del edificio, el mismo por el que han entrado, decimocuarto, los contagiados que se queden ciegos se incorporarán inmediatamente al ala segunda, en la que están los invidentes, decimoquinto, esta comunicación será repetida todos los días, a esta misma hora, para conocimiento de los nuevos ingresados. El Gobierno, en este momento se apagaron las luces y calló el altavoz. Indiferente, un ciego hizo un nudo en el cordel que tenía en las manos, luego intentó contar los nudos, los días, pero desistió, había nudos sobrepuestos, ciegos, por así decir. La mujer del médico le dijo al marido, Se han apagado las luces, La bombilla se habrá fundido, no es extraño,

268

después de tantos días encendida. Se apagaron todas, el problema ha sido fuera, Ahora también tú te has quedado ciega, Esperaré hasta que nazca el sol. Salió de la sala, atravesó el zaguán, miró hacia fuera. Esta parte de la ciudad estaba a oscuras, el proyector del ejército estaba apagado, debían de tenerlo enchufado a la red general, y ahora, por lo visto, se había acabado la energía.

Al día siguiente, unos antes, otros después, porque el sol no nace al mismo tiempo para todos los ciegos, muchas veces depende de la finura del oído de cada uno, empezaron a reunirse en los peldaños exteriores del edificio hombres y mujeres procedentes de las distintas salas, con excepción, ya se sabe, de la de los malvados, que a esa hora deben de estar desayunando. Esperaban el ruido del portón al ser abierto, el chirrido de los goznes sin aceite, los sonidos que anunciaban la llegada de la comida, y después las voces del sargento de servicio, No salgan de ahí, que nadie se acerque, el arrastrar de los pies de los soldados, el rumor sordo de las cajas al ser depositadas en el suelo, la retirada a toda prisa, de nuevo el ruido del portón, y, al fin, la autorización, Pueden venir ya. Esperaron hasta que la mañana se hizo mediodía y el mediodía tarde. Nadie, ni siquiera la mujer del médico, quiso preguntar por la comida. Mientras no hiciesen la pregunta no oirían el temido no, y mientras no se dijera conservarían la esperanza de oír palabras como éstas, Está a punto de llegar, está a punto de llegar, paciencia, aguanten el hambre un poquito más. Algunos, por mucho que quisieran, no podían aguantar, y se desmayaban allí mismo como si se hubieran quedado dormidos de repente, menos mal que les ayudaba la mujer del médico, parecía imposible cómo esta mujer conseguía hacerse cargo de todo lo que pasaba, debía de estar dotada de un sexto sentido, de una especie de visión sin ojos, gracias a ella no se quedaron los pobres infelices allí, cociéndose al sol, los transportaron al interior como pudieron, y con tiempo, agua y palmaditas en la cara acabaron todos por salir del deliquio. Pero era inútil contar con éstos para la guerra, no podrían ni con una gata por el rabo, modo de decir muy antiguo que se olvidó de aclarar por qué extraordinaria razón es más fácil llevar por el rabo a una gata que a un gato. Finalmente, dijo el viejo de la venda negra, La comida no ha venido, la comida no vendrá, vamos por la comida. Se levantaron sabe Dios cómo y fueron a reunirse en la sala más apartada de la fortaleza de los malvados, para imprudencia bastó la del otro día. Desde allí mandaron escuchas al otro lado, lógicamente, los ciegos que vivían en aquella parte conocían mejor los sitios, Al primer movimiento sospechoso, venid a avisarnos. Fue con ellos la mujer del médico y trajo una información poco alentadora, Han cerrado la entrada con cuatro camas superpuestas, Y cómo has sabido que eran cuatro, preguntó alguien, Muy fácil, palpándolas, Y no te descubrieron, No creo, Qué hacemos, Vamos allá, volvió a decir el viejo de la venda negra, lo habíamos decidido, o lo hacemos o estamos condenados a una muerte lenta, Algunos morirán más deprisa si vamos, dijo el primer ciego, Quien va a morir está ya muerto y no lo sabe, Que hemos de morir es algo que sabemos desde que nacemos, Por eso, en cierto modo, es como si ya hubiéramos nacido muertos, Dejaos de charla inútil, dijo la chica de las gafas oscuras, yo sola no puedo ir, pero si ahora empezamos a dar lo dicho por no dicho, entonces me tumbo en la cama y me dejo morir, Sólo morirá quien tenga los días contados, nadie más, dijo el médico, y, alzando la voz, preguntó, Quien esté decidido a ir que alce la mano, es lo que le ocurre a quien no lo piensa dos veces antes de abrir la boca para hablar, de qué servía pedir que levantaran las manos si no había nadie para contarlas, así lo creían en general, y después decir, Somos trece, caso en el que, seguro, empezaría una nueva discusión para ver lo que, en buena lógica, sería más correcto, si pedir que se presentase otro voluntario que rompiera el maleficio por exceso, o evitarlo por defecto, echando a suertes quién se libraba. Algunos habían alzado la mano con poca convicción, en un movimiento que denunciaba la vacilación y duda, bien por la consciencia del peligro a que se exponían, bien porque se habían dado cuenta de lo absurdo de la orden. El médico rió, Qué disparate, pedirles que levanten la mano, vamos a hacerlo de otra manera, que se retiren los que no puedan o no quieran ir, los demás que se queden para organizar la acción. Hubo movimientos, pasos, murmullos, suspiros, poco a poco fueron saliendo los débiles y los timoratos, la idea del médico había tenido tanto de excelente como de generosa, así será menos fácil saber quién había estado y dejó de estar. La mujer del médico contó los que quedaban, eran diecisiete, contándose ella y el marido. De la primera sala lado derecho estaba el viejo de la venda negra, el dependiente de farmacia, la chica de las gafas oscuras, y eran todos hombres los voluntarios de las otras salas, con excepción de aquella mujer que había dicho, A donde tú vayas iré yo, ésa también estaba aquí. Se alinearon a lo largo del pasillo, el médico los contó, Diecisiete, somos diecisiete, Somos pocos, dijo el ayudante de farmacia, así no vamos a conseguir nada, La vanguardia, si puedo usar este lenguaje que más parece de militar, tendrá que ser estrecha, dijo el ciego de la venda negra, lo que nos espera es la anchura de una puerta, creo que si fuésemos más lo complicaríamos todo, Dispararían al tuntún, concordó alguien, y al fin todos parecieron contentos por ser tan pocos.

El armamento era el que ya conocemos, hierros arrancados de las camas, que tanto podrían servir de palanca como de lanza, conforme entraran en combate los zapadores o las tropas de asalto. El viejo de la venda negra, que por lo visto algunas lecciones de táctica aprendió en su juventud, recordó la conveniencia de mantenerse siempre juntos y mirando en la misma dirección, por ser ésa la única forma de no agredirse unos a otros, y que debían avanzar en silencio absoluto para que el ataque se beneficiase del efecto sorpresa, Descalcémonos, dijo, Después va a ser difícil que cada uno encuentre sus zapatos, dijo alguien, y otro comentó, Los zapatos que sobren serán los verdaderos zapatos del difunto, con la diferencia de que, en este caso, siempre habrá quien los aproveche, Qué historia es esa de los zapatos del difunto, Es un dicho, esperar los zapatos del difunto es como esperar la nada, Por qué, Porque los zapatos con que se enterraban a los muertos eran de cartón, también es cierto que no necesita más, las almas no tienen pies que se sepa, Otra cuestión, interrumpió el viejo de la venda negra, seis de nosotros, los seis que nos sintamos con más ánimo, cuando lleguemos empujamos con todas nuestras fuerzas las camas para dentro, de modo que podamos entrar todos, Siendo así tendremos que soltar los hierros, Creo que no va a ser necesario, hasta pueden servirnos, si los usamos en posición vertical. Hizo una pausa, luego dijo, con una nota sombría en la voz, Sobre todo, no nos separemos, si nos separamos somos hombres muertos, Y mujeres, dijo la chica de las gafas oscuras, no te olvides de las mujeres, Tú también vas, preguntó el viejo de la venda negra, preferiría que no fueses, Por qué, si puede saberse, Eres muy joven, Aquí no cuenta la edad, ni el sexo, así que no olvides a las mujeres, No, no me olvido, la voz con la que el viejo de la venda negra dijo estas palabras parecía pertenecer a otro diálogo, las siguientes ya estaban en su lugar, Al contrario, ojalá alguna de vosotras pudiera ver lo que nosotros no vemos, llevarnos por el camino seguro, guiar la punta de nuestros hierros contra la garganta de los malvados con tanta seguridad como hizo aquélla, Sería pedir demasiado, una vez no son veces, además, quién nos dice que no se quedó muerta allí, al menos yo no he tenido noticias de ella, recordó la mujer del médico, Las mujeres resucitan unas en otras, las honradas resucitan en las putas, las putas resucitan en las honradas, dijo la chica de las gafas oscuras. Después hubo un largo silencio, por parte de las mujeres todo estaba dicho, los hombres tendrían que buscar las palabras, y de antemano sabían que no iban a ser capaces de encontrarlas.

Salieron en fila, los seis más fuertes delante, como acordaron, entre ellos estaban el médico y el dependiente de farmacia, después venían los otros, armados cada cual con su hierro de cama, una brigada de lanceros escuálidos y andrajosos, cuando atravesaban el zaguán uno de ellos dejó caer el hierro que atronó en el enlosado como una ráfaga de metralleta, si los malvados oyeron el barullo y saben a lo que vamos, estamos perdidos. Sin dar aviso a nadie, ni siquiera al marido, la mujer del médico se adelantó al grupo, miró hacia el fondo del corredor, luego, despacio, pegada a la pared, se fue acercando a la entrada de la sala, allí quedó a la escucha, las voces de dentro no parecían alarmadas. Trajo rápidamente la información, y se reanudó el avance. A pesar de la lentitud y del silencio con que la hueste se movía, los ocupantes de las dos salas que precedían al bastión de los malvados, sabedores de lo que iba a acontecer, se acercaban a las puertas para oír mejor el fragor inminente de la batalla, y algunos de ellos, más nerviosos, excitados por el olor de una pólvora que aún estaba por quemar, decidieron en el último momento acompañar al grupo, unos pocos volvieron atrás para armarse, ya no eran diecisiete, al menos habían doblado el número, el refuerzo no iba a gustar seguramente al viejo de la venda negra, pero él no llegó a enterarse de que mandaba dos regimientos en vez de uno. Por las pocas ventanas que daban al patio interior entraba una claridad turbia, moribunda, que declinaba rápidamente, deslizándose hacia el pozo negro y profundo que esta noche iba a ser. Fuera de la tristeza irremediable causada por la ceguera que sin explicación alguna seguían padeciendo, los ciegos, válgales eso al menos, estaban a salvo de las deprimentes melancolías causadas por estas y semejantes alteraciones atmosféricas, comprobadamente responsables de innumerables acciones de desesperación en el tiempo remoto en el que la gente tenía ojos para ver. Cuando llegaron a la puerta de la sala maldita, la oscuridad era ya tal que la mujer del médico no pudo ver que no eran cuatro, sino ocho, las camas que formaban la barrera, duplicada, como los asaltantes, pero con peores consecuencias inmediatas para ellos, como no tardarán en comprobar. La voz del viejo de la venda negra sonó como un grito, Ahora, fue la orden, no se acordó del clásico Al asalto, o si lo recordó quizá le pareció ridículo tratar con tanta consideración militar una barrera de catres infectos, llenos de pulgas y de chinches, con los colchones podridos por el sudor y los orines, las mantas andrajosas, ya no grises, sino de todos los colores con que puede vestirse la repugnancia, eso lo sabía de antes la mujer del médico, no es que lo pudiera ver ahora, cuando ni siquiera se había apercibido del refuerzo de la barricada. Los ciegos avanzaron como arcángeles envueltos en su propio resplandor, se lanzaron contra el obstáculo con los hierros en alto, como habían sido instruidos, pero las camas no se movieron, cierto es que las fuerzas de estos fuertes apenas superarían las de los débiles que venían detrás, que apenas podían ya con las lanzas, como alguien que llevó una cruz a cuestas y ahora tiene que esperar que lo suban a ella. El silencio había acabado, gritaban los de fuera, comenzaron los de dentro a gritar, probablemente nadie hasta hoy habrá notado qué terribles son los gritos de los ciegos, parece que están gritando sin saber por qué, queremos decirles que se callen y acabamos gritando nosotros también, sólo nos falta ser ciegos, pero ya llegará. En esto estaban, unos gritando porque atacaban, otros gritando porque se defendían, cuando los del lado de fuera, desesperados por no haber podido apartar las camas, soltaron los hierros que cayeron en el suelo de cualquier manera, y, todos a una, al menos aquellos que consiguieron meterse en el espacio del vano de la puerta, y los que no cupieron hacían fuerza contra los de delante, se pusieron a empujar, a empujar, a empujar, parecía que iban a conseguir la victoria, las camas se habían movido ya un poquitito, cuando de repente, sin previo aviso o amenaza se oyeron tres disparos, era el ciego contable haciendo puntería baja. Dos de los atacantes cayeron heridos, los otros retrocedieron precipitadamente, atropellándose, tropezando con los hierros y cayendo, como locas las paredes del corredor multiplicaban los gritos, también gritaban en las otras salas. La oscuridad era ahora completa, no era posible saber quién había sido alcanzado por las balas, claro que se podría preguntar desde aquí, desde lejos, Quiénes sois, pero no parecía propio, a los heridos hay que tratarlos con respeto y consideración, acercarse a ellos caritativamente, posarles la mano en la frente, salvo si fue ahí donde la bala, por una desgraciada casualidad, les alcanzó, después preguntarles en voz baja cómo se encuentran, decirles que no es nada, que ya vienen los camilleros, y en fin, darles agua, pero sólo si no han sido heridos en el vientre, como expresamente se recomienda en el manual de primeros socorros. Qué hacemos ahora, preguntó la mujer del médico, hay dos caídos en el suelo. Nadie le preguntó cómo sabía ella que eran dos, los disparos fueron tres, sin contar con el efecto de los rebotes, si los hubo. Tenemos que ir a buscarlos, dijo el médico. El peligro es grande, observó hundido el viejo de la venda negra, que había visto cómo su táctica acababa en desastre, si se dan cuenta de que hay gente volverán a disparar, hizo una pausa y añadió suspirando, Pero tenemos que ir, yo, por mí, estoy dispuesto, También yo voy, dijo la mujer del médico, el peligro será menor si nos acercamos a rastras, lo que necesitamos es dar con ellos pronto, antes de que los de dentro tengan tiempo de reaccionar, Yo voy también, dijo la mujer que el otro día había dicho A donde tú vayas iré yo, de entre tantos no hubo nadie a quien se le ocurriera decir que era facilísimo averiguar quiénes eran los heridos, cuidado, heridos o muertos, que esto aún no se sabe, bastaba con que todos fuesen diciendo, Yo voy, yo no voy, los que se hubieran quedado callados eran los tales.

Empezaron pues a arrastrarse los cuatro voluntarios, las dos mujeres en el centro, un hombre a cada lado, no lo hicieron por cortesía masculina o por un instinto caballeresco de pro-

278

tección a las damas, sino porque la cosa salió así, la verdad es que todo va a depender del ángulo de tiro, si el ciego contable dispara otra vez. En fin, tal vez no ocurra nada, el viejo de la venda negra tuvo una idea antes de ponerse en marcha, una idea mejor que la primera, que los que queden empiecen a hablar muy alto, incluso a gritar, que además razones no les faltan, para cubrir el inevitable ruido de ir y volver, y también el que por medio hubiese, cualquier cosa puede ocurrir, sabe Dios qué. En pocos minutos llegaron los socorristas a su destino, lo supieron cuando aún no habían tocado los cuerpos, la sangre sobre la que se iban arrastrando era como un mensajero que les decía, Yo era la vida, tras de mí ya no hay nada, Dios santo, pensó la mujer del médico, cuánta sangre, y era verdad, un charco, las manos y las ropas se pegaban al suelo como si las tablas y las losas estuvieran cubiertas de visco. La mujer del médico se alzó sobre los codos y siguió avanzando, los otros habían hecho lo mismo. Tendiendo los brazos, alcanzaron al fin los cuerpos. Los compañeros seguían detrás haciendo todo el ruido que podían, eran ahora como plañideras en trance. Las manos de la mujer del médico y del viejo de la venda negra se aferraron a los tobillos de uno de los caídos, a su vez el médico y la otra mujer habían agarrado un brazo y una pierna del segundo, se trataba ahora de tirar de ellos, de salir rápidamente de la línea de fuego. No era fácil, para eso necesitarían levantarse un poco, ponerse a gatas, era la única forma de seguir utilizando con eficacia las pocas fuerzas que aún les quedaban. La bala partió, pero esta vez no alcanzó a nadie. El miedo fulminante no les hizo huir, al contrario, les dio la porción de energía que les faltaba. Un instante después estaban ya a salvo, se habían acercado lo más posible a la pared del lado de la puerta de la sala, sólo un tiro muy sesgado tendría posibilidad de alcanzarlos, pero era dudoso que el ciego contable fuese perito en balística, incluso de la más elemental. Intentaron levantar los cuerpos pero desistieron. Lo único que podían hacer era arrastrarlos, con ellos venía, ya medio seca, como traída por una rasera, la sangre derramada, y otra, fresca aún, que seguía manando de las heridas. Quiénes son, preguntaron los que estaban esperando, Cómo lo vamos a saber, si no vemos, dijo el viejo de la venda negra, No podemos seguir aquí, dijo alguien, Si deciden hacer una salida, vamos a tener mucho más que dos heridos, dijo otro, O muertos, dijo el médico, a éstos no les noto el pulso. Cargaron con los cuerpos a lo largo del corredor como un ejército en retirada, en el zaguán hicieron alto, se diría que habían resuelto acampar allí, pero la verdad de los hechos es otra, lo que ocurrió es que se quedaron sin fuerzas, aquí me quedo, no puedo más. Es hora de reconocer que parecerá sorprendente que los ciegos malvados, antes tan prepotentes y agresivos, tan fácilmente y con tanto gusto brutales, ahora no hagan más que defenderse, levantando barricadas y disparando desde dentro a mansalva como si tuvieran miedo a la lucha en campo abierto, cara a cara, los ojos en los ojos. Como todas las cosas de la vida, también ésta tiene su explicación, y es que después de la trágica muerte del primer jefe se había relajado en la sala el espíritu de disciplina y el sentido de la obediencia, el gran error del ciego contable fue creer que bastaba apoderarse de la pistola para detentar el poder en el bolsillo, cuando el resultado fue precisamente el contrario, cada vez que hace fuego le sale el tiro por la culata, dicho con otras palabras, cada bala disparada es una fracción de autoridad que pierde, a ver qué acontece cuando la munición se le acabe. Así como el hábito no hace al monje, tampoco el cetro hace al rey, es ésta una verdad que conviene no olvidar. Y si es cierto que el cetro real lo empuña ahora el ciego contable, hay que decir que el rey, pese a estar muerto, pese a estar enterrado en la propia sala, y mal, apenas a tres palmos del suelo, sigue siendo recordado, al menos se nota por el hedor su fortísima presencia. Entretanto ha nacido la luna. Por la puerta del zaguán que da a la cerca exterior entra una difusa claridad que va creciendo poco a poco, los cuerpos que están en el suelo, muertos dos de ellos, los otros aún vivos, van lentamente ganando volumen, dibujo, rasgos, facciones, todo el peso de un horror sin nombre, entonces la mujer del médico comprendió que no tenía ningún sentido, si es que lo había tenido alguna vez, seguir fingiendo que está ciega, está visto que aquí nadie puede salvarse, la ceguera también es esto, vivir en un mundo donde se ha acabado la esperanza. Podía, pues, decir quiénes eran los muertos, éste es el dependiente de farmacia, éste es aquel que dijo que los ciegos dispararían al buen tuntún, ambos tuvieron razón en cierto modo, y si me preguntan cómo lo sé, la respuesta es sencilla, Veo. Algunos de los congregados ya lo sabían y se habían callado, otros andaban desde hacía tiempo con sospechas y ahora las veían confirmadas, inesperada fue la indiferencia de los restantes, y, con todo, pensándolo mejor, tal vez no debamos sorprendernos, en otra ocasión el descubrimiento habría sido causa de inmenso alborozo, de una desenfrenada conmoción, qué suerte la tuya, cómo conseguiste escapar del universal desastre, cómo se llaman las gotas que te pones en los ojos, dame la dirección de tu médico, ayúdame a salir de esta prisión, pero ahora da lo mismo, en la muerte la ceguera es igual para todos. Lo que no pueden hacer es seguir allí, sin defensa de ningún tipo, hasta los hierros de las camas se quedaron atrás, los puños de nada servirían. Orientados por la mujer del médico, arrastraron los cadáveres hacia el rellano exterior y allí los dejaron, a la luna, bajo el albor lechoso del astro, blancos por fuera, negros al fin por dentro. Volvamos a las salas, dijo el viejo de la venda negra, ya veremos más tarde lo que se puede hacer. Lo dijo, y fueron palabras locas a las que nadie hizo caso. No se dividieron en grupos de origen, se fueron encontrando y reconociendo por el camino, unos al lado izquierdo, otros al derecho, vinieron juntas hasta aquí la mujer del médico y aquella que había dicho A donde tú vayas, iré yo, no era ésta la idea que llevaba ahora en la cabeza, muy al contrario, pero no quiso hablar de ella, no siempre se cumplen los juramentos, unas veces por flaqueza, otras por causa de una fuerza superior con la que uno no había contado.

Pasó una hora, se alzó la luna, el hambre y el temor alejan el sueño, nadie duerme en las salas. Pero no son ésos los únicos motivos. Sea por causa de la excitación de la reciente batalla, aunque tan desastradamente perdida, o por algo indefinible que flota en el aire, los ciegos están inquietos. Nadie se atreve a salir a los corredores, pero el interior de cada sala es como una colmena sólo poblada de zánganos, bichos zumbadores que, como se sabe, son poco dados al orden y al método, no hay registro de que alguna vez hayan hecho algo por la vida o de que se hayan preocupado mínimamente por el futuro, aunque en el caso de los ciegos, desgraciada gente, sería injusto acusarlos de aprovechados o chupones, aprovechados de qué migaja, chupones de qué líquido, hay que tener cuidado con las comparaciones, no vayan a ser livianas. Con todo, no hay regla sin excepción, y ésta no falta aquí, en la persona de una mujer que, apenas entró en la sala, la segunda del lado derecho, empezó a rebuscar en sus trapos hasta encontrar un pequeño objeto que apretó en la palma de la mano como si quisiera esconderlo de la vista de los otros, los viejos hábitos son difíciles de olvidar, incluso en el momento en que los creíamos todos perdidos. Aquí, donde debería haber sido uno para todos y todos para uno, hemos podido ver con qué crueldad quitaron los fuertes el pan de la boca de los débiles, y ahora esta mujer, recordando que tenía un encendedor en el bolso, si es que en tanto desconcierto no lo había perdido, fue ansiosamente a buscarlo y celosamente lo oculta como si fuese condición de su propia supervivencia, no piensa que tal vez alguno de estos sus compañeros de infortunio tenga por ahí un último pitillo que no puede fumar por faltarle la mínima llama necesaria. Ni estaría ya a tiempo de pedir fuego. La mujer ha salido sin decir palabra, ni adiós ni hasta luego, va por el corredor desierto, pasa rozando la puerta de la sala primera, nadie de dentro se ha dado cuenta de su paso, cruza el zaguán, la luna descendente trazó y pintó un tanque de leche en las losas del suelo, ahora la mujer está en el otro lado, otra vez un corredor, su destino está al fondo, en línea recta, no engañaría a nadie. Además, oye unas voces que la llaman, manera figurada de decir, lo que llega a sus oídos es la algazara de los malvados de la última sala, están festejando la victoria comiendo por todo lo alto y bebiendo de lo fino, perdonen la exageración intencionada, no olvidemos que en la vida todo es relativo, comen y beben simplemente de lo que hay, y viva la suerte, ya les gustaría a los otros meter el diente, pero no pueden, entre ellos y el plato hay una barricada de ocho camas y una pistola cargada. La mujer está de rodillas en la entrada de la sala, junto a las camas, tira lentamente de los cobertores hacia fuera, luego se levanta, hace lo mismo en la cama que está encima, y en la tercera, a la cuarta no le llega el brazo, no importa, la mecha está ya preparada, sólo falta prenderle fuego. Aún recuerda cómo tendrá que regular el mechero para sacarle una llama grande, ya la tiene, un pequeño puñal de fuego vibrante como la punta de unas tijeras. Empieza por la cama de arriba, la llama lame trabajosamente la suciedad de los tejidos, prende al fin, ahora en la cama de en medio, ahora la cama de abajo, la mujer sintió el olor de sus propios cabellos chamuscados, tiene que andar con ojo, ella es la que prende la pira, no la que en ella debe morir, oye los gritos de los malvados en el interior, fue en ese momento cuando pensó, Y si tienen agua, si consiguen apagarlo, desesperada se metió debajo de la primera cama, paseó el mechero a todo lo ancho del jergón, aquí, allí, entonces, de repente, las llamas se multiplicaron, se convirtieron en una cortina ardiente, aún pasó entre ellas un chorro de agua y fue a caer sobre la mujer, pero inútilmente, ya era su propio cuerpo el que estaba alimentando la hoguera. Cómo va aquello por dentro, nadie puede arriesgarse a entrar, pero de algo ha de servir la imaginación, el fuego va saltando velozmente de cama en cama, quiere acostarse en todas al mismo tiempo, y lo consigue, los malvados gastaron sin criterio y sin provecho el agua escasa que tenían, intentan ahora alcanzar las ventanas, con difícil equilibrio trepan por las cabeceras de las camas a las que el fuego no ha llegado aún, pero, de pronto, el fuego allí está, y ellos resbalan, caen, y el fuego allí está también, con el calor infernal los cristales estallan, se hacen añicos, el aire fresco entra silbando y atiza el incendio, ah, sí, no lo olvidemos, los gritos de rabia y miedo, los aullidos de dolor y de agonía, ahí queda mención de ellos, nótese, en todo caso, que cada vez irán siendo menos, la mujer del mechero, por ejemplo, lleva ya mucho tiempo callada.

A estas alturas los otros ciegos corren despavoridos por los pasillos llenos de humo, Fuego, fuego, gritan, y aquí se puede observar en vivo lo mal pensados y organizados que han sido estos ajuntamientos humanos de asilo, hospital y manicomio, véase cómo cada uno de los camastros, por sí solo, con su armazón de hierros picudos, puede convertirse en una trampa mortal, véanse las consecuencias terribles de que haya una sola puerta en cada sala, cuando en ellas viven cuarenta personas, aparte de las que duermen en el suelo, si el fuego llega allí primero y les cierra la salida, no escapa nadie. Por suerte, y como la historia humana tantas veces ha mostrado, no hay cosa mala que no traiga consigo una cosa buena, se habla menos de las cosas malas traídas por las cosas buenas, así andan las contradicciones de nuestro mundo, merecen unas más consideración que otras, en este caso la cosa buena fue, precisamente, que las salas tuvieran una sola puerta, gracias a esto, el fuego que quemó a los malvados se entretuvo allí tanto tiempo, si la confusión no se hace mayor, tal vez no tengamos que lamentar la pérdida de más vidas. Evidentemente, muchos de estos ciegos están siendo pisoteados, empujados, golpeados, son los efectos del pánico, efecto natural podríamos decir, la naturaleza animal es así, también la vegetal se comportaría de esa manera si no tuviera aquellas raíces que la prenden al suelo, qué bonito sería ver los árboles del bosque huyendo del incendio. El refugio del cercado interior fue bien aprovechado por los ciegos que tuvieron la idea de abrir las ventanas de los corredores. Saltaron, tropezaron, cayeron, lloraron y gritaron, pero por ahora están a salvo, mantengamos la esperanza de que al fuego, cuando haga que el tejado se desmorone, y lance por los aires un volcán de llamaradas y tizones ardientes, no se le ocurra propagarse a las copas de los árboles. En el otro lado el miedo es el mismo, a un ciego le basta con oler a humo para imaginar de inmediato que las llamas están a su lado, figúrense lo que ocurre cuando es verdad, en poco tiempo el corredor quedó abarrotado de gente, si no hay quien ponga orden, esto va a acabar en tragedia. En un momento alguien recuerda que la mujer del médico tiene ojos que ven, dónde está, preguntan, que nos diga ella lo que pasa, hacia dónde tenemos que ir, dónde está, estoy aquí, sólo ahora he logrado salir de la sala, la culpa fue del niño estrábico, que nadie conseguía saber dónde se había metido, ahora está aquí, lo agarró con fuerza de la mano, tendrían que arrancarme el brazo para que lo soltara, con la otra mano llevo la mano de mi marido, y luego viene la chica de las gafas oscuras, y luego el viejo de la venda negra, donde está uno está el otro, y después el primer ciego, y después su mujer, todos juntos, como una piña, que, al menos eso espero, ni este calor pueda abrir. Entre tanto, unos cuantos ciegos de este lado habían seguido el ejemplo de los de la otra ala, saltaron al cercado interior, no pueden ver que la mayor parte del edificio es una hoguera, pero notan en las manos y en la cara el vaho ardiente que de allí viene, por ahora aún aguanta el tejado, las hojas de los árboles se van arrugando lentamente. Entonces alguien gritó, Qué estamos haciendo aquí, por qué no salimos de una vez, la respuesta llegó de este mar de cabezas, sólo precisó cuatro palabras, Ahí están los soldados, pero el viejo de la venda negra dijo, Antes morir de un tiro que quemados, parecía la voz de la experiencia, aunque quizá no haya sido exactamente él quien habló, quizá por su boca ha hablado la mujer del mechero, que no tuvo la suerte de ser alcanzada por la última bala del ciego contable. Dijo entonces la mujer del médico, Déjenme pasar, voy a hablar con los soldados, no van a dejarnos morir así, los soldados también tienen sentimientos. Gracias a la esperanza de que los soldados tuviesen sentimientos, pudo abrirse en la apretura un estrecho canal, por el que avanzó la mujer del médico con dificultad llevando a los suyos detrás. El humo le tapaba la visión, en poco tiempo estaría tan ciega como los otros. En el zaguán apenas se podía ver nada. Las puertas que daban a la cerca habían sido destrozadas, los ciegos que se refugiaron allí, dándose cuenta de que aquel sitio no era seguro, querían salir, empujaban, pero los del otro lado resistían, hacían toda la fuerza que podían, todavía en ellos era más fuerte el miedo de aparecer a la vista de los soldados, pero cuando cedieran las fuerzas, cuando el fuego se aproximase, el viejo de la venda negra tenía razón, es preferible morir de un tiro. No fue preciso esperar tanto, la mujer del médico consiguió al fin salir al rellano, prácticamente llegó medio desnuda, por tener ambas manos ocupadas no se había podido defender de los que querían unirse al pequeño grupo que avanzaba, coger, por así decirlo, el tren en marcha, los soldados iban a abrir unos ojos como platos cuando apareciera ella con los pechos casi al aire. Ya no era la luz de la luna lo que iluminaba el espacio vacío que iba hasta el portón, sino la claridad violenta del incendio. La mujer del médico gritó, Por favor, por vuestras madres, dejadnos salir, no disparéis, Nadie respondió desde el otro lado. El proyector seguía apagado, nada se movía. Aún con miedo, la mujer del médico bajó dos peldaños, Qué pasa, preguntó el marido, pero ella no respondió, no podía creerlo. Bajó los restantes peldaños, caminó en dirección al portón, arrastrando siempre tras ella al niño estrábico, al marido y compañía, ya no había dudas, los soldados se habían ido, o se los llevaron, ciegos ellos también, ciegos todos al fin.

Entonces, para simplificar, ocurrió todo al mismo tiempo, la mujer del médico anunció a gritos que estaban libres, el tejado del ala izquierda se vino abajo con horrible estruendo, dispersando llamaradas por todas partes, los ciegos se precipitaron hacia la tapia gritando, algunos no lo consiguieron, se quedaron dentro, aplastados contra las paredes, otros fueron pisoteados hasta convertirse en una masa informe y sanguinolenta, el fuego que se extendía rápidamente, hará ceniza de todo esto. El portón está abierto de par en par. Los locos salen.

Le dices a un ciego, Estás libre, le abres la puerta que lo separaba del mundo, Vete, estás libre, volvemos a decirle, y no se va, se queda allí parado en medio de la calle, él y los otros, están asustados, no saben adónde ir, y es que no hay comparación entre vivir en un laberinto racional, como es, por definición, un manicomio, y aventurarse, sin mano de guía ni traílla de perro, en el laberinto enloquecido de la ciudad, donde de nada va a servir la memoria, pues sólo será capaz de mostrar la imagen de los lugares y no los caminos para llegar. Apostados ante el edificio, que arde de un extremo al otro, los ciegos sienten en la cara las olas vivas del calor del incendio, las reciben como algo que en cierto modo los resguarda, como antes habían sido las paredes, prisión y seguridad al mismo tiempo. Se mantienen juntos, apretados, como un rebaño, ninguno quiere ser la oveja perdida, porque de antemano saben que no habrá pastor para buscarlos. El fuego va decreciendo lentamente, la luna ilumina otra vez, los ciegos comienzan a inquietarse, no pueden continuar allí, Eternamente, dijo uno. Alguien preguntó si era de día o de noche, la razón de aquella incongruente curiosidad se supo enseguida, Quién sabe si nos traerán comida, puede que hubiera una confusión, un retraso, otras veces pasó, Pero aquí no hay soldados, Eso no tiene nada que ver, puede que se hayan ido porque ya no son necesarios, No entiendo, Por ejemplo, porque se ha acabado la epidemia, O porque se ha descubierto el remedio para nuestra enfermedad, No estaría mal eso, Qué hacemos, Yo me quedo aquí hasta que se haga de día, Y cómo vas a saber tú cuándo es de día, Por el sol, por el calor del sol, Eso si no está el cielo cubierto, Alguna vez será de día, después de tantas horas. Agotados, muchos ciegos se habían sentado en el suelo, otros, aún más debilitados, simplemente se dejaron caer, unos cuantos se habían desmayado, es probable que el fresco de la noche los haga volver en sí, pero podemos tener por seguro que a la hora de levantar el campamento no se pondrán en pie algunos de estos míseros, habían aguantado hasta aquí, son como aquel corredor de maratón que se derrumbó tres metros antes de la meta, a fin de cuentas lo que está claro es que todas las vidas acaban antes de tiempo. Se sentaron también, o se tumbaron, los ciegos que todavía esperan a los soldados, o a otros que lleguen en vez de ellos, la Cruz Roja, por ejemplo, con la comida y los otros confortos que la vida necesita, el desengaño para éstos llegará un poco después, es la única diferencia. Y si alguien creyó que se ha descubierto cura para nuestra ceguera, no por eso parece más contento.

Por otras razones pensó la mujer del médico, y se lo dijo a los suyos, que sería mejor esperar a que la noche acabase, Lo más urgente, ahora, es encontrar comida, y a oscuras no va a ser fácil, Tienes idea de dónde estamos, preguntó el marido, Más o menos, Lejos de casa, Bastante. Los otros quisieron saber también a qué distancia estarían de sus casas, dieron las direcciones, y la mujer del médico le dio los datos que pudo, sólo el niño estrábico no consiguió recordar dónde vivía, no es extraño, hace ya tiempo que dejó de preguntar por su madre. Si fueran de casa en casa, desde la más cercana a la que está más lejos, la primera sería la de la chica de las gafas oscuras, la segunda la del viejo de la venda negra, después la de la mujer del médico, y, finalmente, la del primer ciego. Seguirán este itinerario, porque la chica de las gafas oscuras ha pedido que la lleven, cuando sea posible, a su casa, No sé cómo estarán mis padres, dijo. Esta sincera preocupación muestra qué infundados son los prejuicios de quienes niegan la posibilidad de que existan sentimientos profundos, incluyendo el amor filial, en los casos, desgraciadamente abundantes, de comportamientos irregulares, mayormente en el plano de la moralidad pública. Ha refrescado la noche, al incendio no le queda ya gran cosa por quemar, el calor que se desprende del brasero no llega para calentar a los ciegos transidos que se encuentran más lejos de la entrada, como es el caso de la mujer del médico y su grupo. Están sentados juntos, las tres mujeres y el niño en medio, los tres hombres alrededor, quien los viese diría que nacieron así, verdad es que parecen un cuerpo solo, con una sola respiración y una única hambre. Uno tras otro se fueron quedando dormidos, un sueño leve del que despertaron varias veces porque había ciegos que, saliendo de su propio torpor, se levantaban y acababan tropezando como sonámbulos en este accidente humano, uno de ellos se quedó allí, le daba igual dormir aquí que en otro lado. Cuando nació el día sólo unas tenues columnas de humo ascendían de los escombros, pero ni esas duraron mucho, porque al cabo de un rato empezó a llover, una llovizna fina, una leve rociada es verdad, pero persistente, al principio ni conseguía llegar al suelo abrasado, se convertía antes en vapor, pero, con la insistencia, ya se sabe, agua blanda en brasa viva tanto da hasta que apaga, la rima que la ponga otro. Algunos de estos ciegos no lo son sólo de los ojos, también lo son del entendimiento, no se explica de otro modo el raciocinio tortuoso que los llevó a concluir que la deseada comida, con aquella lluvia, no llegaría. No hubo manera de convencerlos de que la premisa estaba errada y que, en consecuencia, errada tenía que estar también la conclusión, de nada sirvió decirles que todavía no era la hora del desayuno, desesperados, se tiraron al suelo llorando, No vienen, está lloviendo, no vienen, repetían, si aquella lamentable ruina tuviera algunas condiciones de habitabilidad, aunque fueran mínimas, volviera a ser el manicomio que fue antes.

El ciego que en la noche se quedó a dormir con ellos después de haber tropezado, no pudo levantarse. Enrollado en sí mismo, como si hubiera querido proteger el último calor del vientre, no se movió, pese a la lluvia, que había empezado a caer más persistente y abundante. Está muerto, dijo la mujer del médico, y es mejor que nosotros también nos vayamos de aquí mientras nos quedan fuerzas. Se levantaron trabajosamente, vacilando, con vértigos, agarrándose unos a otros, luego se pusieron en fila, primero la de los ojos que ven, luego los que teniendo ojos no ven, la chica de las gafas oscuras, el viejo de la venda negra, el niño estrábico, la mujer del primer ciego, su marido, el médico va el último. El camino que tomaron lleva al centro de la ciudad, pero no es ésa la intención de la mujer del médico, lo que ella quiere es encontrar rápidamente un sitio donde dejar seguros a los que vienen detrás, e ir sola en busca de comida. Las calles están desiertas, es aún temprano, o quizá sea la lluvia, que cae cada vez más fuerte. Hay basura por todas partes, algunas tiendas tienen las puertas abiertas, pero la mayoría están cerradas, no parece que haya gente dentro, ni luz. La mujer del médico pensó que sería una buena idea dejar a sus compañeros en una de aquellas tiendas, reteniendo el nombre de la calle, el número de la puerta, no vaya a perderlos al volver. Se paró, le dijo a la chica de las gafas oscuras, Esperaos aquí, no os mováis, y fue a mirar por la puerta acristalada de una farmacia, le pareció ver dentro unos bultos tumbados, llamó en los cristales, una de las sombras se movió, alguien se levantó volviendo la cara hacia el lugar de donde venía el ruido, Están todos ciegos, pensó la mujer del médico, sin entender por qué se encontraban allí, quizá sea la familia del farmacéutico, pero, si es así, por qué no están en su propia casa, con más comodidad que aquel suelo duro, a no ser que estuviesen guardando el establecimiento, contra quién, y menos siendo estas mercancías lo que son, que tanto pueden salvar como matar. Se alejó de allí, un poco más adelante se detuvo a mirar el interior de otra tienda, vio más gente tumbada en el suelo, mujeres, hombres, niños, algunos parecían estar preparándose para salir, uno de ellos se acercó a la puerta, tendió el brazo hacia fuera y dijo, Está lloviendo, Mucho, fue la pregunta de dentro, Sí, tendremos que esperar a ver si escampa, el hombre, era un hombre, estaba a dos pasos de la mujer del médico, no había reparado en que estaba acompañado, por eso se sobresaltó al oír decir, Buenos días, se había perdido la costumbre de dar los buenos días, no sólo porque días de ciegos, propiamente hablando, nunca pueden ser buenos, sino también porque nadie está completamente seguro de que los días no fuesen tardes, o noches, y si ahora, en una aparente contradicción con lo que acaba de ser explicado, estas personas despiertan más o menos al mismo tiempo que la mañana, es porque algunas se quedaron ciegas hace pocos días y aún no han perdido del todo el sentido de la sucesión de los días y las noches, del sueño y de la vigilia. El hombre dijo, Está lloviendo, y luego, Quién es usted, No soy de aquí, Anda buscando comida, Sí, llevamos cuatro días sin comer nada, Y cómo sabe que son cuatro días, Es un cálculo, Está sola, Estoy con mi marido y unos compañeros, Cuántos son, Siete en total, Si están pensando en quedarse con nosotros, quítenselo de la cabeza, ya somos muchos aquí, Sólo estamos de paso, De dónde vienen, Estuvimos internados desde que empezó la ceguera, Ah, sí, en cuarentena, no ha servido de nada, Por qué dice eso, Los han dejado salir, Hubo un incendio y entonces nos dimos cuenta de que los soldados que nos vigilaban habían desaparecido, Y salieron, Sí, Vuestros soldados serían los últimos en quedarse ciegos, todo el mundo está ciego, Todos, la ciudad entera, todo el país, Si alguien ve, no lo dice, se lo calla, Por qué no vive en su casa, Porque no sé dónde está, No lo sabe, Y usted, sabe dónde está la suya, Yo, la mujer del médico iba a responder que precisamente se dirigía allí con su marido y los compañeros, se habían detenido sólo para comer algo, para recuperar fuerzas, pero en este mismo instante vio con toda claridad la situación, ahora, alguien que estando ciego saliera de casa, sólo por milagro conseguiría reencontrarla, no es lo mismo que antes, pues los ciegos de aquel tiempo podían siempre contar con la ayuda de un transeúnte, bien para cruzar una calle, bien para volver al camino cierto en caso de que se hubieran desviado inadvertidamente del habitual, Sólo sé que está lejos, dijo, Pero no es capaz de llegar a ella, No, Pues mire, a mí me pasa igual, ustedes, todos los que estuvieron en cuarentena, tienen mucho que aprender, no saben lo fácil que es quedarse sin casa, No comprendo, Los que andan en grupo, como nosotros, como casi todo el mundo, cuando vamos a buscar comida tenemos que ir juntos, es la única manera de no perdernos unos de otros, y como vamos todos, como no queda nadie cuidando la casa, lo más seguro, suponiendo que consigamos volver, es que esté ocupada por otro grupo que tampoco ha podido encontrar la suya, somos una especie de noria, siempre dando vueltas, al principio hubo algunas peleas, pero pronto nos dimos cuenta de que nosotros, los ciegos, por así decir, no tenemos nada a lo que podamos llamar nuestro, a no ser lo que llevamos encima, La solución sería vivir en una tienda de comestibles, al menos mientras duren los alimentos no será necesario salir, A quien lo hiciera, lo mínimo que le podría ocurrir es que no tuviera nunca un minuto de sosiego, digo lo mínimo porque he oído hablar del caso de unos que lo intentaron, se encerraron dentro, cerraron las puertas, pero no pudieron evitar que saliera el olor a comida, así que se reunieron fuera los que querían comer y, como los de dentro no abrían, le pegaron fuego a la tienda, fue santo remedio, yo no lo vi, me lo contaron, que yo sepa nadie más se ha atrevido, Y no se vive ya en las casas, en los pisos, Sí, se vive, pero es igual, por mi casa debe de haber pasado cantidad de gente, no sé si algún día conseguiré dar con ella, además, en esta situación, es mucho más práctico dormir en las tiendas, en los almacenes, nos ahorramos andar subiendo y bajando escaleras, Ya no llueve, dijo la mujer del médico, Ya no llueve, repitió el hombre hacia dentro. Al oír estas palabras se levantaron los que todavía estaban tumbados, recogieron sus cosas, mochilas, maletines, bolsas de tela y de plástico, como si fueran de expedición, y era verdad, iban a cazar comida, uno a uno fueron saliendo de la tienda, la mujer del médico observó que iban abrigados, cierto es que los colores de las ropas no casaban entre sí, que los pantalones eran tan cortos que dejaban los tobillos al aire, o tan largos que tenían que enrollar los bajos, pero no les entraría el frío, algunos hombres usaban gabardinas o abrigos, dos de las mujeres llevaban abrigos largos de piel, lo que no se veía eran paraguas, probablemente por lo incómodos que son, siempre las varillas amenazando los ojos. El grupo, unas quince personas, se alejó. A lo largo de la calle aparecían otros grupos, también personas aisladas, arrimados a las paredes había hombres aliviando la urgencia matinal de la vejiga, las mujeres preferían el resguardo de los coches abandonados. Ablandados por la lluvia, los excrementos, aquí y allá, moteaban la calle.

La mujer del médico volvió al lado de los suyos, recogidos por instinto bajo el toldo de una pastelería de donde salía un hedor de nata ácida y otras podredumbres, Vamos, dijo, he encontrado un abrigo, y los llevó a la tienda de donde los otros acababan de salir. Los estantes del establecimiento estaban intactos, la mercancía no era de las de comer o vestir, había frigoríficos, máquinas de lavar ropa y vajilla, hornos normales y de microondas, batidoras, exprimidores, aspiradoras, las mil y una invenciones electrodomésticas destinadas a hacer más fácil la vida. La atmósfera estaba cargada de malos olores, haciendo absurda la blancura inmaculada de los objetos. Descansad aquí, dijo la mujer del médico, voy a buscar comida, no sé dónde la encontraré, cerca, lejos, esperad con paciencia, hay grupos por ahí fuera, si alguien quiere entrar, decidle que el sitio está ocupado, será suficiente para que se vayan a otro lugar, es la costumbre. Voy contigo, dijo el marido, No, es mejor que vaya sola, tenemos que saber cómo se vive ahora, por lo que he oído toda la gente está ciega, Entonces, dijo el viejo de la venda negra, es como si todavía estuviéramos en el manicomio, No hay comparación, podemos movernos libremente, y lo de la comida ya se resolverá, no vamos a morir de hambre, también tengo que hacerme con algo de ropa, vamos andrajosos, quien más lo necesitaba era ella, de cintura para arriba casi desnuda. Besó al marido, sintió en ese momento una punzada en el corazón, Por favor, pase lo que pase, aunque alguien quiera entrar, no dejéis este sitio, y si os echan, cosa que no creo que ocurra, es sólo para tener prevista cualquier posibilidad, quedaos en la puerta, juntos, hasta que yo llegue. Los miró con los ojos anegados en lágrimas, allí estaban, dependían de ella como los niños pequeños dependen de la madre, Si les falto, pensó, no se le ocurrió que fuera estaban todos ciegos y vivían, tendría que quedarse ciega ella también para comprender que una persona se acostumbra a todo, especialmente si ha dejado de ser persona, incluso sin llegar a tanto, ahí está el niño estrábico, por ejemplo, que ya ni por su madre pregunta. Salió a la calle, miró y fijó en su memoria el número de la puerta, el nombre de la tienda, ahora tenía que ver cómo se llamaba la calle, en aquella esquina, no sabía hasta dónde la iba a llevar la búsqueda de comida, y qué comida, serían tres puertas o trescientas, no podía perderse, no habría nadie a quien preguntar el camino, los que antes veían estaban ahora ciegos, y ella, viendo, no sabría dónde estaba. El sol había salido, brillaba en los charcos formados entre la basura, se veía mejor la hierba que crecía entre las losetas de la calzada. Había mucha gente fuera. Cómo se orientarán, se preguntó la mujer del médico. No se orientaban, caminaban rozando las casas, con los brazos tendidos hacia delante, tropezaban continuamente unos con otros, como las hormigas que van en cadena, pero cuando esto ocurría, no se oían protestas, ni necesitaban hablar, una de las familias se despegaba de la pared, avanzaba a lo largo de la que venía en dirección contraria, y así seguían hasta el próximo tropiezo. De vez en cuando se paraban, olfateaban a la entrada de las tiendas, por ver si olía a comida, sea lo que fuera, luego continuaban su camino, doblaban una esquina, desaparecían de la vista, poco después aparecía otro grupo, no traían aire de haber encontrado lo que buscaban. La mujer del médico se mueve con mayor rapidez, no pierde el tiempo entrando en las tiendas para saber si son de comestibles, pero pronto tuvo claro que no resultaría fácil abastecerse en cantidad, las pocas tiendas que encontró parecían haber sido devoradas por dentro, eran como caparazones vacíos.

Estaba ya muy lejos del lugar donde aguardaban el marido y los compañeros, había cruzado y recruzado calles, avenidas, plazas, cuando se encontró ante un supermercado. Dentro el aspecto no era diferente, estanterías vacías, vitrinas rotas, vagaban ciegos por los pasillos, la mayoría a gatas, barriendo con las manos el suelo inmundo, con la esperanza de encontrar algo que se pudiera aprovechar, una lata de conservas que hubiese resistido los golpes con que intentaron abrirla, un paquete cualquiera, de lo que fuese, una patata, aunque estuviese pisoteada, un trozo de pan, aunque pareciera una piedra. La mujer del médico pensó, Aun así, algo habrá, esto es enorme. Un ciego se levantó del suelo quejándose, se había clavado un casco de botella en la rodilla y la sangre le corría por la pierna. Los ciegos del grupo lo rodearon, Qué te pasa, qué te pasa, y él dijo, un vidrio, en la rodilla, En cuál, En la izquierda, una de las ciegas se agachó, Cuidado no sea que haya más por aquí, tanteó, palpó para distinguir una pierna de otra, Ésta es, dijo, lo tienes espetado ahí, uno de los ciegos se echó a reír, Pues si está espetado, aprovecha, y los otros rieron también, sin diferencia entre mujeres y hombres. Haciendo una pinza con el pulgar y el índice, es un gesto natural que no precisa aprendizaje, la ciega extrajo el cristal, luego ató la rodilla con un trapo que rebuscó en el saco que llevaba a hombros, y después contribuyó con su propio chiste al buen humor general, No hay nada que hacer, el espeto se le ha pasado, todos rieron, y el herido replicó, Cuando tengas ganas, me lo dices, verás si tengo vara de espetar, seguro que entre éstos no hay esposos y esposas, nadie se escandalizó, será toda gente de costumbres liberales y de uniones libres, a no ser que éstos, justamente, sean marido y mujer, de ahí la confianza, pero realmente no lo parecen, en público no hablarían así. La mujer del médico miró alrededor, lo que había de aprovechable se lo disputaban otros ciegos a puñetazos, que casi siempre se perdían en el aire, y empujones que no distinguían entre amigos y adversarios, ocurría a veces que el objeto de la pelea se les caía de las manos y

acababa en el suelo esperando que alguien tropezase con él, Aquí no hay más que mierda, pensó,
usando una palabra que no formaba parte de su
léxico habitual, demostrando una vez más que la
fuerza de las circunstancias y su naturaleza influ-
yen mucho en el léxico, pensemos si no en aquel
militar que también dijo mierda cuando le pidieron que se rindiera, absolviendo así del delito de
mala educación futuros desahogos en situaciones
menos peligrosas. Aquí no hay más que mierda,
volvió a pensar, y se disponía a salir cuando otro
pensamiento le acudió como una providencia,
Un establecimiento como éste debe tener un almacén, no digo un almacén grande, que ése estará en otro sitio, probablemente lejos, sino una
reserva de los productos de más consumo. Exci-
tada por la idea se lanzó a la busca de una puerta
cerrada que la condujera a la cueva de los tesoros,
pero todas estaban abiertas, y dentro reinaba la
misma devastación, los mismos ciegos rebuscando en la misma basura. Al fin, en un pasillo oscuro, donde apenas llegaba la luz del sol, vio lo que
le parecía un montacargas. Las puertas metálicas
estaban cerradas, y al lado había otra puerta lisa,
de las que se deslizan sobre carriles, El sótano,
pensó, los ciegos que llegaron hasta aquí encontraron el camino cerrado, sin duda se dieron
cuenta de que se trataba de un ascensor, pero a
nadie se le ocurrió que lo normal es que haya
también una escalera para cuando falle la energía
eléctrica, por ejemplo, como es el caso. Empujó

la puerta corredera y recibió, casi simultáneas, dos poderosas impresiones, primero, la de la oscuridad profunda por donde tendría que bajar para llegar al sótano, y luego, el olor inconfundible de cosas que se comen, aunque estén encerradas en recipientes de esos que llamamos herméticos, y es que el hambre siempre tuvo un olfato finísimo, capaz de atravesar todas las barreras, como el de los perros. Volvió rápidamente atrás para coger de la basura las bolsas de plástico que iba a necesitar para transportar la comida, al tiempo que se preguntaba, Sin luz, cómo voy a saber lo que tengo que llevarme, se encogió de hombros, la preocupación era estúpida, la duda ahora, teniendo en cuenta el estado de debilidad en que se encontraba, debería ser si tendría fuerzas para cargar con los sacos llenos, desandar el camino por donde vino, en este momento le entró un miedo horrible de no encontrar el lugar donde el marido la estaba esperando, sabía el nombre de la calle, eso no lo había olvidado, pero fueron tantas las vueltas que la desesperación la paralizó, luego, lentamente, como si el cerebro inmóvil se hubiese puesto al fin en movimiento, se vio a sí misma inclinada sobre un plano de la ciudad, buscando con la punta del dedo el itinerario más corto, como si tuviese dos veces ojos, unos que la miraban viendo el plano, otros que veían el plano y el camino. El pasillo seguía desierto, era una suerte, a causa del nerviosismo que le había provocado su descubrimiento, olvidó cerrar la puerta. La cerró ahora cuidadosamente, y se encontró sumergida en una oscuridad total, tan ciega ella como los ciegos que estaban fuera, la diferencia era sólo el color, si efectivamente son colores el blanco y el negro. Rozando la pared, empezó a bajar la escalera, si este lugar no fuera tan secreto como es, si alguien subiera desde el fondo, tendrían que hacer como había visto en la calle, despegarse uno de ellos de la seguridad del muro, avanzar rozando la imprecisa sustancia del otro, tal vez por un instante temer absurdamente que la pared no continuara del otro lado, Estoy a punto de volverme loca, pensó, y tenía razones para eso, bajando por aquel agujero tenebroso, sin luz ni esperanza de verla, hasta dónde, estos almacenes subterráneos en general no son altos, primer tramo de escalera, ahora sé lo que es ser ciega, segundo tramo de escaleras, Voy a gritar, voy a gritar, tercer tramo, las tinieblas son como un engrudo negro que ha cuajado en su cara, los ojos transformados en bolas de brea, Quién es ese que está ahí delante, y luego, de inmediato, otro pensamiento, aún más amedrentador, Y cómo voy a dar luego con la escalera, un desequilibrio súbito la obligó a inclinarse para no caer desamparada, con la consciencia casi perdida balbuceó, Está limpio, se refería al suelo, le parecía asombroso, un suelo limpio. Poco a poco comenzó a volver en sí, sentía un dolor sordo en el estómago, no es que sea una novedad, pero en este momento era como si no existiese en su cuerpo ningún otro órgano vivo, allá estarían, pero no daban señales de vida, el corazón, sí, el corazón resonaba como un tambor inmenso, siempre trabajando a ciegas en la oscuridad, desde la primera de todas las tinieblas, el vientre donde lo formaron, hasta la última, cuándo llegará ésa. Llevaba en la mano unas bolsas de plástico, no las había soltado, ahora tendrá que llenarlas, tranquilamente, un almacén no es lugar de fantasmas y dragones, aquí no hay más que oscuridad, y la oscuridad no muerde ni ofende, en cuanto a la escalera, ya la encontraré, seguro, aunque tenga que dar la vuelta entera a este agujero. Decidida, iba a levantarse, pero recordó que ahora estaba tan ciega como los ciegos, mejor sería hacer como ellos, avanzar a gatas hasta encontrar algo al frente, estanterías abarrotadas de comida, lo que fuese, con tal de que se pueda comer como está, sin preparaciones de cocina, que no está el tiempo para fantasías.

Volvió el miedo, subrepticio, pero ella avanzó algunos metros, tal vez estuviera equivocada, quizá allí mismo, ante ella, invisible, un dragón la esperase con la boca abierta. O un fantasma con la mano tendida, para llevarla al mundo terrible de los muertos que nunca acaban de morir, porque siempre viene alguien a resucitarlos. Luego, prosaicamente, con una infinita, resignada tristeza, pensó que el sitio donde estaba no era un depósito de comida sino un garaje, incluso le pareció sentir el olor a gasolina, hasta este punto puede engañarse el espíritu cuando se rinde a los monstruos que él mismo ha creado. Entonces, su mano tocó algo, no los dedos viscosos del fantasma, no la lengua ardiente y las fauces del dragón, lo que ella sintió fue el contacto con un metal frío, una superficie vertical, lisa, adivinó, sin saber que era ése el nombre, el montante de una estantería metálica. Calculó que debía de haber otras iguales a ésta, paralelas, como era normal, se trataba ahora de saber dónde estaban los productos alimenticios, no aquí, que este olor no engaña, detergentes. Sin pensar más en las dificultades que iba a tener para encontrar la escalera, empezó a recorrer las estanterías, palpando, oliendo, agitando. Había envases de cartón, botellas de vidrio y de plástico, frascos pequeños, medianos y grandes, latas que debían de ser de conservas, recipientes varios, tubos, bolsas, frasquitos. Llenó al azar una de las bolsas. Será todo de comer, se preguntaba inquieta. Pasó a otras estanterías, y en la segunda de ellas ocurrió lo inesperado, la mano ciega, que no podía ver por donde iba, tocó e hizo caer unas cajitas. El ruido que hicieron al chocar contra el suelo casi le paraliza el corazón a la mujer del médico, Son fósforos, pensó. Temblorosa de excitación, se inclinó, paseó las manos por el suelo, encontró lo que buscaba, éste es un olor que no se confunde con ningún otro, y el ruido de los palitos al agitar la caja, el deslizamiento de la tapa, la aspereza de la lija exterior, el raspar la cabeza del palito, al fin la deflagración de una pequeña llama, el espacio alrededor, una difusa esfera luminosa como un astro a través de la niebla, Dios mío, la luz existe, y yo tengo ojos para verla, alabada sea la luz. A partir de ahora, la cosecha sería fácil. Empezó por las cajas de fósforos, y llenó casi una bolsa. No es necesario llevarlas todas, le decía la voz del buen sentido, pero ella no hizo caso del buen sentido, después las trémulas llamas de los fósforos fueron mostrando las estanterías, aquí, allá, en poco tiempo llenó las bolsas, la primera la vació porque no había metido nada útil, las otras ya llevaban riqueza suficiente para comprar la ciudad, no es de extrañar la diferencia de valores, basta que recordemos que un día hubo un rey que quiso cambiar su reino por un caballo, qué no daría él si estuviese muriéndose de hambre y le mostraran estas bolsas de plástico. La escalera está allí, el camino es todo recto. Antes, sin embargo, la mujer del médico se sienta en el suelo, abre un envase de chorizo, otro de lonchas de pan negro, una botella de agua y, sin remordimientos, come. Si no comiese ahora no tendría fuerzas para llevar la carga adonde hace falta, ella es la abastecedora. Cuando acabó, enfiló en los brazos las asas de las bolsas, tres en cada lado, y con las manos alzadas delante fue encendiendo cerillas hasta llegar a la escalera, luego, penosamente, la subió, la comida aún no ha pasado del estómago, precisa tiempo para llegar a los músculos y a los nervios, en este caso lo que ha aguantado mejor es la cabeza. La puerta corrediza se deslizó sin ruido, Y si hay alguien en el corredor, pensó la mujer del médico, qué hago. No había nadie, pero ella volvió a preguntarse, Qué hago. Podría, cuando llegase a la salida, volverse hacia dentro y gritar, Al fondo del corredor hay comida, una escalera lleva al almacén, aprovechaos, he dejado la puerta abierta. Podría hacerlo, pero no lo hizo. Ayudándose con el hombro, cerró la puerta, se decía a sí misma que lo mejor era callar, imaginen lo que ocurriría, los ciegos corriendo hacia allí como locos, sería como en el manicomio, cuando se declaró el incendio, rodarían escaleras abajo, pisoteados y aplastados por los que venían detrás, que caerían también, no es lo mismo poner el pie en un peldaño firme o en un cuerpo resbaladizo. Y cuando se acabe la comida, podré volver a por más, pensó. Cogió las bolsas con las manos, respiró hondo y avanzó por el corredor. No la verían, pero el olor de lo que había comido, Chorizo, que idiota he sido, sería como un rastro vivo. Cerró los dientes, apretó con toda su fuerza las asas de las bolsas, Tengo que correr, dijo. Se acordó del ciego herido en la rodilla por un casco de botella, Si me ocurre lo mismo a mí, si no voy con cuidado y me clavo un vidrio en el pie, quizá hayamos olvidado que esta mujer va descalza, no ha tenido tiempo de entrar en las zapaterías, como hacen los ciegos de la ciudad, que pese a ser desgraciados invidentes pueden elegir el calzado por el tacto. Tenía que correr, y corrió. Al principio intentó deslizarse entre los grupos de ciegos, procurando no rozarlos, pero eso la obligaba a ir lentamente, parándose para elegir camino, lo suficiente para desprender un aura de olor, porque no sólo las auras perfumadas y etéreas son auras, al cabo de un instante empezó a gritar un ciego, Quién anda por aquí comiendo chorizo, apenas dichas estas palabras la mujer del médico se dejó de cuidados y se lanzó a una carrera desenfrenada, atropellando, empujando, derribando, en un sálvese el que pueda merecedor de severa crítica, pues no es así como se trata a unos ciegos, que para desgracia ya tienen bastante.

Llovía torrencialmente cuando llegó a la calle. Mejor, pensó, jadeando, con las piernas temblándole, así se sentiría menos el olor. Alguien la había agarrado por el último andrajo que apenas la cubría de cintura arriba, ahora iba con los pechos al aire, por ellos, lustralmente, palabra fina, corría el agua del cielo, no era la libertad guiando al pueblo, las bolsas, afortunadamente llenas, pesan demasiado como para llevarlas alzadas como una bandera. Tiene esto sus inconvenientes, ya que las excitantes fragancias van viajando a la altura de la nariz de los perros, cómo podían faltar los perros, ahora sin dueños que los cuiden y alimenten, es casi una jauría lo que va tras la mujer del médico, ojalá no se le ocurra a uno de estos animales soltar una dentellada para comprobar la resistencia del plástico. Con una lluvia así, que es casi diluvio, sería de esperar que la gente estuviera recogida, esperando que escampase. Pero no es así, por todas partes hay ciegos con la boca abierta hacia las alturas, matando la sed, almacenando agua en todos los rincones del cuerpo, y otros ciegos, más previsores, y sobre todo más sensatos, sostienen en sus manos cubos, palanganas, cazos, y los levantan al cielo generoso, cierto es que Dios da nubes cuando hay sed. No se le había ocurrido a la mujer del médico la posibilidad de que de los grifos de las casas no saliera ni una gota del precioso líquido, es defecto de la civilización, nos habituamos a la comodidad del agua canalizada, llevada a domicilio, y olvidamos que, para que tal suceda, tiene que haber gente que abra y cierre las válvulas de distribución, estaciones elevadoras que necesitan energía eléctrica, computadoras para regular los débitos y administrar las reservas, y para todo faltan ojos. También faltan para ver este cuadro, una mujer cargada con bolsas de plástico, andando por una calle inundada, entre basura podrida y excrementos humanos y de animales, automóviles y camiones abandonados de cualquier manera, bloqueando la vía pública, algunos con las ruedas ya cercadas de hierba, y los ciegos, los ciegos, con la boca abierta, abriendo también los ojos hacia el cielo blanco, parece imposible cómo puede llover de un cielo así. La mujer del médico va leyendo los nombres de las calles, unos los recuerda, otros no, hasta que llega un momento en que comprende que se ha desorientado y anda perdida. No hay duda, se ha extraviado. Dio una vuelta, dio otra, ya no reconoce ni las calles ni los nombres que llevan, entonces, desesperada, se deja caer en un suelo sucísimo, empapado en cieno negro, y, vacía de fuerzas, de todas las fuerzas, rompe a llorar. Los perros la rodearon, olfatean las bolsas, pero sin convicción, como si ya se les hubiera pasado la hora de comer, uno de ellos le lame la cara, tal vez desde pequeño esté habituado a enjugar llantos. La mujer le acaricia la cabeza, le pasa la mano por el lomo empapado, y el resto de lágrimas las llora abrazada a él. Cuando al fin alzó los ojos, mil veces alabado sea el dios de las encrucijadas, ve que tiene ante ella un gran plano, de esos que los departamentos de turismo colocan en el centro de las ciudades, sobre todo para uso y tranquilidad de los visitantes, que tanto quieren poder decir adónde han ido como saber dónde están. Ahora, estando todos ciegos, parece fácil dar por mal empleado el dinero que han gastado, pero, en fin, hay que tener paciencia, dar tiempo al tiempo, debíamos haber aprendido ya, y de una vez para siempre, que el destino tiene que dar muchos rodeos para llegar a cualquier parte, sólo él sabe lo que le habrá costado traer aquí este plano para decir a esta mujer dónde está. No estaba tan lejos como creía, sólo se había desviado un poco en otra dirección, no tienes más que seguir por esta calle hasta una plaza, ahí cuentas dos calles a la izquierda, doblas después en la primera a la derecha, ésa es la que buscas, del número no te has olvidado. Los perros se fueron quedando atrás, algo los distrajo por el camino, o están muy acostumbrados al barrio y no quieren dejarlo, sólo el perro que había bebido las lágrimas acompañó a quien las lloraba, probablemente este encuentro de la mujer y el plano, tan bien dispuesto por el destino, incluía igualmente al perro. Lo cierto es que entraron juntos en la tienda, al perro de las lágrimas no le sorprendió ver a todas aquellas personas tendidas en el suelo, tan inmóviles que parecían muertos, estaba habituado, a veces lo dejaban dormir entre ellas, y cuando era hora de levantarse, casi siempre estaban vivas. Despertad, si estáis durmiendo, traigo comida, dijo la mujer del médico, pero primero había cerrado la puerta, no la vaya a oír alguien que pase por la calle. El niño estrábico fue el primero en levantar la cabeza, sólo eso puede hacer, la debilidad no le dejaba, los otros tardaron un poco más, estaban soñando que eran piedras, y nadie ignora lo profundo que es el sueño de las piedras, un simple paseo por el campo lo demuestra, allí están durmiendo, medio enterradas, esperando no se sabe qué despertar. Tiene, no obstante, la palabra comida poderes mágicos, mayormente cuando aprieta el apetito, hasta el perro de las lágrimas, que no conoce lenguaje, empezó a mover el rabo, el instintivo movimiento le hizo recordar que aún no había hecho aquello a que están obligados los perros mojados, se agitó con violencia, salpicando todo a su alrededor, en ellos es fácil, llevan la piel como quien lleva un abrigo.

Agua bendita de la más eficaz, bajada directamente del cielo, aquella rociada ayudó a las piedras a transformarse en personas, mientras la mujer del médico participaba de la metamorfosis abriendo una tras otra las bolsas de plástico. No todo olía a lo que contenía, pero el perfume de un trozo de pan duro ya sería, hablando elevadamente, la esencia misma de la vida. Están, al fin, todos despiertos, tienen las manos trémulas, las caras ansiosas, y entonces el médico, tal como le había ocurrido antes al perro de las lágrimas, recuerda quién es, Cuidado, no conviene comer mucho, puede hacernos daño, Lo que nos hace daño es el hambre, dijo el primer ciego, Haz caso de lo que dice el doctor, le reprendió la mujer, y el marido se calló, pensando con una sombra de rencor, Éste ni de ojos entiende, palabras injustas éstas, tanto más si tenemos en cuenta que no está el médico menos ciego que los otros, la prueba es que ni advirtió que su mujer venía desnuda de cintura para arriba, fue ella quien le pidió la chaqueta para taparse, los otros ciegos miraron en su dirección, pero era demasiado tarde, que hubieran mirado antes.

Mientras comían, la mujer del médico contó sus aventuras, de todo lo que hizo y le ocurrió, sólo calló que había dejado la puerta del almacén cerrada, no estaba muy segura de las razones humanitarias que a sí misma se había dado, en compensación contó el episodio del ciego que se había clavado el vidrio en la rodilla, todos se rieron a gusto, todos no, que el viejo de la venda negra no hizo más que esbozar una sonrisa cansada, y el niño estrábico sólo tenía oídos para el ruido que hacía al masticar. El perro de las lágrimas recibió su parte, que pronto pagó ladrando furiosamente cuando alguien de fuera empujó la puerta con violencia. Quienquiera que fuese no insistió, se decía que había perros rabiosos por las calles, para rabia ya tengo bastante con ésta de no ver dónde pongo los pies. Volvió la calma, y entonces, sosegada ya en todos la primera hambre, la mujer del médico contó la charla con el hombre que había salido de esta misma tienda para ver si llovía. Luego, concluyó, Si lo que me dijo es verdad, no podemos tener la seguridad de encontrar nuestras casas tal como las dejamos, ni siquiera sabemos si podremos entrar en ellas, hablo de aquellos que se olvidaron de llevarse las llaves cuando salieron, o que las perdieron, nosotros, por ejemplo, no las tenemos, se quedaron allí, cuando el incendio, sería imposible encontrarlas ahora entre los escombros, pronunció la palabra y fue como si estuviese viendo las llamas envolviendo las tijeras, quemando primero la sangre seca que hubiese en ellas, luego mordiéndole el filo, las puntas agudas, embotándolas, y transformándolas al cabo de un tiempo en rombos blandos, informes, deshechos, imposible creer que aquello hubiera perforado la garganta de nadie, cuando el fuego acabe su trabajo, será imposible, en la masa única de metal fundido, distinguir dónde están las tijeras y dónde están las llaves, Las llaves, dijo el médico, las tengo yo, e introduciendo con dificultad tres dedos en un bolsillo pequeño de los andrajosos pantalones, junto a la cintura, extrajo de dentro una argollita con tres llaves. Y cómo las tienes tú, si yo las había metido en mi bolso, que se quedó allí, Las saqué, tenía miedo de que pudieran perderse, creí que estaban más seguras conmigo, y era también una forma de seguir confiando en que algún día íbamos a volver a casa, Está bien eso de tener las llaves, pero puede que nos encontremos con la puerta derribada, Pueden haberlo intentado, o no, por un momento se olvidaron de los otros, pero ahora es preciso saber, de todos ellos, lo que ha pasado con sus llaves, la primera en hablar fue la chica de las gafas oscuras, Mis padres se quedaron en casa cuando la ambulancia fue a buscarme, no sé qué les habrá ocurrido luego, después habló el viejo de la venda negra, Yo estaba en mi cuarto cuando me quedé ciego, llamaron a la puerta, la dueña de la casa vino a decirme que unos enfermeros me buscaban, no era momento para pensar en llaves, sólo faltaba la mujer del primer ciego, pero ésta dijo, No sé, no me acuerdo, sabía, se acordaba, pero no quería confesar que cuando se vio ciega, expresión absurda, pero enraizada, que no hemos conseguido evitar, salió de casa gritando, llamando a las vecinas, las que estaban en casa se guardaron muy bien de acudir en su ayuda, y ella, que tan firme y capaz se había mostrado cuando la desgracia cayó sobre el marido, se comporta ahora alocadamente, abandonando la casa con la puerta abierta de par en par, ni se le ocurrió que la dejaran volver atrás, sólo un minuto, sólo cerrar la puerta y ya estoy aquí. Al niño estrábico nadie le preguntó por la llave de su casa, el pobrecillo ni de dónde vivía se acordaba. Entonces, la mujer del médico tocó levemente la mano de la chica de las gafas oscuras, Empezaremos por tu casa, que es la que está más cerca, pero antes tenemos que encontrar ropa y zapatos, no podemos andar así por la calle, sucios y rotos. Hizo un movimiento para levantarse, pero reparó en el niño estrábico, que, confortado ya, y harto, había vuelto a quedarse dormido. Dijo, descansemos, durmamos un poco, ya veremos más tarde lo que nos espera. Se quitó la falda mojada, luego, para calentarse, se acercó al marido, lo mismo hicieron el primer ciego y su mujer, Eres tú, preguntó él, ella se acordaba de su casa y sufría, no dijo Consuélame, pero fue como si lo hubiera pensado, lo que no se sabe es qué sentimiento habrá llevado a la chica de las gafas oscuras a poner un brazo sobre el hombro del viejo

318

de la venda negra, pero el caso es que lo hizo, y así permanecieron, ella durmiendo, él no. El perro fue a tumbarse junto a la puerta, guardando el paso, es un animal áspero e intratable cuando no tiene que enjugar lágrimas.

Se vistieron y se calzaron, lo que aún no encontraron es manera de lavarse, pero se nota ya una gran diferencia con los otros ciegos, los colores de las ropas, pese a la relativa escasez de la oferta, porque, como se suele decir, la fruta está ya muy sobada, combinan bien entre sí, es la ventaja de llevar con nosotros a alguien que nos aconseja, Ponte tú esto, que va mejor con esos pantalones, las rayas no casan con los lunares, detalles así, a los hombres, probablemente, les daba igual tambor que pandereta, pero la chica de las gafas oscuras y la mujer del primer ciego hicieron cuestión de saber qué colores y qué corte tenían las ropas que llevaban, de este modo, y con ayuda de la imaginación, podrán verse a sí mismas. En cuanto al calzado, todos se mostraron de acuerdo en que había que cuidar más la comodidad que la belleza, nada de cordones y tacones altos, nada de antes y charoles, en el estado en que las calles están sería un disparate, lo mejor son unas buenas botas altas de goma, totalmente impermeables, la caña hasta media pierna, fáciles de poner y de quitar, nada mejor para andar por los barrizales. Desgraciadamente no encontraron botas de este tipo para todos, al niño estrábico, por ejemplo, no había número que le sirviera, le quedaban los pies nadando por dentro, por eso tuvo que contentarse con unas botas deportivas sin finalidad definida, Qué coincidencia, diría su madre, allá donde esté, a alguien que viniera a contarle lo ocurrido, es exactamente lo que habría elegido mi hijo si pudiera ver. El viejo de la venda negra, que tiene unos pies que tiran más bien a grandes, resolvió el problema poniéndose unos zapatos de baloncesto, de los especiales para jugadores de dos metros y extremidades en proporción. Verdad es que va un poco ridículo, parece que lleva unas pantuflas blancas, pero estos ridículos son de los que duran poco, en menos de diez minutos ya estarán sucísimos los zapatos, es como todo en la vida, dar tiempo al tiempo, que todo lo arregla.

Dejó de llover, ya no hay ciegos con la boca abierta. Andan por ahí, sin saber qué hacer, vagan por las calles, pero nunca mucho tiempo, andar o estar parado viene a ser lo mismo para ellos, salvo encontrar comida no tienen otros objetivos, la música se ha acabado, nunca hubo tanto silencio en el mundo, teatros y cines sirven a quien se ha quedado sin casa o ha dejado de buscarla, algunas salas de espectáculos, las mayores, se usaron para las cuarentenas cuando el Gobierno, o lo que de él sucesivamente fue quedando, aún creía que el mal blanco podía ser atajado con trucos e instrumentos que de tan poco sirvieron en el pasado contra la fiebre amarilla y otros pestíferos contagios, pero eso se ha acabado, aquí ni siquiera ha sido necesario un incendio. En cuanto a los museos, es un auténtico dolor del alma, algo que rompe el corazón, toda aquella gente, gente digo bien, todas aquellas pinturas, aquellas esculturas no tienen delante ni una persona a quien mirar. No se sabe qué esperan ahora los ciegos de la ciudad, esperarían su curación si todavía creyeran en ella, pero esa esperanza se acabó cuando se enteraron de que el mal había afectado a todos, sin dejar a nadie libre, que no había quedado vista humana para mirar por la lente de un microscopio, que habían sido abandonados los laboratorios, donde no le quedaba a las bacterias más solución, si querían sobrevivir, que devorarse entre sí. Al principio, muchos ciegos, acompañados por parientes aún con vista y espíritu de familia, acudían a los hospitales, pero allí sólo encontraron médicos ciegos tomando el pulso a enfermos que no veían, auscultándolos por delante y por detrás, eso era todo lo que podían hacer, para eso todavía tenían oídos. Después, bajo el aprieto del hambre, los enfermos, los que podían andar, huían de los hospitales, y acababan muriendo en la calle, abandonados, las familias, si las tenían, dónde andarían, y luego, para que los enterrasen, no bastaba que alguien tropezase con ellos por casualidad, tenían que empezar a oler mal, e, incluso así, sólo si habían ido a morir a un lugar de paso. No es extraño que los perros sean tantos, algunos ya parecen hienas, los matojos del pelo apestan a podredumbre, corren por ahí con los cuartos traseros encogidos, como si tuvieran miedo de que los muertos y devorados cobrasen vida de nuevo para hacerles pagar la vergüenza de morder a quien ya no puede defenderse. Cómo está el mundo, preguntó el viejo de la venda negra, y la mujer del médico respondió, No hay diferencia entre fuera y dentro, entre aquí y allá, entre los pocos y los muchos, entre lo que hemos vivido y lo que vamos a tener que vivir, Y la gente, cómo va, preguntó la chica de las gafas oscuras, Van como fantasmas, ser fantasma debe de ser algo así, tener la certeza de que la vida existe, porque cuatro sentidos nos lo dicen, y no poder verla, Hay muchos coches por ahí, preguntó el primer ciego, que no puede olvidar que le robaron el suyo, Es un cementerio. Ni el médico ni la mujer del primer ciego hicieron preguntas, para qué, si las respuestas serían del mismo talante que éstas. Al niño estrábico le basta la satisfacción de llevar puestos los zapatos con los que siempre soñó, ni siquiera lo entristece el hecho de no poder verlos. Por esta razón, probablemente, no va como un fantasma. Y tampoco merecería que le llamen hiena al perro de las lágrimas que sigue a la mujer del médico, no anda olisqueando carne muerta, acompaña a unos ojos que él sabe muy bien que están vivos.

La casa de la chica de las gafas oscuras no está lejos, pero estos hambrientos de una semana sólo ahora empiezan a notar que les vuelven las fuerzas, y por eso andan tan lentamente, para descansar no tienen más remedio que sentarse en el suelo, no valió la pena el cuidado de selección de colores y cortes, si al cabo de poco tiempo las ropas estarán inmundas. La calle donde vive la chica de las gafas oscuras es estrecha aparte de corta, lo que explica que no se encuentren por aquí automóviles, era de dirección única y ni así quedaba espacio para estacionar, estaba prohibido. Que tampoco hubiese personas no era de extrañar, en calles así no son raros los momentos del día en que no se ve un alma. Cuál es el número de tu casa, preguntó la mujer del médico, El siete, segundo izquierda. Una de las ventanas estaba abierta, en otro tiempo sería señal segura de que había alguien en casa, ahora todo es dudoso. Dijo la mujer del médico, No iremos todos, subiremos sólo nosotras dos, los demás que esperen abajo. Se veía que la puerta de la calle había sido forzada, se notaba claramente que el anclaje de la cerradura estaba retorcido, una ancha lasca de madera se había soltado casi por completo del batiente. La mujer del médico no dijo nada de esto, dejó que la chica fuera delante, ella conocía el camino, no le importaba la penumbra en que la escalera estaba inmersa. Con el nerviosismo de la prisa, la chica de las gafas oscuras tropezó dos veces, pero creyó que lo mejor era reírse de sí misma, Imagínate, esta escalera, la subía y bajaba yo antes con los ojos cerrados, las frases hechas son así, no tienen sensibilidad para las mil sutilezas de sentido, ésta, por ejemplo, no conoce la diferencia entre cerrar los ojos y estar ciego. En el rellano del segundo la puerta que buscaban estaba cerrada. La chica de las gafas oscuras deslizó la mano por la hoja de la puerta hasta encontrar el timbre, No hay luz, le recordó la mujer del médico, y estas tres palabras, que no hacían más que repetir lo que todo el mundo sabía, las oyó la chica como el anuncio de una mala noticia. Llamó una vez, dos veces, tres veces, a la tercera con violencia, a puñetazos, llamaba, Mamaíta, Papá, y nadie venía a abrir, los apelativos cariñosos no conmovían la realidad, nadie vino a decir, Mi hija querida, al fin estás aquí, creímos que nunca te íbamos a ver, entra, entra, esta señora debe de ser amiga tuya, que entre, que entre también, la casa está un poco desordenada, no se fije mucho, la puerta seguía cerrada, No hay nadie, dijo la chica de las gafas oscuras, y rompe a llorar apoyada en la puerta, la cabeza sobre los antebrazos cruzados, como si con todo el cuerpo estuviese implorando una desesperada piedad, si no hubiéramos aprendido ya lo suficiente de las complicaciones del espíritu humano, nos sorprendería que quiera tanto a sus padres, hasta el punto de estas demostraciones de dolor, una chica de costumbres tan libres, aunque no está lejos quien dijo que no hay contradicción, ni la hubo nunca, entre esto y aquello. La mujer del médico quiso consolarla, pero tenía poco que decir, sabemos que es casi imposible que la gente permanezca mucho tiempo en sus casas, Podemos preguntar a los vecinos, sugirió, si hay alguno, Sí, vamos a preguntar, dijo la chica de las gafas oscuras, pero en su voz no había ninguna esperanza. Empezaron por llamar a la puerta de la otra vivienda del rellano, pero nadie respondió. En el piso de encima, las dos puertas estaban abiertas. Las viviendas habían sido saqueadas, los roperos estaban vacíos, en los sitios de guardar comida no quedaba sombra de ella. Había señales de haber pasado gente por allí hacía poco tiempo, algún grupo errante, como lo eran todos ahora, siempre de casa en casa, de ausencia en ausencia.

Bajaron al primero, la mujer del médico llamó con los nudillos en la puerta más cercana, hubo un silencio expectante, después, una voz ronca preguntó, desconfiada, Quién anda por ahí, la chica de las gafas oscuras se adelantó, Soy yo, la vecina del segundo, estoy buscando a mis padres, sabe dónde están, qué ha sido de ellos. Se oyeron pasos arrastrados, la puerta se abrió y apareció una vieja flaquísima, sólo la piel sobre los huesos, escuálida, con el pelo largo, blanco y desgreñado. Una mezcla nauseabunda de olores ácidos y de una indefinible podredumbre hizo retroceder a las dos mujeres. La vieja abría mucho los ojos, los tenía casi blancos, No sé nada de tus padres, vinieron a buscarlos al día siguiente de llevarte a ti, entonces yo aún veía,

Hay alguien más en la casa, De vez en cuando oigo subir y bajar la escalera, pero es gente de fuera, de esos que sólo vienen a dormir, Y mis padres, Ya te he dicho que no sé nada de ellos, Y su marido, y su hijo, y su nuera, También se los llevaron, Y a usted no, por qué, Porque me escondí, Dónde, En tu casa, ya ves, Y cómo consiguió entrar, Por la parte de atrás, por la escalera de socorro, rompí un cristal y abrí la puerta por dentro, la llave estaba en la cerradura, Y desde entonces cómo ha podido vivir sola en su casa, preguntó a su vez la mujer del médico, Quién más hay aquí, preguntó la vieja aterrada volviendo la cabeza, Es una amiga, anda en mi grupo, respondió la chica de las gafas oscuras, Y no sólo es el hecho de estar sola, la comida, cómo se las arregló para conseguir comida durante todo este tiempo, insistió la mujer del médico, No soy tonta, me voy gobernando como puedo, Si no quiere, no lo diga, era sólo por curiosidad, Claro que se lo digo, no faltaba más, lo primero que hice fue ir por todas las casas de la escalera recogiendo la comida que hubiese, la que se estropeaba me la comí en seguida, la otra la guardé, Tiene algo todavía, preguntó la chica de las gafas oscuras, No, se ha acabado todo, respondió la vieja con una súbita expresión de desconfianza en los ojos ciegos, modo de decir que en estas situaciones siempre se suele usar, pero que realmente no es muy riguroso, porque los ojos, los ojos propiamente dichos, no tienen expresión, ni siquiera cuando han sido arrancados, son dos canicas que están allí inertes, los párpados, las pestañas, y también las cejas, son los que se encargan de las diversas elocuencias y retóricas visuales, pero la fama la tienen los ojos, Entonces, de qué vive ahora, preguntó la mujer del médico, La muerte anda por las calles, pero en los corrales la vida no se ha acabado, dijo la vieja con misterio, Qué quiere decir, En los patios, en los corrales, hay conejos, gallinas, en los huertos hay coles, flores, pero las flores no se pueden comer, Y cómo hace, Depende, unas veces cojo unas coles, otras veces mato un conejo o una gallina, Y los come crudos, Al principio encendía una hoguera, después me he acostumbrado a la carne cruda, y los tronchos de las coles son dulces, no se preocupen, que de hambre no va a morir esta hija de mi madre. Retrocedió dos pasos, casi se perdió en la oscuridad de la casa, sólo los ojos, blancos, brillaban, y dijo desde allí, Si quieres ir a tu casa, entra, te doy paso. La chica de las gafas oscuras iba a decir que no, que muchas gracias, no vale la pena, para qué, si mis padres no están, pero súbitamente sintió el deseo de ver su cuarto, Ver mi cuarto, qué estupidez, si estoy ciega, al menos pasar las manos por las paredes, por la colcha de la cama, por la almohada donde descansaba mi loca cabeza, por los muebles, quizá esté en la cómoda el jarrón de flores que recordaba, si la vieja no lo ha tirado al suelo, por rabia de no encontrar qué comer. Dijo, Bueno, si me lo permite, aprovecharé su ofrecimiento, es mucha bondad de su parte, Entra, entra, pero ya sabes, comida no vas a encontrar, ya tengo poca para mí, además, a ti no te sirve, seguro que no te gusta la carne cruda, No se preocupe, nosotros tenemos comida, Ah, tienen comida, en ese caso denme algo en pago del favor, Ya le daremos, descuide, dijo la mujer del médico. Pasaron al corredor, el hedor se hacía insoportable. En la cocina, mal iluminada por la escasa luz de fuera, había pieles de conejo por el suelo, plumas de gallina, huesos, y, sobre la mesa, en un plato lleno de sangre reseca, pedazos de carne irreconocibles, como si hubiesen sido masticados ya muchas veces, Y los conejos y las gallinas, qué comen, preguntó la mujer del médico, Coles, hierbas, restos, dijo la vieja, Restos de qué, De todo, hasta carne, No nos diga que las gallinas y los conejos comen carne, Los conejos aún no, pero las gallinas, a ésas les encanta, los animales son como las personas, se acostumbran a todo. La vieja se movía con seguridad, sin tropezar, apartó una silla del camino como si la hubiera visto, después indicó la puerta que daba a la escalera de socorro, Por ahí, pero con cuidado, no resbalen, el pasamano no está muy seguro, Y la puerta, preguntó la chica de las gafas oscuras, Basta empujarla, la llave la tengo yo, está por ahí, Es mía, iba a decir la chica, pero en el mismo instante pensó que esta llave no le serviría para nada si los padres, o alguien por ellos, se hubiesen llevado las otras, las de la puerta de entrada, no podía estar pidiéndole a esta vecina que la dejase pasar siempre que quisiera entrar o salir. Sintió una leve opresión en el corazón, sería porque iba a entrar en su casa, sería por saber que los padres no estaban, sería por qué.

La cocina estaba limpia y ordenada, no había demasiado polvo sobre los muebles, otra ventaja del tiempo lluvioso, aparte de haber hecho crecer las coles y las hierbas, realmente, los huertos, vistos desde arriba, le parecían a la mujer del médico selvas en miniatura, Andarán por aquí sueltos los conejos, se preguntó, seguro que no, seguirían viviendo en las conejeras, esperando la mano ciega que les llevase hojas de col y que luego los agarre de las orejas y los saque de allí pataleando, mientras la otra mano prepara el golpe ciego que les romperá las vértebras junto al cráneo. La memoria de la chica de las gafas oscuras la conducía por el interior de la casa, como la vieja del piso de abajo, tampoco tropezó ni dudó, la cama de los padres estaba por hacer, debían de haberlos recogido de madrugada, se sentó allí a llorar, la mujer del médico se sentó a su lado, le dijo, No llores, qué otras palabras se pueden decir, las lágrimas qué sentido tienen cuando el mundo ha perdido todo su sentido. En el dormitorio de la chica, sobre la cómoda, había un jarrón de vidrio con flores ya secas, el agua se había evaporado, fue a ellas a donde se dirigieron las manos ciegas, los dedos rozaron los pétalos muertos, qué frágil es la vida si la abandonan. La mujer del médico abrió la ventana, miró a la calle, allí estaban todos, sentados en el suelo, esperando pacientemente, el perro de las lágrimas fue el único que levantó la cabeza, le dio aviso el sutil oído. El cielo, otra vez cubierto, empezaba a oscurecerse, caía la noche. Pensó que hoy no precisarían buscar un abrigo donde dormir, se quedarían aquí, A la vieja no le va a gustar que pasemos todos por su casa, murmuró. En aquel momento, la chica de las gafas oscuras le tocó el hombro, y dijo, Las llaves están en la cerradura, no se las llevaron. La dificultad, si lo era, estaba resuelta, no tendrían que soportar el malhumor de la vieja del primero, Voy a bajar a llamarlos, se está haciendo de noche, qué bien, hoy al menos podemos dormir en una casa, bajo el techo de una casa, dijo la mujer del médico, Ustedes se quedarán en la cama de mis padres, Ya veremos luego, Aquí quien manda soy yo, estoy en mi casa, Tienes razón, lo haremos como tú quieras, la mujer del médico abrazó a la chica, después bajó a buscar a los otros. Escaleras arriba, hablando animados, tropezando de vez en cuando en los peldaños pese a las advertencias de la guía, Son diez en cada tramo, parecía que venían de visita. El perro de las lágrimas los seguía tranquilamente, como si fuese cosa de toda la vida. En el rellano, la chica de las gafas oscuras miraba para abajo, es la costumbre cuando sube alguien, sea para saber de quién se trata, si no es persona conocida, sea para celebrar con palabras la acogida, si son amigos, en este caso no era necesario tener ojos para saber quién llega, Entrad, entrad, poneos cómodos. Apareció la vieja del primero acechando en la puerta, creyó que aquel tropel sería uno de esos bandos que aparecen para dormir, y no se equivocaba, preguntó, Quién anda por ahí, y la chica de las gafas oscuras respondió desde arriba, Es mi grupo, la vieja quedó confusa, cómo pudo la chica llegar al rellano, lo comprendió inmediatamente y se irritó consigo misma por no haber tenido la precaución de buscar y recoger las llaves de las puertas de salida, era como si estuviese perdiendo los derechos de propiedad de una casa de la que, desde hacía meses, era única habitante. No encontró mejor manera de compensar la súbita frustración que decir, abriendo la puerta, Recuerden lo de la comida, no se hagan los olvidadizos. Y como ni la mujer del médico ni la chica de las gafas oscuras, una ocupada en guiar a los que llegaban, otra en recibirlos, le respondieran, gritó destemplada, Lo han oído. Mala cosa hizo, porque el perro de las lágrimas, que en ese momento exacto pasaba ante ella, empezó a ladrar furioso, la escalera atronaba toda con los alaridos del can, fue mano de santo, la vieja soltó un grito de miedo y se metió atropelladamente en su casa, cerrando la puerta. Quién es esa bruja, preguntó el viejo de la venda negra, son cosas que se dicen cuando no tenemos ojos para nosotros mismos, si hubiera vivido él como vivió ella, ya veríamos lo que le duraban sus modos civilizados.

No había otra comida sino la que traían en las bolsas, el agua tenían que ahorrarla hasta la última gota, y con respecto a la iluminación, la suerte fue que encontraron dos velas en el armario de la cocina, guardadas allí para ocasionales apagones y que la mujer del médico encendió en su propio beneficio, que los otros no las necesitaban, ya tienen una luz dentro de las cabezas, tan fuerte que los había cegado. No disponían los compañeros más que de este poco, y, aun así, fue una fiesta de familia, de esas, raras, donde lo que es de cada uno es de todos. Antes de sentarse a la mesa, la chica de las gafas oscuras y la mujer del médico fueron al piso de abajo, a cumplir la promesa, aunque más exacto sería decir que fueron a satisfacer la exigencia de pagar con comida el paso por aquella aduana. La vieja las recibió quejosa, rezongando, aquel perro maldito que no la devoró de milagro, Mucha comida debéis de tener para mantener a una fiera así, insinuó, como si esperara, por medio de este recriminatorio reparo, suscitar en las dos emisarias lo que llamamos remordimientos de consciencia, realmente, dirían una a la otra, no sería humano dejar morir de hambre a una pobre anciana mientras un animal come hasta reventar. No volvieron atrás las dos mujeres para buscar más comida, la que llevaban ya era una generosa ración, si tenemos en cuenta las difíciles circunstancias de la vida actual, y así inesperadamente lo entendió la vieja del piso de abajo, a fin de cuentas menos malvada de lo que parecía, que fue adentro a buscar la llave de atrás diciéndole a la chica de las gafas oscuras, Toma, la llave es tuya, y, como si esto fuese poco, aún murmuró, al cerrar la puerta, Gracias. Maravilladas subieron las dos mujeres, la bruja tenía sentimientos, No era mala persona, quedarse sola le ha hecho perder el juicio, comentó la chica de las gafas oscuras sin parecer pensar lo que decía. La mujer del médico no respondió, decidió guardar la charla para más tarde, la ocasión la tuvo cuando los otros estaban ya acostados, algunos dormidos, sentadas las dos en la cocina como madre e hija ganando fuerzas para seguir poniendo un poco de orden en la casa, entonces la mujer del médico preguntó, Y tú, qué vas a hacer ahora, Nada, me quedo aquí, esperando que vuelvan mis padres, Sola y ciega, A la ceguera me he habituado ya, Y a la soledad, Tendré que habituarme, también la vecina de abajo vive sola, Quieres convertirte en lo que ella es, alimentarte de coles y de carne cruda, mientras dure, en estas casas no parece quedar nadie, seréis dos a odiaros con miedo de que se acabe la comida, cada troncho que una coja lo estará quitando de la boca de la otra, tú no has visto a esa pobre mujer, de su casa sólo sentiste el olor, te digo que ni allá donde vivíamos era tan repugnante, Tarde o temprano todos seremos como ella, y cuando acabemos ya no habrá más vida, Por ahora vivimos, Escúchame, tú sabes mucho más que yo, a tu lado soy sólo una ignorante, pero lo que pienso es que estamos ya muertos, estamos ciegos porque estamos muertos, o, si prefieres que te lo diga de otra manera, estamos muertos porque estamos ciegos, da lo mismo, Yo sigo viendo, Afortunadamente para ti, afortunadamente para tu marido, para mí, para los otros, pero no sabes si vas a seguir viendo durante mucho tiempo más, en caso de que te quedes ciega te volverás igual que nosotros, acabaremos todos como la vecina de abajo, Hoy es hoy, mañana será mañana, y es hoy cuando tengo la responsabilidad, no mañana, si estoy ya ciega, Responsabilidad de qué, La responsabilidad de tener ojos cuando los otros los han perdido, No puedes guiar ni dar de comer a todos los ciegos del mundo, Debería, Pero no puedes, Ayudaré en todo lo que esté a mi alcance, Sé muy bien que lo harás, de no ser por ti quizá yo no estaría viva, Y ahora no quiero que mueras, Tengo que quedarme, es mi obligación, ésta es mi casa, quiero que mis padres, si vuelven, me encuentren aquí, Si vuelven, tú misma lo has dicho, y falta saber si entonces seguirán siendo tus padres, No comprendo, Has dicho que la vecina de abajo había sido una buena persona, Pobre mujer, Pobres tus padres, pobre tú, cuando os encontréis, ciegos de ojos, ciegos de sentimientos, porque los sentimientos con que hemos vivido y que nos hicieron vivir como éramos, nacieron de los ojos que teníamos, sin ojos serán diferentes los sentimientos, no sabemos cómo, no sabemos cuáles, tú dices que estamos muertos porque estamos ciegos, ahí está, Tú amas a tu marido, Sí, como a mí misma, pero si yo me quedo ciega, si después de perder la vista dejo de ser quien he sido, quién seré entonces para seguir amándolo, y con qué amor, Antes, cuando veíamos, también había ciegos, Pocos en comparación con los que hay hoy, los sentimientos normales eran los de quien ve, y los ciegos sentían entonces con sentimientos ajenos, no como los ciegos que eran, ahora, sí, lo que está naciendo es el auténtico sentir de los ciegos, y sólo estamos en el inicio, por ahora aún vivimos de la memoria de lo que sentíamos, no precisas tener ojos para saber cómo es hoy la vida, si a mí me dijesen que un día mataría, lo tomaría como una ofensa, y he matado, Qué quieres entonces que haga, Ven conmigo, ven a nuestra casa, Y ellos, Lo que vale para ti, vale para ellos, pero es sobre todo a ti a quien quiero, Por qué, Yo misma me pregunto por qué, quizá porque te siento como una hermana, quizá porque mi marido se acostó contigo, Perdóname, No es crimen que necesite perdón, Vamos a chuparte la sangre, vamos a ser como parásitos, No faltaban parásitos cuando veíamos, y en lo que dices de la sangre, para algo ha de servir, aparte de para sustentar el cuerpo que la transporta, y ahora, vámonos a dormir, que mañana es otra vida.

Otra vida, o la misma. El niño estrábico, cuando despertó, quiso ir al retrete, tenía diarrea, algo que le sentó mal en su debilidad, pero pronto se vio que era imposible entrar allí, por lo visto, la vieja del piso de abajo había ido utilizando todos los retretes de la casa hasta no poder usarlos más, sólo por una extraordinaria casualidad, ninguno de los siete, ayer, antes de acostarse, necesitó aliviar las urgencias del bajo vientre, si no ya lo sabrían. Ahora todos las sentían, y sobre todo el pobre chiquillo, que no aguantaba más, realmente por mucho que nos cueste reconocerlo, estas realidades sucias de la vida también deben ser contempladas en un relato, con la tripa en sosiego cualquiera tiene ideas, discute, por ejemplo, si existe una relación directa entre los ojos y los sentimientos, o si el sentido de responsabilidad es consecuencia natural de una buena visión, pero cuando aprieta la barriga, cuando el cuerpo se nos desmanda de dolor y de angustias es cuando se ve el animal que somos. El patio trasero, el huerto, exclamó la mujer del médico, y tenía razón, si no fuese tan temprano nos encontraríamos a la vecina del piso de abajo, es hora de dejar de llamarle vieja como hemos venido haciendo peyorativamente, allí estaría, decíamos, agachada, rodeada de gallinas, por qué, quien hizo la pregunta seguramente no sabe nada de gallinas. Agarrándose la barriga, sostenido por la mujer del médico, el niño estrábico bajó las escaleras en ansia, mucho ha conseguido aguantar, pobrecillo, no le pidamos más, en los últimos peldaños ya desistió el esfínter de contener la presión interna, imaginen las consecuencias. Entretanto, los otros cinco bajaron como pudieron la escalera de socorro, nombre muy adecuado, si algún pudor había quedado del tiempo en que vivieron en cuarentena, ya era hora de perderlo. Dispersos por el huerto, gimiendo por el esfuerzo, sufriendo por un resto inútil de vergüenza, hicieron lo que había que hacer, también la mujer del médico, pero ésta lloraba viéndolos, lloraba por todos ellos, que ni eso parece que puedan hacer, su propio marido, el primer ciego y la mujer, la chica de las gafas oscuras, el viejo de la venda negra, ese niño, los veía a todos en cuclillas sobre los hierbajos, entre los troncos nudosos de las coles, con las gallinas al acecho, el perro de las lágrimas había bajado también, era uno más. Se limpiaron como pudieron, poco y mal, unos con puñados de hierbajos, otros con pedazos de teja, cualquier cosa que estuviera al alcance del brazo, en algún caso fue peor la enmienda. Subieron la escalera de socorro callados, la vecina del primero no salió a preguntarles quiénes eran, de dónde venían, adónde iban, estaría durmiendo la buena digestión de la cena, y, cuando entraron en casa, primero no supieron de qué hablar, luego, la chica de las gafas oscuras dijo que no podían quedarse en aquella situación, que ni siquiera tenían agua para lavarse, qué pena que no lloviera torrencialmente como llovió ayer, saldrían de nuevo al patio trasero, pero ahora, desnudos y sin vergüenza, recibirían en la cabeza y en los hombros el agua generosa del cielo, la sentirían resbalar por la espalda y por el pecho, por las piernas, podrían recogerla en las manos, al fin limpias, y en esa taza darle de beber al sediento, quien fuese no importaba, acaso los labios rozarían la piel antes de encontrar el agua, y, siendo la sed mucha, ávidamente irían a recoger en la concavidad las últimas gotas, despertando así, quién sabe, otra sed. A la chica de las gafas oscuras, como otras veces se ha observado, lo que le pierde es la imaginación, las cosas que se le ocurren en una situación como ésta, trágica, grotesca, desesperada. Aun así, no le falta un cierto sentido práctico, la prueba es que fue al armario de su cuarto, luego al de los padres, trajo unas cuantas sábanas y toallas, Limpiémonos con esto, dijo, es mejor que nada, y no hay duda de que fue una buena idea, cuando se sentaron a comer se sentían otros.

Fue en la mesa donde la mujer del médico expuso su pensamiento, Ha llegado el momento en que tenemos que decidir lo que vamos a hacer, estoy convencida de que todo el mundo está ciego, al menos se comportan como tales las personas que he visto hasta ahora, no hay agua, no hay electricidad, no hay abastecimientos de ningún tipo, estamos en el caos, el caos auténtico tiene que ser esto, Habrá un Gobierno, dijo el primer ciego, No lo creo, pero, en caso de que lo haya, será un gobierno de ciegos gobernando a ciegas, es decir, la nada pretendiendo organizar la nada, Entonces, no hay futuro, dijo el viejo de la venda negra, No sé si habrá futuro, de lo que ahora se trata es de cómo vamos a vivir este presente, Sin futuro, el presente no sirve para nada, es como si no existiese, Puede que la humanidad acabe consiguiendo vivir sin ojos, pero entonces dejará de ser la humanidad, el resultado, a la vista está, quién de nosotros sigue considerándose tan humano como creía ser antes, yo, por ejemplo, he matado a un hombre, Que mataste a un hombre, dijo el primer ciego, asombrado, Sí, al que mandaba en el otro lado, le clavé unas tijeras en la garganta, Lo mataste para vengarnos, para vengar a las mujeres tenía que ser una mujer, dijo la chica de las gafas oscuras, y la venganza, cuando es justa, es cosa humana, si la víctima no tuviera un derecho sobre el verdugo, entonces no habría justicia, Ni humanidad, añadió la mujer del primer ciego, Volvamos a la cuestión, dijo la mujer del médico, si seguimos juntos quizá consigamos sobrevivir, si nos separamos seremos engullidos por la masa y despedazados, Has dicho que hay grupos de ciegos organizados, observó el médico, eso significa que se están inventando maneras nuevas de vivir, no es forzoso que acabemos despedazados, como prevés, No sé hasta qué punto estarán realmente organizados, sólo los veo andar por ahí en busca de comida y de un sitio donde dormir, nada más, Volvemos a la horda primitiva, dijo el viejo de la venda negra, Con la diferencia de que no somos unos cuantos millares de hombres y mujeres en una naturaleza inmensa e intacta, y sí millares de millones en un mundo descarnado y consumido, Y ciego, añadió la mujer del médico, cuando conseguir agua y comida comience a ser difícil, los grupos se segregarán, cada persona pensará que sola se las arregla mejor, no tendrá que repartir con otros, lo que consiga es suyo, de nadie más, Los grupos que andan por ahí tendrán jefes, alguien que mande y organice, apuntó el primer ciego, Tal vez, pero tan ciegos son los que mandan como los mandados, Tú no estás ciega, dijo la chica de las gafas oscuras, por eso eres la que manda y organiza, No mando, organizo como puedo, soy los ojos que dejasteis de tener, Una especie de jefe natural, un rey con ojos en una tierra de ciegos, dijo el viejo de la venda negra, Si es así, dejaos guiar por mis ojos mientras duren, por eso propongo que, en vez de dispersarnos, ella en esta casa, vosotros en la vuestra, tú en la tuya, sigamos viviendo juntos, Podemos quedarnos aquí, dijo la chica de las gafas oscuras, Nuestra casa es mayor, Suponiendo que no esté ocupada, recordó la mujer del primer ciego, Lo sabremos cuando lleguemos, y si es así, nos volvemos aquí, o iríamos a ver la vuestra, o la tuya, añadió dirigiéndose al viejo de la venda negra, y él respondió, No tengo casa, vivía solo en un cuarto alquilado, No tienes familia, preguntó la chica de las gafas oscuras, Nin-

guna, Ni mujer, ni hijos, ni hermanos, No tengo
a nadie, Si no aparecen mis padres, me quedaré
tan sola como tú, Yo me quedo contigo, dijo el
niño estrábico, pero no añadió, Si mi madre no
aparece, no ha puesto esta condición, es extraño
este comportamiento, o no será tan extraño, la
gente joven se conforma rápidamente, tiene toda la vida por delante, Qué decidís, preguntó la
mujer del médico, Voy con vosotros, dijo la chica de las gafas oscuras, sólo te pido que, al menos una vez por semana, me acompañes hasta
aquí, a ver si han vuelto mis padres, Déjale las
llaves a la vecina de abajo, No tengo otro remedio, ella no puede llevarse más de lo que ya se ha
llevado, Pero destruirá, Después de haber estado yo aquí quizá no, Nosotros también vamos
con vosotros, dijo el primer ciego, pero nos gustaría, lo antes posible, pasar por nuestra casa
para saber qué ha ocurrido, Pasaremos, claro,
Por la mía no vale la pena, ya os he dicho cómo
vivía, Pero vendrás con nosotros, Sí, con una
condición, a primera vista parecerá escandaloso
que alguien ponga condiciones a un favor que le
hacen, pero algunos viejos son así, les sobra orgullo a medida que les va faltando tiempo, Qué
condición es esa, preguntó el médico, Cuando
sea una carga insoportable, decídmelo, y si, por
amistad o por compasión, decidís callaros, espero tener suficiente juicio en la cabeza para hacer
lo que debo, Y qué será eso, si puede saberse,
preguntó la chica de gafas oscuras, Retirarme,

alejarme, desaparecer, como hacían antes los elefantes, he oído decir que ahora ya no es así, porque ningún elefante llega a viejo, Tú no eres precisamente un elefante, Tampoco soy ya precisamente un hombre, Sobre todo si empiezas a dar respuestas de niño, replicó la chica de las gafas oscuras, y la charla acabó aquí.

Las bolsas de plástico van mucho más ligeras de lo que vinieron, no es extraño, la vecina del primero comió también de ellas, dos veces comió, primero anoche, y hoy le dejaron también algo cuando le pidieron que se quedara con las llaves y las guardara por si aparecían los legítimos dueños, cuestión de endulzarle la boca, que del carácter de ella tenemos ya noticia suficiente, y esto sin hablar del perro de las lágrimas que también comió de las bolsas, sólo un corazón de piedra habría sido capaz de fingir indiferencia ante aquellos ojos suplicantes, y a propósito, dónde se ha metido el perro, no está en la casa, por la puerta no ha salido, sólo puede estar en el huerto, fue la mujer del médico a comprobarlo, y así era en efecto, el perro de las lágrimas estaba comiéndose una gallina, tan rápido había sido el ataque que ni una señal de alarma se había disparado, pero si la vieja del primero tuviera ojos y anduviese con las gallinas contadas, no se sabe el destino que, de rabia, podían tener las llaves. Entre la consciencia de haber cometido un delito y la impresión de que la criatura humana a quien protegía se marchaba de allí, el perro de las lágrimas no lo dudó un momento, rápidamente escarbó el suelo blando, y antes de que la vieja del primero se asomara al rellano de la escalera de socorro para olfatear la fuente de los ruidos que le entraban en la casa, estaba ya enterrado lo que quedaba de la gallina, oculto el crimen, reservados para otra ocasión los remordimientos. El perro de las lágrimas se escabulló por la escalera arriba, rozó como un soplo las faldas de la vieja, que ni tiempo tuvo de darse cuenta del peligro por el que acababa de pasar, y se fue junto a la mujer del médico, donde anunció a los vientos su proeza. La vieja del primero, oyendo ladrar con tamaña ferocidad, temió, ya sabemos que demasiado tarde, por la seguridad de su despensa, y gritó estirando el cuello hacia arriba, Ese perro tiene que estar sujeto, que va a matarme cualquier día una gallina, Descuide, respondió la mujer del médico, el perro no tiene hambre, ha comido ya, y nosotros nos vamos ahora mismo, Ahora, repitió la vieja, y hubo en su voz un quiebro como de tristeza, como si quisiera que lo entendieran de un modo muy distinto, por ejemplo, Y me van a dejar sola aquí, pero no dijo una palabra más, sólo aquel Ahora que no pedía siquiera una respuesta, también los duros de corazón tienen sus disgustos, el de esta mujer fue tal que después no quiso abrir la puerta para despedir a los desagradecidos a quienes había dado paso franco por su casa. Los oyó bajar la escalera, iban hablando unos con otros, decían, Cuidado, no tropieces, Pon la mano en mi hombro, Agárrate al pasamanos, las palabras de siempre, pero ahora más comunes en este mundo de ciegos, lo que sí le pareció extraño fue oír a una de las mujeres, que decía, Aquí está tan oscuro que no veo nada, que la ceguera de esta mujer no fuese blanca ya era, de por sí, algo sorprendente, pero que la oscuridad no la dejase ver, qué podría significar. Quiso pensar, se estrujó el cerebro, pero la cabeza medio desvanecida no se lo permitió, al cabo de un rato estaba diciéndose a sí misma, Seguro que oí mal, eso fue. En la calle, la mujer del médico se acordó de lo que había dicho, tenía que andar con más cuidado, moverse como quien tiene ojos, eso sí podía hacerlo, Pero las palabras tienen que ser de ciego, pensó.

Reunidos en la acera, dispuso a los compañeros en dos filas de a tres, en la primera colocó al marido y a la chica de las gafas oscuras, con el niño estrábico en el medio, en la segunda iban el viejo de la venda negra y el primer ciego, encuadrando a la mujer. Quería tenerlos a todos cerca, no en la frágil fila india de costumbre, en hileras que en cualquier momento podrían romperse, bastaba con que se cruzasen en el camino con un grupo más numeroso o más brutal, y sería como en el mar un paquebote cortando en dos una falúa que se le hubiese puesto delante, ya se conocen las consecuencias de semejantes accidentes, naufragio, destrozos, gente ahogada, inútiles gritos de socorro en la amplitud del océano, el barco sigue adelante, ni se ha dado cuenta del atropello, así ocurriría con éstos, un ciego aquí, otro allá, perdidos en las desordenadas corrientes de los otros ciegos, como las olas del mar que no se detienen y no saben adónde van, y la mujer del médico sin saber, tampoco ella, a quién deberá acudir primero, dándole la mano al marido, tal vez al niño estrábico, pero perdiendo a la chica de las gafas oscuras, a los otros dos, el viejo de la venda negra, muy lejos, camino del cementerio de los elefantes. Lo que hace ahora es pasar alrededor del grupo, incluyéndose ella, una cuerda de tiras de paño atadas, la hizo mientras los otros dormían, No os agarréis a mí, dijo, agarrad la cuerda con todas vuestras fuerzas, sin dejarla en ningún caso, pase lo que pase. No debían caminar demasiado juntos para evitar tropiezos entre ellos, pero tendrían que sentir la proximidad de sus vecinos, el contacto si fuese posible, sólo uno no necesitaba preocuparse de estas cuestiones nuevas de táctica y dominio del terreno, ése era el niño estrábico, que iba en medio, protegido por todos los lados. A ninguno de nuestros ciegos se le ha ocurrido preguntar cómo van navegando los otros grupos, si también andan atados, por este u otro procedimiento, pero la respuesta sería fácil, por lo que se ha podido observar, los grupos, en general, salvo el caso de alguno más cohesionado por razones que le son propias y que no conocemos, van perdiendo y ganando adherentes a lo largo del día, siempre hay un ciego que se extravía y deja el rebaño, otro que, atrapado por la fuerza de gravedad ha sido arrastrado, quizá lo acepten, quizá lo expulsen, depende de lo que traiga consigo. La vieja del primero abrió la ventana lentamente, no quiere que se sepa que tiene esta flaqueza sentimental, pero de la calle no llega ningún ruido, ya se han ido, han dejado este sitio por donde casi nadie pasa, la vieja debería estar contenta, así no tendrá que compartir con otros sus gallinas y sus conejos, tendría que estarlo, y no lo está, de los ojos ciegos brotan dos lágrimas, por primera vez se preguntó si tenía algún motivo para seguir viviendo. No encontró respuesta, las respuestas no llegan siempre cuando uno las necesita, muchas veces ocurre que quedarse esperando es la única respuesta posible.

Por el camino que llevaban pasarían a dos manzanas de la casa donde el viejo de la venda negra tenía su cuarto de hombre solo, pero habían decidido que seguirían adelante, comida allí no hay, ropas no necesita, los libros no los puede leer. Las calles están llenas de ciegos que andan buscando algo que se coma. Entran y salen de las tiendas, con las manos vacías entran y con las manos vacías salen casi siempre, después discuten entre ellos la necesidad o la ventaja de dejar este barrio y buscar en otras partes de la ciudad, el gran problema es que, tal como están las cosas, sin agua corriente, sin energía eléctrica, con las bombonas de gas vacías, y con el peligro añadido de encender fuego dentro de las casas, no se puede cocinar, eso contando que supiéramos dónde está la sal, el aceite, los condimentos, en el supuesto de querer preparar un plato con algún vestigio de sabores a la antigua, que si hubiera hortalizas, sólo con un hervor nos daríamos por satisfechos, y lo mismo la carne, aparte de los conejos y gallinas de siempre, servirían los perros y los gatos que se dejaran atrapar pero, como la experiencia es realmente maestra de la vida, hasta estos animales, antes domésticos, han aprendido a desconfiar de las caricias, ahora cazan en grupo, y en grupo se defienden de ser cazados, como, gracias a Dios, siguen teniendo ojos, saben mejor cómo esquivar y cómo atacar si es preciso. Todas estas circunstancias y razones han llevado a la conclusión de que los mejores alimentos para los humanos son los que vienen en lata, no sólo porque en muchos casos están ya cocinados, dispuestos para ser consumidos, sino también por la facilidad de transporte y la comodidad de uso. Cierto es que en las latas, tarros y embalajes varios en los que vienen estos comestibles se menciona la fecha de caducidad, y que a partir de esta fecha su consumo resulta inconveniente, e incluso, en algunos casos, peligroso, pero la sabiduría popular no tardó en poner en circulación un proverbio en cierto modo indiscutible, simétrico a otro que ha dejado ya de usarse, ojos que no ven, corazón que no siente, se decía, ahora los ojos que no ven gozan de un estómago insensible, por eso se comen tantas porquerías por ahí. Delante de su grupo, la mujer del médico hace mentalmente balance de la comida que aún tiene, llegará, si llega, para una cena, sin contar con el perro, pero él, que se las arregle como pueda, que bien pudo con la gallina, agarrarla por el pescuezo y cortarle la voz y la vida. Tiene en casa, si no recuerda mal y si nadie por allí anduvo, una razonable cantidad de conservas, lo adecuado para un matrimonio, pero aquí son siete a comer, las reservas poco durarán, aunque se aplique un severo racionamiento. Mañana, o cualquier día de éstos, tendrá que volver al almacén subterráneo del supermercado, tendrá que decidir si va sola o si le pide al marido que la acompañe, o al primer ciego, que es más joven y más ágil, la elección está entre recoger una cantidad mayor de comida y la rapidez de acción, incluyendo, conviene no olvidarlo, las condiciones de la retirada. La basura en las calles, que parece haberse duplicado desde ayer, los excrementos humanos, medio licuados por la lluvia violenta los de antes, pastosos o diarreicos los que están siendo evacuados ahora mismo por estos hombres y mujeres mientras vamos pasando, saturan de hedores la atmósfera, como una niebla densa a través de la cual sólo con gran esfuerzo es posible avanzar. En una plaza rodeada de árboles, con una gran estatua en el centro, una jauría está devorando a un hombre. Debía de haber muerto hace poco, sus miembros no están rígidos, se nota cuando los perros los sacuden para arrancar al hueso la carne desgarrada con los dientes. Un cuervo da saltitos en busca de un hueco para llegar también a la pitanza. La mujer del médico desvió los ojos, pero era demasiado tarde, el vómito ascendió irresistible de las entrañas, dos veces, tres veces, como si su propio cuerpo, aún vivo, se viera sacudido por otros perros, la jauría de la desesperación absoluta, hasta aquí he llegado, quiero morir aquí. El marido preguntó, Qué tienes, los otros, unidos por la cuerda, se acercaron más, repentinamente asustados, Qué ha pasado, Te ha sentado mal la comida, Algo que estaría pasado, Pues yo no noto nada, Ni yo. Menos mal, mejor para ellos, sólo podían oír la agitación de los animales, un insólito y repentino graznido de cuervo, en la confusión uno de los perros le había mordido en un ala, de pasada, sin mala intención, entonces la mujer del médico dijo, No lo he podido evitar, perdonadme, es que hay aquí unos perros que se están comiendo a otro perro, Se están comiendo a nuestro perro, preguntó el niño estrábico, No, no es el nuestro, el nuestro, como tú dices, está vivo, anda alrededor de ellos, pero no se acerca, Después de la gallina que se ha comido, seguro que ya no tiene hambre, dijo el primer ciego, Estás mejor, pregunta el médico, Sí, mucho mejor, vámonos ya, Y nuestro perro, volvió a decir el niño, El perro no es nuestro, sólo viene con nosotros, probablemente se quede ahora con éstos, seguro que anduvo antes con ellos y se ha encontrado con amigos, Quiero hacer caca, Aquí, Tengo muchas ganas, me duele la barriga, se quejó el niño. Se alivió allí mismo, como le fue posible, la mujer del médico vomitó una vez más, pero sus razones eran otras. Atravesaron luego la amplia plaza y, cuando llegaron a la sombra de los árboles, la mujer del médico miró hacia atrás. Habían aparecido más perros, se disputaban ya lo que quedaba del cuerpo. El perro de las lágrimas venía con el hocico pegado al suelo como si estuviera siguiendo algún rastro, cuestión de costumbre, porque esta vez la simple mirada bastaba para encontrar a aquella a quien busca.

Continuó la caminata, la casa del viejo de la venda negra quedó atrás, ahora siguen por una amplia avenida con altos y lujosos edificios a un lado y a otro. Los automóviles, aquí, son de precio, amplios y cómodos, por eso se ven tantos ciegos durmiendo dentro, y, a juzgar por la apariencia, una enorme limusina fue transformada en residencia permanente, probablemente porque es más fácil regresar a un coche que a una casa, los ocupantes de éste deben de hacer como se hacía en la cuarentena para encontrar la cama, ir palpando y contando los automóviles a partir de la esquina, veintisiete, lado derecho, ya estoy en casa. El edificio ante cuya puerta se encuentra la limusina es un banco. El coche trajo al presidente del consejo de administración a la reunión plenaria semanal, la primera que se realizaba desde la declaración de la epidemia de mal blanco, y luego no hubo tiempo para llevarlo al garaje subterráneo donde esperaría hasta el final de los debates. El chófer se quedó ciego cuando el presidente entraba en el edificio por la puerta principal, como le gustaba hacer, dio aún un grito, estamos hablando del chófer, pero él, estamos hablando del presidente, no lo oyó. Por otra parte, la reunión no sería tan plenaria como el nombre hacía suponer, pues en los últimos días se quedaron ciegos algunos miembros del consejo. El presidente no llegó a abrir la sesión, cuyo orden del día tenía previsto precisamente la discusión y medidas convenientes en caso de que perdieran la vista todos los miembros del consejo de administración efectivos o suplentes, y ni siquiera pudo entrar en la sala de reunión porque, cuando el ascensor lo llevaba al decimoquinto piso, exactamente entre el noveno y el décimo, falló la electricidad, y para siempre. Y como las desgracias nunca vienen solas, en el mismo instante se quedaron ciegos los electricistas que se ocupaban del mantenimiento de la red interna de energía, consecuentemente también del generador, modelo antiguo, no automático, que habría tenido que ser sustituido ya hacía tiempo, el resultado, como ha sido dicho, fue la paralización del ascensor entre el piso noveno y el décimo. El presidente vio cómo se quedaba ciego el ascensorista que lo acompañaba, él mismo perdió la vista una hora después, y como la energía no volvió y los casos de ceguera dentro del banco se multiplicaron aquel mismo día, lo más seguro es que estén los dos, muertos, no es necesario decirlo, encerrados en una tumba de acero, y por eso, afortunadamente, a salvo de perros devoradores.

No habiendo testigos, y si los hubo, no consta que hayan sido llamados a estos autos para declarar lo que pasó, es comprensible que alguien pregunte cómo se sabe que estas cosas ocurrieron así y no de otra manera, la respuesta es que todos los relatos son como los de la creación del universo, nadie estaba allí, nadie asistió al evento, pero todos sabemos lo que ocurrió. La mujer del médico había preguntado, Qué habrá pasado con los bancos, no es que le importase mucho, aunque había confiado sus economías a uno de ellos, hizo la pregunta por simple curiosidad, sólo porque se le pasó por la cabeza, nada más, ni esperaba que le respondiesen, por ejemplo, En un principio, Dios creó los cielos y la tierra, la tierra era informe y estaba vacía, las tinieblas cubrían el abismo, y el Espíritu de Dios se movía sobre la superficie de las aguas, en vez de esto lo que ocurrió fue que el viejo de la venda negra comentó mientras seguían por la avenida abajo, Por lo que pude saber cuando aún tenía un ojo para ver, al principio fue el caos, las personas, con miedo a quedarse ciegas y desprotegidas, acudieron a los bancos para retirar su dinero, creían que tenían que asegurarse su futuro, y eso hay que comprenderlo, si alguien sabe que no va a poder trabajar más, el único remedio, duren lo que duren, es recurrir a los ahorros hechos en tiempo de prosperidad y de previsiones a largo plazo, suponiendo que la persona hubiera tenido la prudencia de ir acumulando ahorros grano a grano, el resultado de la fulminante carrera fue que quebraron en veinticuatro horas algunos de los principales bancos, intervino entonces el Gobierno pidiendo que se calmasen los ánimos y apelando a la consciencia cívica de los ciudadanos, terminando la proclama con la declaración solemne de que asumiría todas las responsabilidades y deberes derivados de la situación de calamidad pública que se vivía, pero el parche no consiguió aliviar la crisis, no sólo porque la gente seguía quedándose ciega, sino también porque quien aún veía sólo pensaba en salvar sus cuartos, al final, era inevitable, los bancos, en quiebra o no, cerraron las puertas y pidieron protección policial, no les sirvió de nada, entre la multitud que se juntaba gritando ante los bancos había también policías de paisano que reclamaban lo que tanto les había costado ganar, algunos, para poder manifestarse a gusto, avisaron al mando diciendo que estaban ciegos, y se dieron de baja, y los otros, los que todavía estaban uniformados y en activo, con las armas apuntando a la multitud insatisfecha, de pronto dejaban de ver el punto de mira, éstos, si tenían dinero en el banco, perdían todas las esperanzas y encima eran acusados de haber pactado con el poder establecido, pero lo peor vino luego, cuando los bancos fueron asaltados por hordas furiosas de ciegos y no ciegos, pero desesperados todos, aquí no se trataba ya de presentar pacíficamente en la ventanilla un cheque, y decirle al empleado, Quiero retirar mi saldo, sino de echar mano a lo que se podía, al dinero del día, lo que hubiera en los cajones, en alguna caja fuerte descuidadamente abierta, en un saquete de cambio a la antigua, como los que usaban los tatarabuelos, no os podéis imaginar lo que fue aquello, los grandes y suntuosos patios de operaciones de las sedes bancarias, las sucursales de barrio, asistieron a escenas realmente aterradoras, y no hay que olvidar el detalle de las cajas automáticas, saqueadas hasta el último billete, en los monitores de algunas, enigmáticamente, aparecieron unas palabras de gratitud por haber elegido este banco, las máquinas son así de estúpidas, o quizá sería mejor decir que éstas traicionaban a sus señores, en fin, todo el sistema bancario se vino abajo en un soplo, como un castillo de naipes, y no porque la posesión de dinero hubiese dejado de ser apreciada, la prueba está en que, quien lo tiene, no lo quiere soltar, alegan ésos que no se puede prever lo que será el día de mañana, y también con esa idea estarán sin duda los ciegos que se instalaron en los sótanos de los bancos, donde están las cajas fuertes, esperando un milagro que les abra de par en par las pesadas puertas de acero-níquel que los separan de la riqueza, só-lo salen de allí para buscar comida y agua o para satisfacer las otras necesidades del cuerpo, y vuelven luego a su puesto, usan consignas y seña-les de los dedos para que ningún extraño entre en su reducto, claro que viven en la oscuridad más absoluta, pero es igual, para esta ceguera todo es blanco. El viejo de la venda negra fue na-rrando todos estos tremendos acontecimientos de banca y finanzas mientras atravesaban con toda calma la ciudad, con algunas paradas para que el niño estrábico pudiera apaciguar los tu-multos insufribles de su intestino, y pese al tono verídico que supo imprimir a la apasionante des-cripción, es lícito sospechar la existencia de cier-tas exageraciones en su relato, la historia de los ciegos que viven en los sótanos de los bancos, por ejemplo, cómo la iba a saber él si no conoce la consigna ni el truco del pulgar, pero, en todo caso, sirvió para hacernos una idea.

Declinaba el día cuando por fin llegaron a la calle donde viven el médico y su mujer. No se distingue de las otras, las inmundicias se amon-tonan por todas partes, bandas de ciegos vagan a la deriva, y, por primera vez, aunque si no las en-contraron antes fue por simple casualidad, enor-mes ratas, dos, con las que no se atreven los ga-tos que por allí andan, porque son casi del tamaño de ellos y sin duda mucho más feroces. El perro de las lágrimas miró a unas y otros con la indiferencia de quien vive en otra esfera de emociones, se diría esto si no fuera el perro que sigue siendo, pero un animal de los humanos. A la vista de los sitios conocidos, la mujer del médico no hizo la melancólica reflexión de costumbre, que consiste en decir, Hay que ver cómo pasa el tiempo, hace nada éramos felices aquí, a ella lo que le sorprende es la decepción, inconscientemente había creído que, por ser la suya, iba a encontrar la calle limpia, barrida, aseada, que sus vecinos estarían ciegos de los ojos pero no del entendimiento, Qué estupidez la mía, dijo en voz alta, Por qué, qué pasa, preguntó el marido, Nada, fantasías, Cómo pasa el tiempo, a ver cómo está la casa, dijo él, Ya falta poco para que lo sepamos. Las fuerzas eran escasas, por eso subieron la escalera lentamente, parándose en cada rellano, Es en el quinto, había dicho la mujer del médico. Iban como podían, cada uno cuidando de su propia persona, el perro de las lágrimas a ratos delante, a ratos detrás, como si hubiera nacido para guardar rebaños, con orden de evitar que se perdiera ninguna oveja. Había puertas abiertas, voces en el interior, el nauseabundo olor de siempre saliendo en vaharadas, dos veces aparecieron ciegos en el umbral mirando con ojos vagos, Quién está ahí, preguntaron, la mujer del médico reconoció a uno de ellos, el otro no era de la casa, Vivíamos aquí, se limitó a responder. Por la cara del vecino pasó también una expresión de reconocimiento, pero no preguntó, Es usted la esposa del doctor, tal vez diga, cuando vaya a acostarse, Han vuelto los del quinto. Superado el último tramo de escalera, antes incluso de posar el pie en el rellano, la mujer del médico anunció, Está cerrada. Había indicios de tentativas de echarla abajo, pero la puerta resistió. El médico introdujo la mano en el bolsillo interior de la chaqueta nueva y sacó las llaves. Se quedó con ellas en el aire, esperando, pero la mujer le guió suavemente la mano en dirección a la cerradura.

Salvo el polvo doméstico, que aprovecha la ausencia de las familias para ir cubriendo suavemente la superficie de los muebles, y digamos a propósito que es ésta la única ocasión que tiene para descansar, sin agitaciones ni zarandeos de paños o aspiradores, sin carreras de niños que desencadenan torbellinos atmosféricos a su paso, la casa estaba limpia, y el desorden era sólo el de esperar cuando uno tuvo que salir precipitadamente. Aun así, mientras aquel día esperaban las llamadas del ministerio y del hospital, la mujer del médico, con un espíritu de providencia semejante al que lleva a las gentes sensatas a resolver en vida sus asuntos, para que después de la muerte no haya que recurrir a arreglos violentos, lavó los platos, hizo la cama, ordenó el cuarto de baño, no quedó lo que se dice una perfección pero realmente hubiera sido cruel exigirle más, con aquellas manos temblando y con los ojos arrasados en lágrimas. Fue, pues, a una especie de paraíso adonde llegaron los peregrinos, y tan fuerte resultó esta impresión que, sin violentar demasiado el rigor del término, la podríamos llamar transcendental, que se detuvieron a la entrada, como paralizados por el inesperado olor a casa, y era simplemente el olor de una casa cerrada, en otro tiempo habríamos corrido a abrir las ventanas, Para airear, diríamos, pero hoy es bueno tenerlas calafateadas para que la podredumbre de fuera no pueda entrar. La mujer del primer ciego dijo, Te lo vamos a poner todo perdido, y tenía razón, si entrasen con aquellos zapatos cubiertos de cieno y mierda, en un instante el paraíso se convertiría en infierno, segundo lugar éste, conforme afirman autoridades, en el que el hedor pútrido, nauseabundo, pestilente, fétido, es el mayor castigo que tienen que soportar las almas condenadas, no las tenazas ardientes, los calderos de pez hirviendo y otros artefactos de forja y cocina. Desde épocas inmemoriales la costumbre de las amas de casa era decir, Entrad, entrad, no os preocupéis, lo que se ensucia ya se limpiará, pero ésta, tanto ella como sus invitados, saben de dónde vienen, saben que en el mundo en el que viven lo que está sucio acabará ensuciándose mucho más, y por eso les pide y agradece que se descalcen en el rellano, cierto es que tampoco los pies están limpios, pero no hay comparación, las toallas y las sábanas de la chica de las gafas oscuras sirvieron de algo, se llevaron lo peor. Entraron, pues, descalzos, la mujer del médico buscó, y encontró, una bolsa grande de plástico en la que metió todos los zapatos, a la espera de una limpieza en forma, no sabía cuándo ni cómo, después la llevó a la terraza, el aire de fuera no va a empeorar por eso. El cielo empezaba a oscurecerse, había nubes cargadas, Ojalá llueva, pensó. Con una idea clara de lo que era preciso hacer, volvió junto a sus compañeros. Estaban en la sala, quietos, de pie a pesar de estar tan cansados, no se habían atrevido a buscar un asiento, sólo el médico recorría vagamente los muebles con las manos, dejaba señales en la superficie, era la primera limpieza que empezaba, algo de este polvo va ya agarrado a la punta de los dedos. La mujer del médico dijo, Desnudaos todos, no podemos quedarnos como estamos, nuestras ropas están casi tan sucias como los zapatos, Desnudarnos, preguntó el primer ciego, aquí, unos delante de los otros, no me parece bien, Si queréis, os dejo a cada uno una parte de la casa, respondió irónicamente la mujer del médico, así no habrá vergüenzas, Yo me arreglo aquí mismo, dijo la mujer del primer ciego, sólo tú me puedes ver, y, además, no olvido que me viste peor que desnuda, mi marido es quien tiene débil la memoria, No sé qué interés tienes en recordar cosas desagradables que ya han pasado, rezongó el primer ciego, Si fueses mujer y hubieses estado donde nosotras estuvimos, pensarías de otra manera, dijo la chica de las gafas oscuras mientras empezaba a desnudar al niño estrábico. El médico y el viejo de la venda negra ya estaban desnudos de cintura para arriba, ahora se estaban quitando los pantalones, el viejo de la venda negra le dijo al médico, que estaba a su lado, Déjame apoyarme en ti para sacar los pantalones. Estaban tan ridículos, los pobres, dando saltitos, que hasta daban ganas de llorar. El médico perdió el equilibrio, arrastró en su caída al viejo de la venda negra, afortunadamente ambos tomaron la cosa a risa, y ahora causaba ternura verlos allí, con sus cuerpos maculados por todas las suciedades posibles, los sexos como empastados, pelos blancos, pelos negros, en esto acababa la respetabilidad de una edad avanzada y de una profesión tan meritoria. La mujer del médico les ayudó a levantarse, dentro de poco todo estará oscuro, nadie tendrá motivo para sentirse avergonzado, Habrá velas en casa, se preguntó, la respuesta fue recordar que tenía en casa dos reliquias de la iluminación, un antiguo candil de aceite, con tres picos, y una vieja lámpara de petróleo, de las de chimenea de vidrio, por hoy este candil servirá, aceite tengo, la mecha se improvisa, mañana iré a buscar petróleo por las droguerías, será mucho más fácil encontrar petróleo que encontrar una lata de conservas, Sobre todo si no la busco en las droguerías, pensó, sorprendiéndose a sí misma por ser capaz aún, en esta situación, de bromear. La chica de las gafas oscuras se estaba desnudando lentamente, de una manera que parecía que iba a quedarle siempre, por mucha ropa que se quitase, una última pieza cubriéndola, no se entiende a qué viene ahora este recato, pero si la mujer del médico estuviera más cerca, vería cómo se está ruborizando su cara, pese a la suciedad, que entienda a las mujeres quien pueda, a una le han llegado de repente los pudores tras haber andado acostándose con hombres a los que apenas conocía, la otra sabemos que sería muy capaz de decirle al oído, con toda la tranquilidad del mundo, No tengas vergüenza, él no te puede ver, se referiría a su propio marido, claro, no olvidemos cómo él fue a tentarla a su cama y ella no lo recusó, son mujeres, quien las entienda que las compre, Aunque quizá la razón sea otra, hay aquí dos hombres desnudos más, y uno de ellos la recibió en su cama.

La mujer del médico recogió las ropas que habían quedado en el suelo, pantalones, calzoncillos, camisas, una chaqueta, camisetas, alguna ropa interior pegajosa de inmundicia, a ésta ni un mes de remojo en el barreño le devolvería la limpieza, hizo un brazado con todo, Quedaos aquí, dijo, ya vuelvo. Llevó la ropa a la terraza, como había hecho con los zapatos, allí, a su vez, se desnudó, contemplando la ciudad negra bajo el cielo pesado. Ni una pálida luz en las ventanas, ni un reflejo desmayado en las fachadas, lo que estaba ante ella no era una ciudad, era una extensa masa de alquitrán que al enfriarse se había moldeado a sí misma en formas de casas, tejados, chimeneas, todo muerto, todo apagado. Apareció en la terraza el perro de las lágrimas, inquieto, pero ahora no había llanto que enjugar, la desesperación era toda por dentro, los ojos estaban secos. La mujer del médico sintió frío, se acordó de los otros, allí en medio de la sala, desnudos, esperando no sabrían qué. Entró. Se habían convertido en simples siluetas sin sexo, manchas imprecisas, sombras perdiéndose en la sombra, Pero para ellos no, pensó, ellos se diluyen en la luz que los rodea, es la luz lo que no les deja ver. Voy a encender una luz, dijo, en este momento estoy casi tan ciega como vosotros, Hay ya electricidad, preguntó el niño estrábico, No, voy a encender un candil de aceite, Qué es un candil, volvió a preguntar el niño, Luego te lo digo. Buscó en una de las bolsas de plástico una caja de fósforos, fue a la cocina, sabía dónde guardaba el aceite, no necesitaba mucho, rasgó un paño de secar la vajilla y con una tira hizo una mecha, luego volvió a la sala, donde estaba el candil, iba a ser útil por primera vez desde que lo fabricaron, al principio no parecía que éste fuera su destino, pero ninguno de nosotros, candiles, perros o humanos, sabe, al principio, todo aquello para lo que venimos al mundo. Una tras otra, sobre los picos del candil, se encendieron, trémulas, tres almendras luminosas que de vez en cuando se estiraban hasta parecer que la parte superior de las llamas iría a perderse en el aire, después se recogían sobre sí mismas, como si se volvieran densas, sólidas, unas pequeñas piedras de luz. La mujer del médico dijo, Ahora ya veo, voy a buscaros ropa limpia, Pero nosotros estamos sucios, dijo la chica de las gafas oscuras. Tanto ella como la mujer del primer ciego se tapaban con las manos el pecho y el pubis, No es por mí, pensó la mujer del médico, es porque la luz del candil las está mirando. Luego dijo, Mejor será tener ropa limpia en el cuerpo sucio que llevar ropa sucia en el cuerpo limpio. Cogió el candil y fue a rebuscar en los cajones de la cómoda, en los roperos, al cabo de unos minutos volvió, traía pijamas, batas, faldas, blusas, vestidos, calzoncillos, camisetas, lo necesario para cubrir con decencia a siete personas, verdad es que no todas eran de la misma estatura, pero en delgadez parecían gemelas. La mujer del médico los ayudó a vestirse, el niño estrábico se puso unos pantalones del médico, de esos de llevar a la playa y al campo, que nos reconvierten a todos en niños. Ahora, ya podemos sentarnos, suspiró la mujer del primer ciego, guíanos, por favor, no sabemos dónde ponernos.

La sala es igual a todas las salas, tiene una mesita en el centro, alrededor hay sofás que bastan para todos, en éste se sientan el médico y su mujer, y con ellos el viejo de la venda negra, en aquél la chica de las gafas oscuras y el niño estrábico, en el otro, la mujer del primer ciego y el primer ciego. Están exhaustos. El niño se ha quedado dormido con la cabeza en el regazo de la chica de las gafas oscuras, ya no se acuerda del candil. Pasó así una hora, aquello era como una felicidad, bajo la luz suavísima los rostros mugrientos parecían limpios, brillaban los ojos de los que no dormían, el primer ciego buscó la mano de su mujer y la retuvo con la suya, gestos como éste indican hasta qué punto el descanso del cuerpo puede contribuir a la armonía de los espíritus. Dijo entonces la mujer del médico, Dentro de poco comeremos algo, pero antes tendríamos que ponernos de acuerdo sobre cómo vamos a vivir aquí, tranquilos, no voy a repetiros el discurso del altavoz, para dormir hay espacios suficientes, tenemos dos dormitorios que serán para los matrimonios, en esta sala pueden dormir los demás, cada uno en un sofá, mañana saldré a buscar comida, se está acabando la que tenemos, sería conveniente que uno de vosotros fuera conmigo para ayudarme a traer las cosas, pero también para empezar a aprender los caminos de casa, para reconocer las esquinas, un día puedo ponerme enferma o quedarme ciega yo también, estoy siempre esperando que esto ocurra, entonces tendré que aprender de vosotros, otra cosa, para las necesidades habrá un cubo en la terraza, sé que no es agradable ir ahí fuera, con la lluvia que ha caído y el frío que hace, pero siempre es mejor eso que llenar la casa de malos olores, no olvidemos lo que fue nuestra vida durante el tiempo en que estuvimos internados, bajamos todos los escalones de la indignidad, todos, hasta la abyección, y, aunque de manera diferente, podría ocurrir lo mismo aquí, entonces teníamos la disculpa de la abyección de los de fuera, ahora no, ahora somos todos iguales ante el mal y el bien, por favor, no me preguntéis qué es el bien y qué es el mal, lo sabíamos cada vez que actuábamos en el tiempo en el que la ceguera era una excepción, lo cierto y lo equivocado son sólo modos diferentes de entender nuestra relación con los demás, no la que tenemos con nosotros mismos, en ésa no hay que confiar, y perdonadme el sermón, es que no sabéis, no podéis saber, lo que es tener ojos en un mundo de ciegos, no soy reina, no, soy simplemente la que ha nacido para ver el horror, vosotros lo sentís, yo lo siento y, además, lo veo, y, ahora, punto final, se acabó el sermón, vamos a comer. Nadie hizo preguntas, el médico dijo, Si alguna vez vuelvo a tener ojos, miraré verdaderamente a los ojos de los demás, como si estuviera viéndoles el alma, El alma, preguntó el viejo de la venda negra, O el espíritu, el nombre es igual, fue entonces cuando, sorprendentemente, si tenemos en cuenta que se trata de una persona que no ha hecho estudios avanzados, la chica de las gafas oscuras dijo, Dentro de nosotros hay algo que no tiene nombre, esa cosa es lo que somos.

La mujer del médico puso en la mesa un poco de la comida que quedaba, después los ayudó a sentarse, dijo, Masticad despacio, ayuda a engañar al estómago. El perro de las lágrimas no vino a pedir comida, estaba habituado a ayunar, además, habrá pensado que no tenía derecho, después del banquete de la mañana, a quitar, por poca que fuese, la comida de la boca a la mujer que había llorado, los otros no parecían tener para él mucha importancia. En medio de la mesa, el candil de tres picos esperaba que la mujer del médico diera la explicación que había prometido, ocurrió al final, cuando ya acababan de comer, Dame tus manos, dijo ella al niño estrábico, luego se las guió lentamente mientras iba diciendo, Esto es la base, redonda, como ves, y esto es la columna que sostiene la parte superior, que es el depósito de aceite, aquí, cuidado no te quemes, están los picos, uno, dos, tres, de ellos salen las mechas, unas tiritas de paño retorcido que chupan el aceite de dentro, se les acerca una cerilla y arden hasta que el aceite se acaba, son unas lucecillas débiles, pero lo suficiente para que podamos ver, Yo no veo, Un día verás, ese día te regalaré el candil, De qué color es, Has visto alguna vez una cosa de latón, No sé, no me acuerdo qué es latón, El latón es amarillo, Ah. El niño estrábico reflexionó un poco, Ahora va a preguntar por su madre, pensó la mujer del médico, pero se equivocaba, el chiquillo sólo dijo que quería agua, tenía mucha sed, Tendrás que esperar hasta mañana, no tenemos agua en casa, en ese mismo momento recordó que sí, que había agua, unos cinco litros o más de preciosa agua, el contenido intacto de la cisterna del retrete, no podía ser peor que la que bebieron durante la cuarentena. Ciega en la oscuridad, fue al cuarto de baño, a tientas levantó la tapa de la cisterna, no podía ver si realmente había agua, la había, se lo dijeron los dedos, buscó un vaso, lo sumergió, lo llenó con todo cuidado, la civilización había regresado a sus primitivas fuentes de sumersión. Cuando entró en la sala, todos se-

guían sentados en su sitio. Las llamas iluminaban los rostros, dirigidos hacia ellas, era como si
el candil estuviese diciéndoles, Estoy aquí, ved-
me, aprovechaos, que esta luz no va a durar
siempre. La mujer del médico acercó el vaso a
los labios del niño estrábico, dijo, Aquí tienes
agua, bebe lentamente, lentamente, saboréala,
un vaso de agua es una maravilla, no hablaba
para él, no hablaba para nadie, simplemente co-
municaba al mundo la maravilla que es un vaso
de agua, Dónde la has encontrado, es agua de
lluvia, preguntó el marido, No, es de la cisterna,
Y no teníamos un garrafón de agua cuando nos
fuimos, preguntó él de nuevo, la mujer exclamó,
Sí, es verdad, cómo no se me ha ocurrido, un garrafón, que estaba a medias y otro que ni lo habíamos empezado, qué alegría, no bebas, no bebas
más, esto se lo decía al niño, vamos todos a beber
agua pura. Se llevó esta vez el candil y fue a la
cocina, volvió con la garrafa, la luz entraba por el
plástico y hacía centellear la joya que tenía dentro. Colocó el recipiente en la mesa, fue a por
vasos, los mejores que tenían, de cristal finísimo,
luego, lentamente, como si estuviese oficiando
un rito, los llenó. Al fin, dijo, Bebamos. Las manos ciegas buscaron y encontraron los vasos, los
alzaron temblando, Bebamos, repitió la mujer
del médico. En el centro de la mesa el candil era
como un sol rodeado de astros brillantes. Cuando posaron los vasos, la chica de las gafas oscuras
y el viejo de la venda negra estaban llorando.

Fue una noche inquieta. Vagos al principio, imprecisos, los sueños iban de durmiente en durmiente, cogían de aquí y de allá, se llevaban consigo nuevas memorias, nuevos secretos, nuevos deseos, por eso los dormidos suspiraban y murmuraban, Este sueño no es mío, decían, pero el sueño respondía, No conoces aún tus sueños, fue así como la chica de las gafas oscuras se enteró de quién era el viejo de la venda negra que dormía a dos pasos, y así también creyó él saber quién era ella, sólo lo creyó, porque no basta con que los sueños sean recíprocos para que sean iguales. Empezó a llover cuando clareaba la mañana. El viento lanzó contra las ventanas un aguacero que resonó como mil latigazos. La mujer del médico se despertó, abrió los ojos y murmuró, Cómo llueve, luego volvió a cerrarlos, en el dormitorio seguía siendo noche profunda, podía dormir. No llegó a estar así ni un minuto, despertó abruptamente con la idea de que tenía algo que hacer, pero sin comprender qué era, la lluvia estaba diciéndole, Levántate, qué querría la lluvia. Despacio, para no despertar al marido, salió del cuarto, atravesó la sala de estar, se detuvo un instante para mirar a los que dormían en los sofás, luego siguió por el pasillo hasta la cocina, sobre esta parte de la casa caía la lluvia aún con más fuerza, empujada por el viento. Con la manga de la bata limpió los cristales empañados de la puerta y miró hacia fuera. El cielo era, todo él, una sola nube, la lluvia caía en torrentes. En el suelo de la terraza, amontonadas, estaban las ropas sucias que se habían quitado, estaba la bolsa de plástico con los zapatos que había que lavar. Lavar. El último velo del sueño se abrió súbitamente, era eso lo que tenía que hacer. Abrió la puerta, dio un paso, de inmediato la lluvia la empapó de la cabeza a los pies como si estuviese bajo una cascada. Tengo que aprovechar esta agua, pensó. Volvió a entrar en la cocina y, evitando en lo posible cualquier ruido empezó a reunir lebrillos, cazos, palanganas, todo lo que pudiera recoger un poco de esta lluvia que caía del cielo a cántaros, en cortinas que el viento hacía oscilar, que el viento iba empujando sobre los tejados de la ciudad como una inmensa y rumorosa escoba. Los sacó, disponiéndolos a lo lago de la terraza, ahora tendría agua para lavar aquellas ropas inmundas, los zapatos asquerosos. Que no escampe, que no pare esta lluvia, murmuraba mientras buscaba en la cocina jabón, detergentes, estropajos, todo lo que sirviese para limpiar un poco esta suciedad insoportable del alma. Del cuerpo, dijo, como para corregir el metafísico pensamiento, después añadió, Es igual. Entonces, como si sólo ésa pudiese ser la conclusión inevitable, la conciliación armónica entre lo que había dicho y lo que había pensado, se quitó de golpe la bata mojada, y, desnuda, recibiendo en el cuerpo unas veces la caricia, otras veces los latigazos de la lluvia, empezó a lavar la ropa al tiempo que se lavaba a sí misma. El ruido de las aguas que la rodeaba le impidió darse cuenta de que ya no estaba sola. En la puerta de la terraza habían aparecido la chica de las gafas oscuras y la mujer del primer ciego, qué presentimientos, qué intuiciones, qué voces interiores las habían despertado es algo que no se sabe, tampoco se sabe cómo consiguieron encontrar el camino hasta aquí, no vale la pena buscar ahora explicaciones, las conjeturas son libres. Ayudadme, dijo la mujer del médico cuando las vio, Cómo, si no vemos, preguntó la mujer del primer ciego, Quitaos la ropa que lleváis puesta, cuanta menos tengamos que secar después, mejor, Pero nosotras no vemos, repitió la mujer del primer ciego, Es igual, dijo la chica de las gafas oscuras, haremos lo que podamos, Y yo acabaré después, dijo la mujer del médico, limpiaré lo que haya quedado sucio, y ahora, a trabajar, vamos, somos la única mujer con dos ojos y seis manos que hay en el mundo. Tal vez en la casa de enfrente, detrás de aquellas ventanas cerradas, algunos ciegos, hombres y mujeres, en vela por la violencia de los golpes de agua, con la cara apoyada en los fríos cristales, recubriendo con el vaho de la respiración el vaho de la noche, recuerden el tiempo en que así, tal como ahora están, veían caer la lluvia del cielo. No pueden imaginar que tienen tan cerca a tres mujeres desnudas, desnudas como vinieron al mundo, parecen locas, deben de estar locas, personas en su sano juicio no se ponen a lavar en la terraza, expuestas a los reparos de la vecindad, y menos aún así, qué importa que estemos todos ciegos, son cosas que no se deben hacer, santo Dios, cómo resbala el agua por ellas, cómo se escurre entre los senos, cómo se demora y pierde en la oscuridad del pubis, cómo, en fin, baña y envuelve los muslos, tal vez hayamos pensado mal de ellas injustamente, tal vez no seamos capaces de ver lo más bello y más glorioso que haya acontecido alguna vez en la historia de la ciudad, cae del suelo de la terraza una cascada de espuma, ojalá yo pudiera ir con ella, cayendo interminablemente, limpio, purificado, desnudo. Sólo Dios nos ve, dijo la mujer del primer ciego, que a pesar de los desengaños y de las contrariedades mantiene firme la creencia de que Dios no es ciego, a lo que respondió la mujer del médico, Ni siquiera él, el cielo está cubierto, sólo yo puedo veros, Estoy fea, preguntó la chica de las gafas oscuras, Estás flaca y sucia, fea no lo serás nunca, Y yo, preguntó la mujer del primer ciego, Sucia y flaca como ella, no tan guapa, pero más que yo, Tú eres guapa, dijo la chica de las gafas oscuras, Cómo puedes saberlo, si nunca me viste, Soñé dos veces contigo, Cuándo, La segunda fue esta noche, Estabas soñando con la casa porque te sentías segura y tranquila, es natural, después de todo lo que hemos pasado, en tu sueño yo era la casa, y como, para verme, tenías que ponerme cara, la inventaste, Yo también te veo guapa, y nunca he soñado contigo, dijo la mujer del primer ciego, Eso viene a demostrar que la ceguera es la providencia de los feos, Tú no eres fea, No, realmente no lo soy, pero la edad, Cuántos años tienes, preguntó la chica de las gafas oscuras, Me acerco a los cincuenta, Como mi madre, Y ella, Ella, qué, Sigue siendo guapa, Lo era más antes, Es lo que nos pasa a todos, siempre hemos sido más alguna vez, Tú nunca lo has sido tanto, dijo la mujer del primer ciego. Las palabras son así, disimulan mucho, se van juntando unas con otras, parece como si no supieran a dónde quieren ir, y, de pronto, por culpa de dos o tres, o cuatro que salen de repente, simples en sí mismas, un pronombre personal, un adverbio, un verbo, un adjetivo, y ya tenemos ahí la conmoción ascendiendo irresistiblemente a la superficie de la piel y de los ojos, rompiendo la compostura de los sentimientos, a veces son los nervios que no pueden aguantar más, han soportado mucho, lo soportaron todo, era como si llevasen una armadura, decimos, La mujer del médico tiene nervios de acero, y resulta que también la mujer del médico está deshecha en lágrimas por obra de un pronombre personal, de un adverbio, de un verbo, de un adjetivo, meras categorías gramaticales, meros designativos, como lo están igualmente las dos mujeres, las otras, pronombres indefinidos, también ellos llorosos, que se abrazan a la de la oración completa, tres gracias desnudas bajo la lluvia que cae. Son momentos que no pueden durar eternamente, hace más de una hora que estas mujeres están aquí, ya deben sentir frío,

Tengo frío ha dicho la chica de las gafas oscuras. Por la ropa ya no se puede hacer más, los zapatos están de lo más limpios, ahora es el momento de que se laven estas mujeres, se enjabonen el pelo y la espalda unas a otras, se ríen como sólo reían las niñas que jugaban a la gallina ciega en el jardín, en el tiempo en que no eran ciegas. Ha amanecido el día, el primer sol todavía acecha por encima del hombro del mundo antes de esconderse otra vez tras las nubes. Sigue lloviendo, pero con menos fuerza. Las lavanderas entraron en la cocina, se secaron y se frotaron con las toallas que la mujer del médico trajo del armario del cuarto de baño, la piel les huele tanto a detergente que el olor aturde, pero así es la vida, quien no tiene can caza con gato, el jabón se deshizo en un abrir y cerrar de ojos, aun así en esta casa parece que hay de todo, o será que saben hacer buen uso de lo que tienen, al fin se vistieron, el paraíso era allá fuera, en la terraza, la bata de la mujer está empapada, pero ella se puso un vestido de ramajes y flores, que llevaba años sin ponerse y que la convirtió en la más bonita de las tres.

Cuando entraron en la sala de estar, la mujer del médico vio que el viejo de la venda negra estaba sentado en el sofá donde había dormido. Tenía la cabeza entre las manos, los dedos enredados en el pelo blanco que aún le puebla las sienes y la nuca, está inmóvil, tenso, como si quisiera retener los pensamientos o, al contrario, impedirles que sigan pensando. Las oyó entrar, sabía de dónde venían, qué habían estado haciendo, cómo habían estado desnudas, y si sabía tanto no era porque de repente recuperara la vista y paso a paso hubiera ido, como los otros viejos, a espiar no a una susana en el baño, sino a tres, ciego estaba, ciego sigue, sólo se había asomado a la puerta de la cocina y desde allí oyó lo que decían en la terraza, las risas, el rumor de la lluvia y los golpes del agua, respiró el olor a jabón, luego se volvió a su sofá, para pensar que aún existía vida en el mundo, para preguntarse si alguna parte de esta vida sería para él. La mujer del médico dijo, Las mujeres ya están limpias, ahora les toca a los hombres, y el viejo de la venda negra preguntó, Llueve todavía, Sí llueve, y hay agua en los recipientes de la terraza, Entonces prefiero lavarme en el cuarto de baño, en la pila, pronunciaba la palabra como si estuviera presentando su certificado de nacimiento, como si explicase, Soy del tiempo en que no se decía bañera, sino pila, y añadió, Si no te importa, claro, no quiero ensuciarte la casa, prometo no encharcarte el suelo, en fin, haré lo posible, En ese caso te llevaré los lebrillos al cuarto de baño, Te ayudo, Puedo llevarlos sola, Para algo podré servir, digo yo, no estoy inválido, Ven, entonces. En la terraza, la mujer del médico eligió un lebrillo casi rebosante, Agárralo de ahí, le dijo al viejo de la venda negra guiándole las manos, Ahora, levantaron el recipiente a pulso, Menos mal que me has ayudado, yo sola no podría, Conoces el proverbio, Qué proverbio, El trabajo del viejo es poco, pero quien lo desprecia es loco, Ese refrán no es así, Lo sé, donde dije viejo, es niño, donde dije desprecia, dice desdeña, pero los proverbios, si quieren seguir diciendo lo mismo porque es necesario decirlo, hay que adaptarlos a los tiempos, Eres un filósofo, Qué idea, sólo soy un viejo. Echaron el agua en la bañera, luego la mujer del médico abrió un cajón, recordando que tenía una pastilla de jabón sin estrenar. Se la puso en la mano al viejo de la venda negra, Vas a oler a gloria, mejor que nosotras, gasta todo el jabón que quieras, no te preocupes, faltará comida pero jabón hay de sobra por esos supermercados, Gracias, Ten cuidado, no te resbales, si quieres llamo a mi marido para que venga a ayudarte, No, prefiero lavarme solo, Como quieras, y aquí tienes, fíjate, dame la mano, una maquinilla de afeitar y una brocha, por si quieres raparte esas barbas, Gracias. La mujer del médico salió. El viejo de la venda negra se quitó el pijama que le había tocado en suerte en la distribución de la ropa, luego, con mucho cuidado, entró en la bañera. El agua estaba fría y era poca, no llegaba a tener un palmo de profundidad, qué diferencia entre recibirla viva, cayendo del cielo a chorros, riendo como las tres mujeres, y este chapotear triste. Se arrodilló en el fondo de la bañera, aspiró hondo, con las manos en concha se echó al pecho el primer golpe de agua, que casi le cortó la respiración. Se mojó entero rápidamente para no tener tiempo de estremecerse, luego, por orden, con método, empezó a enjabonarse, a frotarse enérgicamente, partiendo de los hombros, brazos, pecho y abdomen, el pubis, el sexo, la entrepierna, Estoy peor que un animal, pensó, después los muslos flacos, hasta la corteza de suciedad que calzaba sus pies. Dejó quieta la espuma para que la acción de la limpieza fuese más prolongada, y dijo, Tengo que lavarme la cabeza, y se llevó las manos atrás para desatar la venda, También necesitas un buen baño, se desprendió del parche y lo sumergió en el agua, ahora sentía el cuerpo caliente, mojó y se enjabonó el pelo, era un hombre de espuma, blanco en medio de una inmensa ceguera blanca donde nadie lo podría encontrar. Si lo pensó se engañaba, en ese momento sintió que unas manos le tocaban la espalda, recogían la espuma de los brazos, del pecho también, y luego se la dispersaban por la espalda, suavemente, lentamente, como si, no pudiendo ver lo que hacían, tuviesen que prestar más atención al trabajo. Quiso preguntar, Quién eres, pero se le trabó la lengua, no fue capaz, ahora sentía el cuerpo estremecido, no de frío, las manos seguían lavándolo suavemente, la mujer no dijo Soy la del médico, soy la del primer ciego, soy la chica de las gafas oscuras, las manos acabaron su obra, se retiraron, se oyó en el silencio el leve ruido de la puerta del cuarto de baño al cerrarse, el viejo de la venda negra se quedó solo, arrodillado en la bañera como si estuviera implorando una misericordia, temblando, temblando, Quién habría sido, se preguntaba, la razón le decía que sólo podría haber sido la mujer del médico, ella es la que ve, ella es la que nos ha protegido, cuidado y alimentado, no sería de extrañar que hubiera tenido también esta discreta atención, eso era lo que la razón le decía, pero él no creía en la razón. Continuaba temblando, no sabía si por la conmoción o por el frío. Buscó la venda en el fondo de la bañera, la frotó con fuerza, la escurrió, se la puso y la ató, con el ojo tapado se sentía menos desnudo. Cuando entró en la sala de estar, seco, oliendo a jabón, la mujer del médico, dijo, Ya tenemos un hombre limpio y afeitado, y luego, en el tono de quien acaba de recordar algo que debería haber hecho y no hizo, Te quedaste con la espalda por lavar, qué pena. El viejo de la venda negra no respondió, sólo pensó que había tenido razón al no creer en la razón.

Lo poco que había para comer se lo dieron al niño estrábico, los otros tendrían que esperar hasta la reposición de la despensa. Tenían en casa compotas, frutos secos, azúcar, algún resto de galletas, unas cuantas tostadas secas, pero a estas reservas, y a otras que se les fuesen uniendo, sólo recurrirían en caso de necesidad extrema, la comida cotidiana, la comida del día a día, tendría que ser ganada, si por mala suerte regresaba la expedición de manos vacías, entonces sí, dos galletas para cada uno, con una cucharilla de compota, La hay de fresas y de melocotón, cuál preferís, unas nueces también hay, un vaso de agua, un lujo, mientras dure. La mujer del primer ciego dijo que le gustaría ir también a la búsqueda de comida, tres no serían demasiados, incluso siendo ciegos dos de ellos podrían servir para cargar, y, además, si fuese posible, teniendo en cuenta que no estaban tan lejos, acercarse a su casa, ver si había sido ocupada, si sería gente conocida, por ejemplo, vecinos a quienes les hubiera aumentado la familia por llegarles del campo parientes con la idea de salvarse de la epidemia de ceguera que hizo estragos en la aldea, sabido es que en la ciudad hay siempre otros recursos. Salieron, pues, los tres, trajeados con lo que en casa tenían de ropa de vestir, que las otras, las recién lavadas, tendrán que esperar a que llegue el buen tiempo. El cielo continuaba cubierto, pero no amenazaba lluvia. Arrastrada por el agua, sobre todo en las calles en pendiente, la basura se había ido juntando en pequeños montones, dejando limpios amplios trozos de pavimento. Ojalá siga la lluvia, el sol, en esta situación, sería lo peor que podría ocurrirnos, dijo la mujer del médico, podredumbre y malos olores tenemos ya de sobra, Lo notamos más porque estamos limpios, dijo la mujer del primer ciego, y el marido se mostró de acuerdo, aunque sospechaba que se había resfriado con el baño de agua fría. Multitudes de ciegos en las calles aprovechaban que había escampado para buscar comida y satisfacer las necesidades excretorias, a las que todavía obligaban el poco comer y el poco beber. Los perros andaban olfateando por todas partes, escarbaban en la basura, alguno llevaba en la boca una rata ahogada, caso éste rarísimo y que sólo podrá tener explicación en la abundancia extraordinaria de las últimas lluvias, le sorprendió la inundación en mal sitio, de nada le sirvió ser tan buena nadadora. El perro de las lágrimas no se mezcló con sus antiguos compañeros de pandilla y cacería, su elección está hecha, pero no es animal para quedarse esperando que lo alimenten, ya viene masticando sabe Dios qué, esas montañas de basura encierran tesoros inimaginables, todo consiste en buscar, revolver y encontrar. Buscar y revolver en la memoria es ejercicio que también tendrán que hacer, cuando la ocasión se presente, el primer ciego y su mujer, ahora que ya han aprendido las cuatro esquinas, no las de la casa en que viven, que tiene muchas más, sino de la calle donde moran, las cuatro esquinas que serán sus cuatro puntos cardinales, a los ciegos no les interesa saber dónde está oriente u occidente, el norte o el sur, lo que ellos quieren es que sus manos tanteantes les digan si van por el buen camino, antiguamente, cuando aún eran pocos, solían llevar bastones blancos, el sonido de los continuos golpes en el suelo y en las paredes era como una especie de cifra que iba identificando y reconociendo la ruta, pero en los días de hoy, ciegos todos, un bastón de ésos, en medio del barullo general, sería poco menos que inútil, sin hablar ya de que, inmerso en su propia blancura, el ciego podría hasta dudar de si llevaba algo en la mano. Los perros tienen, como se sabe, aparte de lo que llamamos instinto, otros medios de orientación, cierto es que, por ser miopes, no se fían mucho de la vista, pero, como llevan la nariz muy por delante de los ojos, llegan siempre a donde quieren, en este caso, por lo que pueda ocurrir, el perro de las lágrimas alzó la pata en los cuatro vientos principales, la brisa se encargará de guiarlo a casa si algún día se pierde. Mientras iban andando, la mujer del médico miraba a un lado y a otro de las calles, buscando tiendas de comestibles donde pudiera reabastecer la menguada despensa. La razia sólo no era completa porque en algún que otro establecimiento todavía se podían encontrar judías o garbanzos en sacos, son leguminosas que tardan mucho en cocerse, y está el problema del agua y el combustible, por eso el crédito que tienen es escaso. No era la mujer del médico muy dada a la manía de los proverbios, en todo caso, algo de esta ciencia le debía de haber quedado en la memoria, la prueba fue que llenó de habichuelas y garbanzos dos de las bolsas que llevaban, Guarda lo que no sirve y encontrarás lo que necesites, le había dicho su abuela, a fin de cuentas, el agua en que las pusiera a remojo serviría también para cocerlas, y la que quedase de la cocedura habría dejado de ser agua para convertirse en caldo. No es sólo en la naturaleza donde algunas veces no todo se pierde y algo se aprovecha.

Por qué cargaban con las bolsas de judías y garbanzos, más lo que iban encontrando, cuando aún tenían tanto que andar antes de llegar a la calle donde vivían el primer ciego y su mujer, que aquí van, es pregunta que sólo podría salir de la boca de quien en la vida nunca ha sabido lo que es necesidad. A casa, aunque sea una piedra, había dicho aquella misma abuela de la mujer del médico, pero le faltó añadir, Aunque sea necesario dar la vuelta al mundo, ésa era la proeza que ellos estaban realizando ahora, iban a casa por el camino más largo. Dónde estamos, preguntó el primer ciego, se lo dijo la mujer del médico, para eso tenía ojos, y él, Aquí me quedé ciego, en la esquina donde está el semáforo, Estamos justo en esa esquina, No quiero ni acordarme de lo que pasé, encerrado en el coche sin ver, la gente gritando fuera, y yo desesperado, diciendo que estaba ciego, hasta que vino aquél y me llevó a casa, Pobre hombre, dijo la mujer del primer ciego, nunca más robará coches, Tanto nos cuesta la idea de que tenemos que morir, dijo la mujer del médico, que siempre buscamos disculpas para los muertos, es como si anticipadamente estuviésemos pidiendo que nos disculpen cuando nos llegue la vez, Todo esto me sigue pareciendo un sueño, dijo la mujer del primer ciego, es como si soñase que estoy ciega, Cuando estaba en casa esperándote, también lo pensé, dijo el marido. La plaza donde el caso había sucedido quedó atrás, subían ahora por unas calles estrechas, laberínticas, la mujer del médico apenas conoce estos parajes, pero el primer ciego no se pierde, va orientándola, anuncia los nombres de las calles y dice, Tenemos que doblar a la izquierda, y luego a la derecha, y al fin dijo, Ésta es nuestra calle, la casa está a la izquierda, más o menos hacia el medio, Qué número es, preguntó la mujer del médico, él no se acordaba, Vaya, hombre, ahora no me acuerdo, se me ha borrado de la memoria, dijo, era un pésimo agüero, si ni siquiera sabemos dónde vivimos, el sueño ocupando el lugar de la memoria, adónde iremos a parar por ese camino. Pero esta vez el caso no era grave, fue una suerte que a la mujer del primer ciego se le ocurriera venir en esta excursión, ya está diciendo el número de la casa, no tuvieron que recurrir al primer ciego, que estaba jactándose de que podría reconocer la puerta por la magia del tacto, como si tuviera una varita mágica, un toque, metal, otro toque, madera, con tres o cuatro más llegaría al dibujo completo, no hay duda, ésta es la puerta. Entraron, la mujer del médico delante, Qué piso es, preguntó, El tercero, respondió el primer ciego, no andaba con la memoria tan flaca como parecía, unas cosas se olvidan, es la vida, otras se recuerdan, por ejemplo, se acuerda de cuando, ya ciego, entró por esta puerta, En qué piso vive, le preguntó el hombre que aún no le había robado el coche, Tercero, respondió, la diferencia es que ahora no suben en el ascensor, van pisando los escalones invisibles de una escalera que es al mismo tiempo oscura y luminosa, qué falta hace la electricidad a quien no es ciego, o la luz del sol, o un cabo de vela, ahora los ojos de la mujer del médico han tenido tiempo de adaptarse a la penumbra, a medio camino los que suben tropiezan con dos mujeres que bajan, ciegas de los pisos de arriba, quizá del tercero, nadie hizo preguntas, de hecho los vecinos ya no son lo que eran antes.

La puerta estaba cerrada. Qué vamos a hacer, preguntó la mujer del médico, Yo hablo, dijo el primer ciego. Llamaron una vez, dos, tres veces. No hay nadie, dijo uno de éstos en el preciso momento en que la puerta se abría, la tardanza no era de extrañar, un ciego que esté en el fondo de la casa, no puede venir corriendo a atender a quien llama, Quién es, qué desea, preguntó el hombre que apareció, tenía un aire serio, educado, parecía una persona tratable. Dijo el primer ciego, Yo vivía en esta casa, Ah, fue la respuesta del otro, después preguntó, Hay alguien más con usted, Mi mujer, y también una amiga nuestra, Cómo puedo saber que ésta era su casa, Es fácil, dijo la mujer del primer ciego, le digo todo lo que hay dentro. El otro se quedó callado unos segundos, luego dijo, Entren. La mujer del médico se quedó atrás, nadie la necesitaba aquí de guía. El ciego dijo, Estoy solo, los míos salieron a buscar comida, probablemente debería decir las mías, pero no creo que sea apropiado, hizo una pausa y añadió, Aunque creo que tengo la obligación de saberlo, Qué quiere decir, preguntó la mujer del médico, Las mías de que hablaba son mi mujer y mis dos hijas, Y por qué debería saber si es o no es propio usar el posesivo femenino, Soy escritor, se supone que debemos saber estas cosas. El primer ciego se sintió lisonjeado, fíjense, un escritor instalado en mi casa, entonces se le presentó una duda, si sería de buena educación preguntarle cómo se llama, quizá lo conozca de nombre, incluso podría ser que lo hubiera leído, estaba en este balanceo entre la curiosidad y la discreción cuando la mujer le hizo la pregunta directa, Cómo se llama, Los ciegos no necesitan nombre, yo soy esta voz que tengo, lo demás no es importante, Pero ha escrito libros, y esos libros llevan su nombre, dijo la mujer del médico, Ahora nadie los puede leer, por tanto es como si no existiesen. El primer ciego creyó que el rumbo de la conversación se estaba alejando demasiado de la cuestión que más le interesaba, Y cómo llegó aquí, a mi casa, preguntó, Como muchos otros que no viven ya donde vivían, encontré mi casa ocupada por gente que no quiso saber de razones, puede decirse que nos echaron por las escaleras abajo, Está lejos de aquí su casa, No, Hizo algún intento más de recuperarla, preguntó la mujer del médico, ahora es frecuente que las personas vayan de una casa a otra, Lo intenté dos veces, Y seguían allí, Sí, Y qué piensa hacer ahora que sabe que esta casa es nuestra, preguntó el primer ciego, va a echarnos como los otros hicieron con usted, No tengo ni edad ni fuerzas para hacerlo, y, aunque las tuviese, no sería capaz de recurrir a procesos tan expeditivos como ése, un escritor acaba por tener en la vida la paciencia que necesitó para escribir, O sea que nos dejará la casa, Sí, si no encontramos otra solución, No veo qué solución más se podrá encontrar. La mujer del médico había adivinado cuál iba a ser la respuesta del escritor, Usted y su mujer, como la amiga que los acompaña, viven en una casa, supongo, Sí, exactamente en su casa, Está lejos, No se puede decir que esté lejos, Entonces, si me lo permiten, tengo una propuesta que hacerles, Diga, Que continuemos como estamos, en este momento ambos tenemos una casa donde vivir, yo seguiré atento a lo que vaya pasando con la mía, si un día la encuentro libre, me cambiaré a ella inmediatamente, y usted hará lo mismo, vendrá aquí con regularidad, y cuando la encuentre vacía se traslada, No estoy seguro de que la idea me guste, No esperaba que le gustase, pero dudo que le sea más agradable la única alternativa que queda, Cuál es, Recuperar en este mismo instante la casa que les pertenece, Pero, siendo así, Exacto, siendo así nos iremos a vivir por ahí, No, eso ni pensarlo, intervino la mujer del primer ciego, dejemos las cosas como están, a su tiempo ya veremos, Se me acaba de ocurrir otra solución, dijo el escritor, Cuál es, preguntó el primer ciego, Que sigamos viviendo aquí como huéspedes suyos, la casa es suficiente para todos, No, dijo la mujer del primer ciego, seguiremos como hasta ahora, viviendo con nuestra amiga, no necesito preguntarte si estás de acuerdo, añadió dirigiéndose a la mujer del médico, Ni yo necesito responderte, Les quedo muy agradecido a todos, dijo el escritor, la verdad es que siempre he pensado que en cualquier momento vendría alguien a reclamarnos la casa, Contentarse con lo que uno va teniendo es lo más natural cuando se está ciego, dijo la mujer del médico, Cómo vivieron desde que empezó la epidemia, Salimos del internamiento hace tres días, Ah, son de los que estuvieron en cuarentena, Sí, Fue duro, Eso sería decir poco, Fue horrible, Usted es escritor, tiene, como dijo hace poco, obligación de conocer las palabras, sabe que los adjetivos no sirven para nada, si una persona mata a otra, por ejemplo, sería mejor enunciarlo así y confiar que el horror del acto, por sí solo, fuese tan impactante que nos liberase de decir que fue horrible, Quiere decir que tenemos palabras de más, Quiero decir que tenemos sentimientos de menos, O los tenemos, pero dejamos de usar las palabras que los expresan, Y, en consecuencia, los perdemos, Me gustaría que me hablasen de cómo vivieron en la cuarentena, Por qué, Soy escritor, Sería necesario haber estado allí, Un escritor es como otra persona cualquiera, no puede saberlo todo, ni puede vivirlo todo, tiene que preguntar e imaginar, Un día quizá le cuente cómo fue aquello, luego podrá escribir un libro, Estoy escribiéndolo, Cómo, si está ciego, Los ciegos también pueden escribir, Quiere decir que ha tenido tiempo de aprender el alfabeto braille, No conozco el alfabeto braille, Entonces, cómo puede escribir, preguntó el primer ciego, Voy a mostrárselo. Se levantó de la silla, salió, en un minuto regresó, llevaba en la mano una hoja de papel y un bolígrafo, Es la última página completa que he escrito, No la podemos ver, dijo la mujer del primer ciego, Tampoco yo, dijo el escritor, Entonces, cómo puede escribir, preguntó la mujer del médico, mirando la hoja de papel, donde, en la penumbra de la sala, se distinguían las líneas muy apretadas, sobrepuestas en algunos puntos, Por el tacto, respondió sonriendo el escritor, no es difícil, se coloca la hoja de papel sobre una superficie un poco blanda, por ejemplo sobre otras hojas de papel, después sólo es escribir, Pero, si no ve, dijo el primer ciego, El bolígrafo es un buen instrumento de trabajo para escritores ciegos, no sirve para darle a leer lo que haya escrito, pero sirve para saber dónde escribió, basta con ir siguiendo con el dedo la depresión de la última línea escrita, ir andando así hasta la arista de la hoja, calcular la distancia para la nueva línea y continuar, es muy fácil, Noto que las líneas a veces se sobreponen, dijo la mujer del médico, cogiéndole delicadamente de la mano la hoja de papel, Cómo lo sabe, Yo veo, Ve, recuperó la vista, cómo, cuándo, preguntó el escritor, nervioso,

Supongo que soy la única persona que nunca la perdió, Y por qué, qué explicación tiene para eso, No tengo ninguna explicación, probablemente no la hay, Eso significa que ha visto todo lo que ha pasado, Vi lo que vi, no tuve más remedio, Cuántas personas había en aquel lugar de la cuarentena, Cerca de trescientas, Desde cuándo, Desde el principio, salimos sólo hace tres días, como le he dicho, Creo que yo fui el primero en quedarme ciego, dijo el primer ciego, Debió de ser horrible, Otra vez esa palabra, dijo la mujer del médico, Perdone, de repente me parece ridículo todo lo que he estado escribiendo desde que nos quedamos ciegos, mi familia y yo, De qué trata, De lo que hemos sufrido, sobre nuestra vida, Cada uno debe hablar de lo que sabe, y lo que no sepa, pregunta, Yo le pregunto a usted, Y yo le responderé, no sé cuándo, un día. La mujer del médico tocó con la hoja de papel la mano del escritor, No le importa mostrarme dónde trabaja, lo que está escribiendo, Al contrario, venga conmigo, Nosotros también podemos ir, preguntó la mujer del primer ciego, La casa es suya, dijo el escritor, yo aquí sólo estoy de paso. En el dormitorio había una mesita y sobre ella una lámpara apagada. La luz turbia que entraba por la ventana dejaba ver, a la izquierda, unas hojas en blanco, otras, a la derecha, escritas, en el centro una estaba a medio escribir. Había dos bolígrafos nuevos al lado de la lámpara. Aquí tienen, dijo el escritor. La mujer del médico preguntó,

Puedo, sin esperar la respuesta cogió las hojas en blanco, serían unas veinte, pasó los ojos por aquella menuda caligrafía, por las líneas que subían y bajaban, por las palabras inscritas en la blancura del papel, grabadas en la ceguera, Estoy de paso, había dicho el escritor, y éstas eran las señales qué iba dejando, al pasar. La mujer del médico le posó la mano en el hombro, y él con sus dos manos la buscó, se la llevó lentamente a sus labios, No se pierda, no se deje perder, dijo, y eran palabras inesperadas, enigmáticas, no parecía que vinieran a cuento.

Cuando volvieron a casa, cargando alimentos suficientes para tres días, la mujer del médico, intercalada con las excitadas explicaciones del primer ciego y de su mujer, contó lo que había ocurrido. Y por la noche, como tenía que ser, leyó para todos unas cuantas páginas de un libro que sacó de la biblioteca. El tema del libro no le interesaba al niño estrábico, que se quedó dormido al poco tiempo con la cabeza en el regazo de la chica de las gafas oscuras y los pies sobre las piernas del viejo de la venda negra.

Pasados dos días, el médico dijo, Me gustaría saber cómo está el consultorio, ahora no servimos para nada ni él ni yo, pero puede que algún día volvamos a tener uso de los ojos, los aparatos deben de estar allí, esperando, Vamos cuando quieras, dijo la mujer, ahora mismo, Y podíamos aprovechar la salida para pasar por mi casa, si no os importa, dijo la chica de las gafas oscuras, no es que crea que hayan vuelto mis padres, es sólo por descargar la consciencia, Iremos también a tu casa, dijo la mujer del médico. Nadie más se quiso unir a la expedición de reconocimiento de los domicilios, el primer ciego y la mujer porque ya sabían lo que iban a encontrar, el viejo de la venda negra también lo sabía, aunque no por las mismas razones, y el niño estrábico porque seguía sin recordar el nombre de la calle donde había vivido. El tiempo estaba claro, parecía que se habían acabado las lluvias, y el sol, aunque pálido, empezaba a sentirse en la piel, No sé cómo vamos a vivir si el calor aprieta, dijo el médico, toda esa basura pudriéndose por ahí, los animales muertos, quizá también personas, debe de haber gente muerta en las casas, lo malo es que no estemos organizados, debería haber una organización en cada casa, en cada calle, en cada barrio, Un gobierno, dijo la mujer, Una organización, el cuerpo también es un sistema organizado, está vivo mientras se mantiene organizado, la muerte no es más que el efecto de una desorganización, Y cómo podría organizarse una sociedad de ciegos para que viva, Organizándose, organizarse ya es, en cierto modo, tener ojos, Quizá tengas razón, pero la experiencia de esta ceguera sólo nos ha traído muerte y miseria, mis ojos, como tu consultorio, no han servido para nada, Gracias a tus ojos estamos vivos, dijo la chica de las gafas oscuras, También lo estaríamos si yo estuviera ciega, el mundo está lleno de ciegos vivos, Creo que vamos a morir todos, es cuestión de tiempo, Morir siempre es una cuestión de tiempo, dijo el médico, Pero morir sólo porque se está ciego debe de ser la peor manera de morir, Morimos de enfermedades, de accidentes, de casualidades, Y ahora moriremos también porque estamos ciegos, quiero decir que moriremos de ceguera y cáncer, de ceguera y tuberculosis, de ceguera y sida, de ceguera e infarto, las enfermedades podrán ser diferentes de persona a persona, pero lo que verdaderamente nos está matando ahora es la ceguera, No somos inmortales, no podemos escapar a la muerte, pero al menos deberíamos no ser ciegos, dijo la mujer del médico, Cómo, si esta ceguera es concreta y real, dijo el médico, No tengo la certeza, dijo la mujer, Ni yo, dijo la chica de las gafas oscuras.

No tuvieron que forzar la puerta, la abrieron normalmente, la llave estaba en el llavero personal del médico, las dejó en casa cuando fueron llevados a la cuarentena. Aquí está la sala de espera, dijo la mujer del médico, La sala donde yo estuve, dijo la chica de las gafas oscuras, el sueño continúa, pero no sé qué sueño es, si el sueño de soñar que estuve aquel día soñando que estoy aquí ciega, o el sueño de haber estado siempre ciega y venir soñando al consultorio para curarme de una inflamación en los ojos en la que no había ningún peligro de ceguera, La cuarentena no fue un sueño, dijo la mujer del médico, Tampoco lo fue, no, como no lo fue la violación, Ni que yo apuñalara a un hombre, Llévame al gabinete, podría llegar solo, pero llévame tú, dijo el médico. La puerta estaba abierta. La mujer del médico dijo, Está todo revuelto, papeles por el suelo, se han llevado los cajones del fichero, Serían los del ministerio, para no perder tiempo buscando, Probablemente, Y los aparatos, Por lo que se ve, parecen en orden, Menos mal, dijo el médico. Avanzó solo, con los brazos extendidos, tocó la caja de las lentes, el oftalmoscopio, la mesa, posó las manos en el cristal que la cubría, cubierto de polvo, después dijo, dirigiéndose a la chica de las gafas oscuras, Comprendo lo que quieres decir cuando hablas de vivir un sueño. Se sentó a la mesa con una sonrisa triste e irónica, como si se dirigiera a alguien que estuviera allí, delante de él, Pues no, doctor, lo siento mucho pero su caso no tiene remedio, si quiere que le dé un consejo, acójase al dicho antiguo, tenían razón los que decían que la paciencia es buena para la vista, No nos hagas sufrir, dijo la mujer, Perdona, perdona tú también, estamos en el lugar donde antes se hacían los milagros, ahora ni siquiera tengo las pruebas de mis poderes mágicos, se las llevaron todas, El único milagro a nuestro alcance es seguir viviendo, dijo la mujer, amparar la fragilidad de la vida un día tras otro, como si fuera ella la ciega, la que no sabe a dónde ir, y quizá sea así, quizá realmente la vida no lo sepa, se entregó a nuestras manos tras habernos hecho inteligentes, y a esto la hemos traído, Hablas como si también tú estuvieses ciega, dijo la chica de las gafas oscuras, En cierto modo, es verdad, estoy ciega de vuestra ceguera, tal vez pudiese empezar a ver mejor si fuésemos más los que ven, Temo que seas como el testigo que anda buscando el tribunal al que fue convocado no sabe por quién y donde tendrá que declarar no sabe qué, dijo el médico, El tiempo se está acabando, la podredumbre se amontona, las enfermedades encuentran puertas abiertas, el agua se agota, la comida se ha convertido en veneno, sería ésta mi primera declaración, dijo la mujer del médico, Y la segunda, preguntó la chica de las gafas oscuras, Abramos los ojos, No podemos, estamos ciegos, dijo el médico, Es una gran verdad eso de que el peor ciego es el que no quiere ver,

Pero yo quiero ver, dijo la chica de las gafas oscuras, No por eso vas a ver, la única diferencia es que dejarías de ser la peor ciega, y, ahora, vámonos, no hay más qué ver aquí, dijo el médico.

De camino a la casa de la chica de las gafas oscuras atravesaron una gran plaza donde había grupos de ciegos escuchando los discursos de otros ciegos, a primera vista ni unos ni otros parecían ciegos, los que hablaban giraban la cara gesticulante hacia los que oían, los que oían dirigían la cara atenta a los que hablaban. Se proclamaba allí el fin del mundo, la salvación penitencial, la visión del séptimo día, el advenimiento del ángel, la colisión cósmica, la extinción del sol, el espíritu de la tribu, la savia de la mandrágora, el ungüento del tigre, la virtud del signo, la disciplina del viento, el perfume de la luna, la reivindicación de la tiniebla, el poder del conjuro, la marca del calcañar, la crucifixión de la rosa, la pureza de la linfa, la sangre del gato negro, la dormición de la sombra, la revuelta de las mareas, la lógica de la antropofagia, la castración sin dolor, el tatuaje divino, la ceguera voluntaria, el pensamiento convexo, el cóncavo, el plano, el vertical, el inclinado, el concentrado, el disperso, el huido, la ablación de las cuerdas vocales, la muerte de la palabra, Aquí no hay nadie que hable de organización, dijo la mujer del médico a su marido, Quizá la organización esté en otra plaza, respondió él. Siguieron andando. Un poco más allá dijo la mujer del médico, En el camino hay más muertos que de costumbre, Es nuestra resistencia lo que está llegando al fin, se acaba el tiempo, se agota el agua, proliferan las enfermedades, la comida se convierte en veneno, lo dijiste tú antes, recordó el médico, Quién sabe si entre estos muertos no estarán mis padres, dijo la chica de las gafas oscuras, y yo aquí, pasando a su lado, y no los veo, Es una vieja costumbre de la humanidad ésa de pasar al lado de los muertos y no verlos, dijo la mujer del médico.

La calle donde vivía la chica de las gafas oscuras parecía aún más abandonada. En la puerta de la casa estaba el cuerpo de una mujer. Muerta, medio comida por los animales asilvestrados, menos mal que hoy el perro de las lágrimas no quiso venir, hubiera sido necesario disuadirlo de meter el diente en esta carroña. Es la vecina del primero, dijo la mujer del médico, Quién, dónde, preguntó el marido, Aquí mismo, la vecina del primer piso, se nota el hedor, Pobre mujer, dijo la chica de las gafas oscuras, por qué habrá salido a la calle, ella nunca lo hacía, Tal vez se dio cuenta de que estaba llegando la muerte, quizá no haya podido soportar la idea de quedarse sola en casa, pudriéndose, dijo el médico. Ahora no podremos entrar, no tengo las llaves, Salvo que hayan vuelto tus padres y estén esperándote, dijo el médico, No lo creo, Tienes razón al no creerlo, dijo la mujer del médico, las llaves están aquí. En la concavidad de la mano muerta, medio abierta, posada en el suelo, aparecían, brillantes, luminosas, unas llaves. Tal vez sean las de ella, dijo la chica de las gafas oscuras, No lo creo, no tenía ningún motivo para llevar sus llaves a donde pensaba morir, Pero yo, ciega como estoy, no las podría ver, si fue ésa su idea, devolvérmelas, para que pudiera entrar en casa, No sabemos qué pensamientos tuvo cuando decidió traerse las llaves, quizá pensó que recuperarías la vista, quizá pensó que hubo algo poco natural, demasiado fácil, en la manera de movernos cuando estuvimos aquí, quizá me haya oído decir que la escalera estaba oscura, que apenas se podía ver, o nada de eso, sólo delirio, demencia, como si, con la razón perdida, le hubiera entrado la obsesión de entregarte las llaves, lo único que sabemos es que la vida se le escapó al poner los pies fuera de casa. La mujer del médico recogió las llaves, las entregó a la chica de las gafas oscuras, luego preguntó, Y qué hacemos ahora, vamos a dejarla aquí, No podemos enterrarla en la calle, no tenemos con qué levantar los adoquines, dijo el médico, Atrás, en el huerto, Habría que subirla hasta el segundo, y luego bajarla por la escalera de socorro, Es la única manera, Tendremos fuerzas para tanto, preguntó la chica de las gafas oscuras, La cuestión no es si tendremos fuerzas o si no las tendremos, la cuestión es si vamos a permitirnos dejar aquí a esta mujer, Eso, no, dijo el médico, Entonces habrá que sacar fuerzas de flaqueza. Realmente, las sacaron, pero fue un esfuerzo horroroso subir el cadáver por las escaleras, y no por lo que pesaba, ya poco de natural, y ahora aún menos después de lo que de él se habían beneficiado los perros y los gatos, sino porque el cuerpo estaba rígido, inflexible, costaba darle la vuelta en las curvas de la estrecha escalera, en una ascensión tan corta tuvieron que descansar cuatro veces. Ni el ruido, ni las voces, ni el olor a descomposición hicieron aparecer en los rellanos a los otros moradores de la casa, Tal como pensaba, mis padres no están aquí, dijo la chica de las gafas oscuras. Cuando al fin llegaron a la puerta, estaban agotados, y tenían aún que atravesar la casa hacia la parte trasera, bajar la escalera de socorro, pero allí, con ayuda de los santos, que siendo cuesta abajo acuden todos, la carga se llevó mejor, podían dar con facilidad la vuelta en los rellanos al ser la escalera a cielo abierto, sólo hubo que tener cuidado en que no se les fuera de las manos el cuerpo de la pobre criatura, la caída lo dejaría sin remedio, por no hablar de los dolores, que después de la muerte son peores.

El patio trasero estaba como una selva jamás explorada, las últimas lluvias hicieron crecer abundantemente la hierba y las plantas bravas que trae el viento, no faltará comida fresca a los conejos que andaban saltando por allí, las gallinas se gobiernan incluso en régimen de sequía. Estaban sentados en el suelo, jadeantes, el esfuerzo los había dejado baldados, al lado el cadáver descansaba con ellos, protegido por la mujer del médico, que ahuyentaba a las gallinas y a los conejos, éstos sólo curiosos, con la nariz tembándoles, ellas ya con el pico en bayoneta, dispuestas a todo. Dijo la mujer del médico, Antes de salir a la calle se acordó de abrir la puerta de la conejera, no quiso que los animales murieran de hambre, Bien cierto es que lo difícil no es vivir con las personas, lo difícil es comprenderlas, dijo el médico. La chica de las gafas oscuras se estaba limpiando las manos sucias con un puñado de hierbas que había arrancado, la culpa era suya, agarró el cadáver por donde no debía, eso pasa por andar sin ojos. Dijo el médico, Lo que necesitamos ahora es un azadón, o una pala, aquí se puede observar cómo el auténtico eterno retorno es el de las palabras, ahora regresan éstas, dichas por las mismas razones, primero fue el hombre que robó el automóvil, ahora va a ser la vieja que restituyó las llaves, después de enterrados no se notarán las diferencias, salvo si alguna memoria las ha guardado. La mujer del médico subió a la casa de la chica de las gafas oscuras a por una sábana limpia, tuvo que elegir entre las que se encontraban menos sucias, cuando bajó estaban de banquete las gallinas, los conejos sólo mordisqueaban la hierba fresca. Cubierto y envuelto el cadáver, la mujer fue a buscar la pala o el azadón. Encontró ambas cosas en un cobertizo donde también había otras herramientas. Yo me ocupo de esto, dijo, la tierra está húmeda, se cava bien, vosotros descansad. Escogió un sitio en el que no había raíces de esas que hay que cortar con golpes sucesivos de azadón, que nadie piense que es tarea fácil, las raíces tienen sus mañas, saben aprovechar la blandura de la tierra para esquivar el golpe y amortiguar el efecto mortífero de la guillotina. Ni la mujer del médico, ni el marido, ni la chica de las gafas oscuras, ella por estar entregada a su trabajo, ellos porque de nada les servían los ojos, se dieron cuenta de la aparición de los ciegos en los balcones circundantes, no muchos, no en todos, debía de haberlos atraído el ruido del azadón, que es inevitable hasta estando la tierra blanda, sin olvidar que hay siempre una piedrecilla escondida que responde con sonoridad al golpe. Eran hombres y mujeres que parecían fluidos como espectros, podían ser fantasmas asistiendo por curiosidad a un entierro, sólo para recordar cómo había sido en su caso. La mujer del médico los vio, al fin, cuando, terminada la tumba, aplomó los riñones doloridos y se llevó el brazo a la frente para secar el sudor. Entonces, urgida por un impulso irresistible, sin haberlo pensado antes, gritó para aquellos ciegos y para todos los ciegos del mundo, Resurgirá, repárese en que no dijo Resucitará, el caso no era para tanto, aunque el diccionario esté ahí para afirmar, prometer o insinuar que se trata de perfectos y exactos sinónimos. Los ciegos se asustaron y se metieron en sus casas, no entendían por qué fue dicha tal palabra, además no estaban preparados para una revelación así, se veía que no frecuentaban la plaza de las anunciaciones mágicas, a cuya relación, para quedar completa, sólo faltaba añadir la cabeza de la mantis y el suicidio del alacrán. El médico preguntó, Por qué has dicho resurgirá, para quién hablabas, Para unos ciegos que aparecieron en los balcones, me asusté y debo de haberles asustado, Y por qué esa palabra, No lo sé, apareció en mi cabeza y la dije, Sólo te faltaba ir a predicar a la plaza por donde pasamos, Sí, un sermón sobre el diente de conejo y el pico de gallina, ven a ayudarme ahora, por aquí, eso es, cógele los pies, yo la levanto por este lado, cuidado, no te vayas a caer dentro de la fosa, eso es, así, bájala lentamente, más, más, he hecho la fosa un poco honda por las gallinas, cuando se ponen a escarbar nunca se sabe adónde pueden llegar, ya está. Se sirvió de la pala para llenar la fosa de tierra, la apretó bien, compuso el montículo que siempre sobra de la tierra que ha vuelto a la tierra, como si nunca hubiera hecho otra cosa en su vida. Finalmente, arrancó una rama del rosal que crecía en un extremo del patio y la plantó en la base de la sepultura, del lado de la cabeza. Resurgirá, preguntó la chica de las gafas oscuras, Ella no, respondió la mujer del médico, más necesidad tendrían los que están vivos de resurgir de sí mismos, y no lo hacen, Estamos ya medio muertos, respondió el médico, Todavía estamos medio vivos, contestó la mujer. Guardó en el alpendre la pala y el azadón, echó un vistazo al patio trasero para asegurarse de que todo estaba en orden, Qué orden, se preguntó a sí misma, y a sí misma se dio respuesta, El orden que quiere a los muertos en su lugar de muertos y a los vivos en su lugar de vivos, mientras gallinas y conejos alimentan a unos y se alimentan de otros, Me gustaría dejarles una señal, una advertencia cualquiera a mis padres, dijo la chica de las gafas oscuras, sólo para que sepan que estoy viva, No quiero matar tus ilusiones, dijo el médico, pero primero tendrían que encontrar la casa, y eso es poco probable, piensa que nunca habríamos conseguido llegar aquí si no tuviéramos a alguien que nos guíe, Tiene razón, ni siquiera sé si están aún vivos, pero si no les dejo una señal, cualquier cosa, me sentiré como si los hubiera abandonado, Qué puede ser, preguntó la mujer del médico, Algo que ellos puedan reconocer por el tacto, dijo la chica de las gafas oscuras, lo malo es que ya no llevo nada de los otros tiempos en el cuerpo. La mujer del médico la miraba, estaba sentada en el primer peldaño de la escalera de socorro, con las manos abandonadas en las rodillas, angustiado su hermoso rostro, el pelo suelto sobre los hombros, Ya sé qué señal puedes dejarles, dijo. Subió rápidamente la escalera, entró de nuevo en la casa y regresó con unas tijeras y un pedazo de cordel, Qué idea es la tuya, preguntó la chica de las gafas oscuras, inquieta, al sentir el rechinar de las tijeras cortándole el cabello, Si tus padres vuelven, encontrarán colgado del tirador de la puerta un mechón de pelo, de quién iba a ser sino de su hija, preguntó la mujer del médico,

Me vas a hacer llorar, dijo la chica de las gafas oscuras, e inmediatamente rompió en lágrimas, con la cabeza caída sobre los brazos cruzados en las rodillas fue desahogando su pena, la añoranza, la conmoción por la ocurrencia de la mujer del médico, luego se dio cuenta, sin saber por qué caminos del sentimiento había llegado hasta allí, de que también lloraba por la vieja del primero, la comedora de carne cruda, la bruja horrible, la que con su mano muerta le había restituido las llaves de su casa. Y entonces la mujer del médico dijo, Qué tiempos éstos, vemos cómo se invierte el orden de las cosas, un símbolo que casi siempre fue de muerte se convierte en señal de vida, Hay manos capaces de ésos y de mayores prodigios, dijo el médico, La necesidad puede mucho, querido, dijo la mujer, y basta ya de filosofías y de taumaturgias, démonos la mano y vamos a la vida. Fue la propia chica de las gafas oscuras quien colgó del tirador de la puerta el mechón de cabellos, Crees que mis padres se darán cuenta, preguntó, El tirador de la puerta es la mano tendida de una casa, respondió la mujer del médico, y con esta frase de efecto podríamos decir que dieron por terminada la visita.

Aquella noche hubo de nuevo lectura y audición, no tenían otra manera de distraerse, lástima que el médico no fuese, por ejemplo, violinista aficionado, qué dulces serenatas podrían oírse entonces en este quinto piso, los vecinos dirían envidiosos, A ésos, o les va bien en la vida o son unos inconscientes que creen huir de su desgracia riéndose de la desgracia de los demás. Ahora no hay más música que la de las palabras, y ésas, sobre todo las que están en los libros, son discretas, aunque la curiosidad trajera a alguien a escuchar tras la puerta de la casa, no oiría más que un murmullo solitario, ese largo hilo de sonido que podrá prolongarse infinitamente, porque los libros del mundo, todos juntos, son como dicen que es el universo, infinitos. Cuando acabó la lectura, avanzada la noche, el viejo de la venda negra dijo, A esto estamos reducidos, a oír leer, Yo no me quejo, podría estar siempre así, dijo la chica de las gafas oscuras, Tampoco me quejo yo, digo que sólo servimos para esto, para oír leer la historia de una humanidad que existió antes que nosotros, aprovechamos la suerte de tener unos ojos lúcidos, los últimos que quedan, si un día estos ojos se apagan, y no quiero ni pensarlo, entonces el hilo que nos une a esa humanidad se romperá, será como si estuviésemos apartándonos los unos de los otros en el espacio, para siempre, tan ciegos ellos como nosotros, Mientras pueda, dijo la chica de las gafas oscuras, mantendré la esperanza, la esperanza de encontrar a mis padres, la esperanza de que aparezca la madre de este niño, Has olvidado la esperanza de todos, Cuál, La esperanza de recuperar la vista, Hay esperanzas que es locura alimentar, Pues os digo que si no fuera por ellas, ya habría desistido de la vida, Dame un ejemplo, Volver a ver, Ése ya lo conocemos, dame otro, No lo doy, Por qué, No te importa, Cómo sabes que no me importa, qué sabes de mí para decidir por tu cuenta lo que a mí me importa o no, No te enfades, no tuve intención de molestarte, Los hombres son todos iguales, piensan que con haber nacido de barriga de mujer, ya lo saben todo de las mujeres, Yo de mujeres sé poco, de ti, nada, y en cuanto al hombre, para mí, tal como van las cosas, ahora soy un viejo, y tuerto además de ciego, No tienes nada más que decir contra ti, Mucho más, no puedes ni imaginar la lista negra de mis autorrecriminaciones y cómo crece a medida que los años van pasando, Joven soy yo, y ya voy bien servida, Aún no has hecho nada verdaderamente malo, Cómo puedes saberlo si nunca has vivido conmigo, Sí, nunca he vivido contigo, Por qué repites en ese tono mis palabras, Qué tono, Ése, Sólo he dicho que nunca he vivido contigo, El tono, el tono, no finjas que no me entiendes, No insistas, te lo ruego, Insisto, necesito saberlo, Volvamos a las esperanzas, Pues volvamos, El otro ejemplo de esperanza que me negué a dar era ése, Ése, cuál, La última autorrecriminación de mi lista, Explícate, por favor, no entiendo de galimatías, El monstruoso deseo de que no recuperemos la vista, Por qué, Para seguir viviendo así, Quieres decir todos juntos, o tú conmigo, No me obligues a responder, Si fueses sólo un hombre podrías esquivar la respuesta, como hacen todos, pero tú mismo acabas de decir que eres un viejo, y un viejo, si haber vivido tanto sirve de algo, no debería volverle la cara a la verdad, responde, Yo contigo, Y por qué quieres vivir conmigo, Esperas que te lo diga delante de todos, Cosas más sucias, más feas, más repugnantes hemos hecho unos ante los otros, seguro que no será peor lo que tienes que decirme, Sea, si lo quieres, porque al hombre que aún soy le gusta la mujer que tú eres, Tanto te ha costado hacer una declaración de amor, A mi edad uno tiene miedo al ridículo, No ha sido ridículo, Olvidemos esto, por favor, No tengo intención de olvidar ni dejarte que olvides, Es un disparate, me has obligado a hablar, y ahora, Y ahora me toca a mí, No digas nada de lo que puedas arrepentirte, recuerda lo de la lista negra, Si yo soy sincera hoy, qué importa que mañana tenga que arrepentirme, Cállate, Tú quieres vivir conmigo, y yo quiero vivir contigo, Estás loca, Viviremos juntos aquí, como un matrimonio, y juntos seguiremos viviendo si tenemos que separarnos de nuestros amigos, dos ciegos pueden ver más que uno, Es una locura, tú no me quieres, Qué es eso de querer, yo nunca quise a nadie, sólo me acosté con hombres, Estás dándome la razón, No lo estoy, Has hablado de sinceridad, respóndeme sinceramente si es verdad que me quieres, Te quiero lo suficiente como para querer estar contigo, y esto es la primera vez que se lo digo a alguien, Tampoco me lo dirías a mí si me hubieras encontrado antes, un hombre viejo, medio calvo, el pelo que le queda blanco, con una venda en un ojo y una catarata en el otro, No lo diría la mujer que entonces era, lo reconozco, quien lo ha dicho es la mujer que ahora soy, Veremos entonces qué va a decir la mujer que serás mañana, Me pones a prueba, Qué idea, quien soy yo para ponerte a prueba, la vida es quien decide estas cosas, Una la ha decidido ya.

Tuvieron esta conversación cara a cara, los ojos ciegos de uno clavados en los ojos ciegos del otro, los rostros encendidos y vehementes, y cuando, por haberlo dicho uno de ellos y por quererlo los dos, concordaron en que la vida había decidido que vivieran juntos, la chica de las gafas oscuras tendió las manos, simplemente para darlas, no para saber por dónde iba, tocó las manos del viejo de la venda negra, que la atrajo suavemente hacia sí, y se quedaron sentados los dos, juntos, no era la primera vez, claro está, pero ahora habían sido dichas las palabras de recibimiento. Ninguno de los otros hizo comentarios, ninguno dio la enhorabuena, ninguno expresó votos de felicidad eterna, los tiempos, en verdad, no están para festejos e ilusiones, y cuando las decisiones son tan graves como parece haber sido ésta, nada tendría de sorprendente que alguien hubiera pensado que hay que ser ciego para comportarse de este modo, el silencio es el mejor aplauso. Lo que la mujer del médico hizo fue extender en el corredor unos cuantos cojines de sofá, suficientes para improvisar cómodamente una cama, después condujo allí al niño estrábico, y

411

le dijo, A partir de hoy dormirás aquí. En cuanto a lo que ocurrió en la sala, todo indica que en esta primera noche habrá quedado finalmente aclarado el caso de la mano misteriosa que le lavó la espalda al viejo de la venda negra aquella mañana en que corrieron tantas aguas, todas ellas lustrales.

Al día siguiente, acostados aún, la mujer del médico le dijo al marido, Tenemos poca comida en casa, va a ser necesario dar una vuelta por el almacén subterráneo del supermercado, aquel donde estuve el primer día, si hasta ahora no ha dado nadie con él, podremos abastecernos para una o dos semanas, Voy contigo, y decimos a uno o dos de ellos que vengan también, Prefiero que seamos sólo nosotros, es más fácil, no habrá tanto peligro de perdernos, Hasta cuándo aguantarás la carga de seis personas que no se pueden valer, Aguantaré mientras pueda, pero la verdad es que ya me flaquean las fuerzas, a veces me sorprendo deseando ser ciega también para ser igual que los otros, para no tener más obligaciones que los demás, Nos hemos habituado a depender de ti, si nos faltases sería como si una segunda ceguera nos hubiera alcanzado, gracias a los ojos que tienes conseguimos ser un poco menos ciegos, Llegaré hasta donde sea capaz, no puedo prometer más, Un día, cuando comprendamos que nada bueno y útil podemos hacer por el mundo, deberíamos tener el valor de salir simplemente de la vida, como él dijo, Él, quién, El afortunado de ayer, Tengo la seguridad de que hoy no lo diría, no hay nada mejor para cambiar de opinión que una sólida esperanza, Él la tiene ya, ojalá le dure, Hay en tu voz un tono que parece de contrariedad, Contrariedad, por qué, Como si se hubiesen llevado algo que te pertenece, Te refieres a lo que ocurrió con esa chica cuando estábamos en aquel lugar horrible, Sí, Recuerda que fue ella quien vino a buscarme, La memoria te engaña, fuiste tú quien la buscó, Estás segura, No estaba ciega, Pues yo juraría que, Jurarías en falso, Es extraño cómo puede la memoria engañarnos así, En este caso es fácil de comprender, nos pertenece más lo que vino a ofrecerse a nosotros que aquello que tuvimos que conquistar, Ni ella me buscó después, ni yo la busqué más, Queriendo, pueden encontrarse en la memoria, para eso sirve, Tienes celos, No, no tengo celos, ni siquiera los tuve entonces, lo que sentí fue pena, por ella y por ti, y también por mí, porque no podía ayudaros, Cómo estamos de agua, Mal. Después de la menos que frugal refección de la mañana, amenizada por algunas alusiones discretas y sonrientes a los acontecimientos de la noche pasada, convenientemente vigiladas las palabras por el recato debido a la presencia de un menor, vano cuidado éste, si recordamos las escandalosas escenas de que fue testigo presencial en la cuarentena, salieron para el trabajo el médico y su mujer, acompañados esta vez por el perro de las lágrimas, que no quiso quedarse en casa.

El aspecto de las calles empeoraba cada hora que iba pasando. La basura parecía multiplicarse durante la noche, era como si desde el exterior de algún país desconocido, donde todavía hubiera vida normal, viniesen sigilosamente a vaciar aquí sus contenedores, si no fuese porque estamos en tierra de ciegos, veríamos avanzar por esta blanca oscuridad los carros y los camiones fantasmas cargados de detritus, sobras, desechos, depósitos químicos, cenizas, aceites quemados, huesos, botellas, vísceras, pilas cansadas, plásticos, montañas de papel, lo que no traen son restos de comida, ni siquiera unas mondas de fruta con las que podríamos engañar el hambre, mientras esperamos esos días mejores que siempre están por llegar. La mañana está en sus comienzos, pero se siente el calor. El hedor que desprende el inmenso basurero es como una nube de gas tóxico. No tardarán en aparecer por ahí unas cuantas epidemias, volvió a decir el médico, no escapará nadie, estamos completamente indefensos, Como dice el refrán, por una parte nos llueve, por otra nos hace viento, dijo la mujer, Ni siquiera eso, la lluvia nos ayudaría a matar la sed, y el viento aliviaría los hedores, al menos en parte. El perro de las lágrimas anda olfateando inquieto, se detuvo a hacer pesquisas en un montón de basura, seguro de que en el fondo se encontraba oculta alguna golosina superior que ahora no consigue encontrar, si estuviera solo, se quedaría aquí, pero la mujer que lloró va ya delante, su deber es ir tras ella, nunca se sabe si no va a tener que enjugar otras lágrimas. Es difícil andar. En algunas calles, sobre todo en las más inclinadas, el caudal de agua de lluvia, transformada en torrente, lanzó coches contra coches, o contra las casas, derribando puertas, rompiendo escaparates, el suelo está cubierto de pedazos de vidrio grueso. Aprisionado entre dos coches se pudre el cuerpo de un hombre. La mujer del médico desvía los ojos. El perro de las lágrimas se aproxima, pero la muerte lo intimida, da dos pasos, de súbito se le encrespó el pelo, un aullido lacerante salió de su garganta, lo malo de este perro es que se ha aproximado tanto a los humanos que va a acabar sufriendo como ellos. Atravesaron una plaza donde había grupos de ciegos que se entretenían oyendo los discursos de otros ciegos, a primera vista ni unos ni otros parecían ciegos, los que hablaban giraban la cara gesticulante hacia los que oían, los que oían dirigían la cara atenta a los que hablaban. Se proclamaban allí los principios de los grandes sistemas organizados, la propiedad privada, el librecambio, el mercado, la bolsa, las tasas fiscales, los réditos, la apropiación, la desapropiación, la producción, la distribución, el consumo, el abastecimiento y desabastecimiento, la riqueza y la pobreza, la comunicación, la represión y la delincuencia, las loterías, las instituciones carcelarias, el código penal, el código civil, el régimen de carreteras, el diccionario, el listín de teléfonos, las redes de prostitución, las fábricas de material de guerra, las fuerzas armadas, los cementerios, la policía, el contrabando, las drogas, los tráficos ilícitos permitidos, la investigación farmacéutica, el juego, el precio de los tratamientos médicos y de los servicios funerarios, la justicia, los créditos, los partidos políticos, las elecciones, los parlamentos, los gobiernos, el pensamiento convexo, el cóncavo, el plano, el vertical, el inclinado, el concentrado, el disperso, el huido, la ablación de las cuerdas vocales, la muerte de la palabra. Aquí se habla de organización, dijo la mujer del médico al marido, Ya me he dado cuenta, respondió él, y se calló. Siguieron andando, la mujer del médico consultó un plano de la ciudad que había en una esquina, como un antiguo crucero en una encrucijada. Estaban muy cerca del supermercado, en alguno de estos sitios se había dejado caer, llorando, aquel día en el que se vio perdida, grotescamente derrengada por el peso de las bolsas de plástico afortunadamente llenas, la ayudó un perro que vino a consolar su desconcierto y su angustia, el mismo que viene aquí enseñando los dientes a las jaurías que se acercan demasiado, como si estuviese advirtiéndoles, A mí no me engañan ustedes, lárguense de aquí. Una calle a la izquierda, otra a la derecha, y aparece la puerta del supermercado. Sólo la puerta, es decir, está la puerta, está el edificio todo, pero lo que no se ve es gente entrando y saliendo, aquel hormiguero de personas que a todas horas encontramos en estos establecimientos que viven del concurso de grandes multitudes. La mujer del médico temió lo peor, y le dijo al marido, Hemos llegado demasiado tarde, ya no deben de quedar ahí dentro ni unas migajas de galleta, Por qué dices eso, No veo entrar y salir a nadie, Puede que no hayan descubierto el sótano, Ésa es mi esperanza. Estaban parados en la acera, enfrente del supermercado mientras cambiaban estas frases. A su lado, como si estuviesen esperando que se encendiese en el semáforo la luz verde, había tres ciegos. La mujer del médico no se fijó en la cara que pusieron, de sorpresa inquieta, de una especie de confuso temor, no vio que la boca de uno de ellos se abrió para hablar y luego se cerró, no notó el rápido encogerse de hombros, Lo verás por ti misma, se supone que habrá pensado este ciego. Ya en medio de la calle, atravesándola, la mujer del médico y el marido no pudieron oír la observación del segundo ciego, Por qué habrá dicho ella que no veía, que no veía entrar ni salir a nadie, y la respuesta del tercer ciego, Son maneras de hablar, hace un rato, cuando tropecé, tú me preguntaste si no veía dónde ponía los pies, es lo mismo, todavía no hemos perdido la costumbre de ver, Dios mío, cuántas veces hemos dicho eso ya, exclamó el primer ciego.

La claridad del día iluminaba hasta el fondo el amplio espacio del supermercado. Casi todos los exhibidores estaban derribados, no había más que basura, cristales rotos, embalajes vacíos,

Es curioso, dijo la mujer del médico, incluso no habiendo aquí nada de comida, me sorprende que no haya gente viviendo. El médico dijo, Realmente, no parece normal. El perro de las lágrimas soltó un aullido en tono muy bajo. De nuevo tenía el pelo erizado. Dijo la mujer del médico, Hay aquí un olor, Siempre huele mal, dijo el marido, No es eso, es otro olor, a podrido, Algún cadáver que esté por ahí, No veo ninguno, Entonces será una impresión tuya. El perro volvió a gemir. Qué le pasa al perro, preguntó el médico, Está nervioso, Qué hacemos, Vamos a ver, si hay algún cadáver pasamos de largo, a estas alturas los muertos ya no nos asustan, Para mí es más fácil, no los veo. Atravesaron el supermercado hasta la puerta que daba acceso al corredor por donde se llegaba al almacén del sótano. El perro de las lágrimas los siguió, pero se detenía de vez en cuando, gruñía llamándolos, luego el deber le obligaba a seguir andando. Cuando la mujer del médico abrió la puerta, el olor se hizo más intenso, Realmente huele muy mal, dijo el marido, Quédate tú aquí, vuelvo en seguida. Avanzó por el corredor, cada vez más oscuro, y el perro de las lágrimas la siguió como si lo llevasen a rastras. Saturado del hedor a putrefacción, el aire parecía pastoso. A medio camino, la mujer del médico vomitó. Qué habrá pasado aquí, pensó entre dos arcadas, y murmuró luego, una y otra vez, estas palabras mientras se iba aproximando a la puerta metálica que daba al sótano. Confundida por la náusea, no había notado que en el fondo se percibía una claridad difusa, muy leve. Ahora sabía lo que era aquello. Pequeñas llamas palpitaban en los intersticios de las dos puertas, la de la escalera y la del montacargas. Un nuevo vómito le retorció el estómago, fue tan violento que la tiró al suelo. El perro de las lágrimas aulló largamente, con un aullido que parecía no acabar jamás, un lamento que resonó en el corredor como la última voz de los muertos que se encontraban en el sótano. El médico la oyó vomitar, las arcadas, la tos, corrió como pudo, tropezó y cayó, se levantó y cayó, al fin apretó un brazo de la mujer, Qué ha pasado, preguntó, trémulo, ella sólo decía, Llévame de aquí, llévame de aquí, por favor, por primera vez desde que le afectó la ceguera era él quien guiaba a la mujer, la guiaba sin saber hacia dónde, hacia cualquier lugar lejos de estas puertas, de las llamas que él no podía ver. Cuando salieron del corredor, los nervios de ella se desataron de golpe, el llanto se convirtió en convulsión, no hay manera de enjugar lágrimas como éstas, sólo el tiempo y la fatiga las podrán reducir, por eso el perro no se acercó, sólo buscaba una mano para lamerla. Qué ha pasado, volvió a preguntar el médico, qué has visto, Están muertos, consiguió decir entre sollozos, Quiénes están muertos, Ellos, y no pudo continuar, Cálmate, me lo contarás cuando puedas. Unos minutos después, ella dijo, Están muertos, Has visto algo, abriste la puerta, preguntó el marido, No, sólo vi que había fuegos fatuos agarrados a las rendijas, estaban allí agarrados y danzaban, no se soltaban, Hidrógeno fosforado resultante de la descomposición, Imagino que sí, Qué habrá ocurrido, Seguro que dieron con el sótano, se precipitaron escaleras abajo en busca de comida, era muy fácil resbalar y caer en aquellos escalones, y si cayó uno cayeron todos, probablemente ni consiguieron llegar a donde querían, o si lo consiguieron, con la escalera obstruida no consiguieron volver, Pero tú dijiste que la puerta estaba cerrada, La cerraron seguramente los otros ciegos y convirtieron el sótano en un inmenso sepulcro, y yo tengo la culpa de lo que ocurrió, cuando salí de aquí corriendo con las bolsas sospecharon que se trataba de comida y fueron a buscarla, En cierto modo, todo cuanto comemos es robado de la boca de los otros, y, si les robamos demasiado acabamos causando su muerte, en el fondo, todos somos más o menos asesinos, Flaco consuelo, Lo que no quiero es que empieces a cargarte tú misma con culpas imaginarias cuando ya apenas puedes soportar la responsabilidad de sostener seis bocas concretas e inútiles, Sin tu boca inútil, cómo podría vivir, Continuarías viviendo para sustentar a las otras cinco que nos esperan, La cuestión es por cuánto tiempo, No será mucho más, cuando se acabe todo, tendremos que ir por esos campos en busca de comida, recogeremos todos los frutos de los árboles, mataremos

todos los animales a los que podamos echar
mano, si es que antes no empiezan a devorarnos
aquí los perros y los gatos. El perro de las lágrimas no se manifestó, la cosa no iba con él, de
algo le servía el haberse convertido en los últimos tiempos en el perro de lágrimas.

La mujer del médico apenas podía arrastrar los pies. La conmoción la había dejado sin
fuerzas. Cuando salieron del supermercado, ella,
desfallecida, él, ciego, nadie podría decir cuál de
los dos amparaba al otro. Quizá a causa de la in-
tensidad de la luz le dio un vértigo, pensó que
iba a perder la vista, pero no se asustó, era sólo
un desmayo. No llegó a caer ni a perder completamente el sentido. Necesitaba acostarse, cerrar
los ojos, respirar pausadamente, si pudiera estar
unos minutos tranquila, quieta, seguramente
le volverían las fuerzas, y era necesario que volvieran, las bolsas de plástico seguían vacías. No
quería acostarse sobre la inmundicia de la acera,
volver al supermercado, eso ni muerta. Miró alrededor. Al otro lado de la calle, un poco más
allá, había una iglesia. Habría gente dentro, como en todas partes, pero sería un buen sitio para
descansar, al menos antes era así. Le dijo al marido, Tengo que recuperar fuerzas, llévame allí,
Allí dónde, Perdona, sosténme un poco, es ahí
mismo, ya te iré indicando, Qué es, Una iglesia,
si me pudiera tumbar un poco, quedaría como
nueva, Vamos allá. Se entraba en el templo por
seis escalones, seis escalones que la mujer del

médico superó con gran dificultad, tanto más que tenía también que guiar al marido. Las puertas estaban abiertas de par en par, suerte tuvieron de eso, una antepuerta, una mampara de las más sencillas, sería en esta ocasión un obstáculo difícil de superar. El perro de las lágrimas se detuvo indeciso en el umbral. Y es que, pese a la libertad de movimientos de que han gozado los perros en los últimos meses, se mantenía genéticamente incorporada en el cerebro de todos ellos la prohibición que un día, en remotos tiempos, cayó sobre la especie, la prohibición de entrar en las iglesias, probablemente la culpa la tuvo aquel otro código genético que les ordena marcar el terreno dondequiera que lleguen. De nada sirvieron los buenos y leales servicios prestados por los antepasados de este perro de las lágrimas, cuando lamían asquerosas llagas de santos antes de que como tales hubieran sido declarados y aprobados, misericordia, ésta, de las más desinteresadas, porque bien sabemos que no consigue cualquier mendigo ascender a la santidad por muchas llagas que pueda tener en el cuerpo, y también en el alma, lugar a donde no llega la lengua de los perros. Se atrevió ahora éste a penetrar en el sagrado recinto, la puerta estaba abierta, portero no había, y, razón sobre todas fuerte, la mujer de las lágrimas ha entrado, ni sé cómo puede arrastrarse, va murmurándole al marido sólo una palabra, Sosténme, la iglesia está llena, casi no hay un palmo de suelo libre, en verdad se podría decir que no hay aquí una piedra donde descansar la cabeza, una vez más fue una suerte que estuviera a su lado el perro de las lágrimas, con dos gruñidos y dos embestidas, todo sin maldad, abrió un espacio donde pudo dejarse caer la mujer del médico rindiendo el cuerpo al desmayo, cerrados al fin por completo los ojos. El marido le tomó el pulso, está firme y regular, sólo un poco leve, después hizo un esfuerzo para levantarla, no es buena esta posición, hay que procurar que vuelva la sangre rápidamente al cerebro, aumentar la irrigación cerebral, lo mejor sería sentarla, ponerle la cabeza entre las rodillas, y confiar en la naturaleza y en la fuerza de la gravedad. Al fin, después de algunos esfuerzos fallidos, la pudo levantar. Pasados unos minutos, la mujer del médico suspiró profundamente, se movió un poquito, casi nada, empezaba a volver en sí. No te levantes aún, le dijo el marido, quédate un poco más con la cabeza baja, pero ella se sentía bien, no había señal de vértigo, los ojos entreveían las losas del suelo, que el perro de las lágrimas, gracias a los tres enérgicos revolcones que dio antes de acostarse él mismo, había dejado aceptablemente limpias. Levantó la cabeza hacia las esbeltas columnas, hacia las altas bóvedas, para comprobar la seguridad y la estabilidad de la circulación sanguínea, luego dijo, Ya estoy bien, pero en aquel mismo instante pensó que se había vuelto loca, o que, desaparecido el vértigo, sufría ahora alucinaciones, no podía ser verdad aquello que los ojos le mostraban, aquel hombre clavado en la cruz con una venda blanca cubriéndole los ojos, y, al lado una mujer con el corazón traspasado por siete espadas y con los ojos también tapados por una venda blanca, y no eran sólo este hombre y esta mujer los que así estaban, todas las imágenes de la iglesia tenían los ojos vendados, las esculturas con un paño blanco atado alrededor de la cabeza, y los cuadros con una gruesa pincelada de pintura blanca, y más allá estaba una mujer enseñando a su hija a leer, y las dos tenían los ojos tapados, y un hombre con un libro abierto donde se sentaba un niño pequeño, y los dos tenían los ojos tapados, y un viejo de larga barba, con tres llaves en la mano, y tenía los ojos tapados, y otro hombre con el cuerpo acribillado de flechas, y tenía los ojos tapados, y una mujer con una lámpara encendida, y tenía los ojos tapados, y un hombre con heridas en las manos y en los pies y en el pecho, y tenía los ojos tapados, y otro hombre con un león, y los dos tenían los ojos tapados, y otro hombre con un cordero, y los dos tenían los ojos tapados, y otro hombre con un águila, y los dos tenían los ojos tapados, y otro hombre con una lanza dominando a un hombre caído, con cornamenta el caído y con pies de cabra, y los dos tenían los ojos tapados, y otro hombre con una balanza, y tenía los ojos tapados, y un viejo calvo sosteniendo un lirio blanco, y tenía los ojos tapados, y otro viejo apoyado en una espada desenvainada, y tenía los ojos tapados, y una mujer con una paloma, y tenían las dos los ojos tapados, y un hombre con dos cuervos, y los tres tenían los ojos tapados, sólo había una mujer que no tenía los ojos tapados porque los llevaba arrancados en una bandeja de plata. La mujer del médico le dijo al marido, No vas a creer lo que te digo, pero todas las imágenes de la iglesia tienen los ojos vendados, Qué extraño, por qué será, Cómo voy a saberlo yo, puede haber sido obra de algún desesperado de la fe cuando comprendió que iba a quedarse ciego como los otros, puede haber sido el propio sacerdote de aquí, tal vez haya pensado justamente que, dado que los ciegos no podrían ver a las imágenes, tampoco las imágenes tendrían que ver a los ciegos, Las imágenes no ven, Equivocación tuya, las imágenes ven con los ojos que las ven, sólo ahora la ceguera es para todos, Tú sigues viendo, Iré viendo menos cada vez, y aunque no pierda la vista me volveré más ciega cada día porque no tendré quien me vea, Si fue el cura quien cubrió los ojos a las imágenes, Eso es sólo idea mía, Es la única posibilidad que tiene verdadero sentido, es la única que puede dar alguna grandeza a esta miseria nuestra, imagino a ese hombre entrando aquí, desde el mundo de los ciegos, al que luego tendría que regresar para quedarse ciego también, imagino las puertas cerradas, la iglesia desierta, el silencio, imagino las estatuas, las pinturas, lo veo yendo de un lado a otro, subiendo a los altares y anudando los paños sobre los ojos, dos nudos, para que no se caigan, y dando dos brochazos de pintura blanca en los cuadros para hacer más espesa la noche en que entraron, ese cura tiene que haber sido el mayor sacrílego de todos los tiempos y de todas las religiones, el más justo, el más radicalmente humano, el que vino aquí para decir al fin que Dios no merece ver. La mujer del médico no llegó a responder, alguien a su lado se le anticipó, Qué están diciendo, qué charla es ésa, quiénes son ustedes, Ciegos como tú, dijo ella, Pero yo te he oído decir que veías, Son maneras de hablar que no pierde una de la noche a la mañana, cuántas veces voy a tener que decirlo, Y qué es eso de que están ahí las imágenes con los ojos tapados, Es verdad, Y tú, cómo lo sabes, si estás ciega, También tú lo sabrás si haces lo que hice yo, tócalas con las manos, las manos son los ojos de los ciegos, Y por qué lo has hecho, He pensado que para haber llegado a lo que hemos llegado alguien más tendría que estar ciego, Y esa historia de que ha sido el cura de la iglesia quien tapó los ojos de las imágenes, yo lo conocía muy bien y sé que sería incapaz de hacer tal cosa, Nunca se puede saber de antemano de qué son capaces las personas, hay que esperar, dar tiempo al tiempo, el tiempo es el que manda, el tiempo es quien está jugando al otro lado de la mesa y tiene en su mano todas las cartas de la baraja, a nosotros nos corresponde inventar los encartes con la vida, la nuestra, Hablar de juego en una iglesia es pecado, Levántate, usa tus manos, si dudas de lo que digo, Me juras que es verdad que las imágenes tienen todas los ojos tapados, Qué juramento es suficiente para ti, Júralo por tus ojos, Lo juro dos veces por los ojos, por los míos y por los tuyos, Es verdad, Es verdad. Oían la conversación los ciegos que se encontraban más cerca, y excusado sería decir que no fue precisa la confirmación del juramento para que la noticia empezase a circular, a pasar de boca en boca, con un murmullo que poco a poco fue cambiando de tono, primero incrédulo, después inquieto, otra vez incrédulo, lo malo fue que hubiera en aquella concurrencia unas cuantas personas supersticiosas e imaginativas, la idea de que las sagradas imágenes estaban ciegas, de que sus misericordiosas y sufridoras miradas no contemplaban más que su propia ceguera, les resultó súbitamente insoportable, fue igual que si les hubieran dicho que estaban rodeados de muertos-vivos, bastó que se oyera un grito, y luego otro, y otro, luego el miedo hizo que todos se levantaran, el pánico los empujó hacia la puerta, se repitió aquí lo que ya se sabe, que el pánico es mucho más rápido que las piernas que tienen que llevarlo, los pies del fugitivo acaban por liarse en la carrera, mucho más si el fugitivo es ciego, y helo ahí, en el suelo, el pánico le dice, Levántate, corre, que vienen a matarte, qué más quisiera, pero ya otros corrieron y han caído también, es preciso estar dotado de muy buen corazón para no reírse a carcajadas ante esta grotesca maraña de cuerpos en busca de brazos para librarse y de pies para escapar. Aquellos seis escalones de fuera van a ser como un precipicio, pero, en fin, la caída no será grande, la costumbre de caer endurece el cuerpo, haber llegado al suelo ya es un alivio por sí solo, De aquí no voy a pasar, es el primer pensamiento, y a veces el último también, en casos fatales. Lo que tampoco cambia es que unos se aprovechen del mal de otros, como muy bien saben desde el principio del mundo los herederos y herederos de los herederos. La fuga desesperada de esta gente hizo que dejaran atrás sus pertenencias, y cuando la necesidad haya vencido al miedo y vuelvan a por ellas, aparte del difícil problema que va a ser aclarar de modo satisfactorio lo que era mío y lo que era tuyo, veremos que ha desaparecido parte de la poca comida que teníamos, quizá todo esto haya sido una cínica artimaña de la mujer que dijo que las imágenes tenían los ojos tapados, la maldad de cierta gente no tiene límites, inventar tales patrañas sólo para poder robar a los pobres unos restos de comida indescifrables. Ahora bien, la culpa la tuvo el perro de las lágrimas, que al ver la plaza libre fue a olfatear por allí, era su trabajo, justo y natural, pero mostró, por así decir, la entrada de la mina, de lo que resultó que salieran de la iglesia la mujer del médico y el marido sin remordimientos de hurto llevando las bolsas medio llenas. Si pueden aprovechar la mitad de lo que cogieron, pueden darse por satisfechos, ante la otra mitad dirán, No sé cómo la gente puede comer estas porquerías, incluso cuando la desgracia es común a todos, siempre hay unos que lo pasan peor.

El relato de estos acontecimientos, cada uno en su género, dejó consternados y asombrados a los compañeros, siendo de notar, con todo, que la mujer del médico, quizá por negársele las palabras, no consiguió comunicar el sentimiento de horror absoluto que había experimentado ante la puerta del subterráneo, aquel rectángulo de pálidas y vacilantes luminarias que daba a la escalera por la que se llegaría al otro mundo. Lo de las imágenes con los ojos vendados impresionó fuertemente, aunque de diverso modo, la imaginación de todos, en el primer ciego y en su mujer, por ejemplo, se notó cierto malestar. Para ellos se trataba, principalmente, de una indisculpable falta de respeto. Que todos ellos, humanos, se encontrasen ciegos, era una fatalidad de la que no tenían la culpa, son desgracias que llegan, nadie está libre, pero ir, sólo por eso, a taparles los ojos a las santas imágenes, les parecía un atentado sin perdón posible, y peor si quien lo cometió fue el cura de la iglesia. El comentario del viejo de la venda negra es bastante diferente, Entiendo la impresión que te habrá causado, imagino una galería de museo, todas las estatuas con los ojos tapados, no porque el escultor no hubiera querido desbastar la piedra hasta donde estaban los ojos, sino tapados así como dices, con esos paños atados, como si una ceguera sola no bastase, es curioso que una venda como ésta mía no causa la misma impresión, a veces da incluso un aire romántico a la persona, y se rió de lo que había dicho y de sí mismo. En cuanto a la chica de las gafas oscuras, se contentó con decir que esperaba no tener que ver en sueños esa maldita galería, que de pesadillas ya iba bien servida. Comieron de lo malo que había, que era lo mejor que tenían, la mujer del médico dijo que cada día era más difícil encontrar comida, que quizá tendrían que salir de la ciudad e irse a vivir al campo, allí, al menos, los alimentos que cogieran serían más sanos, y debe de haber cabras y vacas sueltas, podríamos ordeñarlas, tendríamos leche, y está el agua de los pozos, podremos cocer lo que nos parezca, la cuestión es encontrar un buen sitio. Cada uno dio después su opinión, unas más entusiastas que las otras, pero para todos estaba claro que la situación acuciaba, quien expresó una satisfacción sin reticencias fue el niño estrábico, posiblemente por tener buenos recuerdos de vacaciones. Después de haber comido, se echaron a dormir, lo hacían siempre, desde el tiempo de la cuarentena, cuando les enseñó la experiencia que un cuerpo acostado aguanta mejor el hambre. Por la noche no comieron, sólo el niño estrábico recibió algo para ir entreteniendo los molares y engañar el apetito, los otros se sentaron a oír la lectura del libro, al menos no podrá protestar el espíritu contra la falta de alimento, lo malo es que la debilidad del cuerpo llevaba a veces a distraer la atención de la mente, y no por falta de interés intelectual, no, lo que ocurría era que el cerebro se deslizaba hacia una media modorra, como un animal que se dispone a hibernar, adiós mundo, por eso no era raro que cerrasen estos oyentes mansamente los párpados, se disponían a seguir con los ojos del alma las peripecias del enredo hasta que un lance más enérgico los sacudía de su torpor, cuando no era simplemente el ruido del libro encuadernado cerrándose de golpe, con estruendo, la mujer del médico tenía estas delicadezas, no quería dar a entender que sabía que el soñador se había quedado dormido.

En este suave sopor parecía haber entrado el primer ciego, y, pese a todo, no era así. Verdad es que tenía los ojos cerrados y que prestaba a la lectura una atención más que vaga, pero la idea de irse todos a vivir al campo le impedía dormir, le parecía un grave error apartarse tanto de su casa, por simpático que fuese, al escritor aquél convenía tenerlo bajo vigilancia, aparecer por allí de vez en cuando. Se encontraba, por tanto, muy despierto el primer ciego, y si alguna otra prueba fuese necesaria, ahí estaba el blancor deslumbrante de sus ojos, que probablemente sólo el sueño oscurecía, pero ni de esto se podría tener seguridad, ya que nadie puede estar al mismo tiempo durmiendo y en vela. Creyó el primer ciego haber esclarecido al fin estas dudas cuando de repente el interior de sus párpados se le volvió oscuro, Me he quedado dormido, pensó, pero, no, no se había quedado dormido, continuaba oyendo la voz de la mujer del médico, el niño estrábico tosió, entonces le entró un gran miedo en el alma, creyó que había pasado de una ceguera a otra, que habiendo vivido en la ceguera de la luz iría ahora a vivir en la ceguera de las tinieblas, el pavor le hizo gemir, Qué te pasa, le preguntó la mujer, y él respondió estúpidamente, sin abrir los ojos, Estoy ciego, como si ésa fuese la última novedad del mundo, ella lo abrazó con cariño, Venga, hombre, ciegos lo estamos todos, qué le vamos a hacer, Lo he visto todo oscuro, creí que me había dormido, y resulta que no, estoy despierto, Eso es lo que tendrías que hacer, dormir, no pensar en esto. El consejo le puso furioso, estaba allí un hombre angustiado hasta un punto que sólo él sabía, y a su mujer no se le ocurría más que decirle que se fuese a dormir. Irritado, y ya con la respuesta ácida escapando de la boca, abrió los ojos y vio. Vio y gritó, Veo. El primer grito fue aún el de la incredulidad, pero con el segundo, y el tercero, y unos cuantos más, fue creciendo la evidencia, Veo, veo, se abrazó a su mujer como loco, después corrió hacia la mujer del médico y la abrazó también, era la primera vez que la veía, pero sabía quién era, y sabía también quién era el médico, y la chica de las gafas oscuras, y el viejo de la venda en el ojo, con éste no habría confusión, y el niño estrábico, la mujer iba detrás de él, no quería dejarlo, y él interrumpía los abrazos para abrazarla a ella, ahora había vuelto al médico, Veo, veo, doctor, no lo trató de tú como se había convertido casi en regla en esta comunidad, explique quien pueda la razón de la súbita diferencia, y el médico le preguntó, Ve realmente bien, como veía antes, no hay trazas de blanco, Nada de nada, hasta me parece que veo mejor que antes, y no es decir poco, que nunca llevé gafas. Entonces el médico dijo lo que todos estaban pensando pero nadie se atrevía a decir en voz alta, Es posible que esta ceguera haya llegado a su fin, es posible que empecemos todos a recuperar la vista, al oír estas palabras la mujer del médico empezó a llorar, tendría que estar contenta, y lloraba, qué singulares reacciones tiene la gente, claro que estaba contenta, Dios mío, es bien fácil de entender, lloraba porque de golpe se le había agotado toda la resistencia mental, era como una niña que acabase de nacer y este llanto es su primero y aún inconsciente vagido. Se le acercó el perro de las lágrimas, éste sabe siempre cuándo lo necesitan, por eso la mujer del médico se agarró a él, no es que no siguiera amando a su marido, no es que no quisiera bien a todos cuantos se encontraban allí, pero en aquel momento fue tan intensa su impresión de soledad, tan insoportable, que le pareció que sólo podría ser mitigada en la extraña sed con que el perro le bebía las lágrimas.

La alegría general fue sustituida por el nerviosismo, Y ahora, qué vamos a hacer, preguntó la chica de las gafas oscuras, después de lo que ha ocurrido yo no conseguiré dormir, Nadie lo conseguirá, creo que deberíamos seguir aquí, dijo el viejo de la venda negra, interrumpiéndose como si aún dudara, luego continuó, Esperando. Las tres luces del candil iluminaban el corro de rostros. Al principio conversaron con animación, querían saber exactamente cómo había ocurrido, si el cambio se produjo sólo en los ojos o si también notó algo en el cerebro, luego, poco a poco, las palabras fueron decayendo, en cierto momento al primer ciego se le ocurrió decirle a su mujer que al día siguiente se irían a su casa, Pero yo todavía estoy ciega, respondió ella, Es igual, yo te llevo, sólo quien allí se encontraba, y en consecuencia lo oyó con sus propios oídos, fue capaz de entender cómo en palabras tan sencillas pueden caber sentimientos tan distintos como son los de protección, orgullo y autoridad. La segunda en recuperar la vista, avanzada la noche, y el candil en las últimas de aceite, fue la chica de las gafas oscuras. Había estado todo el tiempo con los ojos abiertos como si por ellos tuviera que entrar la visión y no renacer por dentro, de repente dijo, Me parece que estoy viendo, era mejor ser prudente, no todos los casos son iguales, se suele decir incluso que no hay cegueras sino ciegos, cuando la experiencia de los días pasados no ha hecho más que decirnos que no hay ciegos, sino cegueras. Aquí son ya tres los que ven, uno más y serán mayoría, aunque la felicidad de volver a ver no viniese a contemplar a los restantes, la vida para éstos pasaría a ser mucho más fácil, no la agonía que ha sido hasta hoy, véase el estado al que aquella mujer llegó, está como una cuerda que se ha roto, como un muelle que no aguantó más el esfuerzo a que estuvo constantemente sometido. Quizá por eso fue a ella a quien la chica de las gafas oscuras abrazó primero, entonces no supo el perro de las lágrimas a cuál de las dos acudir, porque tanto lloraba una como la otra. El segundo abrazo fue para el viejo de la venda negra, ahora sabremos lo que valen realmente las palabras, nos conmovió tanto el otro día aquel diálogo del que salió el hermoso compromiso de vivir juntos estos dos, pero la situación ha cambiado, la chica de las gafas oscuras tiene ahora ante sí a un hombre viejo a quien ya puede ver, se han acabado las idealizaciones emocionales, las falsas armonías en la isla desierta, arrugas son arrugas, calvas son calvas, no hay diferencia entre una venda negra y un ojo ciego, es lo que él está diciendo en otros términos, Mírame bien, yo soy la persona con quien tú dijiste que vivirías, y ella respondió, Te conozco, eres la persona con quien estoy viviendo, al fin hay palabras que valen más de lo que habían querido parecer, y este abrazo tanto como ellas. El tercero en recuperar la vista, cuando empezaba a clarear la mañana, fue el médico, ahora ya no caben dudas, el que los otros la recuperen es sólo cuestión de tiempo. Pasadas las naturales y previsibles expansiones, que, por haber quedado de ellas, anteriormente, registro suficiente, no se ve ahora necesidad de repetir, aun tratándose de figuras principales de este vero relato, el médico hizo la pregunta que tardaba, Qué estará pasando ahí fuera, la respuesta llegó de la propia casa donde estaban, en el piso de abajo alguien salió al rellano gritando, Veo, veo, de seguir así va a nacer el sol sobre una ciudad en fiesta.

De fiesta fue el banquete de la mañana. Lo que estaba en la mesa, además de poco, repugnaría a cualquier apetito normal, la fuerza de los sentimientos, como en momentos de exaltación siempre ocurre, había ocupado el lugar del hambre, pero la alegría les servía de manjar, nadie se quejó, hasta los que aún estaban ciegos se reían como si los ojos que ya veían fuesen los suyos. Cuando acabaron, la chica de las gafas oscuras tuvo una idea, Y si fuese a poner en la puerta de mi casa un papel diciendo que estoy aquí, así si aparecen mis padres podrán venir a buscarme, Llévame contigo, quiero saber lo que está ocurriendo fuera, dijo el viejo de la venda negra, Y también nosotros salimos, dijo hacia su mujer el que había sido el primer ciego, es posible que el escritor ya vea, que esté pensando en volver a su casa, de camino trataré de encontrar algo que se coma, Yo voy a hacer lo mismo, dijo la chica de las gafas oscuras. Minutos después, ya solos, el médico se sentó al lado de su mujer, el niño estrábico dormía en un extremo del sofá, el perro de las lágrimas, tumbado, con el hocico sobre las patas delanteras, abría y cerraba los ojos de vez en cuando para indicar que seguía vigilante, por la ventana abierta, pese a la altura del piso, llegaba el rumor de las voces alteradas, las calles debían de estar llenas de gente, la multitud gritaba una sola palabra, Veo, la decían los que ya habían recuperado la vista, la decían los que de repente la recuperaban, Veo, veo, realmente empieza a parecer una historia de otro mundo aquella en que se dijo, Estoy ciego. El niño estrábico murmuraba, debía de estar soñando, tal vez estuviera viendo a su madre, preguntándole, Me ves, ya me ves. La mujer del médico preguntó, Y ellos, y el médico dijo, Éste probablemente estará curado cuando despierte, con los otros no será diferente, lo más seguro es que estén ahora recuperando la vista, el que va a llevarse un susto, pobrecillo, es el amigo de la venda negra, Por qué, Por la catarata, después del tiempo pasado desde que lo examiné, debe de estar como una nube opaca, Va a quedarse ciego, No, en cuanto la vida esté normalizada, cuando todo empiece a funcionar, lo opero, será cuestión de semanas, Por qué nos hemos quedado ciegos, No lo sé, quizá un día lleguemos a saber la razón, Quieres que te diga lo que estoy pensando, Dime, Creo que no nos quedamos ciegos, creo que estamos ciegos, Cie-

gos que ven, Ciegos que, viendo, no ven. La mujer del médico se levantó, se acercó a la ventana.
Miró hacia abajo, a la calle cubierta de basura, a
las personas que gritaban y cantaban. Luego alzó
la cabeza al cielo y lo vio todo blanco, Ahora me
toca a mí, pensó. El miedo súbito le hizo bajar los
ojos. La ciudad aún estaba allí.

Otros títulos de la Biblioteca
José Saramago

Todos los nombres
El relato de aventuras de un José "sin nombre",
aunque el suyo sea el único que figure en la historia. En su aparente humildad, en su auténtica
soledad, en su falta de bienes materiales y afec-
tivos y, sobre todo, en su inalienable dignidad
humana, este don José es pariente próximo de
otros personajes literarios: Bouvard y Pécuchet,
el metafísico Bernardo Soares de Pessoa…

El Evangelio según Jesucristo
"*El Evangelio* de José Saramago es todo así, trá-
gicamente problemático, y sería absurdo con-
denarlo con leyes que no sean sus propias leyes,
literarias, poéticas, filosóficas. Aquí no se niega
lo divino, la religiosidad latente en el corazón
de cada hombre: lo que se hace es interrogarlo,
cuestionarlo, acusarlo."

LUCIANA STEGAGNO PICCHIO

Otros títulos de la colección

Vagabundo en África
Javier Reverte

Memorias de una geisha
Arthur Golden

El Halcón
Yaşar Kemal

Las Nueve Revelaciones
James Redfield

El otro barrio
Elvira Lindo

El hombre terminal
Michael Crichton

Nosotras que nos queremos tanto
Marcela Serrano

Entrevista con el vampiro
Anne Rice

Misión a Marte
Devra Newberger Speregen